TE VEJO ONTEM

RACHEL LYNN SOLOMON

TE VEJO ONTEM

Tradução
João Pedroso

1ª edição

RIO DE JANEIRO
2023

PREPARAÇÃO
Beatriz Ramalho

REVISÃO
Renato Carvalho

DIAGRAMAÇÃO
Abreu's System

CAPA
Helder de Oliveira

TÍTULO ORIGINAL
See You Yesterday

CIP-BRASIL. CATALOGAÇÃO NA PUBLICAÇÃO
SINDICATO NACIONAL DOS EDITORES DE LIVROS, RJ

S674t

Solomon, Rachel Lynn
    Te vejo ontem / Rachel Lynn Solomon ; tradução Joao Pedroso. — 1. ed. — Rio de Janeiro : Galera Record, 2023.

    Tradução de: See you yesterday
    ISBN 978-65-5981-244-8

    1. Romance americano. I. Pedroso, João. II. Título.

23-85213
    CDD: 813
    CDU: 82-31(73)

Gabriela Faray Ferreira Lopes – Bibliotecária – CRB-7/6643

Copyright © 2023 by Rachel Lynn Solomon
Direitos de tradução feitos por meio da Taryn Fagerness Agency e a Sandra Bruna Agencia Literaria, SL.

Todos os direitos reservados.
Proibida a reprodução, no todo ou em parte, através de quaisquer meios.
Os direitos morais da autora foram assegurados.

Texto revisado segundo o Acordo Ortográfico da Língua Portuguesa de 1990.

Direitos exclusivos de publicação em língua portuguesa somente para o Brasil adquiridos pela
EDITORA GALERA RECORD LTDA.
Rua Argentina, 120 – Rio de Janeiro, RJ – 20921-380 – Tel.: (21) 2585-2000,
que se reserva a propriedade literária desta tradução.

Impresso no Brasil

ISBN 978-65-5981-244-8

Seja um leitor preferencial Record.
Cadastre-se e receba informações sobre nossos lançamentos e nossas promoções.

Atendimento e venda direta ao leitor:
sac@record.com.br

Para Rachel Griffin e Tara Tsai –
eu encontraria vocês no café de uma livraria de novo e de novo e de novo

Se nosso lugar é um com o outro, então pertencemos a todo canto,
a todos os lados e a qualquer hora
— Nena

QUARTA-FEIRA, 21 DE SETEMBRO

DIA UM

/

Capítulo um

— SÓ PODE SER UM ERRO.

Puxo os lençóis extralongos da cama de casal por cima de minhas orelhas e enfio o rosto no travesseiro. É cedo demais para ouvir vozes. E mais cedo ainda para acusações.

Enquanto minha mente desanuvia, a realidade me pega em cheio: *tem alguém no meu quarto.*

Quando caí no sono ontem à noite depois de testar os limites do bufê de massas no maior estilo *coma tudo o que for capaz* do dormitório (o que envolveu uma missão furtiva de levar alguns pratos — que nem podiam sair do refeitório, para início de conversa — lá para cima), eu estava sozinha. E questionava todas as decisões que já tomei na minha vida. Mesmo depois daquelas palestras sobre segurança no campus e da latinha vermelha de spray de pimenta que minha mãe me obrigou a comprar, havia uma estranha no meu quarto. Antes das sete da manhã. Do primeiro dia de aula.

— Não é um erro — diz a outra voz, um pouco mais baixa do que a primeira, deve ser para não incomodar a pessoa debaixo da montanha de cobertas que, no caso, sou eu. — Nós infelizmente subestimamos nossa capacidade esse ano, então tivemos que fazer algumas alterações de última hora. A maioria dos calouros ficou com quartos triplos.

— E você não acha que alguém deveria ter me contado isso antes de eu me mudar?

A voz, a primeira voz, já não soa mais como uma estranha. É familiar. Chique. Confiante. Só que... não, de jeito nenhum pode ser dela. É uma voz que eu pensava ter deixado lá no ensino médio, junto com todos os professores que suspiraram, aliviados, quando o diretor me entregou o diploma. *Graças a Deus nos livramos dessazinha aí*, meu orientador do jornal da escola deve ter dito em algum *happy hour* enquanto brindava taças de champanhe com meu professor de matemática. *Nunca me senti tão pronto pra aposentadoria.*

— Vamos conversar ali no corredor — sugere a segunda pessoa.

Um momento depois, a porta se fecha com tudo e faz algo cair com força no carpete.

Rolo na cama e, alerta, abro um olho. O quadro-branco que pendurei domingo, na época em que eu ainda sonhava com as anotações e os desenhos que eu e minha colega de quarto faríamos uma para a outra, está no chão. Uma bolsa de viagem de marca tomou conta da outra cama. Luto para conter um arrepio (meio causado por pânico e meio pelo frio mesmo). A árvore que bloqueia a janela garante a ausência tanto do calor quanto da luz natural.

O Olmsted Hall é um dormitório exclusivo para calouros e o mais antigo do campus; vai ser demolido no verão.

— Você é tão sortuda — disse a assistente residente do nono andar, Paige, quando me mudei. — Você faz parte do último grupo de alunos que vai morar aqui.

Essa sorte toda escorre, às vezes até literalmente, das paredes cinza, estantes bambas e do sinistro chuveiro coletivo com lâmpadas que vivem falhando e poças suspeitas em *todo canto*. Lar doce prisão de concreto.

Fui a primeira a chegar aqui, e, quando dois, três, quatro dias se passaram sem que Christina Dearborn, de Lincoln, Nebraska, minha colega de quarto, aparecesse, fiquei preocupada imaginando que poderia ter acontecido algum erro e eu tinha acabado com um quarto só para mim. Minha mãe e as colegas de quarto dela são amigas até hoje, e minhas esperanças sempre foram de que a mesma coisa acontecesse comigo. Morar sozinha seria mais um golpe de azar depois de anos de desgraça. Só que, para ser bem sincera, uma parte de mim chegou a pensar se não seria melhor assim. Talvez tenha sido isso que a assistente residente tentou dizer.

As portas se abrem e Paige entra de novo com a garota que transformou meu ensino médio em um inferno.

Milhares de calouros nessa faculdade, e eu vou ser obrigada a dormir a um metro e meio de distância da minha nêmesis. Esse lugar é tão grande que talvez a gente nem se esbarrasse por aqui. É muito mais do que azar, só pode ser uma piada cósmica.

— Oi, colega de quarto — digo, com um sorriso forçado, me sentando na cama e tirando meu cabelão judeu do rosto na esperança de que não esteja tão desarrumado quanto costuma ficar de manhã.

Lucie Lamont, antiga editora-chefe do *Navegador*, o jornal da Escola Island de Ensino Médio, me encara com um olhar gélido. Ela é pretensiosa, minúscula e apavorante. Além disso, tenho certeza absoluta de que essa garota seria capaz de matar um homem com as próprias mãos.

— Barrett Bloom. — Então, ela corrige a postura e suaviza o olhar, como se estivesse preocupada com o quanto daquela conversa eu ouvi. — Mas que... surpresa.

É uma das coisas mais gentis que alguém disse a meu respeito recentemente.

Eu devia estar vestindo outra coisa que não fosse meu short de pijama com estampa de corujinha e a camiseta caríssima da Universidade de Washington que comprei em uma livraria do campus ontem. Uma cota de malha medieval, quem sabe. Devia ter uma orquestra aqui tocando algo épico e amedrontador.

— Ah, Lucinha, eu estava com saudades também. Faz o quê, uns três meses?

Com uma das mãos ela aperta ainda mais a mala de grife e, com a outra, agarra a bolsa com tanta força que os nós dos dedos chegam a ficar brancos. O rabo de cavalo ruivo está afrouxando. Dá até para imaginar como minha aparência deve tê-la estressado, tadinha.

— Três meses — repete ela. — E agora olha a gente aqui. Juntas.

— Bom... Vou deixar vocês duas se apresentarem! — diz Paige, com a voz esganiçada. — Ou... se reapresentarem.

Depois, ela acena de forma exagerada e foge. *Se precisarem de alguma coisa, a qualquer hora do dia ou da noite, é só bater na minha porta!* Foi o que ela disse naquela primeira noite em que nos convenceu a participar de dinâmicas para quebrar o gelo enquanto fazia s'mores no micro-ondas. A faculdade é uma teia de mentiras.

Aponto o polegar em direção à porta.

— Ela é *maravilhosa*, sabe. Tem umas habilidades incríveis de meditação.

A expectativa era fazer Lucie rir. Mas não dá certo.

— Não dá pra acreditar. — Ela dá uma olhada pelo quarto, e parece ficar tão impressionada quanto eu quando cheguei aqui. Seus olhos se demoram na pilha de revistas que enfiei na prateleira em cima do meu notebook. Talvez eu tenha exagerado ao trazer todas, mas eu queria minhas reportagens favoritas por perto. Para me inspirar.

— Era pra eu ter um quarto individual no Lamphere Hall. Eles me passaram a perna legal. Vou falar com a coordenação mais tarde e tentar resolver.

— Você poderia ter tido mais chances se tivesse se mudado no fim de semana, que nem todo mundo.

— Eu estava em Santa Cruz. Teve uma tempestade tropical e foi impossível conseguir um voo de volta.

É insano que Lucie Lamont, herdeira da empresa de comunicação dos pais, se safe falando coisas desse tipo. E ainda assim eu era a excluída do *Navegador*.

Outra insanidade: o fato de que, por dois anos, a gente foi meio que amigas.

Ela deixa a bolsa na mesa e quase derruba um dos meus pratos de macarrão. Ravióli de espinafre, pelo que parece.

— Tem um bufê livre de massas. — Me levanto para recolher as louças e as empilho no meu lado do quarto. — Pensei que iam me expulsar depois de eu pegar o quinto prato, mas nananinanão, eles levam bem a sério esse lance de "livre".

— Tem cheiro daqueles restaurantes baratos de comida italiana.

— Pois é, me senti em casa.

Que matar um homem com as mãos o quê. Não duvido nada que Lucie Lamont consiga fazer isso apenas com os olhos.

— Juro que não costumo ser tão bagunceira assim — continuo. — É que passei os últimos dias sozinha, e toda essa liberdade deve ter me subido à cabeça. Pensei que minha colega ia ser uma garota de Nebraska, só que ela nunca apareceu, aí...

Nós duas ficamos em silêncio. Sempre que fantasiava com a faculdade, minha colega de quarto era alguém que acabaria se tornando minha melhor amiga para sempre. A gente viajaria, iria para retiros de ioga e faria lembrancinhas do casamento uma da outra. Eu ficaria em choque se Lucie Lamont desse as caras no meu funeral.

Ela se senta na cadeira de plástico da mesa e começa a praticar as técnicas de respiração que ensinou para a equipe do *Nave*. Respira fundo, expira sem pressa.

— Se isso aqui for real mesmo, então a gente é colega de quarto. E mesmo que seja só até me transferirem para outro lugar, vamos precisar de algumas regras básicas.

Me sentindo desleixada ao lado de Lucie e seu conjuntinho de grife, visto o cardigã cinza de tricô pendurado de qualquer jeito na minha cadeira. Infelizmente, acho que só serve para me deixar mais desleixada ainda, mas pelo menos parei de tremer. Sempre me senti *menos* perto de Lucie, tipo naquela vez que a gente escreveu juntas uma reportagem sobre a misoginia do código de vestimenta da escola e pensamos que era a epítome do jornalismo factual. *Escrito por Lucie Lamont*, dizia a assinatura. Essa foi a nossa professora colocando Lucie acima de mim. Em uma letrinha minúscula, estava: *com Barrett Bloom*. A Lucie de treze anos ficou revoltada. Mas qualquer laço que tenha existido entre nós deixou de existir no fim do nono ano.

— Tá bom, vou trazer caras pra transar uma noite sim e outra não, e aí eu coloco uma meia na porta pra você saber que o quarto tá ocupado. — Vou até o armário, que é só um pouco mais largo do que uma tábua de passar roupa, e jogo para ela um par de meias até o joelho estampada com a frase MESTRE DA DESGRAÇA. Quero dizer, só uma das meias. A secadora do nono andar comeu o outro pé ontem, e sim, ainda estou de luto. — E só vou me masturbar quando tiver certeza de que você dormiu.

Tudo o que Lucie faz é piscar algumas vezes, o que pode ser interpretado como falta de apreciação pela minha meia da desgraça, medo visceral da palavra que começa com M ou pavor de pensar que alguém iria querer transar comigo. Como se ela não tivesse ouvido a fofoca que rolou depois do baile do ano passado, ou rido disso na sala de reuniões com o resto da equipe do *Nave*.

— Você por acaso pensa antes de falar?

— Sendo bem sincera? Não muito.

— Eu quis dizer tipo manter o quarto limpo. Tenho alergia à poeira. Nada de pratos de macarrão, roupas ou qualquer outra coisa no chão. — Com o pé calçando uma sandália, ela aponta para a região abaixo da minha mesa. — Nada de lixeiras transbordando de imundície.

Mordo com força o interior da bochecha, e depois de passar tempo demais quieta, Lucie arqueia as sobrancelhas finas.

— Pelo amor de Deus, Barrett, eu realmente acho que não estou pedindo muito.

— Foi mal. Eu estava pensando antes de falar. Pensei pouco? Será que dá para você ativar um cronômetro pra mim na próxima vez?

— Estou ficando com enxaqueca — diz ela. — E sério, juro por Deus, não acredito que vou ter que falar disso, mas acho que é uma questão de educação não... ah, você sabe. Se engajar nesse tipo de autoamor quando tem mais alguém no quarto... não importa se a pessoa esteja acordada ou dormindo.

— Eu consigo ficar bem quietinha.

Lucie parece estar prestes a entrar em combustão. Sério, é fácil demais.

— Não percebi que isso era tão importante pra você!

— É uma coisa bem normal de se discutir com colegas de quarto! Estou cuidando de nós duas.

— Se Deus quiser, semana que vem a gente não vai ser mais colegas de quarto.

Ela carrega a mala e abre o zíper de um compartimento para pegar o notebook, depois desenrola o carregador e se abaixa para procurar uma tomada. Toda tímida, mostro que as únicas tomadas do quarto ficam debaixo da minha mesa, e então descobrimos que não há como ela digitar na própria escrivaninha sem esticar demais o cabo. Com um resmungo, ela volta até a mala.

— Imagina só quais seriam as suas prioridades como editora-chefe. A gente tem sorte de ter escapado dessa furada.

E, assim, ela desempacota uma placa de madeira e a coloca na mesa. EDITORA-CHEFE, é o que diz ali. Zombando de mim.

Era ridículo pensar que tive alguma chance de me tornar editora, às vezes quando pergunto para as pessoas se posso entrevistá-las, parece que estou oferecendo um tratamento de canal amador.

Mas não importa, digo para mim mesma. Mais tarde vou fazer uma entrevista para a vaga de repórter para calouros do *Washingtoniano*. Ninguém aqui vai dar a mínima para o *Nave* ou para as matérias que eu escrevi, assim como não vão dar importância para a plaquinha de Lucie.

— Olha, eu também não estou superempolgada com a situação. Mas quem sabe a gente consegue deixar tudo para trás?

Não quero carregar esse drama para a faculdade, ainda que ele tenha me seguido até aqui. Talvez nunca sejamos o tipo de amigas que viaja junto para um retiro de ioga, mas não precisamos ser inimigas. Poderíamos apenas coexistir.

— Com certeza — diz Lucie, e eu fico toda animada, pois acredito nela. — Podemos deixar para trás a sua tentativa de sabotar a escola inteira, sim. A gente pode fazer trancinha uma na outra, dar festas aqui no quarto e morrer de rir contando toda animadinha como você acabou com um time inteiro e arruinou as chances do Blaine de conseguir uma bolsa.

Nossa, ela está exagerando. Em quase tudo, pelo menos. Blaine, o ex-namorado dela e antigo jogador de tênis do colégio, arruinou as próprias chances de conseguir uma bolsa. Tudo o que eu fiz foi apontar o dedo.

Também tenho plena certeza de que os Blaines do mundo sempre acabam se dando bem no fim.

— Só tenho mais uma pergunta — digo, e envio para longe a lembrança antes que ela afunde as garras em mim. — Fica ruim para sentar?

Com a testa franzida de confusão, ela olha para a cadeira e para suas roupas.

— Quê?

Lucie Lamont pode ser uma desgraçada, mas, para o azar dela, eu também.

— É que você é tão pau no cu, que eu fiquei em dúvida se fica ruim para...

Ainda estou rindo quando ela bate a porta com tudo.

☾☾☾

Era para a faculdade ser um recomeço.

É o que tenho esperado desde que recebi o e-mail de aprovação. Sempre me agarrei à esperança de que uma verdadeira reinvenção, do tipo que nunca consegui bancar no ensino médio, estivesse vindo aí. E, apesar do fiasco envolvendo minha colega de quarto, estou determinada a amar essa experiência na faculdade. Novo ano, nova Barrett, escolhas melhores.

Depois de um banho rápido, durante o qual eu quase caí em uma poça de algo que não tenho tanta certeza assim de que seja água, visto minha calça jeans de cintura alta favorita, meu cardigã de tricô e uma camiseta vintage da Britney Spears que pertencia à minha mãe. A calça desliza com facilidade pelo meu quadril largo e não aperta na barriga como antes; o que deve ser um sinal do universo de que já sofri o bastante por um dia. Nunca fui magrinha, e eu choraria se tivesse que me livrar dessa calça, com a braguilha de botões exposta e tão macia quanto manteiga. Ajeito meus cachos escuros, que crescem para todos os lados e passo uma *mousse* sem sulfato. Passei anos tentando lutar contra eles, mas não adiantou nada, então agora preciso me aliar ao meu cabelão judeu ao invés de lutar contra ele. Por fim, pego meus óculos com armação de aço e lentes ovais, pelos quais me apaixonei porque faz parecer que não sou desse século, e às vezes viver em outro século era a coisa mais interessante que eu conseguia imaginar.

Foi um eufemismo dizer para Lucie que a liberdade havia me subido à cabeça. De vez em quando, sou tomada por esse sentimento, que é uma mistura de expectativa e medo. Sem muito trânsito, a Universidade de Washington fica a apenas trinta minutos de casa e, apesar de ter passado anos me imaginando aqui, não pensei que fosse me sentir tão perdida depois de me mudar. Desde domingo, fico indo de uma atividade de boas-vindas para outra, evitando qualquer pessoa que tenha frequentado a Island e esperando que a faculdade mude minha vida.

Mas eis aqui uma informação otimista: parece que ninguém liga se as pessoas comem sozinhas no refeitório. De qualquer jeito, lembro a mim mesma de que sou a nova Barrett, de que farei amigos com quem vou rir durante uma refeição no bufê livre de massas e no Luxo de Ovo do Olmsted, mesmo que isso acabe me matando.

Depois do café da manhã, atravesso aquele bloco de prédios históricos pitorescos e cerejeiras que só vão florescer na primavera. O povo que faz *slackline* e os skatistas já reivindicaram seus espaços. Esse sempre foi meu lugar favorito daqui; o retrato perfeito da vida universitária. Mais para a frente fica a Praça Vermelha, cheia de *food-trucks* e clubes. Há também um grupo de dançarinos de swing que se reúne por ali. Oito da manhã parece meio cedo para dançar, mas mesmo assim, inclino a cabeça para eles num movimento que diz *tamo junto*.

E, então, cometo um erro fatal: faço contato visual com uma garota sozinha em uma mesa em frente à Biblioteca Odegaard.

— Oi! — chama ela. — A gente está tentando fazer o pessoal se conscientizar sobre o apagamento dos geomiídeos.

Paro.

— Como é que é?

Quando a moça dá um sorriso para mim, fica na cara que caí como um patinho na armadilha. Ela é alta e seu cabelo castanho está amarrado em um coque com fitas nas cores da universidade: roxo e dourado.

— Os geomiídeos. São nativos dos condados de Pierce e Thurston e encontrados apenas no estado de Washington. Mais de noventa por cento do hábitat deles foi destruído pelo desenvolvimento comercial.

Um panfleto é enfiado em minhas mãos.

— Que coisa mais fofa! — digo, e me dou conta de que a mesma imagem impressa no folheto está estampada na camiseta dela. — Essa carinha!

— Você não acha que ele merece comer toda a grama que seu coraçãozinho quiser? — Ela bate no papel. — Esse aqui é o Guilhermo. Ele caberia na palma da sua mão. A gente tá organizando uma campanha. Vamos nos reunir para escrever cartas para as autoridades locais hoje às três e meia. Adoraríamos que você fosse.

Fico irritada com o triplex que "adoraríamos que você fosse" aluga na minha cabeça carente de camaradagem.

— Ah, foi mal — respondo. — Não é que eu não me importe com, hum, geomiídeos, mas é que não vou conseguir mesmo.

Minha entrevista com a editora-chefe do *Washingtoniano* é às 16h em ponto, depois da última aula.

Quando tento devolver o panfleto, ela meneia a cabeça.

— Fica. Dá uma pesquisada. Eles precisam da sua ajuda.

Então o enfio no bolso de trás prometendo que vou pesquisar.

O mapa do campus faz o prédio de física parecer muito mais perto do que realmente é. Olho para ele de vez em quando no celular e percebo que uma a cada três pessoas que passam por mim faz a mesma coisa. Não seria tão ruim se eu estivesse animada com essa aula. Eu até pensei em trocar (a noite de inscrições foi um pesadelo, e tudo ficou lotado muito rápido, então só peguei uma das primeiras aulas disponíveis que vi), mas que se dane. A nova Barrett segue as regras, então é por isso que estou aqui, caminhando pelo campus até a aula de Introdução à Física. Segunda/Quarta/Sexta, 8h30 da manhã.

Quando encontro o prédio, a camiseta está colada nas minhas costas e os botões perfeitos da calça perfeita estão cavando fundo na minha barriga. Mesmo assim, me obrigo a continuar esperançosa. Não acho que isso seja um presságio. Presságios não devem envolver tanto suor assim.

Meu celular vibra no bolso assim que começo a subir os degraus da frente.

Mamãe:

> **Como vos amo? Eu e Joss desejamos** *TODA A SORTE DO MUNDO* **para você hoje!**

O horário indica que ela mandou a mensagem há 45 minutos, mas só recebi agora por conta do sinal péssimo do campus Há uma foto anexada. minha mãe e a namorada dela, Jocelyn, vestindo os roupões de pelúcia combinando que dei de presente para elas no Chanuca do ano passado e fazendo um brinde com as canecas de café.

A bolsa da minha mãe estourou durante uma aula de Poesia Britânica no segundo ano da faculdade e, como resultado, recebi meu nome em homenagem à Elizabeth Barrett Browning, mais famosa por *Como vos amo? Pois me permita explicar.* Foi na universidade que as duas melhores coisas da vida da minha mãe aconteceram: eu e o diploma em administração que permitiu que ela abrisse a papelaria que nos sustenta há anos. Ela sempre me falou de como eu ia adorar a faculdade, e eu me agarrei com força à esperança de que pelo menos uma dessas quarenta mil pessoas estivesse destinada a me achar encantadora e não desagradável, interessante e desconcertante.

— Tô tão empolgada por você, Barrett — disse minha mãe quando veio me ajudar com a mudança. A vontade era de me agarrar na saia dela e deixar que me carregasse de volta para o carro, de volta para Mercer Island, de volta para o Como vos amo? bordado na parede do meu quarto. O ensino médio pode ter sido solitário, mas pelo menos aquela solidão era familiar. O desconhecido é sempre mais assustador, e talvez por isso tenha sido tão fácil fingir que não me importei quando a escola inteira decidiu que eu não era digna de confiança depois daquela reportagem do *Navegador* que mudou tudo.

— Você vai ver. Esses quatro ou cinco anos serão os melhores da sua vida. Só, por favor, vê se não engravida.

Ai meu Deus, tomara que ela esteja certa.

Capítulo dois

INTRODUÇÃO À FÍSICA: ONDE TUDO (E TODOS) TEM PO-
tencial, declara o PowerPoint. Embaixo do texto, há uma imagem de um pato dizendo "quák!". Até consigo apreciar uma boa piadinha, mas duas em um único slide parece quase um pedido de socorro.

A sala cheira a produtos capilares e café e todos parecem conversar sobre suas grades de aula e os abaixo-assinados que assinaram na Praça Vermelha. A professora está mexendo em um amontoado de cabos atrás do pódio. É um dos maiores auditórios do campus, com capacidade para quase trezentos alunos, mas, pelo menos até agora, apenas um quarto dos assentos foram ocupados. Ou talvez três quartos é que estejam vazios, mas estou tentando não ser pessimista esse ano.

Para a tristeza dos meus professores, nunca fui do tipo que ficava no fundo da sala, então desço os degraus e paro perto de uma cadeira vaga no fim da quinta fileira, ao lado de um cara asiático alto que está encarando o próprio notebook.

— Oi — digo, ainda meio ofegante. — Você tá guardando esse lugar pra alguém?

— Fica à vontade — responde ele com uma voz monótona, sem nem tirar os olhos da tela.

Eba, um amigo.

Tiro o suéter e pego meu computador, mas devo fazer uma barulheira, porque o sujeito dá um suspiro bem alto.

— Você sabe a senha do Wi-Fi? — pergunto.

Nada de contato visual ainda. Até mesmo a gola molenga da camisa de flanela xadrez vermelha desse cara parece superirritada comigo.

— No quadro.

— Ah, valeu.

Felizmente, não tenho mais nenhuma oportunidade para incomodá-lo antes de a professora, uma mulher asiática de meia-idade com cabelo preto na altura do queixo, ligar o microfone do pódio. Exatamente às 08h30.

— Bom dia — diz ela. — Sou a dra. Sumi Okamoto, e gostaria de dar as boas-vindas a todos vocês ao espetacular mundo da física.

Abro um documento em branco do Word e começo a digitar. A nova Barrett, essa versão melhorada da Barrett, faz anotações de uma matéria que ainda nem sabe se vai fazer.

— Eu tinha dezenove anos quando a física entrou na minha vida — continuou ela. Seu olhar vaga de cima a baixo pelas fileiras do auditório. — Era o último semestre antes de eu ser obrigada a declarar qual seria minha especialização, eu estava estressada, para dizer o mínimo. Nunca tinha me considerado uma pessoa das ciências. Comecei a faculdade sem ter a menor ideia do que estava fazendo, e a aula introdutória mudou a minha vida. Uma chavinha virou dentro de mim, isso nunca tinha acontecido antes. Havia certa poesia na física, uma beleza no processo de aprender a entender o mundo que me cerca.

Há uma sinceridade genuína no jeito que ela fala. A turma está extasiada, e ela está quase me convencendo a ficar até o fim.

— Essa matéria vai ser difícil...

Bom, deixa pra lá.

— ... o que não significa que vocês não devam me procurar caso precisem de ajuda. Esta pode até ser uma aula introdutória, mas mesmo assim espero que levem a sério. Eu faço parte do quadro fixo de professores... não preciso dar matérias introdutórias. Na verdade, a maioria das pessoas na minha posição não tocaria nessa matéria nem com um pêndulo de três metros. — Risadas, e deduzo que deve ser de quem entendeu a piada. — Mas eu, sim. E só por um trimestre no ano. Introdução à Física normalmente é uma matéria mais geral para cursos que fora da área das ciências... mas, bom, não é assim que funciona comigo. Alguns de você estão aqui na esperança de se formarem em física. Outros devem ter se matriculado apenas por ser obrigatório cursar algo na área de ciências. Seja lá qual for o motivo, o que quero que vocês aprendam aqui é a habilidade de continuar fazendo perguntas. De questionar os *por quês*. Óbvio que não vou reclamar caso essa seja apenas uma pequena parte da jornada de alguém até um Ph.D. em física, por exemplo. — Ela se permite dar uma risadinha depois disso. — Mas já vou considerar um sucesso se conseguir fazer vocês pensarem mais nos *por quês* do universo do que antes dessa aula.

"Agora, seguindo em frente com algumas regras básicas para manter a casa em ordem: esta universidade tem uma política de tolerância zero para plágio..."

— Você tá anotando isso? — pergunta o cara ao meu lado, o que faz minhas mãos paralisarem no teclado.

Encaro o que escrevi. *Não sei o que lá pêndulo. Perguntas: são uma boa. A matéria é: difícil. Plágio: ruim.*

— Tá olhando a minha tela? — sibilo. — Estou tentando prestar atenção. É você que tá aí no *Reddit*. Eu acho que — estico o pescoço — o fórum /PãoGrampeadoEmÁrvores vai ficar de boa sem você.

— Então é você que está olhando a *minha* tela.

Deslizo a mão pelo pequeno espaço entre nossos assentos.

— É impossível não olhar.

— Então tenho certeza de que você viu que é um fórum bem criativo e inspirador.

A dra. Okamoto está subindo os degraus do outro lado do auditório entregando cópias do cronograma da matéria.

— Na real, nem preciso — digo, quando meu agradável vizinho me entrega uma cópia, mas acabo pegando-a de qualquer maneira. — Não vou cursar essa matéria.

Infelizmente, ele precisa saber que, apesar da inegável faísca entre nós, nosso amor talvez não seja capaz de suportar a separação.

Ele até dá uma risada, um som áspero e discreto.

— Tantas anotações e nem vai fazer a matéria?

— Eu fiz física avançada no ano passado, então...

E tirei dois na avaliação, mas ele não precisa saber disso.

— Foi mal, não percebi que eu estava diante de uma antiga aluna de física avançada. — Ele toca o cronograma da matéria. — Então tenho certeza de que você já sabe tudo sobre eletromagnetismo. E sobre o fenômeno quântico.

Esse cara também deve ter frequentado a Escola de Lucie Lamont para Pessoas Incrivelmente Insuportáveis e se formado no curso de Levar Tudo Para o Lado Pessoal. Não consigo pensar em nenhuma outra coisa que explique ele ter uma postura tão reativa às 8h47 da manhã. Olha a economia do país, sabe. Quem é que tem tanta energia assim?

— Pois é, mas é que meu cérebro ainda está acordando, então vou ter que deixar para outra hora.

Ele não parece nenhum pouco impressionado. Percebi que suas orelhas são só um pouquinho de abano.

— Minha... a dra. Okamoto disse que só dá essa aula uma vez por ano. Tem uma lista de espera. Pra acadêmicos de física.

— E você é um desses, eu imagino — digo.

— Deixa eu adivinhar: você ainda não decidiu o que quer cursar.

Estou prestes a dizer que me decidi, sim, só não oficializei ainda, quando a dra. Okamoto volta ao pódio e dá início à aula do dia sobre o que é física.

— Não sou o tipo de professora que fica satisfeita em falar *para* os meus alunos por cinquenta minutos direto. Incentivo vocês a participarem, mesmo que não tenham a resposta certa. Na verdade, na maioria das vezes talvez nem haja uma resposta certa, quem dirá uma *única* resposta. — Ela dá um sorriso digno do Gato Listrado. — E essa é a hora em que eu faço uma prece a Newton, Galileu e Einstein para que pelo menos mais de dois de vocês tenham lido o material que mandei semana passada por e-mail. Vamos começar com o mais básico. Quem sabe me dizer o que a física estuda?

O material que ela enviou semana passada. Imagino que deva estar na caixa de entrada do e-mail da faculdade que eu não olhei porque houve uma confusão com outra B. Bloom, e a universidade só me deu um usuário novo ontem: *babloom*, o que, para mim, parece uma onomatopeia que alguém usa quando percebe que não leu o texto da aula.

O cara ao meu lado levanta o braço como se fosse uma criança do jardim de infância desesperado para usar o banheiro. Se eu não conseguir trocar essa matéria logo, com toda a certeza vou escolher um lugar diferente na próxima aula.

— Essa aqui tá anotando tudo — diz ele. — Eu ficaria supercurioso pra ouvir o que ela tem a dizer.

E ele está apontando para *mim*.

Que palhaçada é essa?

A professora o encara de um jeito estranho e depois fala:

— Certo. Você... qual é o seu nome, por favor?

Merda. Penso em dar um nome falso, mas a única coisa em que consigo pensar é Fulana de Tal. Nossa, eu arrasaria muito em uma aula de improviso.

— Hum... Barrett. Barrett Bloom.

— Oi, Barrett Bloom. — Ela vai para o outro lado do palco e deixa o microfone no púlpito, mas sua voz é forte o bastante para dar conta sozinha. — O que a física estuda? Considerando, é óbvio, que você tenha lido o material.

— Bom... — Aquele dois em física avançada não serve para *nada* mesmo. Ajeito os óculos, como se ver melhor fosse, de algum jeito, me trazer a resposta. — O estudo dos objetos físicos? — Antes mesmo de terminar de falar, já sei que não está certo. No ano passado estudamos para caramba coisas intangíveis. — E também... de objetos não físicos?

Alguém atrás de mim disfarça uma risada, mas a dra. Okamoto levanta a mão.

— Você consegue ser mais específica?

— Olha, para ser bem sincera, acho que não.

— É por isso que estamos começando daqui. Miles, você gostaria de elaborar um pouco mais?

O garoto ao meu lado fica na beirada do assento. Óbvio que a professora já sabe o nome dele. Aposto que esse cara deve ter chegado cedo, trazido café e bolinho para ela e dito o quanto havia amado a leitura.

— Física é o estudo da matéria, da energia — diz ele, tranquilo e com palavras carregadas de confiança — e de como elas se relacionam entre si. É usada para entender como o universo se comporta e prever como vai funcionar no futuro.

— Perfeito — diz a dra. Okamoto, e eu quase consigo sentir o calor do orgulho que Miles sente de si próprio.

No fim da aula, que acontece pontualmente às 9h20, meu pescoço dói de tanto me forçar a olhar para a frente o tempo inteiro, nunca para a direita.

Miles não se apressa para guardar tudo na mochila. FÍSICA IMPORTA, diz um dos adesivos em seu notebook. As piadinhas nesse ramo da ciência são mesmo intermináveis.

— Você não frequentou a Escola Island não, né? — pergunto.

É possível que eu apenas não me lembre desse garoto enquanto ele continua me odiando como a maioria dos meus colegas.

— Não. Sou do oeste de Seattle.

Ah. Um cara da cidade.

— Olha, sei lá o que eu fiz para te ofender além de ter insinuado com toda a gentileza do mundo que não sou apaixonada por física, só que existe setenta por cento de chance da minha colega de quarto colocar creme depilatório no meu xampu mais tarde, então o meu dia foi meio difícil. E o que você fez meio que só piorou.

Sem piscar os olhos escuros, ele franze o cenho de um jeito estranho.

— Pois é, sei como é — diz ele, baixinho, e passa uma mão por uma onda de cabelos pretos. — O dia difícil, no caso. Não o creme depilatório.

— Ah, deve ter sido muito difícil mesmo — digo. — Decidir qual lugar te daria mais vantagem como candidato favorito a maior puxa-saco do ano.

— E mesmo assim foi você que sentou do meu lado.

— Um erro que não vai se repetir. — Agarro a mochila, semicerro os olhos para ele e espero toda essa banca cair por terra. Eu devia é ficar aliviada, afinal, achei a única pessoa que deve ter mais dificuldade de fazer amigos do que eu. Grosseria não é novidade nenhuma para mim, mas nessa intensidade, cedo assim e vindo de uma pessoa que não conheço? Aí é novidade. — Enfim. Eu até diria que a gente se vê sexta, mas tô a caminho de um conselheiro, então há grandes chances dessa ser a última vez que nossos caminhos se cruzam. — Gesticulo com a mão para a sala de aula. — Aproveita esse lance de entender o universo.

☽☽☽

Outra coisa que tem muito na faculdade: filas. No refeitório, no banheiro, no centro de aconselhamento de calouros enquanto todos nós que fizemos merda durante a matrícula esperamos para ouvir nossos destinos. Quando finalmente chega minha vez, tenho que preencher um formulário e verificar meu e-mail *babloom* para ver se meu pedido foi aprovado ou não.

Minha aula de duas da tarde é uma matéria obrigatória de Língua Inglesa dada por um estagiário com cara de entediado, mas que, de vez em quando, fica um gostoso, e passa metade do tempo analisando frases sintaticamente. Tenho a impressão de que a maioria dos professores não é tão animada quanto a dra. Okamoto, o que faz eu me sentir um pouquinho culpada por sair da aula, mas não culpada o bastante para ficar.

O que estou realmente esperando é a entrevista no *Washintogtoniano*, uma vez que as disciplinas de jornalismo lotaram rápido com os veteranos e eu talvez só tenha chance de cursar alguma no fim do ano. O prédio de jornalismo não fica muito longe, perto do Olmsted Hall, o que parece ser um sinal promissor. No caminho até lá, vejo um skatista ignorar as placas de PROIBIDO ANDAR DE SKATE na Praça Vermelha e atropelar um grupo de dançarinos de swing. Seguindo à risca o jeito do povo do Noroeste Pacífico de evitar conflitos, todos acabam pedindo desculpas uns para os outros.

Subo três lances de escadas íngremes e acúmulo três vezes mais suor do que gostaria antes de chegar à sala do jornal no último andar. Meu celular diz que lá fora está fazendo 24 graus, um calor bem estranho para o fim de setembro em Seattle. Preciso parar no banheiro para garantir que minha maquiagem não derreteu.

A porta da redação está aberta e o lugar já está fervendo, apesar dos poucos ventiladores. Dentro, há vários computadores de mesa divididos por seções do jornal; os equipamentos mais chiques ficam em um canto para os cinegrafistas e os monitores maiores dos designers, no meio da sala. E então há as paredes alaranjadas cheias de textos escritos com pincéis atômicos. Se eu já não estivesse decidida a trabalhar neste jornal, as paredes teriam me convencido. Cada frase é uma citação atribuída, sem contexto, a alguém que trabalhava para o *Washingtoniano*, e pelo menos um terço delas tem conotação sexual. Sempre que alguém diz algo que acham que valha a pena escrever ali eles gritam: "coloca na parede!". Na mesma hora, virou meu sonho: dizer algo tão bom a ponto de ser imortalizado com uma caneta marcadora permanente.

— Oi — digo, toda atrapalhada, para ninguém em particular. — Vim pra uma entrevista com Annabel Costa. A editora-chefe.

Uma garota loira com corte de cabelo pixie de pé perto de um dos computadores dos designers vira a cabeça na minha direção.

— Barrett? Eu lembro de você na palestra! Foi você que fez todas as perguntas.

Me esforço para não franzir o cenho.

— Desculpa.

— Que desculpa o quê! Ser repórter é, tipo, passar sessenta por cento do tempo fazendo perguntas. Você já tá arrasando.

Ela me guia até um escritório em um dos lados da sala e enfia o longo vestido preto debaixo das pernas quando se senta. É um vestido simples, e ela usa óculos grandes com estampa de tartaruga e nenhuma maquiagem. Mesmo assim, há algo nessa garota que passa a vibe de uma pessoa muito mais velha do que uma caloura ou veterana. Uma sofisticação a mais, como se ela tivesse tido muito tempo para entender a verdadeira essência de Annabel Costa. Há certa calidez nela que eu jamais tinha visto em alguém — alguém da Island, nem na Lucie e nem no fã número um de física, Miles.

— O básico você já ouviu ontem, né? — pergunta Annabel. — A gente já foi um jornal diário, mas agora saímos só nas segundas e quartas devido a cortes de orçamento. Dependendo de como a equipe de cada segmento tá, chamamos uns seis repórteres novos no trimestre de outono. — A editora se reclina na cadeira para tentar abrir um pouco mais a janela atrás de si e solta um suspiro quando não consegue. — Essas entrevistas são mais divertidas se forem meio casuais. Informais. Não vou ficar perguntando onde você se imagina daqui a cinco anos. Tenho o seu currículo com os links das reportagens que você fez pro — ela confere — *Navegador*. É bem impressionante. Você escreveu... quase cinquenta matérias em quatro anos? Em um jornal mensal?

Ela dá um assobio baixinho.

— Eu não tinha muitos amigos — digo, e a risada de Annabel faz valer a pena eu ter explorado minha baixa autoestima.

— O que despertou seu interesse pelo jornalismo? — Ela franze o nariz, o que faz seus óculos irem mais para cima. — Desculpa, acho que essa é uma das perguntas típicas de entrevista de emprego, né? Mas juro que fiquei curiosa de verdade.

Dou um sorriso. Annabel e eu podemos ser colegas de trabalho. Podemos ser até *amigas*.

— Acho que já tá na cara que eu sou bem chata. É o meu jeitinho. — Ela ri de novo e eu continuo. — Quando eu era pequena, minha mãe e eu ficávamos babando com os perfis de celebridades, aqueles que conseguem fazer a gente ver alguém de um jeito completamente diferente.

Alguns dos meus favoritos: uma entrevista de dez anos atrás com Chris Evans na *GQ* que faz o leitor ficar com uma pulga atrás da orelha e imaginar se o autor tinha uma relação íntima com ele ou não. Uma reportagem com histórias sobre *Legalmente loira*. E, é óbvio, "Frank Sinatra Has a Cold", escrito por Gay Talese, provavelmente a obra de maior impacto no jornalismo de cultura pop. Sinatra se recusou a falar com ele, mas Talese o seguiu por três meses mesmo assim e ficou simplesmente observando e conversando com qualquer um que fosse próximo de Sinatra.

O resultado foi um texto narrativo que abalou o mundo jornalístico, uma reportagem vívida e pessoal que parecia ficção, mas não era.

— Amo reportagens que pegam alguém intocável e o transformam em uma pessoa *real* — continuo. — Tem tanta coisa, que normalmente passa despercebida para a maioria de nós, escondida nas entrelinhas.

Nada disso é mentira, mas estes fatos escondem uma verdade incômoda: nunca soube como falar com as pessoas do jeito fácil que os outros parecem conseguir. A vida inteira, a pessoa de quem fui mais próxima era minha mãe. No ensino fundamental, eu tinha o hábito de evitar fazer amigos: *tenho a minha mãe; não preciso ficar de papo furado com outras crianças de dez anos!* Por ter engravidado superjovem, minha mãe também não se dava muito bem com os outros pais.

Assim que cheguei no ensino fundamental, percebi que ter a mãe como melhor amiga não me fazia ser a mais descolada de todas, mas, por outro lado, eu me sentia incrível quando a gente ficava acordada até tarde tendo ideias que beiravam o inapropriado para cartões de presente que ela jamais venderia na papelaria, ou quando fazíamos nossas maratonas temáticas de filmes, como a Noite de Judy Greer Dando o Sangue na Tela ou o Fim de Semana da Austen Moderna. Herdei tanto o gosto por cultura pop quanto o humor ácido dela. Quando eu percebi que talvez quisesse ter outras pessoas na minha vida, todo mundo já tinha um grupo sólido e bem estabelecido de amigos, e a sensação era de que eu tinha ficado para trás. De que tinha perdido o bonde e desperdiçado a chance de fazer essas conexões quando era mais nova, quando todo mundo deve fazer amizades.

Foi aí que encontrei o jornalismo. Na sétima série, eu almoçava sozinha na biblioteca quando um desconhecido se aproximou da minha mesa. Um aluno do oitavo ano.

— Oi! — disse ele, todo animado. — Posso fazer umas perguntas?

— Eu... acho que a gente não se conhece — respondi.

Ele deu uma risada. Era a gargalhada confiante de um veterano que não almoçava sozinho na biblioteca.

— Eu sei. É pro jornal da escola.

A reportagem dele era um texto superficial a respeito da biblioteca reformada, incluía alguns entrevistados e minha citação "amo almoçar aqui!" acompanhada de uma foto minha no meio de uma piscadela. Quando chegou a hora de escolher as aulas do semestre seguinte, escolhi jornalismo, e o que começou quase como um experimento social se transformou em um amor mais profundo por construção de narrativas.

Aparentemente satisfeita com minha resposta, Annabel faz mais algumas perguntas básicas de entrevistas de emprego antes de começar a ser mais específica.

— Temos vagas em todas as equipes: notícias, colunas especiais, artes e esportes. Você tem alguma preferência?

— Já escrevi algumas notícias e colunas. Quero dizer, tirei leite de pedra com as notícias que dava para conseguir no ensino médio, e em geral era um novo sabor de pizza no cardápio da cafeteria — respondo. — Sendo bem sincera, eu escreveria até sobre o sistema de esgoto da faculdade se você me quisesse na equipe.

— É um assunto bem requisitado. — No computador, ela aponta para algo que não consigo ver. — O que me deixou bem curiosa, na verdade, foi essa reportagem que você fez sobre o time de tênis.

— Tem certeza? Porque eu tenho a impressão que "Por Água Abaixo: Segredos do Sistema de Esgoto" poderia ser jornalismo de primeira. Estou pronta pra começar.

O sorriso de Annabel vacila. Meu charme (se é que eu tenho algum) está parando de fazer efeito.

— Tem um aviso aqui dizendo que os comentários foram desativados, diferente das outras matérias.

Me obrigo a respirar fundo algumas vezes. Não é que eu tenha vergonha desse texto em si, mas não posso permitir que minha mente foque em tudo o que veio depois dele. E não vou. Aqui não.

— Descobri que um bando de jogadores de tênis tinha colado em uma prova — digo, me esforçando para manter a voz baixa e escolhendo as palavras com cuidado. — Tinha uma prova de trigonometria no meio do trimestre que era impossível. Quase ninguém tirava mais do que seis. Só que todos os jogadores de tênis da minha sala conseguiram tirar nove, e quando eu comecei a investigar, percebi que tinha acontecido a mesma coisa em todas as turmas daquela professora.

Mercer Island: um subúrbio rico de Seattle onde as escolas públicas parecem escolas particulares. Devido ao clima inconstante, os moradores basicamente eram obrigados a fazer parte de algum clube para conseguirem jogar tênis, e esses clubes eram caros. Os jogadores de tênis dominavam a escola com suas raquetes brilhantes, camisas polo e insígnias do campeonato do distrito. Quando, no meu primeiro ano, ganharam o estadual pela primeira vez, a escola cancelou as aulas de metade do dia e fez uma recepção especial para eles.

A professora Murphy não sabia mentir e confessou na mesma hora quando eu a confrontei. A parte mais ridícula é que eu fiquei mesmo *orgulhosa* de ter escrito a matéria. Me imaginei vencendo prêmios de jornalismo estudantil e talvez até ganhando bolsas de estudo (sensação que durou mais ou menos uns cinco minutos). As provas eram tão contundentes que o time foi desqualificado e uns doze jogadores acabaram de recuperação. Blaine, o namorado de Lucie na época, era um deles, e ela me culpava pelo término do relacionamento. Parou de falar comigo, exceto quando era necessário, e garantiu que seus amiguinhos ricos e poderosos fizessem o mesmo.

E simples assim, fiz a escola inteira se virar contra mim.

— Ah, eu ouvi falar disso — diz Annabel. — Eu estudava na Bellevue, mas todo mundo comentou.

Ainda deve contar como conquista a minha notoriedade ter se espalhado entre escolas que eu nem frequentei.

— As consequências não foram nada boas, como você pode imaginar. — Depois de uma respirada trêmula, consigo continuar. Se eu chegar ao fim da semana com todos os botões dessa calça intactos, vai ser uma prova de que algum deus existe. — Mas acho que me ajudou a virar uma jornalista melhor.

— Como assim?

— Para começar, não tenho medo de fazer inimigos.

Annabel franze o cenho.

— Podemos até ser um jornal acadêmico, mas esse ambiente é profissional. Não queremos ninguém usando o nosso nome pra manchar a nossa reputação.

— Acho que não usei as palavras certas — digo, ansiosa para colocar essa entrevista de volta ao eixo. — Eu só quis dizer que... não ligo de mexer em um vespeiro para conseguir uma matéria. Se você precisar de alguém que meta a cara e faça perguntas que ninguém tem coragem de fazer, mesmo que signifique agir como uma sacana do caramba, pode contar comigo. — Dou uma risada forçada para tentar soar autodepreciativa. — Tenho bastante experiência em ser odiada pelas pessoas. Olha a minha colega de quarto, por exemplo…

— A sua colega de quarto já te odeia?

— Não, não — respondo rápido. *Se controla*. — Quer dizer… odeia, mas só porque estudamos na mesma escola. É… complicado.

E, de algum jeito, consegui piorar a situação.

— Ah.

O olhar de Annabel desvia até uma pilha de papéis na mesa. Currículos de outros alunos. *Merda*. Estou perdendo ela. Contar que sou capaz de agir como uma sacana do caramba: que ótima estratégia para uma entrevista de emprego.

De jeito nenhum que minha reputação do ensino médio vai me perseguir para sempre. Passei tantas noites me convencendo disso enquanto vasculhava os arquivos da *Vanity Fair*, e tantos dias caminhando pelos corredores com uma armadura metafórica. Eu sabia que nem todo mundo se importava com o time de tênis, mas juro por *Deus* que às vezes parecia que sim. Eu tinha que agir como se não estivesse nem aí, mesmo quando fingiam jogar bolas de tênis em mim ou quando paravam na minha carteira para provar que não estavam colando nos dias de prova. Ou ainda quando um professor de história me passou um trabalho sobre Benedict Arnold e meus colegas sussurraram "traidora" ao me verem levantar para a apresentação.

Porque a alternativa, porque deixá-los acabar comigo de novo e de novo, era simplesmente… muito pior.

Por meses, fiquei pensando se tinha feito a coisa certa, mas eu sempre acabava na mesma conclusão: aquilo era uma prévia da realidade com a qual eu teria que lidar quando fosse uma jornalista de verdade. Eu tinha que ter mais sangue-frio.

Apesar do que aconteceu, meu amor pelo jornalismo nunca titubeou, e eu continuei fazendo parte do grupo cada vez menor de pessoas que assinavam as versões impressas do *New York Times* e da *Entertainment Weekly*.

Trabalhar nesse jornal significaria que a nova Barrett é de fato uma versão melhorada. Que o jornalismo é a coisa certa para mim.

— Essa conversa foi muito reveladora, Barrett — diz Annabel depois de mais algumas perguntas, mas dá para perceber que não está muito convencida. Ela se levanta e estende uma mão sobre a mesa. — Como eu disse, temos só algumas vagas abertas na equipe, e pode ser competitivo, então... a gente entra em contato.

Jogo, set, partida.

Capítulo três

ESPERAR EM MAIS UMA FILA NO REFEITÓRIO PARECE tão atrativo quanto raspar as pernas no chuveiro microscópico do Olmsted. Em vez disso, faço uma longa caminhada pelo campus; as folhas do outono que se aproxima e os prédios de tijolinhos centenários contrastam com os edifícios mais novos, mais eficientes no uso de energia e com ângulos pontudos e paredes de vidro.

Sempre parecia mágico quando minha mãe me trazia aqui na infância. Ela ficava apontando os lugares de que mais gostava e parava no prédio onde entrou em trabalho de parto. O relacionamento entre minha mãe e meu pai não durou mais do que a gravidez, e ele não tinha lá muito interesse em se tornar pai. Mas minha mãe sempre foi tudo de que eu precisava. Terminar a faculdade com um bebê foi difícil, mas com a ajuda dos pais ela conseguiu, e eu sempre a admirei por isso.

— Essa faculdade está no seu DNA — dizia ela.

Parte de mim achava meio cafona, mas eu acreditava. Tínhamos uma conexão, essa universidade e eu.

Agora tudo o que sinto é a facilidade chocante de me fazer desaparecer no meio de todo mundo. O *Washingtoniano* era a minha única certeza, e eu estraguei tudo. Porque, de algum jeito, mesmo sabendo que estava sendo um desastre, eu não consegui fechar a matraca.

Minha mãe liga enquanto caminho sem destino por aí, mas deixo a chamada cair na caixa postal. Depois, ela manda uma mensagem e me sinto culpada por não ter atendido.

Mamãe:

> Caso você já esteja com saudade da sua mamãezinha querida aqui, que tal pedir comida tailandesa hoje à noite? Quero muito saber como foi o primeiro dia.

> Tá bom, sou eu. Quem tá morrendo de saudade sou eu.

Quero contar tudo o que rolou, mas ela não sabe todos os detalhes do que aconteceu comigo no ensino médio. Minha mãe nunca foi superprotetora demais, e eu não queria que a caça às bruxas na escola por causa da reportagem sobre os jogadores de tênis mudasse isso. Se ela se metesse e tentasse resolver meus problemas, talvez o equilíbrio entre nós duas fosse destruído.

Barrett:

> Tô com tarefa até o pescoço. O dia foi bom. Que tal nesse fim de semana?

Quando volto ao dormitório, o sol já está se pondo. Eu não esperava sentir essa satisfação tomando conta de mim quando destranco a porta e encontro Lucie ali, em meio a uma confusão de maquiagem e roupas espalhadas na cama dela e nas duas mesas, apesar do sermão sobre limpeza de hoje de manhã. Uma extensão conecta seu modelador de cachos à tomada de baixo da minha mesa, e ela se esgoela ao cantar uma música que não reconheço.

Lucie Lamont pode ser caótica também. Ah, mas eu vou fazer essa garota sofrer.

Ela está passando delineador em um dos olhos.

— Não se preocupa — diz ela, olhando o espelho preso em seu lado do guarda-roupa. — Daqui a pouco já vou sair, e aí você pode fazer... sei lá, qualquer sacrifício ritualístico que tenha planejado.

— Na verdade, seria bem útil se conseguisse uma mecha do seu cabelo primeiro.

Fecho a porta e, sem jeito, passamos uma pela outra antes de eu me jogar na cama.

— Dia difícil?

— Fácil é que não foi — murmuro com a boca no travesseiro. — A gente não precisa conversar só porque estamos no mesmo quarto.

— Se é o que você quer.

O bom humor dela é tão inesperado quanto um pouco preocupante.

— Falou com a coordenação? Nossos dias juntas estão contados?

— Melhor ainda — responde Lucie. — Vou para uma sororidade.

— Então você não conseguiu um quarto sozinha.

Seu tom empolgado vacila.

— Eu já pensava em entrar em uma sororidade mesmo. Faço parte de um legado; minha mãe é da Gamma Tau. E... não consegui um quarto sozinha.

Rolo na cama para não esmagar o celular. Pego-o do bolso, mas não há nenhuma mensagem. Nem ninguém me ligando.

— Enfim — diz Lucie, enrolando uma mecha do cabelo ruivo ao redor do modelador de cachos —, ainda essa semana, vou me encontrar com algumas garotas pra ir em uma festa no Panteão Grego. Mas acho que vão passar um filme no pátio hoje à noite, caso você esteja atrás de alguma coisa para fazer. Vai ser *Feitiço do tempo*, eu acho.

— E você diz isso deduzindo que eu já não planejei uma noite super-selvagem?

— Nós duas sabemos que a sua ideia de diversão envolve assistir a *Veronica Mars* com a sua mãe.

Minha mãe compartilhou todos os seus programas favoritos de TV comigo, e durante nosso breve fragmento de amizade, Lucie chegou até a ir lá em casa assistir com a gente. Tínhamos acabado de preencher a lacuna entre colegas de escola e amigas para sempre. O fato de ela trazer isso à tona me deixa pensativa. Será que ela lembra dessas coisas também?

— Não vem falar mal de *Veronica Mars*. É um clássico dos anos 2000. — Gesticulo para a camiseta *oversized* com mangas bufantes de Lucie, que acompanham leggings pretas que parecem caras e talvez sejam de couro. — A festa é temática, é? Tipo "se vista como seu pai fundador favorito"? Ou então "como o pai fundador menos racista"?

— Tenho quase certeza de que todos eles eram racistas. E o tema é vai se ferrar — ela fala em um tom gentil, mas acaba dobrando as mangas, tirando a camiseta de dentro da calça e a amarrando na altura do umbigo.

— Talvez eu me ferre mesmo. Afinal de contas, é uma quarta-feira muito louca.

Posso estar errada, mas acho que ela dá uma risadinha abafada.

Apesar de saber que esse sentimento foi engatilhado apenas pela notícia de que não vamos mais morar juntas, por um segundo fico quase *decepcionada* por ela ir para uma sororidade. Queria perguntar se ela fez a entrevista para trabalhar no *Washingtoniano* também, mas tenho medo de saber que ela conquistou a tão disputada vaga.

Também é possível que o dia simplesmente tenha sido pesado demais e minhas emoções estejam se manifestando de maneiras estranhas. Essa hipótese soa bem mais realista.

— A festa é na Zeta Kappa — diz ela. — É aquela fraternidade grande na Fiftieth Street, com as estátuas gigantescas de huskys do lado de fora, sabe?

O husky é o mascote da UW, e os alunos desfilam ao redor de um cachorrinho chamado Dubs em eventos esportivos. A única coisa que poderia me inspirar a assistir a uma partida.

Já passei por essa fraternidade várias vezes — é a mais cafona de todas.

— E você está me contando por quê?

— Eu... não sei. — Lucie tira o modelador de cachos da tomada. Seu cabelo é tão liso que é difícil manter os cachos. — A gente é colega de quarto. Pelo menos por enquanto. Se uma de nós vai sair do campus de noite, faz sentido avisar.

— Beleza. — Vasculho a mochila à procura do meu spray de pimenta. — Quer levar isso aqui?

Ela abre uma bolsinha metálica e mostra sua própria lata.

— Já cuidei disso. — Depois de arrumar o quarto, ela se olha no espelho de novo e mexe no cabelo para tentar, pela última vez, deixá-lo com um pouco de volume. — Boa noite, então.

Resmungo uma resposta, e quando Lucie sai tenho uma ideia: um jeito de salvar toda a minha experiência na faculdade, ou pelo menos esse primeiro dia desastroso.

ಅಅಅ

Foi bom não ter emprestado meu spray de pimenta para Lucie, porque estou com ele na mão enquanto caminho para o norte do campus. Se eu sei como usá-lo caso alguém pule dos arbustos e exija todo o meu dinheiro? Não. Se confio no meu cérebro para reagir de maneira adequada à situação e pressionar o botão vermelho em vez de gritar, sair correndo e inevitavelmente tropeçar em alguma coisa? Também não.

O caminho é uma subida, e depois de um minuto já estou ofegante. Se a faculdade não me matar, vai me transformar em uma supercorredora. Vou carregar a UW nas costas e ganhar o nosso primeiro campeonato. Marcas de tênis de toda parte vão implorar para me patrocinar. *Como é que você consegue?* Todos vão querer saber. *Perseverança*, será minha resposta. *Perseverança, coragem e o par certo de tênis.*

— Barrett? — chama uma voz masculina.

Me viro e vejo uma silhueta se aproximando pelas sombras. Não sei de onde ele veio, quem é ou como sabe o meu nome, mas o rapaz está com as mãos na frente do rosto e eu estou com o dedo no gatilho do spray. Semicerro os olhos, acho que o certo seria ler as instruções antes, mas...

— Espera... eu não sou...

Fico tão assustada que derrubo a lata.

— Ai, meu Deus, meu Deus do céu. Me desculpa.

— Você quase jogou spray de pimenta em mim.

— Desculpa — repito.

Minhas mãos continuam tremendo. Então o reconheço, e talvez minhas desculpas já não sejam mais tão sinceras assim. Miles, o sr. FÍSICA IMPORTA. Quem melhor para encontrar sem querer em um caminho escuro às... bom, são só 9h15 da noite, mas mesmo assim. A única hora ideal para encontrar sem querer alguém que me humilhou publicamente é cinco para nunca.

— O campus pode ser perigoso de noite. Você não devia ficar andando sozinha por aí.

Miles trocou de roupa; está usando agora uma camiseta azul-marinho e o cabelo escuro parece bagunçado, como se ele tivesse passado as mãos pelos fios sem parar. O jeito que suas orelhas se destacam agora não é tão dramático a ponto de ser a primeira coisa que percebo, mas já é o suficiente para me fazer pensar se valentões fizeram a vida dele ser um inferno em algum momento. Além do mais, apesar de ser alto (muito mais alto do que os meus 1,60), ele não tem uma postura imponente. Talvez seja a maneira com que a luz dos postes reflete nos traços angulosos de seu rosto, mas há um cansaço em sua expressão que não percebi na aula. Um ar de resignação.

— Talvez fosse uma boa se caras estranhos não gritassem o meu nome e quase me matassem de susto, sabe?

— Faz sentido. Desculpa.

E as desculpas até que parecem sinceras mesmo. Ele passa a mão pelo cabelo e confirma minha teoria: esse tal de Miles é alguém cheio de tiques nervosos.

— E quer saber? Eu odeio isso aqui.

Pego minha fiel lata de spray de pimenta e a seguro. Juro que vou acabar pulverizando essa coisa no meu próprio rosto.

— Por favor, não fica balançando por aí — diz Miles, e ele tem razão, então a guardo na minha bolsa. — Tá indo pra onde?

— Pra uma festa. E você?

— Encontrar um amigo.

Está esfriando, o que me faz apertar meu suéter. O prédio do teatro fica à direita, e o da administração, à esquerda. Se estivermos saindo do campus pelo mesmo caminho, seremos meio que obrigados a andar juntos.

— Então... você saiu da aula de física? — pergunta ele, justo quando o silêncio estava prestes a se tornar insuportável.

Ele está com os tiques de novo, dessa vez mexendo no *smart watch*.

— Ainda não. Precisei preencher um formulário, e agora acho que tenho que rezar aos deuses das pessoas que não leem os textos antes da aula.

— Ah. Esses deuses. Acho que eles devem viver ocupados tentando evitar que essas pessoas sejam expostas durante a aula, mas tomara que achem um tempinho pra te ajudar.

O senso de humor dele me pega desprevenida.

— Falando em ser exposta durante a aula — digo. — Você não vai se desculpar pelo que rolou hoje?

— Refresque a minha memória.

Paro de andar.

— Sério? Você levantou a mão para dizer à professora que queria ouvir o que eu sabia sobre física. No *primeiro dia*. E por algum motivo, a professora te deu ouvidos.

Miles pisca, como se eu precisasse mesmo refrescar sua memória, faça-me o favor, né. Aconteceu há apenas algumas horas. Um pingo de remorso parece atravessar seu rosto; ele franze o cenho e admite:

— Você está certa. Foi muita sacanagem da minha parte. Me desculpa. Essa semana tá... estranha.

Talvez seja o choque de presenciar um homem admitindo que errou, mas acho que existe mesmo uma chance de eu perdoá-lo. É bem provável que eu mesma acabasse achando algum outro jeito de me humilhar caso ele não tivesse acelerado o processo.

Apesar de Miles não desenvolver o assunto da semana estranha, dou um suspiro conformado. Tudo bem, ele pode caminhar comigo. Não, *comigo* não. Perto de mim.

Verifico o mapa no celular quando chegamos na primeira interseção na entrada do campus, aquela com o W gigante de bronze. Atravessamos a rua juntos, e eu tenho que me apressar para conseguir acompanhar os passos largos dele. Não vou perder meu título de supercorredora.

— Onde seu amigo mora? — pergunto.

Ele passa a mão pelo punho de novo.

— A umas quadras daqui.

E mesmo assim ele não desvia do meu caminho, nem quando chegamos à casa com as estátuas de husky na frente.

Eu paro.

Ele para.

Nós dois nos viramos para subir na calçada.

— Ué, você não falou que ia encontrar um amigo? — pergunto.

— E vou. Em uma festa.

Do jeito mais melodramático que consigo, estico os braços e gesticulo para que ele vá na frente. Depois de hesitar por um momento, ele segue a deixa. Óbvio que a gente acabaria na mesma festa. Óbvio que o universo acharia isso hilário.

— Vocês dois estão juntos? — pergunta o cara na porta quando Miles se aproxima e vira o pescoço para me olhar. Será que a função de segurança é um trabalho para alguém do topo ou lá de baixo na hierarquia da fraternidade? — A gente tá tentando dar uma equilibrada. Não queremos mais caras do que minas. Não posso te deixar entrar a menos que estejam juntos.

Miles quase implora com o olhar. Não sei o que ele está fazendo aqui, se um desses héteros top da fraternidade é amigo dele ou se só quer enfiar o pé na jaca depois de uma "semana estranha". Além do mais, não quero me meter nesse papo furado binário sobre gênero.

— Ele tá comigo. — O cara dá um passo para trás e permite nossa passagem. — Você me deve uma — sibilo para Miles enquanto entramos.

— Posso te ajudar com física — diz ele, com um sorrisinho bem discreto. Um parêntese cortado pela metade.

E com essa, ele felizmente desaparece em meio à multidão.

Na minha imaginação, a Zeta Kappa era uma zona iluminada por luzes estroboscópicas, cheia de gente se pegando nas paredes e álcool em tudo quanto é canto. Na verdade, é uma casa antiga muito charmosa por fora que não recebe muito amor por dentro. Nenhum dos móveis combina e a maioria está caindo aos pedaços. Há gente bebendo, dançando e jogando *beer pong* em grupos pequenos. Há pessoas vestindo camisetas esportivas da UW, outras usando vestido e algumas apenas de jeans e camiseta. O corredor é cheio de retratos do passar dos anos na fraternidade. São tantos homens brancos que parece até um comitê do partido republicano.

Minha missão é ter uma experiência normal da faculdade. Isso significa que preciso bater papo com alguém. Vou desenvolver uma conversa educada, fazer a pessoa rir e depois vamos nos seguir no Instagram. Faz apenas quatro dias que moro no campus, e já dá para imaginar como esse ano vai ser: uma cópia do ano passado, do retrasado e por aí vai. Esperei tempo demais para esse ano acabar sendo igual aos outros.

Vou até a cozinha e deixo um cara encher um copo de cerveja para mim. Eu consigo ser uma universitária normal extravasando em uma festa. Eu consigo falar com pelo menos *uma* pessoa como um ser humano normal (coisa que eu duvido muito que eu seja já faz tempo).

O problema é que não conheço ninguém. O que vou revelar agora pode ser chocante, mas não participei de muitas festas na época do ensino médio. Na verdade, fui a uma, depois do baile. Eu devia ter sido mais esperta... devia ter imaginado que Cole Walker, o cara que me beijou com toda a gentileza na pista de dança e depois debaixo dos lençóis de um quarto de hotel, que me permitiu pensar que, no fim das contas, talvez eu não fosse um desastre tão grande assim, tinha feito tudo isso como uma piada. Em inglês, Bloom significa "florescer", "dar flor", ou algo assim, e foi daí que começaram a aparecer as provocações. **Reguei a florzinha da Barrett Bloom**, escreveu ele em um grupo, e a mensagem acabou chegando na escola inteira, junto a uma série de emojis safados. #BloomDesabrochou, respondeu um de seus amigos otários.

Quando abri a porta do meu armário na segunda-feira seguinte ao baile, rosas, tulipas e margaridas caíram lá de dentro. Sempre gostei do meu sobrenome judeu, mas, no último mês de aulas, ele acabou me rendendo uma nova reputação, uma fama que criou rachaduras em mim, fendas que ameaçavam deixar escapar todos os sentimentos que eu escondi por anos.

Havia quase dois mil alunos na escola, e uns doze com o sobrenome Walker. No fim das contas, o garoto que havia me convidado era irmão de Blaine Walker, o atleta que perdeu a bolsa de estudos depois de minha reportagem ter tirado a vitória do time de tênis.

Mando todas essas memórias para longe antes que fique difícil respirar, colo as costas na parede e finjo conhecer a música que todo mundo está cantando. Sei que não adianta pensar nisso agora, mas queria que minha mãe gostasse de umas músicas mais recentes. Depois, faço o Truque da Pobre Coitada em Festas: pego o celular e fico alternando entre beber cerveja e navegar pelos meus aplicativos de notícias: *New York Times*, CNN e BBC. E, de cara amarrada, abro também o *Outro Lugar*, site de notícias comandado pelos pais de Lucie, eles têm jornalistas bons para caramba na equipe e grandes reportagens que já ganharam diversos prêmios, incluindo uma matéria sobre o seriado *The O.C.* que eu e minha mãe devoramos no ano passado.

— E aí.

Observo o garoto recostado na parede à minha frente. Ele tem cabelos loiros que formam cachos perto das orelhas e veste uma camiseta roxa da Zeta Kappa.

— Oi. Você mora aqui?

— Pior que moro — responde ele. — É maneiro, né?

Levanto o copo de cerveja quente.

— Manda meus elogios para o seu sommelier.

Quando ele ri, seus olhos formam covinhas nos cantos.

— Você é engraçada. Meu nome é Kyle.

— Barrett.

Não é um nome muito comum, então a expressão que ele faz e o jeito que suas sobrancelhas se franzem por um momento não são completamente novidade para mim.

— Tipo... o Bart, dos Simpsons?

— Se isso te ajudar a não esquecer, então, sim, ué.

Soo muito agressiva. Isso aqui não é uma audição para ser a nova garota mal-humorada com um passado sombrio de alguma série da CW. O que eu quero é que alguém goste de mim. Então troco de marcha e finjo que ele é uma pessoa extremamente interessante que estou entrevistando para uma matéria de capa para a *Entertainment Weekly*.

— O que te fez querer entrar na Zeta Kappa?

— Todos os homens da minha família fizeram parte, então meio que não tinha muito o que pensar.

— Para que quebrar uma tradição, né?

— Pois é. — Mais uma risadinha. — Eu bem que gosto de garotas robustas — diz ele, baixinho, e abandono qualquer esperança de que isso aqui se transforme em amizade. — Tipo, é assim que se fala hoje em dia para não ser problemático, né? Ou essa sua galerinha aí tá ressignificando a palavra *gorda*? Acho que li algo do tipo na internet.

Ele fala como se fosse normal dizer uma coisa dessa em uma conversa. *Sua galerinha aí*. Como se eu fosse uma representante do grupo inteiro e tivéssemos acabado de fazer a Convenção das Gordas, em que discutimos nossa terminologia favorita.

— Tenho que vomitar — anuncio, e ele se encolhe contra a parede.

A casa ficou mais lotada e mais quente. Há corpos suados demais roçando uns nos outros. Não faço ideia de onde Miles se meteu ou do que fazer agora.

Me espremo para passar pelo corredor dando o meu melhor para parecer enturmada... até que encontro Lucie brincando de vira copo na sala de jogos e quase engasgo com o resto da minha cerveja nojenta. Ela está com um grupo grande de pessoas e, apesar de só conseguir ver metade de seu rosto, a barulheira, os vários gritos de comemoração, as risadas, os abraços e as danças deixam bem evidente que está se divertindo muito. Eles fazem parecer fácil pra cacete, como se fosse natural entrar em uma casa sendo uma estranha e fazer novos melhores amigos em menos de uma hora.

Alguém me empurra para o lado e, quando a cabeça de Lucie se vira até a porta, fujo o mais rápido possível.

Acabo no quintal, onde uma fileira de tochas Tiki iluminam o caminho, afinal, não seria uma festa de faculdade sem um pouquinho de apropriação cultural. Há pessoas jogando vôlei e assando hambúrgueres. Todos parecem tanto estar no lugar *certo* que meu peito chega a doer. Não me permito ficar assim, mas hoje à noite não tenho forças para lutar contra esse sentimento.

São 22h15 e a lua se tornou uma bola de prata no céu. Sei que não tenho espaço aqui. Pensei que eu me encaixaria na redação do jornal, mas talvez a minha triste realidade seja que eu não me encaixo em lugar nenhum, e essa percepção fica tão óbvia que chega a machucar nessas raras ocasiões em que tento forçar a barra. Eu tinha esperanças de que na faculdade fosse ser diferente, mas não sei ao certo como agir com o passado tão determinado a me seguir.

Se bem que, tendo em vista que fiquei sabendo da festa por Lucie, talvez quem esteja seguindo o passado seja eu.

— Cuidado! — grita alguém quando uma bola de vôlei vem com tudo na minha direção, um cara sem camisa vem atrás dela.

Corro para não ser atropelada por nenhum dos dois e tropeço em algo comprido, alto e quente.

Uma tocha Tiki.

Ela amortece o tombo, mas não muito, e caio com um grunhido. Minha bunda aprovada pela Convenção das Gordas absorveu o impacto. Minha barriga está encharcada de cerveja e o copo foi parar a alguns metros de distância. Pelo menos caí na grama. Enquanto isso, a tocha se balança ameaçadoramente para a frente e para trás.

Não não não não não.

Tento levantar, mas já é tarde demais. O que vem a seguir parece acontecer tanto em câmera lenta quanto em um piscar de olhos: a tocha cai, o ouro líquido se espalha pela escuridão e uma brisa levanta nuvens de fumaça branca no ar. Um arbusto de azaleia arbórea pega fogo e depois a trepadeira que serpenteia a lateral da casa. As folhas vão ficando pretas conforme as chamas aumentam...

Por um instante, não consigo me mexer.

Acabei de tacar fogo na fraternidade.

Capítulo quatro

— SAIAM DA CASA! — GRITA ALGUÉM.

As pessoas se apressam para ir até a rua. Alguns correm até o quintal para ver o que está rolando, mas a maioria mantém distância. Lá está Kyle, com o braço ao redor de uma garota que deve ser menos desagradável do que eu. Não vejo Lucie. E nem Miles.

Um alarme de fumaça começa a apitar e o barulho estridente faz o pessoal em festas nas casas vizinhas saírem. Todos gritam e há uma garota que chora, dizendo que não consegue achar a irmã. As chamas sobem ainda mais pela lateral da Zeta Kappa e vão transformando o ar em fumaça. Podem ter se passado tanto cinco segundos quanto cinco minutos até que eu volte a raciocinar, então me levanto bem na hora que alguns gênios começam a apagar o fogo com suas bebidas.

— O álcool só vai piorar! — grito, dividida entre tentar ajudar (mesmo que eu não faça a menor ideia de como) e desaparecer.

A plateia é pequena. O fogo reflete em lentes de óculos e telas de celular.

Meu coração martela no peito enquanto procuro por garrafas de água em um cooler. Não pode ser. Não é possível que eu tenha tacado fogo em uma fraternidade, durante uma festa para a qual nem fui convidada e com sabe-se lá quantas pessoas dentro.

À distância, um caminhão de bombeiro aciona a sirene.

— Como diabo isso foi acontecer? — pergunta um cara alto e musculoso vestindo uma camiseta do curso de administração que atravessa o amontoado de curiosos aos cotovelos.

— Foi ela. — Uma garota aponta para mim no momento em que fecho a mão ao redor de uma garrafa. — Ela que derrubou a tocha.

Pego a garrafa e a levo até o peito como se fosse um escudo.

— Eu não... me desculpa... foi um acidente.

A multidão parece se amontoar ao meu redor, como se todos estivessem fazendo um esforço coletivo para eu não fugir. Vejo Miles a uns três metros de distância, perto do limite entre essa residência e a próxima. Por algum motivo, ele não parece nem de longe tão preocupado quanto o restante das pessoas. Está apenas bebericando alguma coisa, só... observando.

Vou incluir isso na lista de coisas que não fazem sentido em relação a Miles e com as quais não me importo o bastante para investigar. Muito menos agora.

— Quem é ela, porra? — pergunta o primeiro cara, apontando o dedão para mim. — Alguém conhece essa garota? Porque eu nunca a vi antes na vida.

Uma onda de murmúrios atravessa a multidão. Ninguém me conhece. Essa lembrança de que não passo de uma forasteira não devia bater tão forte assim, mas bate. Sou uma forasteira que entrou sem ser convidada e está, no momento, destruindo algo que muita gente ama.

— Barrett? — Lucie força passagem até a frente do bando de pessoas. Os cachos em seu cabelo, se é que havia algum, já desapareceram, e as mechas caem sobre seus ombros. — Que merda é essa? Será que não dava pra você achar outra festa pra invadir?

O alívio por vê-la bem é imediatamente substituído por um sentimento feroz de traição. Se existe alguém capaz de deixar essa noite ainda pior, esse alguém é Lucie. Até porque, até alguns segundos atrás, ninguém sabia quem eu era.

— Eu não invadi — digo, com as palavras afiadas devido à raiva. A cada sílaba, aponto para ela. — Eu só tava...

— Você conhece essa aí? — pergunta o primeiro cara.

Deve ser o presidente da fraternidade.

Eu e Lucie nos encaramos, e torço para que ela veja o pânico em meus olhos. Que se importe pelo menos um pouquinho. *Por favor*, tento fazê-la entender. *Não diz nada.*

— Barrett Bloom — anuncia ela, com firmeza, adorando me jogar para os lobos, é óbvio. — Infelizmente, a gente fez o ensino médio juntas.

Pelo visto, aquele momento no quarto não significou nada.

— A polícia tá lá na frente — diz outro garoto. — Querem falar com alguma testemunha.

Não. Isso *não pode* estar acontecendo. Meu primeiro dia na faculdade não pode ter literalmente virado cinzas.

Não penso. Só saio correndo.

ʊʊʊ

No segundo ano do ensino médio, corri um quilômetro e meio em dezesseis minutos. Quando cruzei a linha de chegada, com as pernas em chamas e a garganta seca, o professor de educação física (que também era o treinador do time de tênis) pesquisou algumas estatísticas no celular.

— Parabéns — disse ele, enfiando o celular na minha cara. — Você correu quase tão rápido quanto uma velha de setenta anos.

Mas a adrenalina muda tudo. Porque essa noite tenho certeza de que eu deixaria essas septuagenárias comendo poeira. Acelero pelo Panteão Grego, passo por outras casas que festejam os primeiros dias de aula, novos amigos e a empolgação sedutora da liberdade. Corro sem saber para onde estou indo, meus pés pisam com tudo na calçada e a única coisa em que consigo pensar é que preciso ir para o mais longe possível da Zeta Kappa.

Empurro meu corpo para cima, ao longo da Avenida Universitária, a estrada que cerca a universidade e que todo mundo chama de "A Ru". Esse lugar sempre teve uma aura mágica quando o frequentava com a minha mãe; todos os restaurantes baratos, as lojas fofinhas e as cafeterias lotadas de universitários estudando, sempre com ar de maturidade e sofisticação em excesso. Esta noite, não há nada disso.

Foi um acidente. Sei que não tive culpa, e acho que (pelo amor de Deus, *tomara que*) todos saíram da casa a tempo. Se eu tivesse ficado, a polícia teria me interrogado e, eu espero, entendido que não foi proposital. Não haveria nenhuma prova de que cometi um crime. Mas todos aqueles olhares acusatórios, o jeito que a multidão inteira se virou contra mim...

Bom, senti que tinha voltado para a escola.

Depois de um tempo, minhas pernas acabaram perdendo a força. Me agacho e, ofegante, abraço os joelhos. Continuo agarrando a garrafa como se minha vida dependesse disso, e acabo com metade da água em um único gole. Minhas coxas queimam e o jeans está roçando na minha pele nos piores lugares possíveis. E aqui vai outro furo de reportagem: essa não é mais a minha calça favorita. Não há ninguém me perseguindo, pelo menos, mas tenho quase certeza de que estou perdida. Meu celular tem só três por cento de bateria e desliga assim que abro o Google Maps.

Parece que sou uma fugitiva. É um absurdo. Mais do que absurdo. Não faço ideia de como esse dia foi de uma situação chatinha com minha colega de quarto para um *incêndio doméstico*. O desastre sempre me encontrou, mas isso aqui já é outro nível. Um desastre que se formou em Harvard, entrou no Mensa e ganhou um Prêmio Nobel.

Me esforço para respirar fundo o ar da noite e acalmar meu coração acelerado. Não posso entrar em pânico. Ainda não.

Mapeio os números das casas e as placas da rua. Decido ir na direção sul, e depois de uns doze quarteirões... *ali*. Ali está o fim do campus, o grande *W* de bronze que parece gritar *o que foi que você acabou de fazer?, quem você tá tentando enganar?* e *por que você achou que seria diferente na faculdade?*

Não sei, não sei, não sei.

Quando passo meu cartão de estudante para entrar no Olmsted, já estou para lá de apavorada e desanimada. Desabo contra a parede do elevador, vislumbro meu reflexo e percebo que estou destruída tanto por fora quanto por dentro. O rímel escorreu pelas minhas bochechas, os óculos estão embaçados, e o rosto, quase tão vermelho quanto os copos da festa. Meu cabelo virou um emaranhado de nós que vai me dar um trabalhão para desembaraçar amanhã. Mas pelo menos amanhã será um novo dia.

Enfio a chave na maçaneta e é obvio que tudo fica meio borrado por causa da cerveja e da revigorante corrida noturna. A porta do quarto 908 nem se mexe. Jogo meu peso e viro a chave com toda a força que tenho.

Ela passou a trava. *Que droga.* Ou Lucie correu para chegar antes de mim ou eu demorei muito mais do que havia pensado.

— Lucie! — dou um grito meio sussurrado enquanto bato na porta. Imagino que o novo Olmsted não vá ter travas. Paige me contou que elas foram instaladas para manter os alunos em segurança durante as manifestações de 1960. — Lucie… faz o favor, cara. Abre isso aqui.

Nenhuma resposta.

— Lucie. Por favor.

Eu riria se não estivesse prestes a chorar. Estou tão perto de surtar que faria os dois se tivesse a energia.

Depois de mais alguns segundos batendo na porta para nada, me arrasto para a área comum no fim do andar. O espaço conta com dois sofás surrados, uma TV e um amontoado de cobertores bem duvidosos. Duvido que ninguém nunca tenha transado aqui.

Escolho o sofá que parece menos surrado, mas que ainda não é lá grande coisa. O móvel range quando me sento, como se até a mobília estivesse protestando contra Barrett Bloom. Tenho certeza de que nada disso teria acontecido se minha colega de quarto fosse Christina Dearborn, de Lincoln, Nebraska, como deveria ter sido. Ou talvez a universidade devesse ter demolido esse prédio durante o verão em vez de fazer a gente sofrer assim.

Uma coisa boa nessa sala: a estação universal de carregadores. Meu cérebro não cala a boca, então conecto meu celular, limpo os óculos com a barra da camiseta e começo a navegar pela internet que nem uma zumbi. Pelo menos todas as notícias sobre o incêndio mencionam que ninguém se machucou, apenas algumas relíquias da Zeta Kappa foram perdidas. Meu corpo todo tenso relaxa um pouco. A má notícia é que me marcaram. Em um número considerável de fotos. Algumas foram tiradas enquanto o fogo se alastrava. Em todas eu apareço nos piores ângulos possíveis. Outras foram retiradas do meu próprio Instagram, que eu corro para deixar privado na mesma hora, mas já é tarde demais. As fotos vêm junto com termos como BANIDA PARA SEMPRE, INCENDIÁRIA e VAMOS TE ACHAR, BARRETT BLOOM. E essas são as mais gentis.

Minhas mãos tremem e um nó se forma na minha garganta. Tudo isso me leva de volta ao ensino médio, de volta àquela semana caótica depois do baile. Meu Instagram lotado de #BloomDesabrochou e minhas fotos do anuário do primeiro ano. Uma das postagens de Cole explicava que, depois de perder a bolsa de estudos, os pais deles confiscaram o carro de Blaine e ele passou um ano em uma universidade comunitária tentando se reerguer. Quando foi se transferir, estava tão fora de forma que não conseguiu entrar em nenhum time de tênis, nem no da terceira divisão da faculdade em que entrou. Cole escreveu que eu arruinei a vida do irmão dele. Então, pelo visto, fazia mais do que sentido que ele arruinasse a minha.

Sempre que eu denunciava alguma daquelas postagens por assédio, o Instagram dizia que elas não "violam as regras de nossa comunidade". Se eu rolar até bem lá embaixo, ainda encontro esse perfeito registro digital do que as pessoas pensavam de mim no ensino médio. Tenho que me segurar antes que eu chegue nesses posts, se fizer isso não vou conseguir dormir; os pulmões tensos e a respiração curta vão me manter acordada assim como fizeram por boa parte de maio, junho, um pouco de julho e quase nada de agosto. Pensei que estivesse melhorando. Que estivesse deixando tudo isso para trás.

O jeito que Lucie e o restante dos meus colegas me trataram depois da reportagem... isso eu até que dava conta de superar. Eu podia me apoiar na investigação e saber que havia feito a coisa certa. Mas as flores no armário, as postagens e a hashtag foram diferentes. Eu nem tinha noção de que meu coração pudesse se partir daquele jeito, e é por isso que é tão crucial que ninguém veja nada disso.

Nos últimos meses, tentei esconder tudo isso no cantinho mais escuro da minha mente, onde deve permanecer. Hoje era para ser um recomeço, e, ainda assim, olha eu aqui, no meio de outra confusão. Eu nunca havia parado para considerar a possibilidade de que a faculdade podia, na verdade, ser *pior* do que o ensino médio.

Meu celular cai no chão com um baque suave quando enterro a cabeça em um travesseiro cinza molengo.

Sou a mesma Barrett desastrada de sempre. Não importa o quanto eu deseje que ela permaneça no passado.

DIA DOIS

//

Capítulo cinco

— SÓ PODE SER UM ERRO.
Ô meu Deus, tomara que seja mesmo.
Rolo na cama já esperando sentir meus braços e pernas doloridos e o tecido áspero do sofá em meu rosto. Lembro de ter aberto um frasco tamanho família de tylenol, mas não tenho certeza de onde o coloquei. Se Lucie não destrancou a porta, talvez eu tenha que ir falar com a coordenação. Depois vou encarar minhas aulas de terça-feira e receber um "valeu mas vamos estar deixando para uma próxima viu" do *Washingtoniano*.
Pensando bem, eu até que poderia montar acampamento aqui.
Só que... alguma coisa está errada. A superfície debaixo de mim, embora não seja a definição de conforto, é muito mais macia do que o sofá da área comum onde caí no sono.
E onde eu, definitivamente, não estou.
— Não é um erro. Nós infelizmente subestimamos nossa capacidade esse ano, então tivemos que fazer algumas alterações de última hora. A maioria dos calouros ficou com quartos triplos.
— E você não acha que alguém deveria ter me contado isso antes de eu me mudar?
Jogo os lençóis (*meus* lençóis) de lado. Minha cama. Meu quarto no dormitório. Vasculho a mesa ao lado da cama à procura dos meus óculos e os enfio no rosto de forma torta.

— Que merda é essa?

Lucie Lamont e Paige, da coordenação, se viram para me olhar.

— Desculpa — diz Paige. — Espero que a gente não tenha te acordado. Eu ia falar agora mesmo para Lucie que seria melhor conversarmos no corredor.

Lucie, que está de pé, com o mesmo conjuntinho de ontem, uma mala na mão e a bolsa em cima da outra cama desarrumada.

— Pelo visto. — Seu olhar gélido faz um calafrio (que não tem nada a ver com ela) atravessar meu corpo. — Somos colegas de quarto.

Estou chocada demais para elaborar uma resposta. Quando as duas vão até o corredor e Lucie fecha a porta com força, o quadro branco treme antes de cair no chão. De novo.

Mas que...

Pisco pisco pisco e, sem acreditar no que estou vendo, analiso o quarto. Ali estão os pratos de macarrão de anteontem, as porções que eu não podia ter trazido do refeitório, iluminadas pela minúscula fração de luz que as janelas permitem entrar. A prateleira lotada de edições da *Vanity Fair* e da *Rolling Stone*. Será que eu dormi e fui para o quarto feito uma sonâmbula? Mas... estou usando a camiseta da UW, e não a da Britney e os jeans perfeitos-imperfeitos de ontem. Além disso, a roupa não está fedendo a cinzas e sonhos destruídos. Quando pego o celular e abro o Instagram, não há nada. Nenhuma postagem, nenhuma marcação, nenhum mandado de prisão.

E a data, que me encara como um alerta de plantão na TV, informa: 21 de setembro, 7h02.

Ontem.

Uma onda de inquietação sobe pela minha coluna enquanto abro todos os meus aplicativos de notícia procurando sinais de... de quê? De uma espécie de alienígenas que invadiu a faculdade no meio da noite e apagou a memória de Lucie, mas a minha não? Hackers atacando os jornais ou uma falha nos dispositivos Android? Seja lá o que eu esperava ver, não encontro.

Talvez eu ainda esteja dormindo, é a única coisa que faz pelo menos um pouco de sentido. As outras possibilidades são quase assustadoras demais para serem levadas em consideração. Quem sabe eu bebi mais do que imaginava, ou então (ai, meu Deus) alguém colocou algo na minha bebida. Ou escorreguei e caí enquanto corria, bati a cabeça e agora estou suspensa em algum tipo de limbo entre a vida e a morte. Tenho a impressão de que essas coisas existem.

Tá bom. Deixa eu lidar com a situação de forma racional. Refazer mentalmente meus passos. Lembro de voltar para o dormitório e de Lucie ter trancado a porta. De me jogar naquele sofá bambo. Lembro da tristeza contundente que parecia um fardo nas minhas costas enquanto eu caía no sono.

A porta se abre e lá está Lucie com sua carranca de 21 de setembro.

— Como isso pode estar acontecendo — digo, beliscando meus punhos e tentando encontrar algum galo ou machucado na cabeça.

Parece real, o que me faz pensar: será que ontem é que foi um sonho? Mas foi tão vívido, e eu nunca fui capaz de lembrar de um sonho com tantos detalhes.

Talvez eu esteja ficando doida.

— Somos duas.

Lucie está segurando a mala com força. Seu rabo de cavalo parece tão indignado quanto ontem.

Paige dá um sorriso, mas agora percebe os sinais de *isso aqui tá esquisito demais, melhor eu dar no pé*.

— Bom... Vou deixar vocês duas se apresentarem! Ou... reapresentarem.

Quando ela sai, fico só olhando. A porta. O quadro caído. Meus pratos de macarrão.

— Você não tá piscando — diz Lucie, dando passos incertos em direção à cama. — E o que é que você tá fazendo na cabeça?

Abaixo as mãos.

— Nada. Tá tudo bem.

— Estou tão chateada quanto você. Era para eu ter um quarto individual no Lamphere Hall. Eles me passaram a perna legal. Vou falar com a coordenação mais tarde e tentar resolver.

— Mas você estava em Santa Cruz — digo, baixinho. — E teve uma tempestade tropical.

Ela arqueia uma das sobrancelhas.

55

— Andou me stalkeando, é?

— Não, eu... — *Você me contou ontem.* — É. Gosto de ficar de olho nas minhas pessoas favoritas da escola.

Ela coloca a bolsa na mesa e quase derruba um dos pratos. De dois dias atrás. Quando me olha, exigindo uma explicação que eu já dei, balbucio:

— Bufê livre de massas. Eu, hum... dei uma exagerada.

— Tem cheiro da...

— Daqueles restaurantes baratos de comida italiana? — digo. Talvez eu esteja tremendo. Meu coração nunca teve que trabalhar tanto, nem mesmo quando levei aqueles dezesseis minutos para correr um quilômetro e meio.

Lucie fica só um pouquinho mais simpática.

— Eu amo as porções infinitas de salada e os palitos de pão tanto quanto qualquer um, mas isso aqui é ridículo. Mas se a gente vai dividir o quarto, mesmo que seja só até me transferirem para outro lugar, vamos precisar de algumas regras básicas.

— Regras básicas. Beleza. — Foi nesse momento que fiz uma piadinha sacana que ela não gostou. Meio que sinto vontade de repeti-la, mas agora tudo o que quero é acalmá-la. É encerrar a conversa e ficar um tempo sozinha para entender como as últimas 24 horas parecem ter sido apagadas quando continuam tão frescas na minha memória. — Eu limpo tudo. Desculpa.

Minha postura parece desconcertá-la. Como se Lucie quisesse brigar. Afinal, foi o que fez ontem.

— Ah... tá bom, então. Certo.

Antes de ela abrir a mala e descobrir que as únicas tomadas ficam debaixo da minha mesa, saio da cama e agarro minha necessaire.

— Vou tomar banho — digo, e saio meio desnorteada pelo corredor.

ᦕᦕᦕ

Não encontro respostas no rejunte nem na sujeira. Não tenho certeza de quanto tempo gasto passando xampu, condicionador e esfregando cada poro do meu corpo, mas quando volto para o quarto, Lucie já saiu.

Com o cabelo enrolado na toalha, coloco o notebook na cama e me recosto na parede. Tem que haver uma explicação racional para o que está rolando. Sou uma jornalista... eu consigo desvendar.

Faço algumas pesquisas: *acordei no mesmo dia, ninguém lembra de ontem, dia se repetindo*. A maioria dos resultados não passou de filmes e séries sobre viagem no tempo. Coisas hipotéticas. Uma lista do *BuzzFeed*: "Dezessete Coisas Para Fazer Caso Você Fique Preso No Tempo."

Presa no tempo.

Me engasgo com uma risada. Essa teoria é absurda. Mesmo assim, sinto o pânico se formando na minha garganta enquanto leio um post no *Reddit* com o título "Será que estou preso no tempo?".

Fecho o notebook.

Não. Não é possível. Eu não estou presa no tempo, droga.

Tudo isso acontecendo ao meu redor... não pode ser real. Talvez tenha algum vazamento de gás no prédio, com certeza alguma substância química capaz de causar sonhos ultrarrealistas. Ou então eu estou em coma enquanto meu cérebro trabalha para me fazer acordar. Ou quem sabe eu esteja desconectada do meu corpo real e revivendo este dia dentro das surreais, porém seguras, fronteiras da minha própria mente.

É sandice, mas é a única coisa que faz algum sentido. Vou só... deixar o sonho se desenrolar.

Quando abro o armário, algo me impede de pegar a camiseta da Britney Spears que usei ontem. Se eu continuar fazendo as mesmas coisas, vou acabar ficando ainda mais apavorada. Então opto por uma saia comprida, uma camisa floral e brincos de franja. Depois, em vez de esperar na fila para o café da manhã do refeitório, compro um burrito de um *food truck* na Praça Vermelha.

Entre uma mordida e outra, ligo para minha mãe.

— Oi — diz ela, depois do primeiro toque. — Eu ia te mandar uma mensagem agorinha.

— Tá tudo bem?

Tento não falar em um tom desesperado, mas acabo parecendo meio surtada, como se estivesse sem ar. Se existe alguém no mundo capaz de me acalmar, é a minha mãe. Ela sempre teve facilidade para dar conta de um joelho ralado ou de uma ferida no ego (tirando o que eu não contei sobre o baile).

É óbvio que, se essa for uma versão onírica da minha mãe, ela não vai saber de nada que eu não sei.

— Oi, Barrett! — diz Jocelyn ao fundo. — A gente está com saudade!

— Também estou com saudade — digo, e sinto um calafrio percorrer a coluna.

Penso na Mollie Bloom de ontem (não nesse fragmento criado pelo meu subconsciente) se preparando para ir trabalhar na Tinta & Papel, a papelaria dela no centro de Mercer Island, onde vende o trabalho dos artistas locais, cartões, artesanato e outras coisinhas do noroeste pacífico. Ela deve estar ouvindo um podcast de cultura pop com Jocelyn enquanto troca o roupão por uma calça jeans e uma camiseta estampada. É algo que me acalma: pensar nela passando cream-cheese em um bagel e jurando que algum dia vou experimentar o deleite de um bagel de Nova York e só então entender minhas raízes judias.

— Por que não estaria tudo bem? — pergunta ela. E um pedaço de mim se acalma. Minha mãe parece normal, como alguém que não reviveu o dia 21 de setembro. *Não*, digo a mim mesma. *Você está sonhando, lembra?* — É o nervosismo do primeiro dia que está te deixando assim?

— Deve ser. — Desvio do caminho para evitar um casal de dançarinos de swing que rodopia pela praça. — Acho que eu só... queria ouvir sua voz. Que cafona, né?

— Com toda a certeza é cafona, mas eu ainda gosto de você. Depois me conta como foi seu dia?

— Conto sim.

Quando desligo, esbarro em uma garota agitando uma pilha de panfletos.

— Oi! A gente está tentando fazer o pessoal se conscientizar sobre o apagamento dos geomiídeos...

É bem estranho que meu sonho alucinógeno tenha trazido ela de volta.

— Desculpa, não vai dar. Mas boa sorte!

Atravesso o campus sem pressa para não chegar suada ao prédio de física. Mesmo que nada disso seja real, há uma parte de mim me dizendo que eu devo ir para a aula de física. A primeira fileira está vazia, e, apesar de eu achar que sentar ali é um atestado de nerdice, é para lá que vou mesmo assim. A professora falou que essa matéria é coisa séria, então olha eu aqui, levando a sério.

Introdução à Física: Onde Tudo (e Todos) Tem Potencial.
Cada detalhe perfeitamente recriado.

Quase engasgo quando me dou conta: talvez meu subconsciente esteja me dando uma chance de consertar o que fiz ontem. Talvez, depois de consertar tudo, eu acorde em uma cama de hospital e minha mãe me conte como tive sorte por ter saído do Olmsted antes do prédio inteiro ter caído.

É. Não há outra explicação.

Mas acontece que, quando Miles entra, com a mesma flanela vermelha de ontem e o cabelo molhado do chuveiro, ele analisa a sala antes de repousar os olhos em mim e dá um sorrisinho superdiscreto. Quase como se (e percebo que é uma ideia ridícula) estivesse me procurando e não esperasse me encontrar na primeira fileira.

Apesar das centenas de cadeiras vazias, Miles vem na minha direção, e sinto meu estômago se preparar para uma batalha contra o burrito do café da manhã.

— Esse lugar está ocupado? — pergunta ele puxando um fiapo solto de sua mochila.

— A fileira inteira, na real. — Dou o meu melhor para agir normal, para ser uma Barrett calma e tranquila que não vai deixar esse cara complicar minha relação com a professora, nem mesmo se for apenas um sonho. — Tenho muitos amigos. A popularidade é um fardo.

Ele contrai a mandíbula.

— Tá bom. — É tudo o que ele diz antes de se sentar atrás de mim.

A dra. Okamoto repete a introdução e dessa vez não faço anotações. Ainda mais agora que Miles tem uma boa visão do meu notebook. Estou paranoica com o que a versão dele criada pelo meu subconsciente pode ver, então me remexo na cadeira para tapar a tela.

— Segredos de Estado? — sussurra ele quando o PowerPoint da professora trava por meio minuto, igualzinho a ontem.

— Muitos — sussurro em resposta.

Não vou provocar Miles, mesmo que, na verdade, tenha sido ele que me provocou primeiro: é um dos meus acertos do dia.

O slide destrava e Miles não diz mais nada pelo resto da aula.

Que bom. Tenho coisas bem mais sérias com que me preocupar agora.

Capítulo seis

AINDA QUE EU TENHA ME CONVENCIDO DE QUE ESSE DIA não passa de uma alucinação-barra-sonho-barra-experiência-extracorpórea muito elaborada, continuo achando tudo isso muito estranho. Me sinto cheia de contradições: minha mente parece nebulosa, mas, diante dos meus olhos, há detalhes vívidos demais, exatamente como ontem. A garota dos geomiídeos. Os clubes e os *food trucks*. Os dançarinos de swing na Praça Vermelha.

Mesmo assim, estou decidida a provar para meu subconsciente, ou seja lá qual outra parte minha esteja no comando dessa zona, que comigo o buraco é bem mais embaixo. Não vou até a orientação tentar trocar física por qualquer outra matéria e até levanto a mão durante a aula de inglês.

— Concordância nominal — digo, e o monitor, um aluno chamado Grant com cílios espetaculares, desperta de seu torpor causado pelo sono (ou por maconha) e me oferece um sorriso amarelo.

— Perfeito — diz ele, sentado em uma cadeira do outro lado do círculo. Foi assim que ele nos instruiu a sentar: nada de mesas. *Sou um monitor descolado*, era o que essa atitude parecia dizer. — É Barrett, né?

O jeito que ele diz meu nome não é como os professores na escola faziam: *Ah. Barrett*, acompanhado de um sorriso forçado e de linhas franzidas na testa. Então, só para me divertir, levanto a mão alguns minutos depois e respondo outra pergunta.

Mas na hora em que estou cravando os pés nos degraus que levam ao prédio de jornalismo depois de ver o skatista atropelar o grupo de dançarinos de swing mais uma vez, o déjà vu está tão intenso que o torpor se transforma em uma dor de cabeça intensa; um latejar fraco, mas insistente, bem entre minhas sobrancelhas.

— Eu lembro de você na palestra! — diz Annabel Costa, a editora-chefe, quando eu me apresento. — Foi você que fez todas as perguntas.

— Ser repórter é passar sessenta por cento do tempo fazendo perguntas, não é?

Um lampejo de *alguma coisa* atravessa seu rosto.

— Exatamente o que eu ia dizer. Vamos conversar no meu escritório.

E aqui estamos nós, cercadas pelas paredes alaranjadas riscadas de caneta marcadora permanente. Annabel parece tão confortável quanto ontem enquanto enfia o vestido embaixo das coxas. É desconcertante estar assim tão perto e saber cada movimento antes mesmo dele acontecer. Percebo que lembro até da hora em que ela fica de saco cheio da longa franja loira e vasculha a gaveta da mesa atrás de um grampo.

— O básico você já ouviu ontem, né? — pergunta Annabel prendendo o grampo no cabelo.

— Ontem? — repito.

Será que ela está falando de ontem ontem? Do dia que nenhum desses seres dos sonhos lembram?

— A palestra. A gente falou disso faz uns cinco segundos.

— Ah, verdade. Sim. Os repórteres são designados para sessões diferentes, tipo notícias, esporte, colunas e cultura. E o jornal sai segunda e quarta.

Annabel assente.

— Os cortes de orçamento têm sido difíceis. Mas continuamos com tudo, e acho que a qualidade das nossas reportagens nunca esteve tão boa. Fomos indicados a melhor jornal acadêmico não diário pela Sociedade dos Jornalistas Profissionais dois anos atrás. — Ela franze os lábios. — Você está bem?

É aí que percebo: sem nenhum motivo, estou batendo o pé na cadeira. E fazendo um barulhão.

Aja naturalmente, caramba, digo a mim mesma e fico repetindo como um mantra na minha cabeça. Talvez seja isso que eu deva fazer aqui: nada de piadas ou atitudes estranhas, apenas uma Barrett Bloom que vive e morre pelo texto.

— Desculpa. Só estou meio nervosa — admito.

Não é algo que eu normalmente diria, mas a sinceridade agrada Annabel. De repente, parece muito válido que minha mente recrie esse cenário para que eu possa arrasar na entrevista. Vou acordar, marchar de volta para o prédio de jornalismo e enfeitiçá-la até convencê-la a me dar outra chance. Só pode ser isso.

— Não precisa — diz ela. — Essas entrevistas são mais divertidas se forem meio informais. Casuais. Não vou ficar perguntando onde você se imagina daqui a cinco anos. Tenho o seu currículo com os links das reportagens que você fez pro — ela confere — *Navegador*. É bem impressionante. Você escreveu... quase cinquenta matérias em quatro anos? Em um jornal mensal?

Ela dá um assobio baixinho.

Ontem eu disse que era porque eu não tinha muitos amigos. Desta vez, vou seguir por um caminho diferente. Nada de me apedrejar.

— O jornalismo é a minha vida. — Sou o mais sincera possível, mas, mesmo assim, acabo soando robótica. — Estou sempre procurando a verdade, sabe? Amo escrever perfis e aprender sobre pessoas que eu talvez nunca... hum, conhecesse. Gosto de... ouvir o que os outros têm a dizer. É aí que mora a beleza.

Se um geomiídeo tivesse acesso a uma máquina de escrever e precisasse redigir o que pensa sobre jornalismo, tenho certeza de que se sairia bem melhor.

— A beleza do...?

— Do jornalismo — digo, e na mesma hora sinto vontade de me jogar de uma ponte.

A pressão entre meus olhos fica mais brutal. Trinta por cento de mim está aqui nesta redação com Annabel enquanto o restante está tentando decifrar uma equação impossível. Minha memória é ótima, mas eu jamais conseguiria recriar tudo a esse ponto. Meu cérebro não merece tanta moral assim.

Algo desconcertante ganha força no meu interior, uma sensação estranha de que nada disso é faz de conta.

O sorriso de Annabel oscila e, embora a motivação seja diferente, a reação é a mesma.

— Certo. Bom, não queremos que você fique sobrecarregada. A maioria dos novos repórteres começa com uma matéria a cada duas semanas mais ou menos.

Ela faz as mesmas perguntas de ontem: o que me atraiu no jornalismo, os assuntos de que mais gosto de escrever, o que espero conseguir trabalhando no *Washingtoniano*. E cada vez que vou responder quase não consigo formular uma frase, parece que estou falando em torno de cacos de vidro.

— O que me deixou bem curiosa, na verdade, foi essa reportagem que você fez sobre o time de tênis — diz ela, gesticulando para a tela do computador. — Tem um aviso aqui dizendo que os comentários foram desativados, diferente das outras matérias.

— Escândalo de cola. — Tento ao máximo manter a voz equilibrada. — Foi devastador, na verdade. Era a melhor temporada deles em muito tempo. Mas eu precisava ir atrás da verdade.

Tenho certeza de que se continuar mencionando "a verdade" vou acabar atrelando algum significado.

Eu devia contar sobre o meu texto favorito do *Nav*, aquele sobre o zelador que fez bicos como figurante em quase todos os filmes famosos gravados em Seattle. Mas agora minha cabeça está latejando, e sou obrigada a trincar os dentes por causa da dor. Tiro os óculos e aperto a palma da mão na testa.

— Tem certeza de que está tudo bem? — pergunta Annabel.

E não, não estou bem.

— Desculpa… — parou de falar quando outra pontada de dor dilacera minha cabeça. — Será que você… me dá uma licencinha?

E, assim que chego no corredor, corro por todo o trajeto até o dormitório.

☽☽☽

Estou vivendo minha verdade (ou seja, estou deitada de cara na cama, com a cabeça já começando a se fundir no travesseiro) quando Lucie chega com o celular pressionado na orelha.

— ... e, sério, eu acho mesmo que se você só... alô? Tá aí?

Suspirando, ela desliga e xinga baixinho.

— Aqui meio que não tem sinal — digo, mais para o travesseiro do que para minha colega de quarto.

A dor de cabeça diminuiu só um pouquinho, mas continua aqui. Minha voz a assusta.

— Barrett? Foi mal, não te vi. — Ela toca no telefone e o leva de volta até a orelha. — Mais um motivo para dar o fora desse dormitório de merda.

— Não é tão ruim assim — digo, e me viro para apontar uma mancha de infiltração em formato de redemoinho no teto. — Vê aquilo ali? Pouca gente sabe, mas não é infiltração, não. Na verdade, faz parte da decoração original do prédio. Os arquitetos achavam que ia dar um ar mais despojado.

Com isso, ela dá um sorriso. Um sorrisinho de nada. Essa é Lucie, a Boazuda. Lucie, a garota que está correndo para entrar em uma sororidade e me deixando para apodrecer sozinha em Olmsted com toda a minha solidão. Nesse covilzinho do caos que acabou com a minha cabeça.

Desde que voltei para o quarto e desabei na cama, só consigo pensar em uma coisa:

Isso aqui é real.

De algum jeito, sinto nas minhas entranhas que *é*.

Não sei como nem por quê, mas há uma forte faísca de certeza que está se tornando impossível de ignorar. Este mundo tem detalhes demais, cores demais, *sensações* demais. E, apesar de ter me forçado a acreditar que tudo isso era um sonho, nada disso parece um sonho.

Talvez eu esteja perdendo a noção da realidade, ou quem sabe o campus inteiro esteja pregando uma pegadinha em mim, mas estou esgotada demais para tentar encontrar um sentido agora.

Lucie aponta a cadeira da minha mesa, onde joguei a mochila de qualquer jeito quando cheguei.

— Dia difícil?

Resmungo como resposta.

— E você? — pergunto, tentando fazer esse momento de paz entre nós durar.

Não fui tão escrota com ela hoje de manhã, o que a fez ficar menos na defensiva também.

— Ah, foi tranquilo — responde ela, com desdém, como se ter um dia que não fosse simplesmente perfeito não fizesse parte do jeitinho Lucie Lamont de ser. Era para isso que estava vestida: suéter preto de gola alta, saia curta jeans e o cabelo ruivo liso preso em um dos lados. — Na verdade, vou para uma sororidade...

— Então nossos dias tão contados.

— Isso mesmo.

Lucie dá uma olhada no suéter atrás de algum amassado e puxa um fiapo solto. Um silêncio cai entre nós, uma quietude que facilita até demais com que eu tropece em uma lembrança.

No primeiro ano do ensino médio, ficamos até tarde na escola para editar o jornal, o que, no caso, significou um intensivão nos guias de estilo jornalísticos. Ninguém mais tinha aceitado a tarefa, então passamos horas conversando sobre regras obscuras de gramática e pontuação.

— O jornal da escola, vírgula, o *Navegador*, vírgula — falei —, porque só tem um jornal na escola. Aí nesse caso dá para ignorar o que fica dentro das vírgulas e a frase continua fazendo sentido.

— Minha amiga sem vírgula Barrett sem vírgula, porque eu tenho mais de uma amiga — disse Lucie.

Minha amiga, vírgula, Lucie, vírgula, foi o que pensei, mas não falei. Passamos o resto da semana dizendo "vírgula" sempre que falávamos uma com a outra. Tinha sido minha primeira piada interna com alguém sem ser minha mãe.

Em alguma realidade alternativa, quem sabe Lucie Lamont e eu continuássemos amigas.

— Que esquisito — ela diz agora. — Não estou acostumada a te ver assim tão...

— Patética?

— Eu ia dizer triste, mas pode ser patética também.

Apesar de tudo, dou uma risada enquanto rolo para o lado, ajeito minha saia e procuro os óculos que abandonei na mesa.

— Pelo visto a faculdade não é... bem como eu imaginava, pelo menos até agora.

E é verdade, não é? Estamos apenas no começo do primeiro trimestre. Eu nunca achei que o pessoal daqui ia se matar para fazer amizade comigo, mas não achei que seria tão ruim *assim*. Em algum ponto entre a exposição do time de tênis e agora, perdi a habilidade de me conectar com outras pessoas. Minha autoconfiança despencou, e a única coisa que me restou é fingir que nunca duvidei de mim mesma. Se sou Forçada Demais, então pelo menos há algo para falarem a meu respeito.

— Pode ser que eu me arrependa — diz Lucie, e se ajoelha com a extensão em mãos à procura de uma tomada para ligar o modelador de cachos —, mas vou a uma festa na Zeta Kappa de noite. Aquela fraternidade enorme na rua Fiftieth com as estátuas gigantes de huskys do lado de fora, sabe? Você bem que podia ir. Se estiver a fim.

Fico simplesmente piscando para ela. O plano era ficar trancada nessa caixa de concreto pelo resto da noite. Se o dia estiver acontecendo de verdade, não sair é o que faz mais sentido para que eu não, sabe como é... *incendeie* uma casa pela segunda vez. Talvez seja para isso que eu esteja aqui: para salvar a Zeta Kappa, mas, pensando bem, essa ideia, por si só, parece meio ridícula.

A última coisa que eu esperava era que Lucie me convidasse.

— Não sei se eu posso.

Lucie arqueia uma única sobrancelha, e eu morro de inveja por ela ter essa habilidade. Passei a vida inteira querendo fazer isso.

— Quarta muito agitada?

— Não exatamente, é só que...

Lucie se vira para a parte dela do guarda-roupa, em busca do que eu sei que é uma camiseta branca grande demais.

— A gente tá na *faculdade*. É isso que temos que fazer, Barrett. Nada de pais. Nada de toque de recolher. *Liberdade*.

— Parece papo furado.

Não sou nem capaz de contar quantas vezes eu desejei receber esse tipo de convite no ensino médio. Primeiro quando Lucie parou de falar comigo e de responder minhas mensagens. Eu a via com os amigos no almoço e queria saber do que estavam rindo (a não ser quando todos olhavam para mim, porque aí eu sabia que o motivo da piada era eu). Ou quando Lucie era editora-chefe e me passava todas as reportagens que ninguém mais queria escrever, e eu dava o meu melhor mesmo assim.

Passei muito tempo dizendo a mim mesma que eu não ligava para essas coisas. Que não ligava para os empurrões ocasionais no corredor, tão perdida em meio ao oceano de alunos, que quase conseguia me convencer de que era tudo fruto da minha imaginação. Que não ligava para as rosas vermelhas que apareciam na minha carteira todas as manhãs depois do baile. Fingindo que não ficava doente a cada nova postagem com aquela hashtag. Sério, a coordenação foi terrível por ter feito o baile um mês antes da formatura.

E olha ela aqui: a oportunidade de me transformar em outro alguém, de *fazer parte* de alguma coisa, e estou recusando.

— Você não acabou de dizer que a faculdade até agora não estava sendo como o esperado? — Lucie parece não acreditar que está se esforçando tanto por alguém que gastou tanta energia odiando. — Olha, não vou ficar implorando. Você pode ser uma nova pessoa na faculdade, ou então pode ser...

Ela me analisa da cabeça aos pés, mas não termina a frase.

Ou então pode ser... nada. Um papel em branco.

E é assim que ela me convence.

— Será que eu visto outra coisa? — pergunto, e embora eu esteja apontando para minha roupa, talvez a questão seja outra.

Às nove, Lucie está com o mesmo *look* de ontem, e eu troquei a camiseta por uma limpa, já que suei para caramba durante a entrevista para o *Washingtoniano*, um acontecimento do qual ela não precisa ficar sabendo. Consigo quase esquecer a sensação nauseante de déjà vu enquanto caminhamos para o norte do campus. Mas vou ser sincera: é melhor do que ir sozinha.

Esta versão da festa vai ser diferente. Vai ser agradável, vou prestar atenção naquelas tochas Tiki (e não, não vou nem sair da casa). Vou ficar com Lucie, que, com suas habilidades sobrenaturais de se entrosar instantaneamente, é a melhor armadura social imaginável.

Tirando uma conversinha fiada aqui e ali, seguimos em silêncio. Prova de que não somos amigas, de que este é só o último grito de guerra de nossa relação como colegas de quarto antes de Lucie ser absorvida pelo sistema de fraternidades. Me sinto alta demais ao lado dela, enquanto suas botinhas de salto alto estalam na calçada.

Não estamos nem na metade do caminho quando ela para de repente.

— Que isso? — pergunta.

— Isso o quê?

Ela agarra meu braço com mais força do que eu esperava.

— Tem alguma coisa ali nos arbustos — diz, apontando para uma cerca viva.

Escuto também. Um farfalhar. O som de algo respirando.

Aos poucos, me preparo para pegar a lata de spray de pimenta que guardei na bolsa. E então, antes que eu consiga digerir o que está acontecendo, vejo alguém saindo do meio das folhas, meu coração acelera e o grito de Lucie perfura a noite.

Dessa vez, aperto o gatilho com tudo.

E dessa vez, uma explosão ardida e alaranjada atinge o rosto de Miles em cheio.

Capítulo sete

MILES TAPA O ROSTO, FECHA OS OLHOS COM FORÇA E dá um grunhido baixinho.

— Ai meu Deus ai meu Deus ai meu Deus! — Enfio a lata de volta na bolsa. — Me desculpa!

Lucie está paralisada ao meu lado, pálida como um fantasma.

— Tem certeza de que não foi de propósito? — Miles coloca as mãos nos joelhos e se abaixa perto de um poste. Consigo ver a mancha laranja avermelhada ao redor de seus olhos e na ponte do nariz. — *Meu Deus do céu*, arde muito.

— De propósito? — Nesta versão de 21 de setembro, Miles e eu mal interagimos. E fomos bem cordiais um com o outro. — Por que é que... eu mal te conheço. — Na mesma hora, corrijo a afirmação. — Eu *nem* te conheço.

— Beleza, então. — Uma careta contorce suas palavras. Ele ainda não abriu os olhos. — Meu nome é Miles. Eu ia dizer que é um prazer te conhecer, mas...

Tremendo, Lucie segura o celular.

— Será que a gente chama a polícia? — pergunta, com os olhos azuis arregalados cheios de preocupação.

— Não... não — responde Miles.

Logo depois grunhe de novo e xinga baixinho.

— Me desculpa, de verdade. — Repito mais umas cem vezes só para garantir. — Está escuro, você pegou a gente de surpresa, e a minha mãe me obriga a carregar esse spray de pimenta o tempo todo... Só não achei que fosse usar tão cedo.

Ofegante, ele grunhe:

— Hum.

— Temos que te levar pra um hospital. Ou pra, sei lá, um postinho que trate envenenamento ou algo assim? — Saco o telefone do bolso. — O que fazer quando se é atingido por spray de pimenta? — digo para o aparelho.

— Não sei se eu entendi direito — responde a voz calorosa e robótica. E ainda dizem que a tecnologia vai nos substituir um dia.

Lucie parece prestes a desmaiar ou a sair correndo para o mais longe possível de nós dois.

— Vai para a festa — digo. — Eu ajudo ele.

— Tem certeza? — pergunta ela.

Depois que assinto, ela desamarra a camiseta, que estava na altura do umbigo, e sai, ansiosa até demais, para desaparecer na noite.

E então, fico sozinha com Miles. Quero dizer, não exatamente sozinha. Vejo alguns grupos de alunos do outro lado da rua, envolvidos demais em seus próprios mundinhos para perceber qualquer coisa.

Tento me lembrar daquela técnica de respiração que Lucie me ensinou na escola. Respiração de caixa, era o nome. Fechar os olhos, inspirar fundo pelo nariz, segurar por quatro segundos, soltar o ar... ou algo do tipo. De qualquer jeito, não está funcionando.

— Dói? — pergunto.

Miles enfim abre os olhos. O branco do globo ocular assumiu um tom doloroso de cor-de-rosa.

— O que você acha? — Ele pisca algumas vezes. Semicerra os olhos. — Mas vai passar daqui uma hora mais ou menos, pode ir para a festa com a sua amiga, se você quiser.

— Espera aí, você já levou spray de pimenta na cara antes?

— Eu... não exatamente.

— Não parece algo fácil de esquecer.

Um momento de silêncio, e então:

— Tá bom... — Ele assente em direção ao meu celular. — O que a gente tem que fazer?

— Para começo de conversa, diz aqui para não esfregar o olho. "Lave o rosto com água corrente e sabonete não abrasivo por pelo menos quinze minutos." — Leio no Google. — Acho que leite também ajuda com a ardência, ou, hum... xampu de bebê diluído?

— Perfeito, tenho uma caixa inteira lá no dormitório. Guardo para todos os bebês que moram no meu corredor.

Luto contra a vontade de revirar os olhos. Ele acabou de passar por uma experiência traumática, tem todo o direito de ser sarcástico.

Leio alguns outros conselhos antes de digitar: *jogar spray de pimenta em alguém dá cadeia?* Não que eu esteja preocupada, só quero ficar ligada nas possibilidades.

— Vamos voltar para os dormitórios — digo. — A gente pega leite no refeitório.

— Eu moro no Olmsted. Depois do morro.

— Ah, eu também. Mas acho que nunca te vi lá. — Óbvio, acabamos de nos mudar para cá. — Você consegue andar direito?

— Bom, não enxergo nada, né.

— Verdade. Verdade. — Respiro ofegante. Não tem por que eu entrar em pânico só por ter que tocar em um homem, mesmo que ele seja o primeiro desde Cole Walker no dia do baile. Nunca imaginei que tocaria em um cara por fazer seus olhos arderem tanto que o coitado não consegue nem andar. — Coloca o braço aqui no meu ombro que eu coloco o meu ao redor da sua cintura, que tal? Pode... ser?

Sou mais baixa do que ele, mas também sou o que alguns chamariam de corpulenta ou robusta, segundo certos membros da Zeta Kappa, então acho que consigo apoiá-lo sem dificuldade.

— É a única opção, né.

Decido interpretar a resposta como um: *sim, Barrett, por favor, me carregue bravamente até ficarmos em segurança; não passo de um homem indefeso.* E só então me dou conta de que ainda não disse meu nome.

— Meu nome é Barrett, a propósito — digo, passando o braço pelas costas dele, alguns centímetros acima do cinto. É uma noite fria, mas a pele dele está quente por baixo da blusa azul-marinho, a mesma de ontem. Se eu estivesse no lugar dele, minha roupa já estaria ensopada de suor. — E sério, desculpa mesmo.

Miles passa o braço sobre meus ombros, mas dá para perceber que não solta todo o peso. Não tenho certeza se isso significa que ele não confia em mim para apoiá-lo, se não quer me machucar ou se é por um motivo completamente diferente.

— Você já falou isso uma ou duas vezes. — Ele se recosta em mim e, depois de um instante, diz: — Valeu.

Juntos, caminhamos com dificuldade morro abaixo enquanto nossas cinturas se chocam a cada passo. Se não sou eu murmurando "foi mal" entre uma respiração ofegante ou outra, então é ele.

— Coitadinho, já bebeu todas — digo para um grupo que passa por nós, todos arrumados para o que parece ser uma festa estilo anos 1980. Faixas, meias até o joelho e neon. — E não são nem nove e meia ainda!

— Chutando cachorro morto, é? — diz Miles, mas tenho a impressão de quase ouvir uma risadinha nas entrelinhas, em meio ao ódio e à humilhação.

E então, percebo algo que quase faz com que o derrube: o cheiro dele, meio refrescante, amadeirado e com um toque cítrico. Não sei bem o que eu esperava (fragrância física, talvez? Será que gente irritante tem um cheiro específico?), mas com certeza não era *isso*.

Quando chegamos ao Olmsted, já estou começando a achar que ser grandona, na real, não é vantagem nenhuma. Vou ficar toda dolorida amanhã, já sei que vou.

Amanhã.

Por favor, Deus, me deixa ter um amanhã. Deixa ser um dia normal.

Afasto estes pensamentos. Foco em ajudar Miles, em consertar meu erro, em fazer Uma Boa Ação. De acordo com tudo o que aprendi na cultura pop, é isso que as pessoas precisam fazer quando ficam presas no tempo, não é? É impossível considerar essa ideia por tempo demais sem acabar apertando um botão mental que ativa o pânico ou perdida pelas ruas de masquemerdanópolis, mas se é isso que está rolando, então vou fazer boas ações até que esse pesadelo acabe.

Depois de deixar Miles em um sofá da recepção, corro até o refeitório e compro três garrafas de leite, uma de água e um cookie com gotas de chocolate com flor de sal maior que o meu rosto como um presente que diga: *desculpa ter jogado uma substância tóxica na sua cara*. Em seguida, entramos no elevador e ele entreabre um olho para apertar o botão do sétimo andar.

— Precisa de ajuda? — pergunto antes de Miles entrar no banheiro comunitário.

Pelo bem desse garoto, espero que haja menos possibilidade de infecção fúngica aqui do que no banheiro do nono andar.

Ele ergue uma sobrancelha para mim, e a expressão fica bem mais ameaçadora por conta do inchaço vermelho ao redor dos olhos.

— Acho que consigo me virar.

Enquanto espero, me encosto na parede ao lado de um quadro de avisos que diz: CONTINUE A NADAR – E A ESTUDAR! O memorando é decorado com recortes de *Procurando Nemo* e dicas de estudo. Cada andar tem um tema diferente. No nono, Paige optou por doces. Na minha porta, meu nome foi escrito com uma fonte que lembra bolhas e em um tom verde, como aquelas balas azedinhas. Será que ela fez uma plaquinha para Lucie hoje? Trabalhar no dormitório parece envolver um conjunto bem específico de habilidades: mediar discussões entre colegas de quarto e fazer decorações de cartolina.

Dez minutos depois, já decorei o que parece ser a dica de estudo mais óbvia do planeta (*Nº 5 – Estude com amigos!*). Miles reaparece com a pele ao redor dos olhos menos irritada, e algumas mechas de seu cabelo escuro, úmidas, provavelmente por causa das várias lavagens, e quando ele tenta ajeitar, só fica ainda mais bagunçado.

— Melhor?

— Cheguei a duvidar, mas acho que vou sobreviver. Pelo menos agora tá ardendo menos. — Então ele franze as sobrancelhas por um instante e parece querer dizer alguma coisa. — Obrigado — diz, por fim, agora com um pouco mais de gentileza. — Desculpa se eu fui meio babaca. Sei que foi sem querer.

Faço um gesto de *deixa pra lá*.

— Vamos fingir que faz parte das experiências dos primeiros dias.

— Por mim fechou. — Ele ergue a bolsa com os produtos do refeitório. — E eu amo cookies tão grandes que são impossíveis de comer em uma dentada só a não ser que a pessoa seja superambiciosa. O que não é o meu caso hoje. Você... quer um pedaço?

Há uma expressão esquisita em seu rosto, como se Miles tivesse se perdido no caminho de um sorriso.

— Não me vem como esse cookie de desculpas, não — digo, e tento sorrir também.

Ficamos em silêncio. Meu sorriso deve ter me deixado com cara de pateta, ou pior, de falsa, mas Miles encara o carpete. Eu não sei fazer amigos, então se essa foi uma oportunidade, com toda a certeza deixei passar.

Mesmo assim, hoje já foi um pouco melhor do que ontem. Não me humilhei publicamente, não insultei ninguém ou incendiei uma fraternidade. Tudo o que fiz foi atingir Miles com spray de pimenta, mas ele vai ficar bem. Nenhum prejuízo sério.

— Hum... meu quarto fica aqui em cima. — Aponto os polegares para o alto. — Quando precisar de alguém para colocar sua vida em risco e depois bancar a heroína te salvando, já sabe onde me encontrar.

— Não vai mais para a festa?

Faço que não com a cabeça.

— Que nada. Acho que meu clima para festa com certeza já passou.

— Entendi. — Outro momento de silêncio enquanto ele observa o corredor, na direção em que imagino que seu quarto fique. Quais serão os personagens da Disney colados na porta? — A gente se vê, Barrett. Caso decida continuar fazendo física.

Quando volto ao meu quarto, foco toda a energia que ainda tenho na respiração de caixa, para tentar manter o resto da minha sanidade e fazer, na marra, com que amanhã seja dia 22 de setembro. É aí que me dou conta.

Nunca contei para ele que cogitava sair da aula.

DIA TRÊS

///

Capítulo oito

— SÓ PODE SER UM...

— Não não não não não.

Deixo o maior resmungo de todos sair enquanto afasto os lençóis.

Ali está Lucie vestindo o conjuntinho, Paige com o moletom que só agora percebo ser estampado com pirulitinhos. As duas me encaram. Lucie está de boca aberta e Paige parece preocupada com seus olhos arregalados. Com certeza ela não pensou que passaria por isso quando aceitou ser monitora. Ainda mais no ~~terceiro segundo~~ primeiro dia.

— Tá tudo bem? — pergunta Paige e, pelo jeito que coça a nuca e afunda a mão no cabelo curto e escuro, fico com a impressão de que ela só saberia lidar com uma resposta.

— Sim! — respondo com a voz aguda, agarrando meu cardigã e minha necessaire de banho, tropeço de maneira tão abrupta que as duas precisam pular para sair do caminho.

Lucie se espreme contra sua cama. Passo por elas e saio para o corredor. Estava impossível respirar lá dentro. Esses quartos não foram feitos para acomodar três pessoas, mesmo que Paige ~~estivesse~~ esteja prestes a dizer como Lucie é sortuda.

— Essa aí sempre foi meio esquisitinha mesmo. — Ouço Lucie dizer.

Não devia doer, mas achei que tínhamos formado uma conexão ontem à noite. Que nossa relação havia progredido. Mas é óbvio que ela não se lembra de nada disso. Ela ainda não sabe dos pratos vazios de macarrão no chão ou que vai precisar de uma extensão para conseguir usar as tomadas. Não sabe que planeja acelerar o processo para entrar em uma sororidade para se livrar do Olmsted e/ou de mim.

Puta merda, só pode ser *brincadeira*.

De novo.

Um pânico visceral me deixa com um nó no estômago. Já não sou mais uma simples moradora de masquemerdanópolis, sou a prefeita, a presidenta, a governante suprema.

Os outros moradores do nono andar saem do caminho, me olham de um jeito estranho e abafam risadinhas. Continuo vestindo a bermuda do pijama e estou com apenas um braço em uma das mangas do cardigã enquanto o resto dele se arrasta atrás de mim. E pelo visto não tampei o xampu, porque estou apertando o frasco com força demais e o líquido está vazando pela minha mão, escorrendo pelos dedos e pingando no carpete.

Uma parte de mim quer rir diante dessa cena ridícula. Uma parte bem pequena.

A restante quer cair no choro.

Assim que me tranco na segurança de uma cabine (num *plot twist* da vida real, esse banheiro acabou virando meu porto seguro), desbloqueio o celular e verifico tudo o que fiz ontem até o sinal fraco acabar com a minha internet. Chego até a (finalmente) conferir meu e-mail, babloom@u.washington.edu, e ali estão os textos da aula da dra. Okamoto, capítulos um e dois do livro que nem comprei.

Ainda é quarta-feira. Ainda é dia 21 de setembro. Continuo nesse pesadelo caótico e inexplicável.

Com os dedos tremendo, volto àquele fórum no *Reddit* que encontrei ~~ontem~~ hoje, feito pelo usuário r/Falha_na_Matrix. Deixei os óculos no quarto, então forço a vista.

A postagem é de alguns anos atrás e fala de um período de cinco minutos em que o autor se convenceu de que estava preso no tempo. Ele estava em uma cafeteria, onde viu um caminhão com a placa CHWBCCA passar um total de seis vezes, sempre seguido pelo mesmo cara empurrando um carrinho de bebê duplo com gêmeos dentro. A cada cinco minutos, a cena parecia se repetir até ele ficar apavorado demais e sair dali.

Nos comentários, as pessoas pedem por mais detalhes e, embora a maioria das respostas pareça ter sido deletada, alguns outros usuários relatavam experiências similares.

Faço mais pesquisas frenéticas. *Como acabei presa no tempo? O que fazer quando se está presa no tempo?*

Presa no tempo. Algo que desafia cada pedacinho da lógica que governou meus dezoito anos nessa terra, mas que, de repente, é a única coisa que faz sentido. É isso, tenho quase certeza.

Nunca fui muito de ir à igreja, mas não dá para não pensar em religião se estou questionando as leis do universo. Minha mãe e eu vamos à sinagoga duas vezes por ano, e o Chanuca sempre foi uma competição para ver qual das duas daria o presente mais engraçado. Foi assim que acabei com a meia de MESTRE DA DESGRAÇA alguns anos atrás, e amei tanto que comprei um par igual para minha mãe. Nunca fui muito espiritual também (não acredito em karma, ou em pensamento positivo, e não faço ideia do que acontece quando morremos).

Mas, se vivi o dia de ontem duas vezes enquanto Lucie, Paige e todo o restante do nono andar, pelo visto, não, então talvez seja um sinal do universo. A pessoa ou a coisa que existe por aí deve ter decidido que o primeiro e o segundo 21 de setembro foram tão desastrosos que mereciam outra tentativa.

Posso até ser a confusão em pessoa, mas não me acho alguém ruim.

Só que pelo visto o universo pensa o contrário.

Vou fazer o oposto de tudo o que fiz ~~anteontem~~ ~~ontem~~ antes. Ficar de boca fechada. Nada de irritar Miles, nada daquele discurso revoltado sobre tênis e de jeito nenhum vou colocar os pés na festa. Vou ser uma versão apagada e calada de mim mesma e depois vou acordar em 22 de setembro com um emprego no *Washingtoniano* e apaixonada por física básica. Lucie e eu vamos nos tolerar. O pessoal da Zeta Kappa nunca vai nem ouvir falar de mim. Se isso aqui é algum tipo de vinco no tecido da realidade, talvez seja necessário passar o ferro.

No mínimo, isso evitará com que eu acabe me enrolando ainda mais.

Saio da cabine e me aproximo da longa fileira de torneiras. Nos filmes, as pessoas sempre jogam água fresca no rosto quando estão estressadas. Eu nunca fiz isso, mas agora estou desesperada. Pode não mudar nada, mas não parece uma ideia terrível. Jogo de novo, e me engasgo quando entra água no meu nariz.

— Você está bem, minha flor? — A garota na pia ao meu lado me encara pelo espelho. — Tem uma coisinha no...

Ela toca a lateral da cabeça.

Passo a mão pelo cabelo. Xampu? Uma gosma misteriosa que caiu do teto no meio da noite? Talvez nunca descubramos.

— Tudo bem. — Resisto à vontade de perguntar se ela está presa no tempo também. — Valeu — acrescento.

Não estou prestes a surtar. Não estou questionando minha sanidade e tudo o que achei saber sobre o funcionamento do universo.

Saio do banheiro sem tomar banho e nem me dou ao trabalho de trazer a necessaire comigo.

Hoje vou seguir um estilo mais *dane-se essa merda*, já que o universo obviamente não liga para o que eu visto. Pego um suéter velho da minha mãe e uma calça legging surrada do fundo da pilha bamba de roupas que enfiei no guarda-roupa, bem aquela com um furo na virilha que só serve para usar em casa. Nem tento fazer um penteado, e deixo meu cabelo ondulado bagunçado como sempre foi. Não faz sentido impressionar os outros se ninguém vai se lembrar amanhã.

Mamãe:

> Como vos amo? Eu e Joss desejamos TODA A SORTE DO MUNDO pra você hoje!

Mais uma vez, meu celular vibra às 8h15 com uma mensagem enviada às 7h30. As palavras da minha mãe só fazem meu coração doer.

Chego a quase faltar à aula de física, mas não tenho coragem. Mesmo quando tudo estava horrível na escola, nunca deixei de ir.

O problema é que não sei quais são as minhas opções. É uma situação que eu deveria compartilhar com alguém, mas a única pessoa com quem eu conversaria está lá em Mercer Island. Não quero ser a garota que não aguenta três dois um dia na faculdade e volta com o rabinho entre as pernas para a mãe. Podemos até ser próximas, mas mesmo assim não faço a mínima ideia de como ela reagiria a algo assim. Ou sequer se acreditaria em mim.

☾☾☾

Quák! diz o pato no PowerPoint. Me sento na primeira fileira de novo na esperança de que isso afaste os outros alunos. Ao meu redor, 21 de setembro prossegue exatamente como ontem e anteontem. A única coisa diferente sou eu.

Encaro os slides e rezo para que me deem algumas respostas. Estudar física significa basicamente compreender o universo. Talvez o universo esteja me mandando dar o fora dessa matéria que nunca teve nada a ver comigo. Pode ser coisa da minha cabeça, óbvio, mas já não estou mais me apegando à realidade. Se o problema não faz sentido, talvez a solução não faça também.

— Sabe — diz alguém atrás de mim. — Quem senta na frente em geral é o pessoal que quer mesmo fazer a matéria.

Quase dou um pulo para fora da cadeira.

— Jesus Cristo — murmuro virando a cabeça, mas é óbvio que é Miles. Nem o vi entrar.

Demoro para digerir as palavras dele, mas quando compreendo o que foi dito, parece que fui atropelada por um caminhão com a placa CHWBC-CA. *Caso decida continuar fazendo física*, Miles disse ontem. Não é possível que esse cara saiba que estou tentando sair dessa matéria. Se isso aqui for alguma merda estilo *X-Men*, se Miles for capaz de ler mentes enquanto eu estou presa no tempo, vou ficar P da vida.

— E eu estou fazendo a matéria — digo, devagar. Com cuidado. Se ele lembrar...

— Então por que a página de transferência está aberta no seu notebook?

Ah, tá. Então talvez ele saiba tanto quanto todo mundo.

— Beleza. — Afasto o computador. — Eu estou pensando em sair. Física... só não é a minha praia.

— Ok, entendi. — É impressionante alguém conseguir colocar tanta prepotência em apenas duas palavras. — Pode não ser para todo mundo mesmo.

— Ah, mas poder eu posso. — Me viro e o encaro. — Só prefiro gastar minha energia com outras coisas.

E ainda que eu saiba que não há evidência alguma do que aconteceu ontem à noite, analiso o rosto dele bem discretamente, o que, no fim das contas, é impossível. Mas não: nenhum inchaço, nenhuma vermelhidão. Nenhum indício de que uma potencial viajante do tempo o atingiu com spray de pimenta.

Há uma cicatriz debaixo de um de seus olhos, tão discreta que podia muito bem ser apenas uma marca deixada pelo travesseiro.

— Tem alguma coisa no meu rosto? — pergunta ele, e é só então que percebo que passei os últimos segundos o encarando.

Meneio a cabeça.

— Não. Foi mal.

Quando a aula começa, me sinto ridícula sentada na frente, já que não estou ouvindo nada do que a professora diz, mas aí me dou conta de que é minha terceira vez na aula. No primeiro dia, eu prestei atenção.

Depois da dra. Okamoto explicar o cronograma, ela pergunta se alguém ficou com dúvidas. Sinto alguém se movimentando atrás de mim. Miles levanta a mão. É óbvio que ele teria uma dúvida.

— Dra. Okamoto? Não é bem uma pergunta, mas queria saber o que a senhora diria pra alguém que está tentando sair dessa matéria. Como convenceria a pessoa a ficar.

Um sorriso esquisito estampa o rosto da professora.

— Está pensando em desistir, Miles?

Olha ela aí, já sabe o nome dele e tudo. Eu devia ter perguntado sobre isso na noite anterior.

Ele dá uma risadinha discreta.

— Não. Mas ela está.

Puta. Que. Pariu.

Mesmo virada para a frente, sei que ele está apontando para mim (seja lá o que estiver fazendo, esse cara me dedurou). A sala continua em silêncio, e meu rosto queima com o calor de centenas de estranhos me encarando.

Eu devia ter desconfiado que iria me arrepender de sentar na frente.

Para meu choque, dra. Okamoto parece levar a pergunta a sério. Ela se afasta do púlpito e deixa o controle dos slides para trás. Para alguns metros diante de mim com os olhos cheios de uma intensidade que acho que nunca vi no rosto de um professor antes.

— Qual é o seu nome? — pergunta, com calma.

— Barrett.

— Você é caloura, Barrett?

Assinto. Se ela começar a perguntar sobre os textos que deveríamos ter lido, vou sair correndo. Dois dias a mais e eu ainda não li, porque não existe nada que pareça mais insignificante do que aqueles capítulos no momento.

— Me diga. Você já sabe no que quer se especializar?

— Jornalismo — respondo, sem saber se é uma pergunta retórica.

— Entendi. Se você deseja desistir da minha matéria porque não tem interesse ou porque acha que vai ser difícil demais, fique mais do que à vontade. E isso vale para todo mundo aqui. — Ela continua a caminhar pela frente da sala. — Talvez eu não consiga convencê-los a amar física. Talvez vocês já tenham convencido a si mesmos que não nasceram para as exatas, ou que são melhores usando o lado direito do cérebro. Mas tudo isso é um papo furado do cacete.

Dá para ouvir umas risadas aqui e ali devido ao choque porque *ai, meu Deus, a professora acabou de falar palavrão.*

— Qualquer um é capaz de aprender física. Sim, pode ser difícil. *Vai* ser difícil. Mas ficar dizendo que não é a sua praia é o jeito mais fácil de fracassar. Vocês selam o próprio destino quando começam algo, quando começam *qualquer coisa*, com esse tipo de pensamento. A maioria aqui é calouro, e para muitos de vocês é o primeiro gostinho da independência. Eu acho que o principal na faculdade são as novas perspectivas, é buscar aquilo que nos deixa desconfortáveis, que nos testa e que revela quem somos de verdade. Este emprego é um privilégio, nunca o subestimei.

É um privilégio ver todos vocês sentados aqui, me dizendo que aceitam o desafio.

Não sei se ainda tenho medo dela. Quando a dra. Okamoto fala assim, eu acredito. O que significa que talvez precise acreditar na física também.

Quando somos dispensados, guardo meu material o mais rápido possível e espero do lado de fora até ver o borrão vermelho da camiseta de Miles.

E então, eu o encurralo.

— Que merda foi aquela? — sibilo, e me posiciono ao seu lado. — Desde quando é aceitável fazer isso com um desconhecido? Não sei que tipo de complexo de superioridade é esse que você tem, mas foi muito desnecessário.

Miles fica piscando para mim, parecendo quase atordoado. Ele coloca a mochila mais para cima nos ombros e desacelera os passos.

— Hum... me desculpa, então?

— Foi uma pergunta?

— Não... não foi. Desculpa. — Ele enfia os dedos com ainda mais força nas alças da mochila. — Ponto final. Ponto de exclamação até!

Alunos passam por nós, apressados para sair do prédio e ir para as próximas aulas.

— Não sei por quê, mas tenho a impressão de que você não é do tipo que usa muitos pontos de exclamação.

— Depende do que estiver sendo exclamado — diz ele, em um tom debochado.

Não aguento esse garoto. Se fosse qualquer outra pessoa, poderia até parecer um flerte, mas tenho certeza de que não é nada além da verdade.

— Você me entregou para a professora, e o jeito que...

Seguro a língua e lembro que não posso me irritar com o que ele fez ontem ou anteontem.

Anteontem, quando nos embarramos a caminho da festa na Zeta Kappa e ele levou alguns minutos para lembrar do que havia dito na aula.

Igualzinho agora.

— O jeito que o quê?

Meneio a cabeça.

— Nada. A gente acabou de se conhecer, não é? Porque teria mais alguma coisa?

Falo isso na esperança de confundi-lo. Em um mundo normal, imagino que não seja algo que se diga sem esperar pelo menos uma sobrancelha erguida como resposta.

Mas ele parece quase… magoado. Com as sobrancelhas franzidas e um tipo estranho de incerteza nos olhos. A luz que sai pelas janelas ilumina sua cicatriz, e espero que ele não ache que estou a encarando.

— Você tem razão, foi desnecessário. Eu fui um otário. Desculpa.

Agora é minha vez de ficar desconcertada pelo pedido de desculpas.

— Hum… então, tá. Já saquei que você é puxa-saco dos professores. Porque, tipo, ela já sabia o seu nome, sabe? No *primeiro* dia de aula.

Um sorriso minúsculo aparece em seus lábios. Um nanossorriso. Todas as expressões desse garoto são o exemplo da sutileza.

— A dra. Okamoto é minha mãe.

Ah.

— Eu não fazia ideia.

— Não faço questão de ficar espalhando por aí.

O corredor está mais vazio agora. Miles se encosta na parede, ao lado de um retrato sépia do primeiro coordenador do departamento de física. Um senhor idoso com um bigode fino.

Há algo meio suspeito na postura de Miles, mas não consigo entender ao certo o quê. Ele parece mais tranquilo, com os ombros relaxados e as costas menos rijas. À primeira vista ele parece ser bem arrogante, talvez por isso seja impossível não perceber quando ele recolhe as garras.

Com o Adidas verde-floresta, ele toca um buraco no chão.

— Será que a gente podia se encontrar mais tarde? Em um lugar mais calmo. — Quando abro a boca para protestar, ele levanta a mão. — Só quero conversar. Mas não sobre física.

ʊʊʊ

A Casa dos Parças é o prédio do conselho estudantil, protegido por duas estátuas de bronze de Huskys idênticos na entrada. Há uma faixa roxa e branca gigantesca na frente que diz BEM-VINDOS, ALUNOS! No gramado, os clubes recrutam novos membros e, lá dentro, há vários restaurantes, cafeterias e escritórios que servem como sede das atividades extracurriculares. No porão, há até uma pista de boliche, que, pelo visto, deve ser judicialmente obrigatório ser mencionada durante a apresentação do campus.

Puxo o celular para mandar uma mensagem para Miles e percebo, tarde demais, que não trocamos números. Concordamos de nos encontrar às 14h30 (o monitor gostoso da aula de inglês que me perdoe) e às 14h45 finalmente o encontro, sentado à mesa perto de uma hamburgueria com uma cesta de palitinhos de muçarela à sua frente.

Aceno discretamente enquanto me sento do outro lado da mesa e deixo a bolsa ao meu lado. Passei as últimas horas enfurnada em um saguão no último andar da Casa dos Parças, perdendo a cabeça na tentativa de planejar os próximos passos. Se Miles fosse menos irritante e mais bonitão, talvez eu me arrependesse do cabelo e das roupas, mas nem consigo me importar com isso agora.

— Já comeu os palitinhos de muçarela daqui? São incríveis.

— Não, valeu. — Exalo um suspiro trêmulo que não adianta de nada para aliviar minha ansiedade. — Então. Quer explicar o que é que tá rolando e por que você quis marcar esse encontro? Porque tenho certeza de que não foi para garantir que eu experimente as maravilhas da comida frita do prédio do grêmio estudantil.

— Me explica você — diz ele, com toda a calma, passando um palitinho no molho marinara. — O que tá rolando com você? Seja sincera.

Ele não pode estar perguntando o que eu acho que está perguntando. De jeito nenhum.

— Nada — respondo. — Estou estupenda. Mais tarde talvez eu coloque uma fantasia do Caco, o sapo dos Muppets, e saia pelo campus cantando *Walking on Sunshine* jogando glitter nas pessoas, mas ainda não me decidi.

Bem discretamente, um músculo na mandíbula dele treme.

— O primeiro dia está sendo bom, então.

Suspiro e passo a mão pelo cabelo.

— Tá bom, Miles. O dia está uma merda. Satisfeito? E você é um dos motivos, mas, no fim das contas, acho que só posso culpar a mim mesma.
— Pode explicar melhor?
— Se você me chamou só pra ficar me interrogando, então é melhor mesmo eu começar com o negócio do Caco...
— Não — diz ele, rápido. — Desculpa. É que... sério, eu só quero saber do seu dia. Do seu primeiro dia.

A ênfase no *primeiro* é sutil, mas não passa despercebida.

Engulo em seco enquanto analiso a pessoa esquisita, mas irritantemente cativante à minha frente. Quando nossos olhos se encontram, Miles não pisca, apenas continua encarando com intensidade. Todas as dicas estão ali. As coisas estranhas que eu disse nem o incomodaram. *Caso decida continuar fazendo física.* O fato de estar sentado na minha frente aqui e agora.

Ele não fez nada para ganhar minha confiança a não ser, talvez, essas perguntas. Se isso for uma piada, então ele está arrasando.

— Acordei às 6h50 da manhã com a minha colega de quarto implorando para nossa monitora tirar ela de lá — começo, e quase desejo ter pegado um palitinho para manter as mãos ocupadas. — Fui ao banheiro do nono andar, mas não tomei banho. Fui para a aula de física, onde você, com toda a gentileza do mundo, contou para a professora que eu queria desistir. Depois você me pediu para encontrar você aqui e tentou me forçar a comer esse palito.

— E antes?

— Antes de te encontrar aqui ou...

Ele se reclina na mesa, dobra o cotovelo e coloca a mão atrás da cabeça.

— Você é que me diz.

É ridículo como estou prestes a contar tudo a esse cara, um sujeito que nem conheço direito (e, mesmo assim, a sensação é viciante e doentia). Não consigo deixar pra lá a impressão de que ele sabe o que está acontecendo e está tentando me fazer admitir primeiro. No pior dos cenários, Miles vai rir até me fazer dar o fora da Casa dos Parças e eu vou passar os próximos quatro anos evitando ele. No melhor...

— No meu primeiro dia... — Abaixo a voz, preocupada que as pessoas ao redor ouçam. Ao forçar cada palavra a sair, parece que estou contando um segredo que jurei guardar a sete chaves. Mas, minha nossa senhora, não dá para continuar guardando isso. Se existe uma chance mínima de que eu não seja a única em uma linha do tempo errada, então tenho que ir com tudo. — Caí no sono na área comum do meu andar e acordei no quarto. No dia 21 de setembro.

Assim que conto, começo a me questionar. Ele vai achar que perdi o juízo. Analiso o rosto dele com cuidado, mas Miles não dá indício algum de que falei algo fora do comum.

— É isso? Só essas duas vezes?

Só essas duas vezes, como se um dia se repetir fosse normal pra caramba.

— Hoje é a terceira vez. Por isso escolhi essa roupa.

Cruzo as pernas, consciente do buraco muito mal localizado das leggings.

Então o rosto dele começa a ficar estranho. A boca se contorce para o lado, como se estivesse tentando não esboçar reação, antes de desistir e deixar que todos os músculos do rosto assumam o controle. Tenho a impressão de que Miles vive em guerra contra eles. É uma rendição lenta; seus lábios vão se curvando no que talvez seja o sorriso mais largo que já o vi dar.

— Pensei que eu fosse o único. Estou preso aqui faz meses.

Capítulo nove

DEMORO PARA PROCESSAR AS PALAVRAS, O ENCARO.
Estou preso aqui faz meses.
— Sessenta e um dias, para ser exato — diz Miles. — Ainda não achei um jeito de calcular direito. Acho que vou acabar perdendo a conta, mas...
— Ele dá um tapinha na cabeça. — Essa coisa aqui tá se mostrando mais impressionante do que eu imaginava. Sempre tive memória fotográfica, o que tem sido muito útil enquanto estou preso nessa... anomalia.
Anomalia. A palavra não chega nem perto de definir a complexidade da situação.
— Você também fica revivendo esse dia. — Estou chocada demais para me importar com esse papinho de memória fotográfica. — Não é só eu... não é só eu.
O alívio parece um raio de sol depois de semanas nubladas em Seattle. Um gole de água depois de levar dezesseis minutos para correr um quilômetro e meio. Porque se Miles está aqui também — mesmo que eu goste tanto dele quanto do pessoal do ensino médio —, então talvez haja esperança.
Talvez eu não esteja sozinha nessa.
— Já fiquei meio desconfiado ontem, quando cheguei na sala de aula e você já estava lá. Mas não quis dizer nada antes de ter certeza. — Bem metódico da parte dele. — É... é incrível. — Neste momento, seus olhos se iluminam e os gestos com as mãos aumentam. Pela primeira vez, este

garoto parece empolgado de verdade. — Sabe o que tudo isso significa? Universos paralelos, falhas na linha do tempo, relatividade... as explicações são infinitas. E as possibilidades, também.

— Incrível — repito, sem emoção nenhuma na voz enquanto minha cabeça continua girando. — É uma palavra que eu provavelmente não usaria.

— Cuidado com o ketchup — Miles avisa.

— Quê? — Atrás dele, uma das funcionárias da cafeteria quase escorrega em uma poça avermelhada no chão. — Você podia pelo menos ter limpado para ela — murmuro.

Ele me encara com um olhar sabichão.

— Já limpei. Umas trinta vezes.

Sinto um arrepio.

— Talvez... talvez você tenha visto o ketchup antes de sentar. Como vou saber que não é tudo uma pegadinha?

Parte de mim ainda não quer acreditar. O alívio se transformou, ou então está se agarrando com todas as forças ao medo que ainda resta. A parte racional do meu cérebro não consegue aceitar, mesmo que eu esteja vivendo isso pelos últimos ~~dia dois dias~~ *três dias.*

— Quer que eu prove? Tá certo. É o que qualquer cientista decente faria: repetir os resultados de um experimento. Garantir que é possível replicá-los. — Ele assente para a esquerda. — Vê aquela garota jogando o lixo fora? Ela vai derrubar o copo vazio e suspirar como se o mundo tivesse cometido um crime terrível contra ela antes de se ajoelhar para pegar o copo.

Assistimos à cena se desenrolar igualzinho ao que ele narrou.

Ergo as sobrancelhas, nada impressionada.

— Esse é o seu melhor? Qualquer um podia prever isso. Ela estava cheia de coisas nas mãos.

— Você é difícil, hein. Tudo bem. Aquele cara ali, perto da máquina de refrigerante, sabe? — Ele checa o relógio e dá um tapinha na tela. — Vai explodir tudo em cima do coitado daqui a dez segundos.

E explode mesmo. O rapaz fica encharcado com um líquido marrom alaranjado. Alguns funcionários se apressam com guardanapos.

— Não — digo, apesar de todas as evidências que começam a surgir. — *Não*. Isso não está acontecendo. Não *pode* estar acontecendo. Vou acordar amanhã, vai ser quinta-feira e vai ficar tudo bem.

— Você deve estar certa — diz ele, com um olhar ainda entretido, se acomodando na cadeira. — Eu devo ser só um fruto da sua imaginação.

— Nem a minha imaginação seria tão cruel assim.

— Você devia mesmo experimentar um. — Alheio ao meu pânico, Miles continua enfiando os palitinhos de muçarela no molho. — São crocantes, mas não tem gosto de queimado, e o queijo estica na medida certa. Derrete na boca. Tento me controlar, mas acabo comendo isso aqui um dia sim e outro não desde que…

— Não quero essa merda de palitinho de muçarela! — digo, e quando cabeças se viram em nossa direção percebo que quase gritei. Estou ofegante. Meu peito arfa e tento convencer Miles de que… do quê, afinal de contas? De que não somos as únicas duas pessoas do campus presas no dia 21 de setembro? De que as cordas que sustentam minha realidade foram danificadas permanentemente?

Miles empurra a cesta para longe com tanta força que um pouco de marinara escorre pela lateral do copinho reciclável.

— Está bem — diz ele, mais sério agora, ciente de que precisa evitar que eu surte no meio da Casa dos Parças. Seus olhos, escuros e decididos, encontram os meus, e talvez eu tenha me enganado. Talvez haja um pouco de pânico ali também. — Vamos rebobinar e tentar de novo. Eu entendo… fiquei com raiva no começo, igual a você.

— E agora? Já aceitou? Porque você age como se não estivesse nem aí.

— Já passei por quase todas as emoções, Barrett. Não sei mais o que falta.

Tento ignorar a estranheza daquelas palavras. Há algo oco na voz dele, o cansaço de alguém que já ficou preso aqui por muito tempo. Meus três dias, multiplicados por vinte.

A terceira e última matéria na minha grade é Introdução à Psicologia, vale quinze créditos e acontece nas terças e nas quintas. Essa informação me vir à cabeça agora deve ser um sinal de que estou ficando doida mesmo. Não tenho nenhum apego a essa disciplina além de ter achado o assunto interessante, mas agora há uma possibilidade real de que eu nunca nem faça as aulas.

— Você mentiu. Disse que a gente não ia falar de física. Me sinto traída.

Como se pudesse sentir que estou prestes a ter um ataque, Miles empurra a cesta para minha direção. Relutante, pego um palitinho, mergulho no molho e... que ódio, ele tinha razão. São de lamber os dedos. O queijo e o molho daquela maravilha fazem com que eu me acalme, mas só um pouquinho.

— O que você fez? — pergunto, entre uma mordida e outra.

— O que eu fiz?

— Você é o cara que morre de tesão por física. Acabou de dizer que está aqui há mais tempo do que eu. Então o que foi que você fez? Irritou o fantasma do Albert Einstein? Mijou no túmulo do Isaac Newton?

Como não conheço mais nenhum físico, paro de falar. As aulas da dra. Okamoto talvez fossem mesmo uma boa para mim.

Ele apenas me encara com a boca um pouco aberta.

— Não sei nem por onde começar. Você acha que fantasmas são reais? Ou que eu sou capaz de entender as complexidades da viagem do tempo, algo que frustra cientistas há séculos? Que eu por acaso fui parar na Abadia de Westminster, que sempre sonhei em conhecer, e profanei o lugar de descanso eterno do Sir Isaac Newton desse jeito? — Ele engasga com algo que, em alguma língua alienígena, talvez fosse considerado uma risada. — Ou com essa sexualização completamente inapropriada de um ramo da ciência que atua na linha de frente de... de *tudo* há centenas de anos?

— Deve ser muito divertido sair com você.

— Me diz você, já que fomos à mesma festa.

Coloco uma mão em meus cachos.

— Não dá nem para ter uma conversa normal contigo! Tudo o que você fala me dá vontade de jogar spray de pimenta na minha própria cara. Como é que a gente vai descobrir o que está rolando? — Paro por um instante. — Meu Deus do céu! Quando eu perguntei se você já tinha sido atingido por spray de pimenta e você ficou todo estranho. Quero dizer que... eu já joguei spray de pimenta em você? Enquanto você revivia esse dia antes de eu ficar presa?

Ele leva a mão até os olhos e passa o polegar na cicatriz.

— Já. Quatro vezes.

— Poxa. Foi mal — digo, ignorando como é bizarra a sensação de me desculpar por algo que outra Barrett fez. — Espera. A gente já teve essa conversa antes, não teve?

— Não. É a primeira vez que descubro mais alguém preso comigo. Ontem já estava desconfiado de que tinha alguma coisa errada. Você fez algo diferente... sentou na primeira fileira, e chegou lá antes de mim. Isso nunca tinha acontecido antes.

Meneio a cabeça, como se o movimento fosse, de alguma forma, encaixar todas essas peças absurdas de um jeito que faça sentido.

— Acho que não entendi direito alguns detalhes. Como é possível que eu tenha vivido três dias enquanto você viveu sessenta?

Miles se inclina para a frente, e um dos cantos de sua boca parece ensaiar um sorriso. Contra quantos sorrisos será que esse garoto luta durante o dia?

— Você conhece o conceito da relatividade? — diz ele, com a simplicidade de quem pergunta se alguém sabe o que é uma torrada. Ofereço minha careta mais envergonhada. — Digamos que você esteja pelo universo, viajando em uma espaçonave a uma velocidade bem rápida.

— Nada que eu não faça em um sábado qualquer.

— Você passa por um amigo que está em uma espaçonave idêntica, só que muito mais devagar. O relógio do seu amigo estaria funcionando mais devagar do que o seu. Para simplificar, isso é a relatividade restrita. A relatividade geral diz que objetos grandes e pesados distorcem o espaço e o tempo que os cerca, essa distorção é a gravidade. Estou mais uma vez simplificando. E, como tanto o tempo quanto o espaço são distorcidos, o espaço-tempo, inclusive, é parte importante da teoria do Einstein, o relógio de alguém no topo do Everest pode se mover muito mais rápido do que alguém no sopé da montanha.

"A primeira vez que vivi o 21 de setembro, a gente quase não interagiu", continua ele. "Você sentou do meu lado na aula de física e pediu a senha do Wi-Fi, que estava bem nítida no quadro." Resisto à vontade de revirar os olhos. "Mas foi isso. Só fiquei sabendo do incêndio na fraternidade quando ouvi o pessoal comentando no dormitório naquela noite, e tive que reviver mais alguns dias até conectar o acidente a você.

— Quer dizer que você não foi convidado para a festa? — Coloco as mãos na mesa e forço uma expressão séria. — O presidente da Zetta Kappa sabe disso? Não... acho melhor a gente falar com o reitor, né? Quero garantir que isso não se repita.

Miles não dá a mínima para a piada, o que me surpreende

— Você entenderia bem mais rápido se não ficasse de brincadeirinha, sabia?

— Meu primeiro dia não foi igual ao seu, então — digo. — No meu, você me expôs na frente da sala inteira. E a gente acabou indo para a festa junto porque você se escondeu nos arbustos que nem um maníaco.

— Eu não me *escondi*. É um atalho do campus. — Ele aperta os olhos, como se estivesse tentando lembrar de algo. — Deve ter sido... no meu dia cinquenta e nove. Eu acho que fiquei preso e meu tempo começou a correr em uma frequência mais alta do que a sua. O que significa que eu vivia mais dias do que você, e todo mundo.

— Tá bom... — Nunca me senti tão estúpida quanto neste momento. Então finjo que estou entendendo tudo, passo o dedo na haste dos óculos e o giro algumas vezes. — Então... quando mencionei já ter estudado física, eu meio que tirei dois na prova. Ainda não sei se entendi como tivemos duas quartas-feiras completamente diferentes antes de ficarmos presos.

Eu esperava que ele ficasse ainda mais frustrado comigo, mas Miles estica o braço para pegar um palitinho, parte-o ao meio e coloca as duas pontas uma do lado da outra.

— Imagina assim. Durante dezoito anos, nossas linhas do tempo, até onde sabemos, se moveram na mesma velocidade. Até a minha primeira quarta-feira. — Ele quebra uma das metades em duas. — Essa é a versão de você que eu conheci aquele dia, enquanto essa outra versão sua, no caso, a versão sentada aqui comigo agora, se movia tão devagar que levou um tempo para me alcançar. — Ele continua arrancando pedaços de muçarela para representar todas as Barretts que já fui e que nunca vou ser. — Quando o seu tempo alcançou o meu, eu já tinha vivido cinquenta e oito versões daquele dia.

Ai, meu Deus. É demais para mim.

— E se um de nós começar a se mover na velocidade normal de novo do nada?

— Aí precisaríamos de mais palitinhos de muçarela. — Ele gesticula para os palitinhos que me representam, mas não a minha versão de agora. — Provavelmente, todos que não estão presos, tipo suas versões de antes de você ficar presa, se movem a uma frequência muito mais baixa do que nós. Agora que a gente se alcançou, acho que é seguro dizer que nosso tempo tá se movendo em um ritmo constante.

— Então todas as minhas versões estão por aí, em suas próprias linhas do tempo depois de sua própria versão de 21 de setembro?

— Se você acredita em universos paralelos, então, sim. Pode ser. Só que vou repetir: é só uma teoria. Não tenho certeza de nada.

— Isso aí é novidade.

Mesmo assim, fico grata pela explicação. Estou com a cabeça leve, tonta e meio enjoada, mas grata.

— Eu tentei entender por que você agiu diferente nos últimos dias — diz Miles. — Normalmente, você fica mais na sua. A menos que...

— A menos que o quê?

Ele fica acanhado.

— A menos que a gente interaja.

— Então foi você que me arrastou pra essa zona — digo, e a gratidão desaparece. — Sua linha do tempo ficou toda ferrada e você passou isso para mim.

— Não... não é assim que funciona. — Miles suspira, beliscando a ponta do nariz, como se estivesse ofendido em nome da física.

— Você acabou de admitir que não sabe como funciona!

— Não entendo como *tudo* funciona — corrige ele com uma voz pomposa que me faz querer enfiar seu rosto no pote de molho. — O tempo não é como uma gripe. Não espirrei em você e criei um universo paralelo.

— Mas a sua linha do tempo ficou descaralhada, aí você interagiu comigo e me levou a fazer algo diferente... será que não foi o que bagunçou com o tempo-espaço ou algo assim?

Sua expressão muda, como se soubesse que levantei um bom ponto, mas preferisse estudar pintura a dedo do que admitir.

— Acho que não é impossível — admite.

— Chupa, física básica. — Ergo o punho de forma vitoriosa. Mas então, me dou conta. — O amigo que você procurava na festa. Era eu. — Ele assente. — E foi por isso que você sentou atrás de mim. — Eu roubo mais um palitinho. — Você fica meio aéreo às vezes. Tipo no meu primeiro dia. Você me expôs na aula, e depois esqueceu.

— Depois de sessenta e um dias preso, fica tudo meio… emaranhado.

Mas Miles franze o cenho e une as sobrancelhas de novo. Fico com a impressão de que quer dizer algo, mas não vai.

— Pelo menos nenhum de nós dois está sozinho agora, eu acho — digo. — Já é alguma coisa.

Antes que ele consiga dizer que sim porque com certeza está empolgadíssimo para ficar preso no tempo comigo, seu celular toca.

— Precisa atender?

Sem nem olhar, ele recusa a ligação e põe o aparelho com a tela para baixo sobre a mesa.

Pelo visto já sabe o que a pessoa tinha para dizer.

Enquanto Miles olha as próprias mãos, finjo que vou pegar o último palitinho. Ele não parece se importar. A essa altura, esse tipo de coisa não deve ser importante.

— Então somos os únicos, pelo menos que a gente saiba, presos no dia 21 de setembro — digo. — E ainda nem nos conhecemos direito, Miles Okamoto.

— Kasher-Okamoto — corrige ele piscando, como se quisesse que eu me tornasse o centro do assunto de novo. Como se estivesse perdido em pensamentos e só agora voltasse à terra, a esta mesa. — Meu pai é Nathan Kasher. Dá aula de história do judaísmo e sempre diz que ficou com o coração partido porque escolhi a área da minha mãe e não a dele. É uma piada particular até hoje entre os dois, uma competição amigável que minha mãe sempre vence. — Ele ergue a mão e abaixa dois dedos. — Pronto. Agora você sabe pelo menos três coisas sobre mim.

— História do judaísmo. — Me sinto uma grande idiota por não saber que havia essa matéria na universidade. — Você é judeu?

— Meu pai é. Fui criado como judeu, então você pode até dizer que sou só meio judeu, ou que não sou judeu *de verdade*, já que o gene vem da mãe, mas...

— Eu não ia dizer nada.

— Ah.

— As pessoas dizem isso?

— Passei a vida inteira ouvindo essas coisas — responde ele, baixinho, e fico surpresa por isso me deixar de coração partido.

— Então você é judeu — digo, e com esta simples afirmação, Miles relaxa e assente. — Eu também. Deve ter uma piada em algum lugar sobre sermos os Escolhidos.

A brincadeirinha o faz emitir apenas um *rá*.

Por um lado, é um alívio não estar sozinha nessa situação. Por outro... é Miles. Não consigo lembrar de já ter me irritado desse jeito durante uma conversa. Pelo visto, ele é imune a humor, tão rígido que sua coluna deve ser feita de Kevlar. Eu teria aceitado de bom grado Annabel, a garota dos geomiídeos, ou Grant, o monitor com os cílios espetaculares. Até mesmo Lucie seria uma companhia melhor. É muita sorte que o cara com quem acabei presa seja um ser humano intolerável.

— Devíamos pelo menos trocar números — diz ele. — Para caso a gente se separe.

— Acho que não tem por que adicionar seu contato no meu celular — digo.

— Vai ser melhor decorar.

— Tá bom. — Puxo os fios do moletom enquanto penso. — Talvez não tenha nada a ver com ciência. Já vi um filme sobre isso. Talvez alguém ou *algo* por aí decidiu que a gente não viveu hoje do jeito certo. Que não estávamos prontos para seguir para o dia seguinte sem concluir... alguma coisa. E agora temos que fazer boas ações, ou sermos altruístas, ou então encontrar o amor verdadeiro, e aí vamos conseguir voltar ao normal.

— Como você vai encontrar o amor verdadeiro em um único dia?

Pisco para ele do jeito mais exagerado que consigo.

— Parece que só tenho uma opção, gatinho.

E Miles faz algo que me pega completamente de surpresa.

Fica *vermelho*.

E não só no lóbulo das orelhas, mas nas *orelhas inteiras*. E elas são tão de abano, que é impossível não perceber. Um músculo em sua mandíbula pulsa, só que dessa vez tenho certeza de que não é por lutar contra um sorriso. Senhoras e senhores, Miles Kasher-Okamoto está se permitindo expressar uma emoção.

Depois de um instante, ele pigarreia e reassume a rigidez.

— Vou à biblioteca quase todos os dias para ler tudo o que eu consigo sobre teorias de viagem no tempo, relatividade e mecânica quântica. A gente faria muito progresso trabalhando juntos.

Boquiaberta, eu o encaro. A ideia de passar horas e mais horas em uma biblioteca com Miles, debruçada em livros que não fazem o menor sentido para mim... eu preferiria comer sucrilhos direto do chão do banheiro comunitário.

— Você está vivendo o mesmo dia sem parar, e perdendo tempo na *biblioteca*?

E é aí que ele enfim perde a cabeça.

— Não sei mais o que fazer, droga! — diz ele, se levanta e agora é a sua vez de ficar chocado com o tom alto de sua voz. Só que o garoto não se recompõe, fica apenas parado, com as bochechas rosadas com a respiração ofegante. Ele se manteve calmo até agora, mas, pelo visto, eu fui longe demais. — É você que fica querendo retrucar ou desafiar tudo o que eu digo, mesmo sem saber nada de ciência.

— Eu sei tanto quanto você. — Me levanto e me esforço ao máximo para não falar mais alto. — E tenho certeza de que é muito difícil para você admitir que não sabe de nada, mas essa é a verdade. A gente não sabe merda nenhuma sobre viagem no tempo porque, até três dias atrás para mim e sessenta e um para você, a gente nem sabia que era algo real.

— Então você vai sair por aí tentando encontrar sua alma gêmea?

— Talvez! — Subo no banco e sinto o vinil sob meus pés. Estico os braços e aceno para todo o salão. — Ei, gente! Se alguém aqui acha que pode ser meu amor verdadeiro, eu moro no quarto 908 do Olmsted!

Algumas pessoas nos olham de um jeito estranho, mas a maioria volta a prestar atenção na comida. É uma insanidade gritar assim sem pensar nas consequências.

— Alguém? — digo.

— *Para* — diz Miles, com a mandíbula rígida. — Isso não vai dar em nada.

Eu o encaro.

— Por quê? Ninguém vai lembrar amanhã. — Me viro de volta para a Casa dos Parças. — É muito fácil me agradar. Não preciso de encontros chiques nem nada assim, mas vou ficar chateada, *sim*, se você esquecer nosso aniversário de namoro. — Me viro e analiso o conjunto de mesas. Algumas pessoas puxaram os celulares, mas a maioria não está nem aí. — Nenhum interessado? É sério? Não tem problema, eu fico meio tímida às vezes também.

Incomodado, Miles volta a se sentar com a postura rígida e sem me olhar nos olhos.

— Quando você estiver pronta para levar a situação a sério, sabe onde me encontrar.

— Aproveita a biblioteca — respondo irritada, e pulo de volta para o chão com um baque retumbante.

Nem ferrando que vamos encontrar alguma resposta em um livro com meio século de idade.

Ele achou que eu fosse uma aliada. Uma confidente. Uma parceira no crime.

Não sabia que Barrett Bloom sempre trabalha sozinha.

Capítulo dez

NÃO QUERO PARECER QUE FUI CORRENDO PARA CASA atrás da minha mãe quando a coisa ficou feia, mas olha eu aqui. Em Mercer Island. Com minha mãe.

— Já ficou com saudade de casa? — pergunta, quando apareço na Tinta & Papel. Então, ela franze o cenho e sai de trás do caixa para me ver de mais perto. — Barrett. A mais amada. O tesouro dos tesouros. Por favor, me diz que não usou essa roupa no primeiro dia de aula.

Depois de esperar pelo ônibus na chuva, imagino como deve estar minha aparência. A barra das leggings subiu até minha cintura, então estico os braços para ajeitá-la. E acho que o buraco na virilha aumentou. Vai ser um milagre se até o fim do dia ninguém tiver visto minha calcinha com estampa de rosquinhas dançantes.

O fim do dia. Não, não posso pensar tão longe. Porque o outro lado do *fim do dia* é a porra de um buraco negro.

— Óbvio que não — digo, o que não é uma mentira deslavada. — Me troquei depois da última aula. — Passo por um estande com bullet-journals revestidos em veludo que organizamos no verão. — Será que uma filha precisa de um motivo pra visitar sua mãe amada?

Sou puxada para um abraço, e inalo o aroma do creme corporal de rosas que ela usa todo dia.

— É ridículo dizer que fiquei com saudade? — pergunta minha mãe. — A casa não é a mesma sem as suas palhaçadas.

O som fica preso na minha garganta quando tento rir.

— Viu? Só estou cuidando de você.

Ela me solta e vai procurar algo atrás do balcão. Como era de esperar, está vestindo jeans e uma camiseta que exibia um esboço da silhueta de Seattle. Nosso corpo é parecido: curvas em lugares que eu costumava pensar que deviam ser retos até perceber que era papo-furado. Sempre quis aceitar minha aparência tão bem quanto ela, e mesmo que na maioria dos dias eu sinta que estou quase lá, ela sempre parece mais confiante, e às vezes me questiono se vou conseguir ser assim algum dia.

A maior diferença é nosso cabelo. O dela é loiro escuro e curto, enquanto eu tenho que agradecer o lado do meu pai pelos meus cachos definidos.

— Agora que você já está aqui... olha o que apareceu ontem.

Quando minha mãe ergue um pacote de cartões verdes, nem me dou ao trabalho de segurar um gritinho.

Sei exatamente o que são porque passamos os últimos meses falando dessa nova empresa de Seattle que os faz usando apenas materiais reciclados e duas lindíssimas prensas antigas que visitamos no verão.

— São ainda mais perfeitos pessoalmente — digo, e estendo a mão para tocar em um. SAUDAÇÕES DO NOROESTE PACÍFICO, diz o cartão em uma fonte azul perfeita com gotas de chuva que afundam sob meu polegar. — Vou levar vinte.

Minha mãe organiza a loja para fechar à noite enquanto pulo em cima do balcão depois dela insistir que não precisa de ajuda. Não é um pulo tão perfeito quanto os que eu dava quando era mais nova para ficar aqui sentada cuidando do estoque.

A Tinta & Papel tem sido um marco no centro de Mercer Island pelos últimos nove anos. Minha mãe cresceu em Seattle e morou com os pais até se formar em administração, depois se mudou comigo para um apartamento minúsculo. Mercer Island era descrita como um subúrbio idílico do noroeste pacífico, o lugar perfeito para criar uma família. Além do mais, havia mais espaço do que na cidade. Ela encontrou um apartamento para alugar em apenas um fim de semana e montou a loja, o que ela diz ter sido obra do destino. Seu olhar afiado e incrível bom gosto fez da loja um sucesso quase instantâneo.

Mas Mercer Island também era um lugar onde a diferença entre os ricos e os não tão ricos era bem marcante. Na época em que nos mudamos para uma casa, meus colegas da escola estavam reformando, remodelando, aprimorando e escavando os quintais para construir piscinas.

Minha mãe desliga as luzes, tranca as portas e eu a sigo até o carro.

— Que tal batata recheada?

— Ia ser uma delícia. Muito queijo e carboidrato na medida certa.

Um instante de silêncio e então:

— Tem problema se a Jocelyn for jantar com a gente?

— Por que teria? Ela praticamente mora lá.

— Verdade. Mas mesmo assim… a casa fica mais quieta sem você. O que eu não esperava. — A expressão dela muda e fica quase melancólica. — Ainda me sinto nova demais pra dizer isso, mas pensei que estava pronta para ver o ninho vazio. Sei que passou só uma semana e que vai ficar mais fácil… para nós duas.

— Vai mesmo — digo, na esperança de parecer mais confiante do que me sinto.

Agora, fora do campus, consigo respirar melhor. O ar aqui é menos sufocante, e quase me faz acreditar que não é mais dia 21 de setembro.

Talvez seja isso: o que está amaldiçoada é a universidade, e se eu cair no sono aqui, vou acordar no tempo certo.

Se bem que… seria impossível acordar na quarta-feira se eu simplesmente não dormisse.

Não acredito que só tive essa ideia agora.

— Então… você vai me dizer o que aconteceu? — pergunta minha mãe quando entramos na garagem.

— Quem disse que aconteceu alguma coisa?

— Barrett, eu te conheço. Seu tom de voz tá estranho. E você tá com essa roupa deprimente. Eu bem que andei procurando esse moletom.

— É perfeitamente macio e gasto.

— Pois é. Por isso é o meu favorito.

— Eu estou legal, juro — digo, empurrando as palavras para além dos dentes. É difícil, mas dou um jeito. — É que tem sido… um processo.

Seus olhos escuros analisam meu rosto por um longo instante, como se estivessem tentando encontrar indícios de que há algo errado nas sardas pálidas que atravessam minhas bochechas ou na minha papada. Então o celular dela se ilumina no porta-copos.

— É a Jocelyn. Acabou de sair do trabalho.

Felizmente, cozinhar é o bastante para distraí-la do que está, ou não, errado comigo e/ou com o universo. Nos ocupamos na cozinha ralando queijo cheddar e tirando o miolo das batatas até Jocelyn chegar.

E quando escuto a voz dela, me lembro.

Jocelyn está planejando pedir minha mãe em casamento amanhã à noite.

Em meio a todo o caos dos últimos três dias, acabei esquecendo completamente. Poucas semanas atrás, ela se ofereceu para ir comigo comprar alguns itens básicos que eu deveria levar para o dormitório. Depois de enchermos o porta-malas de seu Kia Soul com cadernos, grampeadores e louças, paramos para comprar tacos e ela me mostrou a aliança de esmeralda cintilante. Jocelyn é advogada, e eu nunca tinha ouvido sua voz tremer como quando me contou do pedido de noivado. Não estava pedindo minha bênção nem nada tão arcaico assim, mas queria ver como eu reagiria primeiro.

— Ah, você quer ver minha reação? — questionei, toda simpática. — Eu estou quase convulsionando e a única cura é você pedir a mão da Mollie Bloom em casamento.

— Mollie? — chama Jocelyn do corredor, e seus lábios de um tom escuro de vermelho se abrem num sorriso ao me ver. — Bloom em dobro! Pensei que só a veríamos no dia de Ação de Graças.

Sinto um nó no estômago. Quero ficar feliz por vê-la, por esse retalho de normalidade familiar que eu senti tanta falta nos últimos dias. Quero a sensação daquela viagem de carro para casa: o sol no meu rosto e a esperança de que tudo vai ficar bem.

Quando, na realidade, estou presa justamente no dia que antecede o que talvez seja um dos momentos mais felizes da vida da minha mãe.

— Bem que você queria, né — digo, me agarrando à esperança de que dormir aqui, ou talvez nem dormir, faça a linha do tempo voltar ao normal.

Depois de cumprimentar minha mãe com um beijo, Jocelyn me enlaça em um abraço.

— *Até parece.*

Ela pendura o casaco nas costas de uma cadeira da cozinha e passa a mão pelo longo cabelo escuro.

No decorrer dos anos, mamãe namorou tanto homens quanto mulheres e, até onde eu sei, este é o relacionamento mais duradouro. Elas se conheceram dois anos atrás na loja quando Jocelyn Thierry, uma mulher esbelta com uma quedinha por batons berrantes que deixava a maioria dos outros advogados do escritório apavorados, reclamou de como era difícil encontrar cartões de casamento para casais queer, e minha mãe, toda orgulhosa, apontou para a curadoria inclusiva da Tinta & Papel. Ela voltava todo fim de semana atrás de novos cartões até não ter mais para quem enviá-los, então acabou comprando um para convidar minha mãe para sair.

O cartão foi emoldurado e colocado na parede de nossa sala de estar: um pequeno porco-espinho segurando um buquê de rosas com a letra caprichada de Jocelyn.

Deve ser um efeito colateral de ter crescido em uma papelaria, mas estou ansiosa para ver os cartões de casamento delas. Além de mim, ela tem sido a pessoa mais presente na vida da minha mãe. Mesmo que tivéssemos ajuda dos meus avós, eles não eram ricos. Ela construiu a papelaria do zero, raramente tirava folgas e nunca havia saído da costa oeste até conhecer Jocelyn. Ela se concentrava na loja e em mim; só de pensar em sair do condado de King, já ficava nervosa. O jeito aventureiro e o amor por viajar de Jocelyn deixaram minha mãe mais tranquila, mais *ela mesma*, transformaram-na em alguém capaz de sair de férias e contratar outro funcionário para cuidar das coisas durante os passeios. Nunca foi tão feliz quanto com ela — a não ser comigo, mas aí é um tipo diferente de felicidade. Ainda mais agora que fui para a faculdade, odeio pensar nela passando as noites e os fins de semana sozinha com nada além da Netflix como companhia.

Não sei se as linhas do tempo das duas estão mais devagar, como Miles disse, ou se simplesmente ficaram suspensas em algum lugar pelo espaço, mas tenho que dar o fora daqui. Por todas nós.

Jocelyn se recosta no balcão à nossa frente mastigando um pouco de cheddar. A franja reta encosta no topo das sobrancelhas, um visual que jamais ficaria bom em mim.

— Então.... a sua colega de quarto misteriosa já deu as caras?

— Infelizmente. — Alinho as batatas no papel-manteiga. — Você lembra da Lucie Lamont?

— A editora-chefe do *Navegador*? O satanás encarnado? — comenta ela, dando de ombros de um jeito exagerado. Lucie e eu já éramos coisa do passado quando as duas começaram a namorar. E então seu rosto demonstra que ela entendeu tudo. — Mentira. Ela é a sua colega de quarto?

Minha mãe ergue o olhar das batatas.

— Você não mencionou essa parte.

Porque já faz três dias e o pior do choque já passou.

— É, hum... foi com certeza uma surpresa no início. Tiveram que reorganizar as divisões de última hora. Mas acho que ela vai para uma sororidade. Então ou vou ficar sozinha de novo ou vão mandar outra pessoa.

— Eu e minha colega de quarto nos falamos todo fim de semana — comenta Jocelyn. — É a Carrie... você a conheceu no ano passado, quando ela veio me visitar. Ainda lembro de quando a gente inundou o segundo andar da nossa sororidade em pleno inverno e aí ficou tudo congelado porque, bom, era Minnesota, né. O lugar virou um ringue de patinação no gelo, o que foi bem épico, mas só até o chão ceder. Na época da pós em direito as coisas ficaram um pouco mais sérias. Mas antes eram insanas. *Meu pai amado.* Faculdade, né. Realmente os melhores quatro anos da vida. — Ela se vira e sorri para minha mãe. — *Tirando* o ano em que conheci Mollie Bloom. E todos os dias em que fui sortuda o bastante de estar ao lado dela.

Mamãe abre o forno e coloca as batatas lá dentro.

— Ah, a faculdade deve mesmo ter sido ótima para qualquer um que não tinha que criar um bebê que gritava e vomitava sem parar.

— Ué, mas você não vive dizendo que eu era tranquila?

— E era, mas, tranquila ou não, ainda era um bebê.

— Você deve estar me confundindo com outra pessoa. Tenho certeza de que eu fui um daqueles nenéns que nunca cagava ou babava.

— Continua pensando assim.

— Me conta quando a situação da colega de quarto se resolver — diz Jocelyn. — Aí a gente planeja como tocar o terror até a coitada querer ir embora.

Mamãe tira algumas mechas do cabelo loiro da frente do rosto e pega uma espátula e a aponta para a frente como se fosse uma arma.

— Não temos misericórdia. Com ninguém que passe a perna nas Blooms.

Jocelyn segue a deixa, pega uma concha e a bate na palma da mão.

— A gangue da louça não tem misericórdia nenhuma — vocifera com uma voz sombria que faz minha mãe sair da personagem e morrer de rir.

Por favor, peço ao universo. *Por favor, me deixa saber o que acontece. Por favor, deixa a Lucie entrar na sororidade. Por favor, me deixa viver o dia 22 de setembro.*

☙☙☙

Eu morria de orgulho do meu quarto. Não se engane, é uma bagunça completa, uma zona de guerra, mas há um sentimento de lar aqui que não sei ao certo se vou conseguir recriar lá no dormitório. *Muitas* almofadas decorativas, reportagens do *Nave* presas no quadro de avisos e um monte de cartões comemorativos presos em arco no varal.

Sou acumuladora de artigos de papelaria: guardo tudo porque não consigo tolerar a ideia de me desfazer dessas coisas. Adesivos, fitas adesivas decoradas, cartões e cadernos. Tenho pelo menos uns doze diários com estampa de flores (todos em branco). É um efeito colateral de ser filha de uma dona de papelaria, mas é que é tudo tão, tão fofo.

E então há o bordado de COMO VOS AMO? que minha mãe fez quando eu era bebê, pendurado sobre a cama. É imperfeito e cheio de linhas soltas, mas sempre o amei. Mesmo assim, há algo nele que deixa meu coração aflito.

Doeu muito manter o que aconteceu no baile em segredo nos últimos meses. Foi fácil dizer sim quando Cole me convidou. Ele passou o ano inteiro sentado do meu lado nas aulas avançadas de políticas públicas, e parecia inteligente, gentil, e era alguém de quem todos gostavam. Então foi fácil dizer sim para o quarto de hotel que ele reservou, e de novo quando a pergunta foi se eu tinha certeza depois de ter admitido que era minha primeira vez. Alguém me queria. Talvez não fosse exatamente como eu tinha imaginado que seria, mas pelo menos estava *acontecendo*. Após três anos como uma forasteira, aquela atenção repentina era quase demais para mim.

E então, começaram as flores no armário. A hashtag. A revelação de que o irmão de Cole era do time de tênis. Me senti tão idiota, tão impotente e *pequena*, que só depois de quatro dias recebendo rosas e tulipas é que fui falar com o diretor.

— Você está brava porque tem gente deixando flores no seu armário? — perguntou ele, rindo. — Conheço várias garotas que amariam estar no seu lugar.

No verão, contei à mamãe que havia transado, mas nada do que aconteceu depois. Ela disse que eu podia contar a ela tudo ou nada, o que me deixasse mais confortável.

E, talvez pela primeira vez na vida, não contei nada para minha mãe.

Alguém bate à porta.

— Aí, só de te ver aqui já fico toda mexida — diz, ao abri-la.

Há um tom melancólico em sua voz que não lembro de ter ouvido nem quando ela me deixou na universidade.

— Porque aquele bebê que só cagava e babava cresceu?

Colocando uma mexa dos meus cachos teimosos para trás da orelha, ela deita comigo na cama. Como sempre, o cabelo não obedece.

— Algo assim.

Puxo as pernas para cima do colchão e chego a me encolher involuntariamente quando a costura das leggings se rasga mais um pouco.

— Mãe. Se tivesse algo rolando comigo, você ia querer saber, né?

— Eu sabia! Sabia que tinha um motivo pra você estar assim estranha. — De boca aberta, continua: — Barrett Lorraine Bloom, não me diga que você está grávida.

Coloco a mão na barriga e dou meu maior sorriso.

— São gêmeos.

— Você vai acabar me matando antes da hora.

— Eu sou a alegria da sua vida!

— Infelizmente.

— Não estou grávida. — Respiro fundo algumas vezes avaliando o peso do que vou dizer em seguida. Apesar daquele final desastroso, conversar com Miles ajudou. Contar para minha mãe vai ser ainda melhor. Mesmo que ela não acredite em mim, talvez ela saiba o que fazer. — Eu... sou uma viajante no tempo.

Ainda não sei quais são as palavras de usar. Miles chamou de anomalia, mas *anomalia temporal* não soa muito bem. Não consigo deixar de pensar no que ele deve estar fazendo, na quantidade de livros em que enfiou o rosto. Se chegou a alguma grande descoberta sem mim.

— Ah, é só isso? A gente dá conta — ela responde, sem mais nem menos. — Você veio de onde? Do futuro para dizer que a gente tá correndo um grande perigo? Tem um meteoro prestes a cair na Terra? Não, espera, não quero saber.

— Mãe, é sério.

— É sério, eu não quero saber mesmo.

Eu poderia retrucar e seguir aquele ritmo que conhecemos muito bem. Mas, no fim das contas, a verdade sai toda atrapalhada de mim, ansiosa para ser ouvida.

— Eu... meio que já vivi esse dia. Quer dizer, não *esse dia* em específico... eu ainda não tinha te visto hoje. O negócio é o seguinte: meu primeiro dia na faculdade foi horrível. O primeiro *primeiro* dia. — Conto o que aconteceu e termino na Zeta Kappa, ciente de que parece que estou explicando o enredo de um filme e não algo que aconteceu de verdade comigo. — E talvez eu tenha... incendiado uma fraternidade.

Ela se levanta, já fora da brincadeira.

— Você *o quê?*

Ergo as mãos, implorando para que volte a se sentar.

— Não, não. Não aconteceu para valer. Ou melhor, aconteceu, mas em outra realidade, entendeu? Não sei exatamente como funciona. Porque quando eu acordei, tinha voltado para o quarto e estava em 21 de setembro de novo. E depois aconteceu a mesma coisa hoje.

Levei dezoito anos, mas finalmente encontrei um jeito de deixar Mollie Bloom sem saber o que dizer. Cheguei a pensar que, por instinto, já que compartilhamos um só corpo por nove meses e depois o mesmo ambiente pequeno por quase duas décadas, ela fosse saber que era verdade.

Só que, na realidade, após alguns instantes agonizantes de silêncio, uma expressão de compreendimento atravessa seu rosto e ela dá uma risada.

— É para a aula de psicologia? Algum tipo de experimento.

Só vou ter psicologia amanhã, queria dizer.

Em vez disso, dou um sorriso forçado e uma tristeza estranha e solitária me toma de assalto.

— Agora você me pegou. É pra aula de psicologia sim.

— Bom, você sabe que é sempre bem-vinda aqui. Mesmo se for pra tentar me deixar lelé da cuca.

— Beleza. Valeu. — Arrasto as pontas dos dedos pela roupa de cama de caxemira tentando parecer casual, como se não estivesse nem um pouco preocupada sobre como vou fazer para que a minha linha do tempo volte a se mover na frequência certa. — Tem problema se eu dormir aqui hoje?

— Não, mas tenho uma condição.

— Condição?

Ela dá um tapinha no meu joelho.

— Olha, com todo o carinho do mundo: está na hora de jogar essas leggings fora.

DIA QUATRO

////

Capítulo onze

QUANDO ACORDO DE VOLTA NO OLMSTED COM LUCIE, Paige e os pratos de macarrão contrabandeados, luto contra o impulso de jogar um deles na parede.

Depois que minha mãe e Jocelyn foram dormir, eu desci a escada na surdina e roubei algumas latas do café com leite de aveia que são a obsessão da minha mãe. Tomei todas, depois alternei entre fazer xixi, ler o perfil de um ex-detento que abriu uma padaria de produtos sem glúten e ficar pensando no que estava acontecendo lá na universidade sem mim. Se a Zeta Kappa continuava de pé. Se Miles foi à festa sozinho.

Toda vez que me sentia sonolenta, eu beliscava o braço, jogava água gelada no rosto ou aumentava o volume da música nos fones. Aguentei até as duas da manhã, mas devo ter pregado o olho logo depois, porque olha eu aqui, longe de qualquer solução.

Se eu não conseguir chegar ao dia 22 de setembro (ou pelo menos à parte de 22 de setembro após aquelas primeiras horas da madrugada), então Jocelyn não vai pedir minha mãe em casamento. Pensar nisso me deixa tão determinada que me sinto elétrica.

A tentativa de ontem à noite pode até não ter dado certo, mas pelo menos eu *tentei*. E hoje vou tentar outra coisa.

Mantenho os olhos fechados e controlo a respiração enquanto Lucie reclama de mim para Paige. Assim que as duas saem, coloco meu plano em ação: vou ser a melhor pessoa que essa droga de campus já viu. Provar a Miles que nossa passagem para fora daqui não está na biblioteca vai ser só um bônus.

Dou outra chance à inteligência artificial do meu celular:

— Como virar uma boa pessoa?

— Encontrei algo que talvez ajude. Aqui vai uma lista com vencedores do Prêmio Nobel da Paz...

Cancelo a pesquisa e digito *como ser uma boa pessoa* no Google, porque parece uma maneira mais consistente (senão extremamente óbvia) de começar. O primeiro resultado é um passo a passo simples com quinze dicas que incluem preciosidades como *se elogie todo dia*, *encontre alguém para seguir como exemplo* e *ouça mais*. Preciso de algo instantâneo. Algo que eu consiga fazer em um dia só.

Sigo para o fim do corredor e bato no quarto de Paige. *Conheça Paige, sua nova monitora. Ela é um doce*, diz o cartaz ao lado da porta, ilustrado para parecer uma máquina de chiclete. Dentro de gomas de mascar redondas feitas de cartolina, há fatos engraçadinhos a seu respeito. *Sou de Milwaukee! Estudo história da arte e italiano ao mesmo tempo. Sou alérgica a aipo!*

— Ah... oi! — diz ela, quando aparece mastigando rápido e então engolindo algo. Interrompi seu café da manhã. — É Barrett, né?

Ponto para Paige. Dou um sorriso.

— Eu andei pensando em recolher algumas doações de roupas para um abrigo local. Será que você pode me ajudar?

Paige fica em silêncio por um instante.

— Sozinha? Você sabe que tem vários clubes dedicados em fazer caridade, né? Sei que um deles se reúne na área comum do terceiro andar toda quinta-feira.

— Eu meio que queria fazer alguma coisa hoje mesmo.

— No primeiro dia de aula?

— Meu horário está bem tranquilo.

— Entendi... — Paige fica em silêncio de novo enquanto passa a mão pelo curto cabelo escuro, como se quisesse encontrar a forma mais gentil de expressar sua reprovação. — Nem sei se tem muito o que fazer assim tão no início do trimestre. Todo mundo acabou de se mudar, e o pessoal não deve estar pensando em se desfazer de algo. Além do mais — gesticula para uma pilha formidável de livros sobre a mesa —, muitos vão estar distraídos com as aulas.

Deixo os ombros caírem. Faz sentido.

Minha determinação murcha só um pouquinho.

— Mas tem outros tipos de caridade que dá para fazer... eu doo sangue todo trimestre lá no UWMC.

— Perfeito! — Minha mãe doa regularmente, e sempre a considerei uma Boa Pessoa. Não morro de paixão por agulhas, mas contanto que eu não olhe, acho que vou ficar bem. — Muito obrigada!

E quem diria, porque até fico empolgada enquanto saio da Terra dos Doces.

É uma viagem de dez minutos de ônibus até o centro médico do outro lado do campus, perto da rodovia. Miles deve estar na aula de física, se perguntando onde é que eu me meti. Mas com certeza ele descartaria meu plano por não ser científico o bastante.

Um pouco do ânimo desvanece conforme preencho a papelada, e sinto um nó no meu estômago. Talvez eu devesse ter comido algo antes.

— Barrett? — Um sujeito de jaleco magenta chama, mas já é tarde demais. Boa pessoa agora, comida depois. Sigo-o até uma salinha vedada por cortinas e me sento debaixo de uma pintura de veleiros. — É só uma picadinha.

Uma picadinha. Não é tão ruim assim, pelo jeito que ele falou, parece até uma gentileza.

Só que então o moço destampa a seringa e *ahhhhhhh*, *não*. Cometo o erro fatal de olhar a agulha.

Meu campo de visão fica minúsculo e o mundo escurece.

☾☾☾

— É quinta-feira? — pergunto, ao abrir os olhos e já querendo encontrar os óculos antes de perceber que eles continuam no meu rosto.

Estou toda esparramada em uma maca de exames de uma sala diferente. Minha cabeça zumbe e sinto meu corpo formigar.

Miles Kasher-Okamoto está sentado na cadeira à minha frente com as longas pernas cruzadas na altura dos calcanhares estendendo uma rosquinha com cobertura e com aquela feição convencida de sempre estampada no rosto.

— Não vai funcionar — diz ele, com a camisa de flanela que sempre usa. Há um rastro de açúcar em cima de seu bolso esquerdo.

Talvez fosse melhor ter continuado inconsciente.

— Você me seguiu até aqui?

— Vi você saindo do dormitório enquanto eu ia para a aula de física e fiquei curioso para ver aonde você ia. — Ele para por um instante, pensando a respeito do que acabou de dizer. — Então, sim. Te segui. Ah, você desmaiou, falando nisso.

— Muito charmoso da sua parte.

Só porque meu corpo precisa, pego a rosquinha e a enfio na boca, mas *não* estou agradecida.

— Foi uma tentativa corajosa. — Miles percebe o açúcar de confeiteiro em seu bolso e o remove com um arrastar casual dos dedos. — Pena que não serviu para nada

— Agora pode até não ter servido, mas eu vou desvendar isso aqui. — Só que parte de mim quer saber: se eu conseguir escapar sozinha, o que acontece? Será que vou começar o dia seguinte com outra versão dele? E se ele encontrar alguma coisa nos livros e *me* deixar para trás? A dor de cabeça já está forte demais, então dou outra mordida na rosquinha e, que ódio, é muito boa. — Foi só um pequeno empecilho.

Miles curva a boca em um sorriso debochado que vai assombrar meus pesadelos (isso se eu for sortuda o bastante para ter algum esta noite).

— Eu é que não vou reclamar desse entretenimento todo de graça.

DIA CINCO
||||
Capítulo doze

— SALVEM OS GEOMIÍDEOS! — GRITO, BALANÇANDO UMA placa que exibe essas mesmas palavras em roxo claro. — O lar deles está desaparecendo, e o tempo para salvá-los está correndo!

Caso isso tudo seja uma segunda chance, então talvez eu deva resolver algo que fiz errado no primeiro dia. E, depois de pensar muito, percebi que havia dispensado a Garota Geomiídeo não apenas uma, mas três vezes.

Me juntar a Miles seria a escolha mais lógica a se fazer? Sim.

Mas uma pequena parte de mim ainda não confia nele. Não consigo evitar a lembrança de que, depois da última vez que fiquei sozinha com um garoto, tive os piores dias da minha vida. Mesmo que eu quisesse que a faculdade mudasse essa história, me acostumei à solidão.

Ontem, consegui doar sangue no fim da tarde, mas a boa ação não reiniciou minha linha do tempo. Mas tudo certo. Tudo bem que eu virei garrafas de energético goela abaixo na noite passada para nada. Tenho várias ideias. Sou a própria personificação do otimismo, determinação e coragem! Vou salvar os geomiídeos!

— Vocês sabiam que o geomiídeo é crucial para preservar a biodiversidade? — pergunto para duas pessoas que caminham pela Praça Vermelha. Eles aceleram o passo e desviam o olhar. — Cada geomiídeo revira diversas toneladas de terra por ano. É um crime que tão pouca gente preste atenção nisso!

— Que arraso, Barrett — diz Kendall, minha estimada guia marmoteira.

A sensação de ser boa em alguma coisa é ótima, mesmo que eu seja boa apenas porque fiz cerca de cem perguntas a ela de manhã.

A alguns metros de distância, avisto uma camisa de flanela vermelha perto de uma escultura abstrata.

— Miles — grito, e abaixo a placa. — Estou te vendo aí.

Ele sai de trás da escultura e ergue as mãos. Culpado. *Ainda aqui.* Tenho que admitir: é um alívio que eu não tenha ficado para trás.

— Você precisa mesmo ficar me espiando? — pergunto, quando nos aproximamos. Ele deve estar fazendo um intervalo na importantíssima pesquisa na biblioteca. — Me deixa nervosa.

— Por quê? Não vai conseguir salvar os geomiídeos comigo por perto? E por causa disso vai continuar presa no dia 21 de setembro pra sempre? — Há um leve tremor no canto de sua boca, mas acho que seria necessária uma força eletromagnética para fazê-lo sorrir.

— Talvez! Eu não conheço as regras! — respondo com a voz baixa para que Kendall não nos escute.

— Camiseta bonitinha, inclusive. — Ele aponta para a camiseta do Guillermo, o geomiídeo, que estou vestindo, igual à da minha parceira de militância. — Eles são tipo marmotas, né?

— Na real, isso é um erro comum. São muito menores, e passam a maior parte do tempo no subterrâneo. — Pego minha placa de volta e a ergo lá em cima. — Igualdade para todas as criaturas!

Miles coloca uma das mãos na mesa barata de papelão que tem funcionado como nossa base de operações.

— Quem está no comando aqui?

— Eu — responde Kendall, do outro lado da mesa, onde ajeita pilhas de panfletos. Miles não é baixinho, mas ela tem uns belos três centímetros a mais de altura, isso sem falar no coque que a deixa ainda mais alta. Ela estica a mão para um dos flyers. — Interessado em contribuir? Estamos organizando um protesto em Olympia na semana que vem.

— Prefiro deixar minha conta bancária falar mais alto. — Ele pega o celular do bolso. — Dá para transferir?

Eu o encaro com um olhar mortal.

— Você só pode estar brincando.

— Vocês me convenceram. Essa aqui principalmente — diz Miles, assentindo em minha direção.

Ele pode até não ser mestre em sorrir, mas sabe, e como, fazer uma bela cara pretensiosa.

Kendall aponta para o site no panfleto.

— Dá para doar pelo site. Cada centavo ajuda.

— Se cada centavo ajuda, esse tanto faz o quê?

Ele toca na tela antes de virá-la para mim e eu observo-o apertar em "confirmar".

Uma doação de dez mil dólares.

— É muita generosidade, *senhor* — digo, entre dentes.

Kendall encara a notificação no próprio telefone e arregala os olhos, levando uma mão ao peito.

— Mas... ai, meu Deus. Ai, meu *Deus*.

— Com licença. — Agarro a manga de Miles, puxando-o para longe da mesa e de volta para a escultura de onde ele me espionava. — O que você acha que está fazendo? — sibilo. — Vai arruinar minha boa ação!

— Olha, tem gente que luta com palavras, outros, com o tempo, mas todo mundo sabe que é o dinheiro que fala mais alto.

Ele me olha sério; cada músculo de seu rosto parece treinado para não se mexer. Deve doer lutar tanto contra os sentimentos desse jeito.

— Não tinha percebido que você era tão apaixonado pela causa dos roedores quase em risco de extinção. — Solto sua camisa, na esperança de que Miles sinta todo o ranço nos meus olhos. — Você é biruta.

— Talvez eu seja mesmo. — Perfeitamente calmo e tão seguro de si que chega a ser irritante, ele recosta um cotovelo na escultura. Preciso de toda a minha força de vontade para não dar um murro naquele cotovelo. Com os olhos semicerrados, Miles se aproxima e sussurra no meu ouvido em um tom cruel: — Isso não vai dar certo.

DIA SEIS

~~IIII~~ I

Capítulo treze

— SÓ PODE SER UM ERRO.
— Ô droga. Puta merda — murmuro.
Boquiabertas, Lucie e Paige se viram para me olhar. Com um grunhido derrotado, volto a cobrir a cabeça com as cobertas.

DIA OITO

~~IIII~~ III

Capítulo catorze

— FELIZ 21 DE SETEMBRO — DIZ MILES, COM A MAIS alegre das vozes, os olhos reluzem e me julgam enquanto eu entro na sala de aula de física. Não está de fato sorrindo, só que, sendo bem sincera, acho que não o vi dar um sorriso de verdade ainda. Ele trata sorrisos do mesmo jeito que eu trato adesivos e artigos de papelaria: se recusando a usá-los, como se fossem preciosidades, itens finitos.

— Eu te odeio.

Me sento à sua frente, mais por hábito do que qualquer outra coisa. Ele está de novo na fileira do meio, igual ao meu primeiro dia (que não era o primeiro dele, de acordo com a simulação dos palitinhos de muçarela). Mais uma vez, fico pensando em tudo o que ele fez nos últimos dois meses. Estou aqui há uma semana e já falta pouco para eu surtar. Não consigo nem imaginar como deve ter sido frustrante para ele.

Como deve ser solitário.

E como, assim que descobri que ele estava preso, meu primeiro instinto foi afastá-lo.

Enquanto tento fazer algumas anotações bem medianas só para passar o tempo, tenho plena ciência da presença de Miles atrás de mim. Eu mataria para ler mentes em vez de viajar no tempo. Fui muito prepotente, insisti que seria capaz de resolver tudo sozinha, e ele sabe que fracassei.

O pior é que chegou a hora de eu começar a ir atrás dele com o rabinho entre as pernas.

PARA DE FICAR OLHANDO A MINHA TELA, digito em um arquivo do word em fonte com tamanho 48, só para garantir de que estou mesmo sendo observada. Quando escuto um barulho abafado, acrescento mais alguns pontos de exclamação.

Com um grunhido, ele se inclina para a frente.

— Como foi? — sussurra sobre meu ombro. — Se voltou para a aula, é porque quer falar comigo. Significa que finalmente está pronta para fazer as coisas do meu jeito?

Ou, talvez, eu não tenha que bancar a arrependida coisa nenhuma.

VOU REPETIR: EU TE ODEIO.

MAS SIM.

Infelizmente, é por isso mesmo que estou aqui. Ontem, depois de Lucie dar aquele showzinho típico de *coitadinha de mim por ser forçada a dividir o quarto com a monstrenga da Barrett Bloom*, que, inclusive, já está acabando com o restinho da minha autoestima que sobrou depois do ensino médio, me dei um dia para ficar na fossa. Um dia inteiro, durante o qual ignorei Lucie, pedi pizzas napolitanas e uns doze bolinhos artesanais, assisti a uma temporada de *Felicity* (que minha mãe sempre disse que nunca a preparou para a faculdade) e tentei me convencer de que esse não é o meu fim. Não até eu ter esgotado todos os recursos e experimentado cada ideia absurda

Ênfase no termo *esgotado*. Porque era assim que eu estava me sentindo enquanto as palavras de Miles de ~~sei lá quantos~~ cinco dias atrás retumbavam em meus ouvidos. *Quando você estiver pronta para levar a situação a sério, sabe onde me encontrar.* Uma semana inteira tentando chegar à quinta-feira, ao pedido de casamento, e não estou nem um pouco mais perto de desvendar o que é que está rolando.

O que significa que preciso de ajuda.

Apesar de não conseguir ver Miles, tenho certeza de que está dando um sorrisinho debochado agora, um sorrisinho incrivelmente revoltante e vitorioso.

— Me encontra na biblioteca de física depois da aula.

A voz de Miles exibe uma confiança silenciosa. Um segredo só nosso, e talvez do universo também.

TÁ BOM. VAMOS ESTUDAR ESSA DESGRAÇA.

ಲಲಲ

Mais tarde naquela manhã, descubro que a Universidade de Washington não tem apenas uma, mas três bibliotecas científicas, e que a dedicada à física é a menos querida.

A maioria é moderna e artística ou então são prédios antigos com tijolos aparentes, belíssimos e muito bem preservados. Mas essa aqui parece… triste. Como o sétimo filho de uma família, amaldiçoado a passar a vida inteira usando as roupas que não servem mais nos irmãos. Fica no porão do departamento de física. Um espaço mal iluminado e com o chão coberto por carpete marrom, provavelmente para esconder o fato de que esse espaço não vê uma boa limpeza desde que a primeira turma da UW se formou. Por outro lado, e talvez acima de tudo: não há mais ninguém.

— É aqui que anda passando os últimos sessenta e cinco dias?

Eu o sigo por um labirinto de estantes empoeiradas tentando segurar um espirro.

— Sessenta e seis. — Ele coloca a mochila sobre o que, pela forma como escolhe um assento sem nem olhar, deve ser sua mesa de sempre. Ou, quem sabe, Miles goste de variar e escolha um lugar diferente a cada vez. Ele parece ser o tipo de cara que gosta de arriscar. — E basicamente, sim.

— Meu Deus, você já podia ser Ph.D. a essa altura.

— Ah, faz o favor — diz, com uma careta. — Eu precisaria de dois anos de estudo avançado e pelo menos mais dois anos só para fazer uma tese. Pensar que eu estou perto disso chega a ser risível.

— Mas você quer.

Miles dá de ombros.

— Talvez.

Depois, ele pigarreia e se vira para a lousa (lousa, de giz mesmo, não aqueles quadros brancos) posicionada atrás da mesa. Longe de mim desmerecer uma formação dessas. Imagino que deva haver muitos empregos como... físico. Talvez ajudasse se eu pelo menos tivesse uma ideia do que um físico profissional faz.

Miles pega um pedaço quebrado de giz.

— Nós dois temos bastante experiência com pesquisas. Você é a jornalista. Eu, o cientista. A gente pode conseguir desvendar essa história.

— Pois é.

Uma jornalista que não é capaz nem de entrar no jornal da faculdade. Nos últimos tempos, todas aquelas revistas no meu quarto andam rindo de mim. Aposto que Jia Tolentino, Peggy Orenstein e Nora Ephron entrariam sem esforço nenhum no *Washingtoniano*.

Ele ou ignora o tom monótono da minha voz ou não percebe.

— Pode me passar um *abstract* do que você fez durante cada anomalia com o máximo de detalhes possível?

— Um *abstract*?

— Um resumo. Uma sinopse. Um passo a passo.

— Eu sei o significado. Só acho que nunca ouvi alguém usar essa palavra em uma conversa casual. — Tamborilo os dedos na mesa, ciente de que estou prestes a deixá-lo ainda mais irritado, mas seguimos em frente mesmo assim. — Se a gente vai a fundo mesmo, precisamos de um termo melhor do que *anomalia*.

Miles aperta o giz com força.

— Estou aberto a sugestões, contanto que a gente decida ainda hoje.

— Que tal *celas*? Sabe, já que estamos *presos* no tempo. É mais simples.

— Não é tão ruim.

Explico o que fiz até agora, e ele escreve tudo em uma caligrafia organizada, mas amontoada. Tenho um vislumbre do futuro Miles como professor de física: gravata amassada, mangas da camisa enroladas até o cotovelo, tão empolgado que esquece de colocar os pontinhos nos *is* e de cruzar os *ts*.

Quando termino, ele faz uma linha de cima a baixo e, rápido como um raio, rabisca suas próprias celas. *Todas* as suas celas, pelo que parece. E fico só olhando, tentando manter a boca fechada. Aquele papinho de memória inacreditável era verdade. Há várias dezenas que dizem *biblioteca*, um punhado de FÍSICA BÁSICA e outras com abreviações que devem fazer sentido apenas para ele, como *tentativa de* LHC, e outra que é um simples M.

— LHC é uma droga? — pergunto.

— Grande Colisor de Hádrons, do inglês, *Large Hadron Collider*. Em Genebra. Tentei ficar acordado durante o voo, mas devo ter adormecido em algum lugar do atlântico, porque acordei de volta no Olmsted.

— Você tem que recriar isso todo dia — digo.

Há certa admiração na minha voz, mesmo que tudo isso sirva como prova de que ele, de fato, passou a maior parte dos dias na biblioteca.

Ele dá de ombros de novo. Miles chega alguns passos para trás e analisa as duas colunas.

— Teve uns dias que eu fui preguiçoso. — Preciso me segurar para não bufar. *Preguiçoso* é uma palavra que não imagino as pessoas associando a Miles Kasher-Okamoto. Não seria apenas um insulto, seria cômico. — Aí criei um mnemônico para lembrar de tudo. Seria bom você criar também.

— Tipo SOCATOA?

— Menos rudimentar, mas isso.

— Vou tentar inventar algo digno da sua inteligência avançada — digo, toda gentil. Assinto para o quadro. — Aprender a dirigir carro manual não funcionou mesmo? Nossa, que espanto. — Mas há algo que ainda me incomoda, e não sei se sou capaz de me comprometer a toda a pesquisa nessa biblioteca embolorada sem uma resposta. — Antes da gente se aprofundar... Sei que você pediu desculpa, e já deixei isso para trás, sério. Mas preciso saber. Por que você foi tão otário comigo na aula?

Parece que o peguei desprevenido. Ele pressiona os lábios e fica virando o giz na mão, como se a resposta estivesse escrita ali em uma fonte minúscula.

— Foi desnecessário. Eu sei. Tinha uma parte de mim que... sei lá, estava testando os limites do que podia fazer e me safar depois.

— Porque você podia ser cruel como quisesse e eu não lembraria no dia seguinte?

Até que eu lembrei, imagino que estejamos os dois pensando.

— Não exatamente. Acho que era só frustração com tudo, e talvez só tenha te usado porque você, por acaso, sentou do meu lado. Fui imaturo, agora percebo. Me desculpa mesmo, Barrett.

Pode ser que me arrependa muito depois, mas eu acredito. Acredito que ele sinta muito e, depois de todas as minhas tentativas fracassadas de me manter positiva, não dá para culpá-lo por querer tentar testar os limites.

— Valeu. — Não consigo descrever a sensação de imaginar outra versão de mim mesma por aí, fazendo algo que eu não ~~tinha~~ tenho como controlar. Parece quase uma violação. — Como saber se somos nós mesmos de verdade agora?

Um sorriso irônico.

— Não sabemos. — *Ah, que beleza. Amo essa incerteza.* — De certa maneira, todas essas nossas versões continuam por aí, vivendo a própria vida. Mas não temos como saber.

Gesticulo de volta para o quadro.

— O que aquele ponto significa?

Ele incluiu um em várias de suas primeiras celas e depois os espalhou por todo o quadro.

— Ah, são os dias que a Zeta Kappa pegou fogo.

Eu o encaro, boquiaberta.

— Quer dizer que em todas as versões de hoje antes de eu ficar presa eu incendiei aquela fraternidade?

— Todo dia, não — Um pouco da tensão nos meus ombros se alivia. Com o giz, ele aponta para a cela 27. — Teve um dia que você, hum... incendiou a si mesma sem querer.

— É mesmo uma grande surpresa não haver uma fila de caras querendo me namorar.

— Mas o jeito que você parou, se jogou no chão e ficou rolando foi bem... atlético. E teve outro dia que você... — O pedaço de giz cai no chão e, sem me olhar nos olhos, ele se apressa para pegá-lo. Nenhum ser humano nesse mundo deve ser mais esquisito do que esse tal de Miles Kasher-Okamoto. Isso já é, por si só, uma baita conquista científica. — ...dominou a churrasqueira e fez salsichas para todo mundo. Mas, geralmente, a menos que eu interviesse... sim. Você incendiava a Zeta Kappa.

— Maravilha. Sou a porra de uma incendiária. — Respiro fundo para evitar mais um espirro e talvez um ataque de pânico também. — Mas alguma coisa me diz que o universo não tá fazendo isso porque quer que eu salve uma fraternidade.

— No começo, pensei que era isso que eu devia fazer. Impedir o incêndio. Depois que soube do acidente, fiquei tentando evitá-lo, e quase nunca conseguia. Nas poucas vezes que deu certo, acordei no dia 21 de setembro do mesmo jeito. Porque, veja bem, aí é que mora o problema, humanizar o universo. Não sabemos se tem alguém controlando essa situação, se existe algum ventríloquo supremo puxando as cordinhas ou...

— Ou se é algo que pode ser explicado pela ciência.

Uma expressão lenta, astuta e que quase forma um sorriso.

— Exato. E é isso que estou tentando descobrir. Achei alguns artigos antigos em que as pessoas afirmam que ficaram presas no tempo, e pesquisando bem a fundo na internet, há um monte de fóruns e teorias da conspiração.

— Vi vários desses também — digo.

— Mas não consigo me livrar da sensação de que, se vamos descobrir alguma coisa, vai ser aqui. Quero aprender o máximo possível sobre relatividade, só para o caso de eu, talvez, criar algumas teorias adicionais. Depois, ainda tem a questão da mecânica quântica, que, sendo bem sincero, ainda não conheço tanto quanto deveria.

— É só uma sugestão — digo, porque já sinto uma dor de cabeça de nervosismo começando atrás dos meus olhos —, mas e se realmente for algo tipo aquele filme, *Feitiço do tempo*, e a gente estiver preso aqui até virarmos pessoas melhores? Talvez eu tenha dado uma exagerada nas minhas tentativas na semana passada. Mas se trabalharmos juntos, tenho certeza de que teríamos alguma ideia.

Para mim, é uma ideia perfeitamente lógica, mas Miles joga o giz na mesa e segura o topo da cadeira ao meu lado.

— Não.

— Mas por que o que eu falei não é tão válido quanto qualquer uma das suas teorias?

Ele vocifera um som, um *rá* cortante que pode parecer qualquer coisa, menos uma risada.

— Minhas teorias são baseadas nas leis fundamentais da natureza. Trabalhar juntos vai ser uma tortura, então.

— Mas a gente já está em uma situação que vai contra tudo o que achávamos que sabíamos sobre as "regras" — digo, na esperança de que minhas aspas com as mãos o irritem tanto quanto sua arrogância descontrolada me irritou. — Quem sabe uma bruxa mexeu a porra de uma varinha mágica e nos amaldiçoou. Parece tão provável quanto a *ciência* nos forçando a viver o mesmo dia sem parar.

— Pensei que você estivesse aqui porque queria fazer as coisas do meu jeito.

— Ah, me desculpa, então. Não percebi que eu era só a sua assistente.

Suas mãos ficam tensas e seus olhos me encaram com mil megawatts de potência.

— Bom, quem tem mais experiência sou eu. Talvez você devesse ser mesmo.

— Clássico. Um homem querendo invisibilizar uma mulher e tentando obrigá-la a fazer todo o trabalho por ele. — Odeio a sensação de ter ele assim tão perto de mim, empurro a cadeira e levanto com um movimento ligeiro. Posso mandar toda essa energia de volta. — É nisso que esses seus cientistazinhos são tão bons, não é? Sei tudo sobre Rosalind Franklin.

— Mas o que... — Miles tenta dizer entre um fôlego e outro, como se discutir comigo estivesse diminuindo a capacidade de seus pulmões. — O que é que isso tem a ver com...

— Posso ajudar?

Há uma bibliotecária parada do outro lado da mesa, provavelmente atraída pelo som alto de nossas vozes. É uma mulher de meia-idade, com cabelos grisalhos em um corte lindinho na altura dos ombros e vestindo um suéter grande que eu com toda a certeza usaria.

Meu coração bate rápido e aproveito a oportunidade para recobrar o fôlego.

— Tá tudo bem. Obrigada.

— Se precisarem de alguma coisa, é só gritar — diz ela, e lança um sorriso carinhoso antes de voltar para as pilhas de livros.

— Acontece todo dia — diz Miles, quando ficamos sozinhos. — Ela ajuda bastante, mas agora que eu sei me virar por aqui, sempre me sinto mal de dizer que não preciso de nada.

Resmungo em resposta e jogo o corpo na cadeira, me recusando a fazer contato visual. Talvez eu tenha morrido de verdade e este seja o meu inferno: ficar presa em uma biblioteca, forçada a pesquisar sobre mecânica quântica por toda a eternidade. Eu preferia ter todos os pelos do meu corpo arrancados com pinça, obrigada.

Há um ruído suave quando Miles senta ao meu lado.

— Será que a gente pode pelo menos *tentar* do meu jeito?

Dá para perceber que ele está fazendo o possível para não falar mais alto.

— Beleza — digo, levando em consideração que não tenho nenhuma outra opção. — Mas não sou a sua assistente droga nenhuma.

— Anotado. E... desculpa. De novo. Por ter ficado nervoso... de novo. — Ele pega um caderno da mochila e o abre. Deve ser porque o quadro não tem mais espaço. — Viagens no tempo, celas, anomalias, seja lá como você queira chamar... o importante é encontrar padrões. O que quero saber — continua, escrevendo a próxima pergunta em negrito com uma caneta esferográfica — é por que nós? De todas as pessoas no campus, deduzindo que isso esteja acontecendo só dentro da UW, por que Barrett Bloom e Miles Kasher-Okamoto? A única coisa que temos em comum é que fazemos Introdução à Física e moramos no Olmsted, mas isso pode se aplicar a milhares de pessoas. Não consigo parar de pensar que fizemos alguma coisa no dia anterior que causou essa prisão no tempo.

— Tipo o quê? Cair em um vórtex giratório da desgraça? Tenho a impressão de que lembraria de algo assim.

— Vórtex giratório da desgraça — repete ele. Mais um daqueles meio sorrisos brinca em seus lábios e, contra todos os meus instintos naturais de odiá-lo, fico um pouco mais tranquila. Fico sempre na expectativa de vê-lo sorrir de verdade, mas não sei se eu aguentaria tanto poder. — Parece nome de uma banda de heavy metal. — Depois, ele volta a se concentrar e o fantasma daquele sorriso desaparece. — O que fez no dia anterior? No dia 20 de setembro?

Ando prestando tanta atenção na quarta que terça-feira parece ter acontecido uma vida inteira atrás.

— Acordei. Óbvio. Comi cereal no café da manhã, eu acho. Fui a uma palestra introdutória do *Washingtoniano*, depois para a orientação dos calouros. Caminhei pelo campus, fingindo que sabia exatamente aonde estava indo porque já vim aqui dezenas de vezes com a minha mãe, mas não sabia coisa nenhuma.

Vi todo mundo tirando selfies com os amigos na praça. Entrando em clubes. Jantando juntos. E pensei *é agora que minha vida muda. É aqui que vai acontecer.*

— Fui na lavanderia, porque me planejei igual a minha cara e não arrumei nada antes de me mudar. Perdi uma meia, porque é essa a minha recompensa por tentar lavar roupas, pelo visto. — Descanse em paz, meia da DESGRAÇA. — Tinha um bufê livre de massas no refeitório do Olmsted, então causei um prejuízo. Depois, consegui surrupiar uns pratos que eu não podia levar para o quarto. Aí, bom, minha colega de quarto ainda não tinha se mudado, então aproveitei meu tempo sozinha e hum... cuidei de mim mesma.

— Aproveitou o... — A caneta treme sobre o papel e deixa um rabisco que parece o pico de um eletrocardiograma. Suas bochechas e os lóbulos de suas orelhas ficam todos vermelhos. — *Ah*. Eu, hum... não vou anotar isso.

O filtro entre o meu cérebro e a minha boca não funciona direito há anos. Se é que já existiu algum dia.

— Duvido que meus orgasmos tenham sido tão marcantes a ponto de literalmente pararem o tempo.

Sim, usei plural mesmo. E sim, estou prestes a fazer minha própria descoberta científica: se é possível morrer de vergonha.

— Se fosse o caso — diz Miles, ainda encarando o papel. — Então fico chocado por mais pessoas não viajarem no tempo.

Ele está... fazendo uma piada? Tive apenas poucos vislumbres do Miles empático e com senso de humor. Em outro universo, porque nesse aqui já perdi quase toda a esperança, mas talvez ele fosse até capaz de ser *divertido*.

— Enfim — continuo, ansiosa para mudar de assunto, meu rosto demora tanto para esfriar que chega a doer. — Não fiz nada de mais. Muito menos a ponto de alterar o tempo. Disso não tenho dúvidas.

Miles puxa o colarinho da camisa enquanto suas bochechas voltam à tonalidade normal. O lóbulo das orelhas, por outro lado, continuam brilhando vermelhos.

— O meu também não teve nada de muito importante — diz, e reconta o dia com detalhe em excesso, desde o tipo de torrada e geleia que comeu (multigrãos e framboesa) até a reunião com o monitor.

— A gente nem ficou muito no mesmo prédio — digo. — Ou ao mesmo tempo. Não é como se um pedaço de espaço metafísico tivesse caído em cima da gente, a menos que seja assim que você descreva o chão dos banheiros do Olmsted.

Há um motivo para eu ter deixado aquele dormitório em último lugar na minha lista de aplicação para moradia.

— E nenhum vórtex giratório da desgraça — concorda ele. — O que não significa que minha teoria esteja necessariamente errada. Só deixa tudo um pouco mais desafiador.

Depois de mais um pouco de conversa, descobrimos que temos outra coisa em comum: ambos acordamos às 6h50 todo dia, o que quer dizer que o dia não zera à meia-noite, e nunca conseguimos ficar acordados para ultrapassar a cela. Meu desmaio no hospital também fez a cela reiniciar.

— Quanto às regras, pelo menos temos isso — digo.

— Mas também não sabemos se as regras mudam ou se são estabelecidas. Já que você não está presa desde o começo, tenho a impressão de que não são completamente fixas.

Depois de toda a minha hostilidade, eu deveria dar um pouco de crédito a Miles. Se eu preferia ficar presa no tempo com o Milo Ventimiglia do começo dos anos 2000? Com toda a certeza. Mas talvez estar aqui com um físico promissor tenha suas vantagens. O que foi mesmo que Miles disse no meu primeiro primeiro dia? Algo a respeito do jeito que o universo age, e uma previsão de como agiria no futuro. Se existe uma explicação do que está acontecendo com a gente, talvez a física nos leve a uma solução.

— Desculpa não ter as respostas — diz ele, talvez interpretando meu silêncio como frustração. — Queria ter. Estou tentando. — Depois, se corrige: — Estamos tentando.

Óbvio que isso leva a outro questionamento.

— Ainda não sei ao certo por que você quer me ajudar, além do fato de estarmos juntos nessa situação. Eu joguei spray de pimenta em você *várias vezes*, Miles. A bibliotecária teve que checar se estava tudo certo. É óbvio que a gente só irrita um ao outro.

Quando termino de falar, ele relaxa e assume uma nova expressão, uma feição que restaura minha fé no universo que nos prendeu juntos aqui.

— Bom, por algum motivo, indo contra todas as minhas intuições... eu gosto de você.

As palavras me deixam atordoada, espalham um calor inesperado pelo meu peito e inibem qualquer resposta sarcástica que eu estava prestes a dar. *Eu gosto de você*. Ele falou de um jeito tão sincero. Descomplicado. Poucas pessoas dizem o que querem, e, apesar de eu nunca ter duvidado do que meus colegas de escola achavam de mim, várias vezes tive que ser mais direta com meus entrevistados para conseguir respostas.

Nunca vou admitir para Miles, mas, por mais que eu quisesse que não seja verdade, não consigo lembrar da última vez que alguém me disse algo tão gentil. Há certa beleza nessas três palavras, no simples fato de alguém gostar da minha companhia.

Para completar ele diz:

— Não *daquele* jeito. — E vira o rosto, todo vermelho de novo. Vou deixar meu palpite aqui: Miles não tem tanta experiência com pessoas *daquele* jeito. Só que eu também não. — É só que eu não eu acho você tão insuportável assim. Só uns sessenta por cento insuportável.

Reviro os olhos.

— Obrigado por explicar. Eu não considerei isso, mas fico feliz por você ter confirmado.

Ele gesticula para que eu o siga em direção às prateleiras e, depois de alguns minutos procurando, me passa um livro. O momento esquisito já ficou para trás. A não ser na minha cabeça, onde continua espremido.

— Esse aqui parece promissor — diz. — É ciência popular, então um pouco mais compreensível.

A capa diz *Buracos negros, Universos-bebês e outros ensaios*, de Stephen Hawking.

— Ahh, universos bebês — digo, tratando o exemplar como um filhotinho de cachorro. — Então você quer que eu... comece? Agora?

— O melhor momento é o agora — responde ele, com mais um daqueles irritantes quase sorrisos.

Então abro o livro com tudo e começo a ler.

DIA ONZE
~~IIII~~ ~~IIII~~ I
Capítulo quinze

FAZ TRÊS DIAS QUE ESTAMOS NA BIBLIOTECA. MEU CÉrebro virou sopa, uma montoeira fervilhante de neurônios tropeçando uns nos outros por trilhas mal iluminadas.

Deixo a cabeça cair na mesa com um baque suave e olho para Miles através dos meus óculos tortos. Ele está rígido como sempre, sentado na beirada da cadeira com a cabeça abaixada em um ângulo de noventa graus lendo as páginas com o dobro da minha velocidade. Não tenho certeza, mas acho que ele é fisicamente incapaz de relaxar a postura ou até mesmo de sentar com as pernas cruzadas. Acho que seu corpo não permitiria. Enquanto isso, me espalhei em duas cadeiras e coloquei os pés em cima da segunda, meus sapatos estão perdidos em algum lugar entre as estantes FARADAY, MICHAEL e OPPENHEIMER, J. ROBERT.

Miles me lembra aqueles cientistas de histórias em quadrinhos que ficam absortos demais no trabalho e então caem em um tanque de ácido ou são mordidos por uma criatura geneticamente modificada e se tornam um supervilão. Quando falei isso oito minutos ou algumas horas atrás, ele quis saber quais seriam seus poderes, e eu disse que seria conseguir completar afazeres chatos com sucesso em uma velocidade alarmante.

— Quero um superpoder melhor.

— Nada disso — respondi. — Você não pode escolher.

Agora estou virando a página de um livro didático amarelo bem acabadinho.

— Não adianta. — Já faz umas cinquenta páginas que não absorvo nada. Um livro com linguagem popular das teorias de Stephen Hawking? Algumas partes eram até interessantes, mesmo que os universos bebês não fossem tão adoráveis quanto imaginei. Esse livro, essa coleção de palestras de um físico que nunca ouvi falar? Incompreensível. — O que são palavras? Nem sei mais o que a gente tá procurando.

— Uma saída. — Mas, quando ele passa a mão pelo cabelo desgrenhado, dá para perceber que também está nas últimas. O cansaço é discreto, mas não passa despercebido. A cicatriz sob seu olho esquerdo… agora que passei tantas horas ao seu lado, sei que tem o formato de uma lua crescente.

— Sua mãe é professora de física. E se a gente falasse com ela?

— Já falei.

Miles aponta para a lousa, onde insiste em desenhar as celas todo dia.

— Ah, sim, porque eu sou obrigada a saber o que significa todos os seus simbolozinhos.

Um suspiro, praticamente nossa única forma de interação. A essa altura, consigo categorizar quase todos os suspiros dele: tem o que diz *meio estranha essa piada, mas beleza*, o *só a sua presença aqui já me deixa exausto*, o *decepcionado, mas vou te ignorar* e por aí vai. Esse é o que significa *a resposta é óbvia*.

— Minha mãe é uma cientista. Cética por natureza. Nas poucas vezes que contei, ela não acreditou.

— Você tentou o que fez comigo? Dizer o que ia acontecer ao redor?

— Não sei direito como ela reagiria. — Ele tira a tampa e fica empurrando-a para a frente e para trás, para a frente e para trás. Acho que ele vive mexendo em alguma coisa por causa da sua postura sempre tão tensa, tão rígida. O corpo clama por liberdade, mas Miles só a permite em doses minúsculas. — Alguns cientistas *querem* acreditar que o extraordinário é possível. Mas outros… são movidos pelo constante questionamento. Não é que queiram refutar cada teoria que apareça, mas vão precisar de um monte de evidências para acreditar em qualquer coisa.

— Vou deduzir que a dra. Okamoto é do segundo tipo.

Ele aponta para mim.

— Aham.

Seu celular se acende, e sem nem olhar para a tela, ele recusa a ligação. Isso acontece todo dia, mas ele nunca atende.

— Pode atender — digo, mas ele ignora. Verifico a hora. 15h26. Mas atender que é bom, nada.

Acho que não alongo as pernas faz horas. Empurro o livro com um pouco de força demais e o mando em direção a uma pilha na ponta da mesa. Alguns volumes despencam e caem no chão com uma série de baques silenciosos. E simples assim, Gladys aparece, preocupada.

— Desculpa, desculpa — sussurro, levantando da minha cadeira para pegar os livros.

Tenho que admitir, ela é uma boa companhia, mesmo que tenhamos que nos apresentar a ela todos os dias.

— Passando só para garantir que vocês dois estão bem — diz ela, toda querida. — Alguns desses livros são mais pesados do que parecem.

Franzo o cenho para a pilha que acabei de arrumar. Estou tão acabada que nem lembro qual eu estava lendo.

Não dá para usar a lógica. É impossível resolver com lógica algo que não tem lógica, e Miles come lógica no café da manhã junto com granola sabor pensamento crítico.

Gesticulo para o livro. *Breve história de quase tudo*, óbvio que seria esse. Afinal, por que teria outro título?

— Já aprendeu tudo? Quase tudo?

— Quase lá — murmura ele.

— Vou fazer um acordo contigo — digo para Miles, preso em um transe investigativo. Ele coloca o dedo indicador no livro e me dá a honra de receber contato visual. — Olha, longe de mim não achar isso aqui apaixonante, mas eu não consigo fazer isso todo dia. E não tem nada a ver com o fato de que, daqui a pouco, a gente vai ficar com tão pouca vitamina D que o sol vai derreter a nossa pele assim que pisarmos lá fora de novo.

— Qual é o acordo?

— Tentamos metade do seu jeito, por meio da ciência. E metade do meu.

Suas sobrancelhas se juntam e formam uma expressão desconfiada.

— Se você me fizer balançar uma daquelas placas...

Levanto uma mão, não estou no clima para esse papinho de lógica.

— Meu jeito significa aceitar que talvez seja tudo magia, e não ciência. Já vi esse tipo de coisa acontecendo antes. Na ficção. Posso até não ter memória fotográfica, mas tem muito conhecimento de cultura pop acumulado aqui. — Dou uns tapinhas na cabeça igual ao que ele fez alguns ???? dias atrás. — E nenhuma piadinha sobre meus métodos. Eu respeito o seu jeito de fazer as coisas, e você respeita o meu. Você é o cientista. Devia querer testar diversas teorias.

Espero uma reclamação, que ele diga que não vai apostar de jeito nenhum em algo que não esteja escrito em um livro acadêmico que cheire a tristeza. Mas em vez disso, ele assente.

— Tá bom. — Miles Kasher-Okamoto, concordando fácil assim. — Vamos tentar.

Seus olhos escuros me encaram com intensidade. Com cansaço. Quando o encaro, não vejo apenas o garoto reservado e rígido do primeiro dia. Vejo alguém tão perdido quanto eu, alguém que talvez já estivesse perdido antes de sua linha do tempo sair do curso. Sessenta e nove dias, e a maioria passados na biblioteca. Há algo nesse fato que, de repente, me deixa incrivelmente triste.

Porque, sim, é frustrante para caramba, mas também é uma oportunidade.

Uma oportunidade que acho que Miles, com seus sorrisos racionados e as celas minuciosamente documentadas naquela lousa, não aproveitou nem um pouco.

— Preciso de um intervalo — digo, ciente de que fiquei encarando-o por tempo demais. — Esticar as pernas, resetar o cérebro. Será que dá pra gente se encontrar de novo depois? Te envio uma mensagem.

Os três números que sei de cor: o da minha mãe, o do telefone fixo que não existe mais desde que eu tinha oito anos de idade e o de Miles Kasher-Okamoto.

Ele suspira de novo. Um novo tipo de suspiro que ainda não consegui categorizar. Espero que seja de conformação.

— Tá. — Meio desanimado, ele arrasta o marca-texto sobre a frase de um livro. A primeira vez que o vi fazendo isso, cheguei a suspirar imaginando o tamanho da multa, antes de perceber que a marca seria apagada amanhã. — A gente se vê.

Sempre que acho que progredimos, ele se fecha de novo. Beleza, então.

Enquanto caminho pelo campus, não sinto nada daquela empolgação do primeiro dia. Sei que fora do prédio da engenharia há um panfleto do clube de observação de pássaros do lado da lixeira e que ninguém vai pegar. Sei que o cara andando de skate pela Praça Vermelha, o que é proibido, vai atropelar dois dançarinos de swing e cair de boca no chão em uns três segundos.

— Cuidado! — grito, porque não consigo evitar.

Quando ele olha para mim, perde a concentração e, dessa vez, colide contra a barraca dos candidatos ao grêmio estudantil. O pessoal dali grita quando o sujeito derruba a mesa e faz todos os papéis saírem voando.

— Desculpa, eu... — o skatista diz examinando o joelho ralado, mas, quando aponta para mim, já estou correndo para fora da praça.

Meu pai do céu, não consigo fazer nenhuma coisa boa sequer.

De volta no Olmsted, todos os quatro elevadores estão nos andares de cima e, como levam uma eternidade para descer, decido subir os nove andares de escada. Talvez o exercício, o concreto e sabe-se lá o que cresce nas fendas ative meu cérebro e ajude a fazer meus neurônios funcionarem para descobrir qual deve ser o meu próximo passo.

Porque, ao que parece, a gente está condenado a repetir esse dia sem parar até que *alguma coisa* de certa magnitude aconteça, algo que com certeza não aconteceu ainda. E não faço ideia do que pode ser.

Estou entre o terceiro e o quarto andar quando ouço um barulho estranho. Subo mais um andar e confirmo minha suspeita: tem alguém chorando. Fico paralisada por um instante antes de voltar a me mexer. Ofegante, subo mais dois lances de escadas até encontrar a fonte do som: uma garota pequena e ruiva apoiada na parede apertando o celular no peito.

— Lucie?

Seus ombros ficam rígidos quando me vê, e ela passa a mão no rosto. A princípio, tenho certeza de que estava ao telefone com alguém do serviço de residência e acabou de descobrir que vai ficar presa comigo. Só que essas não são lágrimas de *minha colega de quarto é a personificação do caos*.

— Oi — diz ela com um tom de voz que nunca ouvi antes, e olha que Lucie Lamont já dirigiu *várias* vozes diferentes a mim. O timbre incerto de quando começamos a nos tornar amigas no jornal do ensino fundamental. A voz suave e confiante de quando escrevíamos reportagens juntas. E o desdém de quando minha matéria sobre o time de tênis saiu, que foi substituído pelo tom autoritário assim que assumiu o cargo de editora-chefe.

Mas agora, ela soa... despedaçada.

Lucie não me encara, seus olhos azuis como gelo estão fixos no chão. Nunca a vi chorando, nem mesmo quando minha reportagem foi publicada ou quando levou um fora pouco depois.

— Desculpa, eu só...

— Não, não, não precisa se desculpar. — Agora minha voz está mudando também. Para um tom mais suave, mais cuidadoso, algo que eu não sabia que era capaz de reproduzir até agora. — Tá tudo... bem?

— Aham. Vou sair desse fim de mundo. Por que não estaria? — Com uma fungada derradeira, ela se levanta, joga os ombros para trás e recupera a confiança. — Tenha um belo primeiro ano, Barrett.

As botas de camurça a levam pelo resto do caminho até o nono andar, e quando ouço uma porta se fechar com tudo lá em cima, tenho uma ideia.

DIA DOZE

~~IIII IIII II~~

Capítulo dezesseis

— SÓ PODE SER UM ERRO — DIZ LUCIE LAMONT, E EU uso meu travesseiro para esconder um sorriso.

Falei para Miles que quero tentar do meu jeito, e falei sério. Já tentei algumas coisas sozinha, mas o que deixei passar é que, nos filmes, a solução para escapar de um *loop* temporal acaba sendo bem pessoal. Seja encontrar o amor verdadeiro, como brinquei com Miles, consertar uma relação familiar ou corrigir erros do passado. O importante é que signifique alguma coisa para quem quer que esteja preso. Nada do que fiz tinha significado para mim, além do meu desejo extremamente pessoal de não ser presa por incendiar a Zeta Kappa.

Amor verdadeiro é impossível. Já é tão trabalhoso fazer amigos, que não consigo nem me imaginar tentando descolar uma alma gêmea. Isso me deixa com Lucie.

Depois de tomar banho e me vestir, desço a escada para o andar todo disneyficado de Miles. Sua porta é decorada com recortes do Woody e do Buzz Lightyear, junto com os nomes MILES e ANKIT.

— Oi — digo quando um cara sul-asiático de camiseta cinza atende a porta. Percebo que até agora eu não sabia o nome do colega de quarto do Miles. — Ankit? O Miles está por aí?

Ele dá um passo atrás e lá está ele, com a postura rígida de sempre, curvado sobre um livro na mesa. O quarto é igual ao meu, tirando o fato de que este parece habitado por duas pessoas que não se odeiam.

— Ankit, essa é a Barrett. — Nos cumprimentamos, bem desajeitados. — Fazemos física juntos. Barrett, esse é meu colega de quarto.

— Pronto? — pergunto. — Para... estudar mais um pouco?

Totalmente por acidente, acabo falando do jeito mais sugestivo possível. Eu podia muito bem ter agitado os cílios e entrado aqui usando nada além de um boá de penas.

Ankit tenta abafar a risada como pode, mas não consegue.

— Física, é? — O garoto olha entre nós dois com as sobrancelhas erguidas. — Tem certeza de que não quis dizer química?

Os lóbulos das orelhas de Miles ficam supervermelhos enquanto ele pega a mochila e enfia os pés em seu par de Adidas verde.

— Vamos.

— Ah, antes de você sair — diz Ankit. — Viu a minha camiseta da UW? Lavei roupa ontem e não consigo mais achar.

— A lavanderia comeu uma das minhas meias favoritas também — digo. — O Olmsted devia vir com seguro.

Miles meneia a cabeça.

— Vou ficar de olho.

— Se divirtam! — Ankit o encara de um jeito que parece ficar entre *Sério? Ela?* e *Mandou bem*.

Por alguns instantes, saboreio o questionável ego inflado, mesmo sabendo que em nenhum universo Miles me veria como um interesse romântico. E vice-versa. Simplesmente não há espaço no meu coração para qualquer coisa além de irritação e um pouquinho de curiosidade.

Com a cabeça abaixada em quase noventa graus e os ombros rijos, ele me segue pelo corredor. Comprometido com o acordo, não reclama da missão, mas continua duvidando de tudo.

— Vocês duas brigaram no ensino médio? — pergunta Miles quando paramos no ponto de ônibus em frente ao Olmsted. — Você e a sua colega de quarto?

— Não sei se eu chamaria de briga. — Verifico o celular. Oito minutos até o próximo ônibus. Depois de onze dias, eu já deveria ter tido o bom senso de memorizar o cronograma. — Digamos que eu estou longe de ser a pessoa favorita dela.

— E você também não gosta dela?

Não respondo de imediato (porque, na real, não sei o que dizer). Foquei tanto no quanto Lucie me detesta que não parei para considerar como eu me sinto. É complicado… é isso que é.

Não consigo esquecer da cena de ~~ontem~~ hoje, de seus olhos inchados. Chorar em uma escadaria não combina com a imagem de Lucie Lamont que habitou minha mente e assombrou minha vida nos últimos anos. A Lucie que assistia a *Veronica Mars: a jovem espiã* com minha mãe e eu. Lucie que ligou sozinha para a gráfica quando nossa edição de novembro atrasou e os convenceu a dar um desconto para a escola pelos próximos seis meses. Lucie Lamont que eu ainda admirava, mesmo depois de me excluir de sua vida.

— Eu gostava — digo, baixinho. — Mas acho que não a conheço mais.

Quando o ônibus chega, a gente sobe, atravessa o campus e segue pela rua Forty-Fifth para a Vila Universitária, um centro comercial a céu aberto que fica pouco ao norte da faculdade. A gente vagou pelo labirinto de franquias de luxo e lanchonetes locais até encontrar uma loja de bagels em um dos cantos do mercadão.

— E você vai reconquistá-la com bagels — diz Miles, com uma pitada de diversão na voz.

— Você obviamente nunca comeu na Mabel's Bagels.

A Operação Fazer Lucie Me Amar (o nome ainda não é definitivo) depende da felicidade de Lucie. E poucas coisas são capazes de gerar felicidade instantânea como uma dose de carboidratos.

Bagels são um assunto delicado entre judeus. Todo mundo tem uma cafeteria favorita em Seattle, mas ninguém concorda com ninguém. Alguns lugares são aceitáveis, outros, praticamente ofensivos, mas todos concordam que, seja lá o que faz os bagels de Nova York serem tão perfeitos, não existe aqui.

Essa cafeteria kosher é a favorita da minha mãe, e a placa com SHALOM tanto em inglês quanto em hebraico faz com que eu me sinta imediatamente em casa. O que, com uma pontada de dor, me lembra na mesma hora do pedido de casamento de Jocelyn.

Outra coisa me atinge: se não sairmos daqui, não é só o pedido que vou perder. Também não vou poder vê-las casando.

Tem que funcionar.

Com a mandíbula trincada e uma expressão incompreensível no rosto, Miles observa eu encher a bolsa com uma dúzia de bagels.

— Você está se controlando bem, é impressionante, sabe? Não tentou destruir minha ideia — digo.

— Eu não vejo como... — As palavras parecem sair apressadas antes que sejam evitadas. Ele ergue a mão e me encara com um olhar arrependido. — Desculpa. Desculpa. A gente está fazendo do seu jeito.

Mas, quando estamos prestes a sair, meu estômago dá um ronco vergonhoso.

— Ah... é que, hum... não tomei café da manhã.

— Bom. Por acaso estamos na melhor loja de bagels em Seattle.

Então, peço o de sempre: um bagel de tudo com geleia de mel e amêndoas. Já Miles...

— Trinta opções. Trinta opções, Miles, e você escolheu o básico? Um bagel sem nada? — pergunto assim que nos sentamos no canto do restaurante.

— Eu gosto do que eu gosto — diz ele, com o queixo erguido de um jeito desafiador. — O seu parece que alguém já comeu. Na janta de ontem. Não vem me dizer que *isso aí* é a epítome do sabor.

— Mmm. E é mesmo. — Dou uma mordidona na massa macia e cheia de cream-cheese. — Você e o Ankit parecem bem próximos. Ou, pelo menos, não parecem querer se matar.

Eu já queria mencionar isso no ônibus, mas fiquei com medo de que acabasse precisando comentar o olhar estranho que o colega de quarto lhe deu, e eu não queria chegar nem perto daquele tópico. Agora que algumas horas já se passaram, a conversa parece mais segura.

Miles dá de ombros.

— Ele é gente boa. Extrovertido, mas não de um jeito agressivo. Nós dois nos mudamos bem cedo, no mesmo dia, e nos demos bem logo de cara.

— E os seus amigos do ensino médio?

— A gente meio que... se afastou. — Ele dá outra mordida, mas eu sei muito bem quando alguém está tentando evitar um assunto. Tá na cara que ele não ama falar de si mesmo. — Então eu vou te ajudar com a sua colega de quarto e você não vai me contar por que vocês não se dão bem?

Penso a respeito. Dar um pouco de informação não vai doer, ainda mais se ele puder me ajudar com o plano. Não significa que tenho que dizer toda a verdade. Principalmente a parte que mantenho trancada em um cofre nos confins da minha mente.

— Fomos amigas por alguns anos — digo. — Não muito... basicamente amigas de escola. A gente trabalhava no jornal da escola. — Arranco sementes de gergelim do bagel, pois preciso de algo que me distraia da intensidade do olhar de Miles. Que Deus o proíba de ser qualquer coisa além de um bom ouvinte. — Eu, hum... meio que desenterrei um escândalo. Com o time de tênis. E o namorado dela fazia parte. Foram todos desqualificados dos campeonatos, o que fez ele perder uma bolsa de estudos, o que causou o término dos dois. Foi isso. Ela não estava muito disposta a ser amável comigo depois disso.

Miles pisca algumas vezes. Franze o cenho.

— Você percebe que a culpa não é sua, né? Que alguém perdeu a bolsa de estudos?

— Eu sei. — Mas não importa. Com certeza não importava para Cole. — Tenho certeza de que vou ter que lidar com coisas muito piores quando estiver escrevendo para a *New Yorker* ou a *Entertainment Weekly*. E — continuo, porque quero terminar essa conversa o mais rápido possível — eu também não fui uma querida com ela depois. A gente vivia em guerra na sala de redação.

— Sério? Nossa, não consigo nem imaginar algo assim — diz ele com o rosto muito sério, enquanto, com toda a delicadeza, usa um guardanapo para limpar a boca. — Se era ela quem estava sendo a otária, porque é que é você que tem que consertar a relação?

— Porque preciso que o universo veja que eu sou a mais madura da situação.

— Ah. O universo todo-poderoso que fica atualizando o placar e tem cartões de pontuação.

— Você sempre precisa ser a pessoa mais inteligente nos lugares? — pergunto.

— Normalmente eu sou sim.

Amasso meu guardanapo e o jogo em seu ombro.

— Tá bom, eu mereci. Mas olha só, você é uma jornalista — continua ele, como se estivesse pensando em algo agora mesmo. — No seu primeiro dia, você tentou entrar para o jornal, mas não conseguiu.

Infelizmente, contei tudo sobre isso.

— Eu tentei duas vezes. A editora nunca disse que não, mas ficou bem óbvio.

— Talvez essa seja a solução. Quero dizer — ele é ligeiro para voltar atrás —, se o seu método tivesse qualquer validade científica, o que não é o caso.

— Arrasar na entrevista?

— Talvez não seja necessariamente a entrevista. Talvez a questão seja você se colocar em prova. Chegar neles com a reportagem certa.

— Não sei direito sobre o que eu escreveria — admito, mas, assim que digo, percebo que não é verdade.

Logo depois que me mudei, antes de as aulas começarem, eu vivia notando coisas pelo campus que poderiam render matérias interessantes. O homem no estacionamento que toca o saxofone todo dia às oito da noite. Kendall, do movimento Salvem os Geomiídeos. Até mesmo Paige, que é de Milwaukee e tem alergia a aipo, deve ter algo para contar.

Só que um artigo sobre minha monitora esquisita não parece muito importante quando estou presa no tempo.

— Você tá irritada porque eu tive uma boa ideia — diz Miles, me olhando de um jeito superpresunçoso.

E o mais irritante é que já me convenceu.

— "Como minha colega de quarto envenenou meu sabonete facial e eu vivi para contar a história."

— "Como a estrela do departamento de física se tornou o primeiro calouro a ganhar uma bolsa Fulbright."

Semicerro os olhos e o encaro.

— "Antes de a vida dele ser tragicamente interrompida antes da hora por um corte de papel letal."

E finalmente, *finalmente*, a expressão dele cede. Um músculo em sua mandíbula treme antes de desistir e oferecer o menor dos sorrisos. Decido que combina com Miles. É diferente. Seus lábios continuam pressionados um contra o outro, mas há uma alegria evidente em seu rosto que não estava ali um segundo atrás. O que me deixa pensativa: por que ele faz tanta questão de esconder as emoções? Só que a gente não tem muita intimidade para que eu pergunte. Mesmo depois de três dias inteiros na biblioteca, não sei quase nada a respeito de Miles.

Então, como se tivesse decidido que já se divertiu demais para uma manhã, ele fica de pé, pega sua cesta vazia e volta a se posicionar em um ângulo perfeito de 180 graus.

— Certo. Vamos provar para sua colega de quarto que você não é um monstro.

ʊʊʊ

Antes de voltar para o campus, a gente para na papelaria da Vila Universitária. Os produtos disponíveis nem se comparam com os de minha mãe, mas vai ter que servir. Não sei como eu me sentiria ao vê-la, sabendo que minha viagem para casa foi apagada e/ou aconteceu com uma versão diferente dela.

Mesmo quando Lucie e eu tentamos ir à festa juntas ou quando tivemos "um momento" no quarto, não falamos do nosso passado. Se vou me libertar desta cela, talvez eu tenha que não apenas desenterrar o passado, mas me permitir sentir o incômodo de tudo o que aconteceu.

Desfazer três anos de animosidade em vinte e quatro horas.

Os bagels e o cartão estampando frutas antropomórficas que diz VOCÊ É BACANA QUE NEM BANANA talvez não sejam o suficiente.

Não sei o cronograma exato de Lucie, mas, devido à nossa curta amizade, aprendi que sua cor favorita é lavanda, o que me faz ficar muito tempo na seção de balões de uma loja de itens festivos. Miles vai embora depois de me ajudar a arrumar o quarto e deseja um ligeiro "boa sorte" antes de desaparecer, provavelmente em direção à biblioteca, para declarar seu amor eterno por alguma bibliografia.

Ao meio-dia, ainda nenhum sinal dela, e minha impaciência se manifestou em arte. Os balões dizem oi, vizinha e e aí, e alguns dos que empurrei para trás exibem minhas tentativas infelizes de desenhar seu rosto. É muito difícil capturar a essência dela com látex e uma caneta marcadora permanente.

Não quero perder sua reação à minha gigantesca pomba branca da paz, então espero. E espero. E espero. Estou pensando em correr lá para baixo e almoçar tarde quando, às 14h45, escuto o barulho de chaves na fechadura. A porta se abre, e lá está ela com seu suéter preto de gola alta, saia jeans e uma bolsa pendurada no braço.

Lucie fica boquiaberta e deixa as chaves caírem.

— Alguém invadiu nosso quarto?

— Na verdade, pegaram o Maníaco do Balão semana passada. Deve ser outro criminoso querendo imitar ele.

Com isso, ela parece ficar confusa enquanto entra e analisa as palavras nos balões.

— Foi... foi você que fez tudo?

— Culpada.

Cutuco um balão e vejo o rosto distorcido de Lucie se mover para baixo e depois voltar para cima. De repente, tudo o que fiz parece muito, muito infantil.

A caminho da mesa onde arrumei o que devia ter sido um café da manhã, Lucie afasta outro balão.

— E os bagels?

— Pode ser que estejam meio dormidos, mas... aham.

— Ah. Nossa. — Ela pega um bagel de cranberry. — Não sei muito bem o que dizer. Obrigada?

— Sei que a gente não começou muito bem. — Afasto mais alguns balões às cotoveladas para conseguir fazer contato visual e agarro um que diz hélio cura. — Pensei que podia ser um recomeço para nós. Tipo como era antes... sabe?

Espero por um pedido de desculpa, que me dê um abraço, que me diga que está muito aliviada por eu ter mencionado o fato, já que não estava fácil para ela também.

— Foi no ensino médio — diz Lucie, com todo o ego de alguém que passou exatamente oito horas como universitária. Como se não fosse nada, enquanto meu cérebro passou meses obcecado com essa história. Anos. — Já superei.

Já superei.

Como se a minha atitude tivesse sido algo tão horrível que foi *ela* quem precisou se recuperar. Como se ter me largado instantaneamente e ficado do lado do restante da escola não fosse nada. Foi o namorado dela que decidiu colar na prova. Não fiz nada além de revelar a verdade.

Lucie, com um grupinho de amigos, rindo de #BloomDesabrochou, das flores caindo para fora do meu armário.

— Você tem razão — digo, e sinto meu rosto esquentando. — A faculdade é para ser diferente, né? Somos novas pessoas e coisa e tal.

Pego um bagel com sementes de papoula e dou uma mordida furiosa, espalhando sementes por todo canto, enfio os dentes com força na massa que faz horas que deixou de ser macia.

— Será que dá para você limpar tudo? — pergunta Lucie, tentando passar para largar a bolsa na cadeira. — O quarto já é bem pequeno. Mal consigo sentar.

— Você não vai entrar na sororidade?

— Eu estou pensando... Como é que você...

— Foi só um palpite — respondo, rápido. — Vou limpar. Não se preocupe. — E então, antes de pensar melhor, mudo de tática. Obviamente não vou conseguir acertar as coisas (e talvez eu nem deva). É melhor dizer o que quero antes que o universo vire a ampulheta. Sinto um nó na garganta. — Olha, eu até entendo você ter ficado brava comigo depois da reportagem. Mas em maio... já fazia tanto tempo, Lucie. Não precisava ficar jogando o pessoal para cima de mim.

Ela se vira e pisca.

— O quê?

— Depois do baile. As flores e aquela... aquela hashtag idiota. — A raiva que ficou fervilhando sob minha pele durante o verão inteiro, o trauma ardente e ácido que escondi de minha mãe e Jocelyn... sobre pela minha garganta e queima por onde passa. Tiro alguns balões do caminho e, grata pelos meus três centímetros de vantagem, me aproximo. — Você ficou rindo com todo mundo, como se eu fosse a palhaça mais engraçada do mundo.

Nunca falei mais do que isso em voz alta sobre o que aconteceu. Minha intenção não era mencionar o assunto, e agora as minhas piores lembranças estão voltando. A primeira vez que me marcaram no Instagram. Lucie e seus amigos sentados juntos quando entrei na sala de aula e vi uma única rosa na minha mesa. O olhar na cara daquele diretor de merda. *Conheço várias garotas que amariam estar no seu lugar.*

Não tenho como escorraçar todos da escola que me usaram como saco de pancada, mas Lucie está bem aqui.

Minha raiva eu sou capaz de mostrar. O que não dá é para mostrar tudo o que me trouxe até aqui.

— Se você acha que eu faria algo assim — diz Lucie, endireitando os ombros e se recusando a recuar. — Então talvez a gente nunca tenha se conhecido direito mesmo.

Ela pega o carregador do notebook e me deixa sozinha com toda a lavanda, glúten e produtos ultraprocessados de queijo. Um dos balões estoura quando a porta é fechada com força, como se não suportasse a força daquela rejeição. Chego a pular de susto.

Não vou deixar isso me colocar para baixo. Ainda não.

Me agarro à raiva, avanço para a mesa e vasculho meu estojo à procura de uma tesoura. Depois, agarro o balão mais próximo e enfio a ponta de metal no látex lavanda.

Pow.

É mais satisfatório do que eu esperava. Respiro fundo e pego outro. E outro. Cada explosão de hélio me deixa ávida por mais.

Pow. Pow-pow-pow.

Não importa o que ela disse. Não muda nada. #BloomDesabrochou aconteceu, e ela pode até ter superado o ensino médio, mas eu, pelo visto, continuo aqui.

Fiquei doida mesmo, penso cortando o ar com a tesoura como se fosse uma espada e, envolta por uma sensação vertiginosa de abandono, continuo estourando balões.

É o mais perto de diversão que tive nos últimos dias.

DIA TREZE

||||| ||||| |||

Capítulo dezessete

— MINHA MÃE ALMOÇA TODO DIA AQUI — DIZ MILES depois de entrarmos no elevador do departamento de ciências da vida e olharmos ao redor para garantir que ninguém nos viu. — Mas tecnicamente alunos não podem entrar.

— Você? Desobedecendo a uma regra? — dou um suspiro exagerado. — Estou impressionada. E eu aqui achando que você era o geniozinho de ouro. Não percebi que era um rebelde também. Fica de olho, Richard Feynman.

Miles revira os olhos.

— Eu dificilmente chamaria o Feynman de rebelde.

— Não foi o que eu li nos seus livros — digo, e me encosto em uma das paredes. — Aparentemente ele fez boa parte da pesquisa em bares de strip, escrevia as equações em guardanapos e enganava uma mulher aqui e outra ali. Acho que não devem ensinar isso nas aulas de física básica. Ah, e ele também era um tremendo misógino.

— E eu aqui achando que você estava sofrendo lendo aqueles livros.

— Em grande parte, sim.

Ele encara o chão e luta contra um sorriso. O diabo pode até tentar, mas os músculos da mandíbula de Miles são mais rápidos.

O elevador nos deixa no último andar, onde pegamos a escada para o terraço. Quando Miles disse que queria falar com a mãe hoje, tive que reprimir um soquinho no alto, já que ele havia ignorado essa sugestão quando mencionei.

Lucie, é óbvio, não lembrou de nenhum bagel ou balão de manhã. Se o que ela quis dizer ontem foi que não estava rindo com seus amigos… é estranho não ter sido mais específica. Lucie ama levar o crédito pelas coisas, até pelo que não foi ideia dela. Quando sugeri uma matéria sobre a história de Salvatore, a Salamandra, mascote da escola, para a edição de volta às aulas do último ano, ela decidiu que escreveria sozinha e me mandou fazer uma reportagem sobre o lulu-da-pomerânia de uma aluna do segundo ano que ficou em terceiro lugar em uma competição local.

Meu plano nunca teria dado certo, mas estou grata por Miles não ficar jogando isso na minha cara.

Ele para na porta tão de repente que esbarro em suas costas. Dou de cara com suas omoplatas fazendo meus óculos quase tombarem. Sinto uma lufada daquele perfume amadeirado que ele usava na noite em que o atingi com spray de pimenta e, de repente, percebo que fico mais calma. Deve ter algumas ervas ou ingredientes com propriedades calmantes na composição.

— Se eu te levar lá para dentro, você tem que prometer manter segredo — diz ele.

Me afasto e ajeito os óculos.

— Mesmo que eu contasse — digo, olhando para sua camiseta cinza —, amanhã ninguém se lembraria. Então, na real, você nem ia ficar sabendo.

Ele emite um suspiro que mais parece um grunhido, mas acaba abrindo a porta.

Miles contou que o jardim da cobertura é exclusivo para o corpo docente e outros funcionários, mas todos têm direito a levar um convidado por trimestre. A primeira coisa que percebo é o *verde*. Plantas cheias de folhas e flores vibrantes espiralam do solo entre redes, cadeiras de palha e mesas de madeira. Há plantas que formam cortinas completas de folhas e outras que parecem capazes de devorar um (ou três) geomiídeos. E depois, há a vista que exibe o monte Rainier se erguendo à distância. Nem parece real.

— É lindo — comento baixinho, como se não quisesse perturbar a paz.

Não consigo pensar em algo sarcástico para dizer. É encantador nesse nível.

Há um punhado de professores aqui; alguns almoçam enquanto outros conversam com amigos. Um deles rega plantas e anota dados em uma prancheta. Dra. Okamoto está no canto, sentada em uma cadeira de palha segurando um sanduíche com uma mão e um iPad com a outra. Mais cedo, durante a aula, ficamos na primeira fileira. E quando a professora fez uma pergunta, Miles digitou algo no computador e bateu na tela com uma caneta para chamar minha atenção. *Responde a pergunta*, escreveu, e eu tentei não revirar os olhos. Mesmo assim, levantei a mão.

— Física é o estudo da matéria, da energia e de como elas se relacionam entre si — respondi.

As palavras já estão praticamente cravadas na minha memória a essa altura.

Dra. Okamoto disse:

— Isso. Exatamente.

Ao ouvir a pesada porta de metal se fechar, ela ergue os olhos e sorri quando avista Miles.

— Miles! Não esperava vê-lo aqui hoje — diz, e acena com o sanduíche. — Como está sendo o primeiro dia? Tudo bem até agora?

— Minha professora de física ainda não me convenceu muito, mas no geral até que não está ruim. Talvez eu consiga passar raspando.

— Ouvi dizer que ela é bem impressionante — responde a doutora.

Miles Kasher-Okamoto fazendo uma piada com a mãe. Tenho que evitar um sorriso... há algo muito inesperado e até mesmo cativante nessa relação. Não deve ser fácil vê-la praticamente todo dia.

— Essa é a Barrett — diz, gesticulando para mim. — Tomara que não tenha problema ter trazido ela. A Barrett está trabalhando em uma matéria sobre o departamento de física para o *Washingtoniano*.

Levanto a mão e dou um aceno esquisito, ainda meio insegura. Ele não falou que ia me apresentar assim, e minha intuição diz que há algo de errado nisso: dizer que trabalho no jornal depois do fiasco da minha primeira entrevista.

Um canto da boca da professora se projeta para cima. Será que ela economiza sorrisos igual ao filho?

— É mesmo? Eu leio o *Washingtoniano* todo dia. Quero dizer, toda segunda e quarta. É uma pena que não seja mais diário.

A mão de Miles encontra minha lombar e me empurra para a frente. É um impulso gentil, um brevíssimo momento de contato, mas que, mesmo assim, me dá a confiança de que preciso. Como se dissesse: *eu sei que você consegue.*

— Eu lembro de você. — Dra. Okamoto coloca o iPad na bolsa de couro ao lado de sua cadeira. — Você estava na aula hoje de manhã, não estava?

— Culpada.

— A matéria é sobre o quê?

Ergo a sobrancelha algumas vezes tentando comunicar a Miles que vou me vingar fazendo milhares de perguntas irritantes sobre viagens no tempo. Ele finge não perceber. Quando eu for uma jornalista de verdade, vou ter que improvisar o tempo inteiro. E, dependendo de quem seja o entrevistado, vou ter que improvisar com os olhos vendados.

— É, hum... para a edição de volta às aulas. A gente está entrevistando alguns dos professores favoritos dos alunos, queremos mostrar um pouco da vida dos docentes dentro e fora da sala de aula.

— A vida secreta da dra. O — exclama Miles, para tentar ajudar. — Esse vai ser o título.

— Não vai ser, não — sibilo.

— Mas bem que podia.

Pelo visto, dra. Okamoto não nos ouviu. Em vez disso, parece comovida.

— E me escolheram?

A mentira queima minha língua como ácido.

— Segundo uma pesquisa do ano passado, você é a favorita do departamento.

— Que honra — diz ela, soando sincera. — Eu ainda tenho uns vinte minutos antes de voltar para a sala. Não me importo de responder umas perguntinhas.

Puxamos cadeiras para perto e Miles observa uma costela-de-adão ameaçadora bem acima de sua cabeça. A dra. Okamoto parece diferente aqui. Mais casual. Descontraída.

— Ah, que bom, então. — Cruzo as mãos sobre o colo como se fosse uma profissional de verdade. — Vamos, hum... começar com umas informações básicas. Como você começou a dar aula na Universidade de Washington?

— Fiz faculdade e pós na Universidade do Texas. — Uma pausa. — Você não precisa anotar nada?

Ah, sim. Uma profissional de verdade que esquece do mais básico. Introdução ao jornalismo.

Se concentra, Barrett. Essa pode até ser uma entrevista falsa, mas é uma entrevista mesmo assim. Eu sei como fazer. E se eu conseguir perguntar discretamente sobre viagens no tempo, vai ser melhor ainda.

— Sim, com certeza — digo, tentando parecer tranquila. — Tudo bem se eu usar o celular para gravar?

Ela assente, então aceito o caderno e a caneta que Miles me oferece e abro o aplicativo de gravação.

Durante os minutos seguintes, a dra. Okamoto me conta sobre sua vida. Nasceu em Dallas, filha de imigrantes japoneses, e conheceu o pai de Miles na faculdade. Óbvio que ele já ouviu essa história centenas de vezes, mas mesmo assim, com as mãos sobre o colo, escuta com atenção e mexe na alça da mochila de vez em quando.

— Pouco depois de nos formarmos, tivemos um bebê...

— Miles — sugiro, mas ela meneia a cabeça.

— Max. O irmão do Miles. Miles só chegou uns anos mais tarde. Dei aula na Universidade do Texas, mas então eu e meu marido conseguimos cargos melhores na UW quase ao mesmo tempo. Demos sorte. Foi uma escolha fácil nos mudar com a família para cá. Isso foi há doze anos. Enfim, tenho certeza de que os leitores do *Washingtoniano* preferem ler sobre minhas aulas.

Miles nunca mencionou um irmão, mas eu também não me abri muito. Ergo as sobrancelhas para ele, que continua com o olhar fixado na planta possivelmente carnívora.

Dra. Okamoto se ilumina ao falar mais de física, apesar de eu só compreender metade do que ela está falando sobre sua pesquisa.

— Agora eu gostaria de fazer perguntas um pouco menos convencionais — digo, no momento em que me sinto aquecida o bastante.

— Vou dar o meu melhor.

Tamborilo a ponta da caneta no caderno enquanto penso nas próximas palavras.

— Muitas pessoas associam física com viagem no tempo. Isso é algo que você já abordou nas suas pesquisas? Não viagens no tempo, de fato, mas teorias capazes de indicar que seja algo possível?

Ela nem parece se perturbar pelo questionamento.

— Todo ano me perguntam sobre viagem no tempo na aula de física básica — responde, rindo. — Não sei se os alunos querem uma equação ou se estão só bancando os engraçadinhos.

Um professor próximo, que estava medindo um trio de Aves do Paraíso, vira a cabeça.

— Espero que não se importem de eu me intrometer — diz ele. — Você não estava aqui quando Ella ainda dava aula, não é, Sumi?

Dra. Okamoto franze o cenho igualzinho a Miles quando está enterrado em um livro.

— Ella...?

— Devereux. — O professor, um homem de meia-idade com pele escura e um elegante cavanhaque grisalho, retrai a fita métrica e se aproxima. — A aula dela deixava todo mundo alvoroçado. Viagem no Tempo para Iniciantes.

O rosto da dra. Okamoto se ilumina ao lembrar da pessoa.

— Ah! Acredito que meu primeiro ano tenha sido no último dela. Uma matéria escandalosa, não era?

— Escandalosa é pouco — diz ele, e então estende a mão para Miles e eu. — Eu sou o professor Rivera, a propósito. Horticultura.

— Barrett. É um prazer — respondo. — Adoraria ouvir mais sobre essa matéria.

— Você e todo mundo — diz ele, rindo. — Era uma aula avançada, muito popular. Sobre a física do tempo. Tudo teórico, é lógico. A dra. Devereux a oferecia uma vez por ano e sempre tinha uma lista de espera com centenas de nomes.

Miles solta um assovio baixo.

— Inacreditável.

— E, pelo que eu ouvi, era impossível tirar nota máxima também — diz o professor Rivera. — Em dez anos, pouquíssimos alunos devem ter conseguido.

— Ella Devereux, certo? — pergunto. — Ela se aposentou? Ou foi lecionar em outra universidade?

— Aí eu já não sei — responde ele, coçando o cavanhaque. — Não éramos muito próximos, e ninguém teve notícias dela depois que saiu da UW.

— Desculpa, mas preciso voltar para a aula em cinco minutos — diz a dra. Okamoto dando uma olhada no relógio.

Faço as últimas perguntas antes de encerrar, mas sem conseguir parar de pensar na misteriosa dra. Devereux.

☾☾☾

— Devereux, Devereux... — diz Miles do outro lado da nossa mesa de sempre na biblioteca. Ele digita algo no notebook. — Achei uma gerente de recursos humanos, uma *tik toker* e alguém que morreu em 1940.

Retiro um dos meus fones de ouvido. Estava transcrevendo a entrevista.

— Tentou o nome dela entre aspas? Tenta então "Ella Devereux, física"?

Miles me encara, como se eu tivesse acabado de perguntar se ele sabia qual era o passo a passo da metodologia científica.

— Tentei os dois.

O celular dele toca na mesa entre nós (15h26) e ele rejeita a ligação com um gesto rápido do dedo indicador.

— Talvez a gente esteja escrevendo o nome errado. — Faço algumas pesquisas sozinha e digito outras grafias. Tento nos arquivos do *Washingtoniano* também. — E se Ella for um apelido e ela usa um nome profissional diferente?

Depois de uma hora, já tentamos Ella, Ellen, Elena, Isabella, Eleanor, Elizabeth e uns outros dez.

— Achei uma coisa! — digo. Depois de Gladys aparecer e garantirmos que estamos bem, viro meu notebook para mostrar a tela a Miles. — Eloise

Devereux. Fez doutorado em Oxford em 1986. — É uma foto de formatura: uma jovem pequena, de cabelo cacheado vestindo uma toga vermelha e roxa com capuz apertando a mão do chefe do departamento. — Que fodona. Eu faria um doutorado só pra usar essa roupa.

— A gente pelo menos tem certeza de que é ela? — questiona Miles, e eu resmungo porque, bom, não temos.

O nome é o mesmo, mas não necessariamente a conecta à UW.

Volto a transcrever, na esperança de que tenha alguma ideia nova, mas não há nada na conversa que já não esteja cravado na minha memória. É uma sensação assustadora o bastante para me causar um calafrio na espinha que não é apenas devido às correntes de ar na biblioteca. A internet inteira e essa aula que, se o professor Rivera estiver certo, era insanamente popular... e encontramos apenas um resultado que talvez não seja nada.

É quase como se ela nunca tivesse existido.

Capítulo dezoito

MILE KASHER-OKAMOTO, AO QUE PARECE, PASSOU A vida inteira morando em uma caverna.

— Você nunca viu *Feitiço do tempo*? — pergunto, da cama do meu dormitório, navegando por uma lista de filmes. — E mesmo assim tem a pachorra de se definir como um ser humano do planeta Terra?

Miles está na cadeira à minha mesa com as longas pernas esticadas à frente. Sua presença faz o quarto parecer instantaneamente menor. Talvez até mais quente, devido à péssima circulação de ar aqui.

— Não. E não quero que você me encha o saco por isso.

Coloco uma mão no peito.

— Não vou rir de você. Eu sinto *pena* de você, Miles. É uma tragédia que você não tenha visto o incrível ator Stephen Tobolowsky como Ned! Ryerson! — Ele ergue apenas uma sobrancelha para mim. — Você entenderia se tivesse visto o filme.

E ali está aquele sorriso minúsculo de novo, o sorriso que ele tenta tanto esconder. *Vamos, cara. Para de segurar esses músculos*, penso.

Acho que alguma parte de Miles está começando a *gostar* das minhas provocações, o que é muito bizarro. Talvez ele nunca tenha sido provocado pelo irmão mais velho. O misterioso Max.

Decidimos deixar a dra. Devereux para lá por enquanto, mas a jornalista que habita em mim continua com uma pulga atrás da orelha. Depois de

Lucie ir para a Zeta Kappa, não fico empolgada com a ideia de passar o restante da noite sozinha, e, mesmo sabendo que aquela não deve ser a única festa acontecendo em um raio de oitocentos metros, eu não confio em mim mesma. É aí que me lembro: estão exibindo *Feitiço do tempo* na praça. Então tenho uma ideia que não consigo acreditar que não tive antes.

— Tem algum motivo para a gente estar assistindo a esse filme aqui e não lá fora? — pergunta Miles, gesticulando vagamente com o braço em direção à praça. Seu colega de quarto o expulsou (está com a namorada, uma caloura da Seattle Pacific University com quem já namora há três anos), e foi assim que acabamos na Terra dos Doces e não na Disneylândia.

Ajeito os travesseiros que encostei na parede atrás da minha cama.

— Primeiro, tá frio. Segundo, é mais fácil comer aqui. — Levanto uma das caixas de curry tailandês que pedi para nós. — Terceiro, talvez a gente tenha alguma inspiração, não é só com livros que se aprende. Eu estou expandindo seus horizontes. E quarto... acho que eu queria ver suas reações de perto, já que você nunca assistiu.

Por algum motivo, em voz alta isso parece mais estranho do que parecia na minha cabeça. Não sei por que eu me importaria com as reações dele. Até parece que seremos amigos para sempre caso consigamos sair dessa.

— Quer ver se a gente vai rir nas mesmas cenas?

— Já sei que não vai rolar. Você quase nunca ri.

Como se quisesse provar que estou errada, ele dá uma risadinha discreta e depois coloca uma perna sobre o joelho da outra perna enquanto pega uma caixa de curry vermelho. Mesmo tentando relaxar, Miles parece desconfortável, sem saber o que fazer com as pernas.

— Não é que eu não assista a filmes. Na real... tá, mas você tem que prometer que não vai rir.

— Não farei tal coisa.

Ele joga um arroz em mim.

— Você é tão previsível às vezes.

Tento pegar com a boca, mas o grão cai na minha bochecha.

— Mentira. Sabia que eu ia fazer isso?

Miles bufa e então pigarreia. Coloca a caixa de comida na minha mesa, pendura o garfo e depois passa a mão pelo cabelo. Alguns fios se eriçam na parte de trás da cabeça, mas ele não aparenta perceber. Uma de suas pernas começa a balançar para cima e para baixo. Parece que ele não consegue decidir em qual tique nervoso se concentrar.

Miles... está *nervoso*. Apesar dos frequentes trejeitos ansiosos, nunca o vi assim. É algo que o humaniza e me lembra de que ele ainda é um adolescente e não um cientista experiente. Perceber isso também me faz sentir um aperto no coração.

— Beleza — diz Miles, com um suspiro. — Eu... quero estudar cinema também.

Eu o encaro, esperando alguma outra coisa, como *quero me formar em cinema, e minha música preferida no karaokê é* Spice Up Your Life *ou quero me formar em cinema e cuido de uma ninhada de gatinhos que foi abandonada pela mãe na área comum do sétimo andar.*

— Ainda não oficializei — continua ele. — Mas vou. Já fui para a aula umas doze vezes a essa altura, e é só uma matéria introdutória, mas só o cronograma já me deixa todo empolgado. É ridículo, né? Ficar empolgado com um cronograma.

Ao mesmo tempo é e não é. Se existe alguém capaz de encontrar alegria em um cronograma, esse alguém é Miles.

— De que tipo de filme você gosta? — pergunto. — Ou, desculpa, devo dizer *longa-metragem*?

— Filme está de bom tamanho. Não sou um purista. — Um sorriso se espalha por seu rosto. É o mais sincero que já o vi dar (até agora, mal vi os dentes dele). — Assisto a vários gêneros — quando abro a boca para protestar, ele ergue as sobrancelhas —, *menos* os que você decidiu que eu perdi, ou seja, quase todos, porque os meus favoritos... são os de época.

— E por que eu iria rir? Eu amo filmes de época. Homens de fraques e gravatas? Aqueles enquadramentos arrebatadores do interior da Inglaterra? São incríveis.

A postura de Miles fica um pouco mais tranquila.

— Sei lá. Bom... na verdade, eu sei, sim. Mas é que é uma história meio longa.

Entrelaço os dedos e os coloco debaixo do queixo.

— Me conta?

Miles, o cinéfilo secreto. Amei.

— Então, é que meus pais, os professores, não eram os maiores fãs de TV, mas eles fizeram um acordo com meu irmão e eu quando a gente era criança. Nada de televisão durante a semana, mas se terminássemos as tarefas da escola sexta à tarde, podíamos assistir a um filme à noite. Transformamos isso em uma baita tradição de Shabbat. Sempre fomos bem obedientes, então sempre queríamos fazer valer.

— Óbvio, né. Não queria desperdiçar o único filme da semana — digo. — O seu irmão... Max. Ele tem quantos anos?

Uma expressão atravessa o rosto dele tão ligeira que quase não percebo.

— Vinte e um. — E então continua. Acho que não são muito próximos. — Compilei várias listas de filmes em uma planilha — isso *sim* parece algo que Miles faria — para garantir que eu escolheria os melhores filmes possíveis, sem errar. A gente olhava as listas da AFI, do IMDB e da *Rolling Stone*. E eu acabei me apegando aos filmes de época. Qualquer coisa com realeza, nobres ou baseado em um livro da Jane Austen. São o melhor tipo de escapismo. Além do mais, as ofensas eram muito melhores do que hoje em dia. Não existe nada mais cruel do que um insulto de 1800, tipo... *patife,* ou *calhorda.*

Seu rosto inteiro mudou: os olhos se iluminaram, sonhadores. É quase desconcertante como isso faz com que eu sinta carinho por ele. Deve ser a jornalista em mim, curiosa para saber sobre as partes de Miles que ele esconde do restante do mundo.

— Tudo isso parece maravilhoso — digo, incapaz de não sorrir junto. — É por que você acha que eu ia rir de você? Mentir assim é que nem tirar doce da boca de criança.

— Por um tempo fiz parte de um clube de cinema no ensino médio que... não era tão legal — diz ele, e cerra a mandíbula de novo. — Só um monte de caras que queriam falar do quanto amavam *Psicopata americano* e *Clube da luta.* Era aquela história de sempre: uma pessoa gosta de algo que não é considerado "legal", e os outros riem dela.

— Papo furado do cacete.

— Concordo. Mas valeu. Por não ter rido.

Ele volta a se concentrar na comida por um instante enquanto eu tento associar esse Miles ao antigo.

— Mas e aí? Você quer fazer filmes sobre ciência? — pergunto. — Obras de época sobre cientistas do século XIX?

— Não sei ainda — responde ele, e dá um chute na lateral da minha cama. — É só o quinquagésimo dia do primeiro ano, Barrett. No momento só quero estudar o que eu amo. E que Deus me ajude se eu continuar amando cinema no milésimo dia.

— Nesse caso, tenho apenas uma pergunta crucial para você. — Encaro-o com o rosto supersério. — Qual é o seu *Orgulho e preconceito* favorito?

Miles tamborila os dedos no queixo.

— Sou obrigado a dizer que a minissérie de 1995 da BBC.

Dou um grunhido.

— Colin Firth foi um Mr. Darcy tão chato. Ele é... Colin Firth demais. Não tem nada nesse cara que me anime. E aí tem a belezura da versão de 2005! As *mãos deles*, Miles, as mãos deles! É simplesmente *fascinante* do começo ao fim. Mas a minha mãe concordaria com você. É o motivo de uma das nossas maiores discussões até hoje.

— Você e a sua mãe são bem próximas, não é? — pergunta, pensativo.

Assinto.

— Somos só nós duas. Ela... hum... me teve quando era bem nova. Com dezenove anos.

E então, me preparo para o julgamento que sempre vem depois que conto esse detalhe para alguém. Porque uma coisa é me ridicularizarem. Outra bem diferente é ofenderem minha mãe.

Mas ele só diz:

— Deve ter sido bem difícil para ela.

— E foi. Só que ela se formou em cinco anos mesmo assim, o que é bem maneiro. Depois se mudou para o subúrbio com a filhinha adorável e abriu uma papelaria. E tem se dado bem faz mais de uma década. Sempre achei meio bobo dizer isso, mas ela é tipo... a minha pessoa favorita.

— Não é bobo. — Miles aponta para si mesmo. — Agora, o tempo quase inacreditável que gastei tentando decidir quais livros da minha coleção científica eu ia deixar para trás mesmo sabendo que eu me mudaria para um lugar que fica a meia hora de distância? Isso sim é bobo.

Aponto o dedo indicador para minha prateleira de revistas.

— Sei como é.

Este lado autoconsciente e autodepreciativo de Miles é novidade. Será que ele é assim em casa com a dra. Okamoto, o dr. Kasher e um irmão com quem, talvez, não se dê muito bem? Não odeio essa nova faceta, e estou desesperada para que ela não vá embora.

— Minha mãe estudava aqui — continuo. — Nunca pensei em ir para outra faculdade. Tem fotos minhas de quando eu era bebê vestindo um macacãozinho roxo com o W estampado, posando do lado do Dubs e chorando porque queria levar ele para casa comigo. Acho que passei tanto tempo pensando nisso que, sei lá... achei que eu mudaria de algum jeito.

Preocupada que esteja sendo melodramática demais, luto contra uma careta.

— E você acha que mudou? — pergunta ele, me surpreendendo não pela primeira nem pela segunda vez esta noite.

— Olha, sendo bem sincera, tem sido meio decepcionante até agora. Tem um fanático por física-barra-cinema aí que não para de me seguir através do tempo e do espaço.

Quando Miles ri, o som é tão inesperado que quase deixo minha comida cair. É uma risada calorosa, opulenta e um pouco alta demais, e talvez seja isso que me deixe tão chocada: porque tudo sobre ele é tão comedido, tão controlado. Essa gargalhada em que ele quase se perde por um momento... talvez seja minha nova coisa favorita a seu respeito.

— Enfim — digo, indo para a frente e sem entender por que sinto essa urgência de fazê-lo rir novamente. Deve ser porque minha mãe é a única pessoa que ria das minhas piadas. — Tenho gostos muito parecidos com os da minha mãe porque eu cresci ao redor de todas as coisas favoritas dela, e ela era, tipo, a pessoa mais legal do mundo pra mim. Meu primeiro show foi na turnê de vinte e um anos do Backstreet Boys. Pode me levar pra uma noite de quiz sobre o começo dos anos 2000 que eu vou saber todas as respostas.

A prateleira do meu quarto é tão baixa que Miles consegue esticar a mão para cima e pegar uma das revistas sem nem se esforçar.

— Você é meio antiquada, então — diz ele, e folheia uma edição da *Vanity Fair*. — Você sabe que dá para encontrar tudo isso na internet, né?

— Essa entrevista com a Jennifer Aniston é o máximo — digo. — E sim, eu sei, mas eu amo tocar as cópias físicas. Me sinto mais conectada com as reportagens assim.

— É o que você quer fazer? — Ele encontra a matéria de capa, o texto em que Jen quebra o silêncio sobre seu divórcio e não apenas fica toda emotiva como também desce a lenha em comentários machistas que a perseguiram por anos. A jornalista transforma uma celebridade gigantesca em uma pessoa. — Matérias assim?

— Bom, não *exatamente* assim — respondo. — Não quero escrever só sobre gente famosa ou fazer estrelas de Hollywood abrirem o bico. E não estou falando de matérias tipo: "fulana de tal cutuca a salada com raspas de erva-doce enquanto contempla o sentido da vida" — digo, fingindo uma voz bem aguda. — Quero ir a fundo, entrar na mente das pessoas, ouvir as histórias que nunca contaram. Acho que eu só... quero fazer os leitores se importarem com algo que não sabiam que podiam se importar.

— Nada de pessoas cutucando saladas nas suas matérias — diz Miles, com um ensaio de um sorriso, algo que passaria despercebido por qualquer outra pessoa. — Não, sério, entendi. Um gosto bem específico, e eu respeito.

Gesticulo para a tela do meu notebook, indicando o motivo para termos nos reunido aqui. Esta conversa tomou um rumo inesperado, e vê-lo segurando minhas revistas enquanto conto sobre meus objetivos profissionais parece quase... íntimos. Não, *pessoal* é uma palavra melhor.

— O que inclui *Feitiço do tempo*. Não quero ser dramática nem nada, mas parece que eu nasci pra isso, sabe?

Dobro os dedos, ciente de que ele está me encarando de maneira diferente, não parece o jeito como ele me olhava antes. Deve ser porque passei pelo menos cinco minutos sem irritá-lo. O único motivo para ele continuar me olhando é porque ainda estou falando.

Com certeza já passou da hora de começar o filme e parar de pensar.

Pego o notebook e, de tão afoita para colocá-lo na ponta da cama, quase atinjo a cabeça de Miles. Quando desvio no último instante, acerto uma garrafa de Coca-Cola com o computador e ela cai em cima do peito dele.

— Merda... desculpa! — digo, enquanto o líquido escorre por sua camiseta.

— Tá tudo bem, tudo bem — ele diz, se esforçando para pegar a garrafa antes que caia no chão.

Pulo da cama e agarro a primeira coisa parecida com um guardanapo que encontro, o que acaba sendo meu cardigã cinza.

— Tem certeza que quer usar isso? Talvez manche.

— Se a gente acordar na quinta-feira de manhã, você me compra um novo.

Ajoelho ao seu lado e percebo tarde demais que o líquido se espalhou para a sua virilha. Virilha essa que, no momento, estou encarando descaradamente. E onde estou esfregando o cardigã molhado.

— Eu, hum... acho que consigo me virar — gagueja ele, e estende a mão.

Solto o cardigã, me afasto e bato o cotovelo na cama. Sério, alguém me manda para a cadeia. Por favor. Sou um perigo para a sociedade.

— Quer se trocar? — pergunto.

Ele enxuga a camiseta e a calça jeans enquanto eu penso se uma garota judia seria aceita em um convento.

— Fui expulso. Meu colega de quarto está transando, lembra? Eles vão a uma festa depois, mas só daqui a uma hora.

— Ah. Pode pegar uma camiseta minha emprestada — digo, porque camisetas são seguras.

Camisetas não são calças e, com certeza, não são as calças encharcadas de Miles que eu estava prestes a apalpar.

Meu guarda-roupa é cheio de camisetas velhas de pijama, algumas minhas e outras que roubei da minha mãe. E, bom, a verdade é que eu posso até ser mais baixa do que Miles, mas tenho certeza de que sou mais pesada. Se eu der uma camiseta a ele e ficar gigante, é bem capaz de eu morrer aqui mesmo.

Jogo uma camiseta com uma estampa que diz NEPTUNE HIGH, em referência à escola dos personagens de *Veronica Mars: a jovem espiã*, que está um pouco apertada em mim. Ele aceita, e agarra o colarinho da que está usando.

— Você se importa de, hum... se virar?
— Ah. Sim.

E me viro. Juro que viro. Mas não é minha culpa que ele puxe a camisa antes de eu ficar inteiramente de costas, me dando um vislumbre ligeiro de sua pele bronzeada de sol. Pelo visto, não estou apenas aprendendo mais sobre Miles hoje, estou vendo também. É rápido, mas o bastante para fazer minhas bochechas corarem. O que, francamente, é inaceitável. Com certeza já ficamos presos neste quarto, na quarta-feira, por tempo demais.

— Depois disso e do spray de pimenta, meu destino deve ser te causar dor — digo, assim que ele veste a camiseta.

Quando Miles me encara com os olhos escuros e indecifráveis, me pergunto o seguinte: será que essa dor é uma via de mão dupla?

DIA CATORZE

|||| |||| ||||

Capítulo dezenove

SE ELLA DEVEREUX LECIONOU NA UW, TEM QUE HAVER algum registro, então Miles sugere que a gente continue procurando.

Há uma longa fila de alunos esperando para falar com uma mulher que parece entediada atrás de um balcão do departamento de física.

— Se vocês querem trancar a matéria, vão ter que preencher um daqueles formulários — diz ela quando me aproximo e aponta para uma pilha de papéis na mesa.

— Ah, mas não é isso — digo. — Sou repórter do *Washingtoniano* e queria saber se é possível conseguir algumas informações sobre uma professora que trabalhava aqui.

Ela suspira como se eu tivesse perguntado se posso trocar meu curso para coleta de cogumelos.

— E é algo tão urgente assim para o primeiro dia de aula? Tenho um monte de trocas de horário para fazer.

Ao meu lado, Miles endireita os ombros e ajeita o colarinho da camisa xadrez de flanela de sempre.

— Vai ser rápido. O nome dela é Ella Devereux, talvez Eloise Devereux.

— Um segundo.

Quando a moça desaparece, as pessoas na fila atrás de nós dão um grunhido coletivo.

— Acabamos de fazer uma dezena de inimigos — sussurro para Miles, que não parece nem um pouco incomodado.

— Amanhã já vão esquecer da gente.

A mulher retorna com um homem mais velho que esconde uma carranca atrás do bigode grisalho.

— São vocês que querem saber da Devereux? — pergunta o senhor, de braços cruzados com o suéter da UW. — Não temos registro de ninguém com esse nome.

— Vocês... como é? — pergunto, pega de surpresa. — Tem certeza de que escreveu dir...

— Se não há mais nada que possamos fazer por vocês — interrompe ele. — Sugiro que voltem às suas aulas.

Pisco, ciente de que fui dispensada, mas sem entender o porquê.

— Não tem registro nenhum? A gente conversou com o professor Rivera, do departamento de horticultura, sabe? Ele contou que ela dava uma aula sobre viagem no tempo em que era muito difícil tirar nota máxima, e que ela se aposentou há dez anos.

Ele apenas me encara, então percebo como minhas palavras soam ridículas.

— Minha mãe é professora desse departamento — diz Miles, oferecendo apoio. — E lembra de trabalhar com a dra. Devereux por um ano antes de ela sair.

— Milhares de alunos passam por aqui todo ano. Centenas de professores. Talvez o nome esteja errado.

— Então será que dá para o senhor pelo menos — estico o pescoço para olhar para o fim do corredor — nos dizer quem dava a aula de Viagem no Tempo para Iniciantes?

— Vocês estão de sacanagem comigo, né? — murmura um cara atrás de mim.

— Não sei que tipo de piada foi essa — diz o homem, com uma risada zombeteira. — Mas somos uma instituição de prestígio. Essa matéria parece inventada. — O velhote aponta para a multidão irritada na porta do escritório. — Agora, temos uma fila cheia de alunos de física com problemas de verdade. Se você não for um deles, sugiro que vá embora.

E assim, gesticula para a próxima pessoa.

Com os ombros caídos, voltamos pelo pátio, atravessamos a Praça Vermelha, e passamos pelos dançarinos de swing, pela Kendall, a militante dos geomiídeos e por toda essa gente completamente alheia ao fato de que o que estão fazendo não importa.

— Não tem jeito — diz Miles, quando nos sentamos em um banco perto da galera do *slackline*. — Não dá para encontrar uma pessoa que a internet e o departamento de física diz que nunca existiu.

Mas meus instintos jornalísticos se recusam a ficar quietos. Podemos extrair mais informações do professor Rivera, continuar investigando. Desesperada, olho para a cena que se desenrola à frente, como se houvesse uma dica escondida nas árvores ou nos prédios do início dos anos 1900. Tem que ter algo que não tentamos ainda. Um ímpeto de inspiração e esperança seria muito útil agora. Nem mesmo *Feitiço do tempo* me deu grandes ideias.

— Barrett. — Miles pronuncia meu nome em um tom suave, em meio a um suspiro, uma mistura de reafirmação e resignação. Ele parece achar que não ouvi, mas a verdade é que, a essa altura, estou tão sintonizada com sua voz que eu seria capaz de ouvi-lo sussurrar a seis metros de distância. — Parece que a gente não chega em lugar nenhum.

— É para você ser o otimista — digo, e dou um chutezinho em seu calcanhar com meu pé envolto pela meia da DESGRAÇA. O par não combina, porque não importa e a outra continua perdida. Hoje mais cedo, ele disse que essas meias eram a coisa mais Barrett Bloom que já tinha visto, e que o fato de eu ter apenas uma fazia com que fosse mais a minha cara ainda, o que escolhi aceitar como elogio. Prometi dar a ele uma igual de presente se conseguirmos sair daqui.

Quando sairmos daqui.

— É?

— Bom, eu é que não posso ser! Sou cínica demais!

O Miles de alguns dias atrás talvez tivesse rido, mas o de agora ou está muito cansado ou de saco cheio do meu humor. Era inevitável. Ele se vira, boceja no próprio ombro e, quando volta a se ajeitar no banco, seu joelho toca na minha cintura. Esse contato de jeans contra jeans não é tão ruim. O toque parece uma âncora que me prende a este mundo estranho. Mesmo que seja sem querer.

— Você tá bem? — pergunta ele depois de alguns minutos de silêncio.
— Normalmente não é quieta assim. É agoniante.
— Sei lá. — Uma das praticantes de *slackline* chega ao meio sem perder o equilíbrio. Meus olhos acompanham a corda esticada entre duas árvores e sinto um nó de ansiedade se formando no meu estômago. — Meu pai do céu, e se nunca for outono?
— Vai ser. Em alguma linha do tempo.

Resmungo, puxo as pernas para cima e descanso a cabeça nos joelhos.
— Mas eu sou básica demais, Miles. Eu amo o outono. É quando fico mais poderosa. Preciso do meu café com xarope de abóbora, de botas e de suéteres de tricô pra sobreviver. Preciso sentir o prazer de deitar em uma pilha de folhas secas.
— Seria péssimo te ver ainda mais poderosa. Você sente prazer, é?
— Ah, eu *sinto* até demais — digo com toda a ênfase que consigo, e só depois percebo que parece que estou falando sacanagem. — E pelo visto nunca vou conseguir sair de física básica também. É hilário. Maravilha. — Só que, nem mesmo uma piadinha alivia a tensão no meu peito do jeito que normalmente acontece, do jeito que fiz o verão inteiro enquanto fingia não sofrer por causa do baile. Tento ignorar a velocidade do meu coração, mas o pânico é mais forte. O pavor gera um nó na minha garganta com tanta força que fico sem ar. O que eu queria conquistar na faculdade... nunca esteve tão fora de alcance. — Queria ir em um culto Hillel, conhecer outros judeus, mas acho que nunca vou nem praticar o Shabbat! Ou escrever para o jornal. Ou viajar pra fora do país. E uma outra centena de coisas. Eu só...

De repente, pulo para fora do banco, ofegante. Cada célula no meu corpo está agitada. Claustrofóbica. Não apenas por estar presa no tempo, mas nesse campus. Por termos todas as oportunidades ao alcance de nossos dedos, mas continuarmos aqui, sentados. Literalmente.

— Barrett?

Miles levanta. Há um tom de preocupação em sua voz.

E eu saio correndo.

Acelero pelo pátio, passo pelo pessoal do *slackline*, pelos clubes e pelos alunos à procura das próximas aulas. Pelos prédios antigos, pelos novos e pelos que nem sei o nome. Não estou com paciência para multidões, e meus passos no concreto ecoam com baques satisfatórios. Mas não basta. Preciso de *mais*.

Duas semanas. Faz duas semanas que estou presa aqui. Parada no mesmo lugar.

Saio da frente de um ônibus e desço o morro para sair do campus respirando grandes lufadas de ar, mas que também não bastam. *Mais*, é o que meu cérebro agitado exige. Estou começando a entender o motivo das pessoas fazerem isso, de forçarem o corpo para além dos limites: para sentir a *porra* de alguma coisa. Algo maior do que elas mesmas e as zonas de conforto onde cresceram.

De vez em quando, ouço Miles atrás de mim, gritando meu nome, mas só paro de correr quando avisto água. A reluzente baía Union, um pequeno parque que abraça a orla e o Estádio Husky, aquela construção em U supostamente projetada para manter o sol longe dos olhos dos atletas.

Correr sempre me pareceu uma punição. Hoje, parece uma escapatória. Meus pulmões ardem, minhas pernas protestam e eu amo a sensação. Amo cada partícula de desconforto, cada dor quando dobro as pernas ou quando o vento corta minhas bochechas se eu virar a cabeça para olhar o céu.

Há música ecoando do estádio, algo ousado e atrevido, e a entrada está completamente aberta. Desacelero, até porque minhas pernas não aguentam mais e porque fiquei curiosa. Sigo as brilhantes setas roxas pregadas nas gigantescas paredes cinzas e o som me leva para além das lanchonetes, até uma seção de assentos na extremidade da área de visitantes.

Vestindo roxo, branco e dourado e com o sol reluzindo nos instrumentos, a banda marcial da UW está do outro lado do campo.

Nem me dou ao trabalho de tentar não sorrir enquanto pulo o corrimão para ir até lá. Estão tocando uma versão de *Seven Nation Army*, de White Stripes, e o evento todo é algum tipo de comemoração pelo primeiro dia de aula. Grupos de alunos correm pelo gramado de futebol, comendo, jogando e tentando acertar o gol.

Ouço respirações ofegantes e barulho de passos quando Miles chega com as bochechas vermelhas de exaustão e o cabelo todo bagunçado. Talvez o estádio até mantenha o sol longe dos olhos dos jogadores, mas não está impedindo que a luz do fim da manhã ilumine os ângulos de seu rosto.

— A gente está treinando para a maratona agora? — pergunta, ofegante. Algo no *a gente* me tira do eixo, mesmo que não seja a primeira vez que ele diz isso. — Nossa. Não fazia ideia disso tudo aqui.

Apesar de tudo, ou porque perdi a cabeça mesmo, começou a rir da insinuação absurda de Miles quando... *merda*. Sinto uma cãibra na lateral do corpo que me faz cair no chão, exausta e suada, bem em frente a uma barraca de pipoca e algodão-doce.

O estádio aplaude quando a música termina com um floreio.

— Obrigado, obrigado — diz a líder da banda no microfone. Sua voz reverbera. — Mais algum pedido? — Alguém lá perto berra algo que não consigo ouvir. — Alguma sugestão *apropriada*?

— Lady Gaga! — grita uma garota, e a banda começa a tocar *Bad Romance*.

— A gente não está se arriscando o bastante — digo para Miles, ainda tentando recuperar o fôlego. — Eu mal saí do campus. E se a resposta a isso tudo for viver a vida ao máximo?

Não quero ir à aula, não quero fazer a entrevista para o jornal, e não quero decidir ir ou não ir a uma festa de fraternidade com minha colega de quarto. Quero a magia, aquela experiência única na vida que as pessoas esperam ter na faculdade. A experiência da qual minha mãe e Jocelyn falam com tanto brilho nos olhos. E se o universo não me deixar viver isso do que jeito que eu sempre pensei que aconteceria, então vou ter que tomar as rédeas.

Miles toca no gramado para verificar se está molhado antes de ajoelhar ao meu lado. Quando seu corpo balança, sinto uma onda de algo que não sei nomear direito. O perfeito e equilibrado Miles, definhando porque correu atrás de mim.

— Tá achando que o universo tá bravo porque você não viveu no estilo carpe diem? Tenho a impressão de seja lá o que exista por aí deve ter mais com o que se preocupar do que ficar conferindo se você está aproveitando a vida ou não.

— Óbvio que não tem, não! Não importa quem Ella Devereux é ou foi porque pelo visto ninguém tem nada de útil para nos dizer. A gente está *preso*, e sei lá quando vamos sair daqui. E a gente nem está se divertindo.

— Eu estou me divertindo — diz ele na defensiva, passando a mão pelo cabelo que, assim como o meu, se recusa a ser domado. — Gladys e eu viramos grandes amigos. Só que ela não sabe ainda.

— Olha aí outro problema. Nunca vamos conseguir passar tempo com mais ninguém, pelo menos não de uma forma significativa — digo, pensando em minha mãe. Em Lucie. — Talvez você e Gladys encontrem um novo jeito de reorganizar a biblioteca, e ela fique grata a ponto de te incluir no testamento e você herdar uma bela grana. Talvez vocês até entrem no clube de tricô juntos. Ou então a gente arranque cada página de todos aqueles livros, e ela não vai nem fazer ideia. Nunca.

Miles faz um barulho estranho que vem do fundo da garganta.

— Só para não restar dúvida: não tem nada rolando entre a Gladys e eu. Não consigo evitar: caio na risada.

— Foi mal — digo. — Minha cabeça foi para um lugar estranho.

— E sua cabeça não vai sempre para um lugar estranho?

— Verdade — admito.

É um momento inesperado de harmonia entre nós. Algo que não devia me deixar toda nervosa assim, só que poucas coisas fazem sentido na Barrett Bloom que correu quase um quilômetro inteiro sem parar.

Dessa vez, quando a banda para, me aproximo para pedir uma música.

Miles ergue as sobrancelhas para mim quando as trompas e os tambores voltam a soar.

— Você pediu para tocarem *Toxic*?

Movimento os braços algumas vezes para que ele levante. Não danço muito bem, mas isso nunca me impediu antes. Pelo menos metade da multidão está comemorando, se animando e cantando junto.

— Você não pode só ficar sentado no chão enquanto uma banda marcial toca a melhor música da Britney e provavelmente a melhor música dos anos 2000.

— É *mesmo* uma música boa — admite ele, e se levanta.

Mas então Miles para. Fica paralisado ali, no meio de um campo de futebol, cercado por algumas dezenas de universitários dançando uma música vintage de Britney Spears.

— Só isso? — Movo a cintura e levanto as mãos. Com certeza devo estar ridícula, mas e daí? — Ninguém vai lembrar dos seus passos de dança amanhã. — Dou uma piscadela para ele. — A não ser eu.

— É o que me preocupa.

Com um grunhido exagerado, Miles começa a se mexer seguindo o ritmo. E, bom, eu *acho* que daria para chamar aquilo de dança. Em certos planetas.

Se ele fosse qualquer outra pessoa, eu talvez consideraria me aproximar e passar meus braços ao redor de seus ombros. Tentaria dançar com alguém, já que nada no mundo me faria mais feliz do que apagar a lembrança do último cara com quem dancei.

Mas cada um fica no seu quadrado. Só de vez em quando olhamos um para o outro com um sorrisinho no rosto.

— A gente devia estar fazendo coisas assim — digo quando a música termina. Ofegante, estico um braço e gesticulo para a cena ao nosso redor. — Saindo por aí. Explorando.

Há um momento de silêncio, e tenho certeza de que Miles vai me dar uma centena de razões de por que não devemos fazer a única coisa *empolgante* quando se fica preso no tempo.

— Beleza, então — diz ele, depois de alguns instantes, decidido. — Vamos sair por aí e explorar.

Eu o encaro e deixo um sorriso vagaroso se espalhar pelo meu rosto.

— Ah, não. Essa cara aí dá medo. Já me arrependi.

— A gente acabou de descobrir que viagens no tempo são reais e, sério, até agora é só *chato*, Miles! — Talvez seja simplificar muito a situação, mas, no fim das contas, é isso mesmo, não é? — No melhor dos casos, vamos consertar o que quer que esteja rolando. No pior... a gente se diverte um pouquinho que seja nessa droga de situação.

— Não sou contra a gente se divertir.

Ele podia muito bem trocar *se divertir* por *fazer um canal no dente* e nem precisaria trocar o tom de voz.

— Pensa só. Zero consequência. A gente pode fazer o que quiser. Tudo o que a gente não faria normalmente... é a nossa chance de chutar o balde. Vamos, tipo, roubar um banco só porque a gente pode!

Miles parece horrorizado.

— Tá bom, um banco também não — digo. — A gente pode viajar! Ganhar na loteria! Mandar quem foi escroto contigo no ensino médio... tomar naquele lugar, arranhar os carros deles ou dar brownies com cocô de cachorro. Ou talvez você tenha alguma paixonite eterna não correspondida... vai se declarar. Seria meio libertador, né?

— Não. É apavorante — diz ele, baixinho, e dá para perceber que há um medo real ali.

Queria dizer que não há nada para temer, só que nem eu tenho certeza disso.

— Me diz uma coisa que você sempre quis fazer — peço, e sinto um arrepio na espinha.

É isso. A cela já tirou muito de nós, mas também está nos dando uma oportunidade. Uma chance que quero agarrar com toda a força.

Ele pensa enquanto tamborila um dedo no queixo.

— Fazer uma matéria avançada de física. — E aí está a coisa mais Miles que já ouvi. — Só para ver o quanto eu ia conseguir acompanhar.

Meneio a cabeça e ofereço a ele um sorriso largo.

— Coloca o cinto, docinho. A gente está prestes a se divertir para cacete.

DIA QUINZE
~~HH HH HH~~
Capítulo vinte

— SERÁ QUE AGORA É UM BOM MOMENTO PARA MENcionar que eu tenho um pouquinho de medo de voar? — pergunta Miles, no assento de primeira classe ao meu lado.

Paro com o copo de suco de goiaba a caminho da minha boca. Quando pedi champanhe, a aeromoça ergueu as sobrancelhas e pediu para ver um documento.

— Você não tentou ir para Genebra?

— Eu estava angustiado o tempo inteiro e não conseguia nem pensar em viajar de novo — diz ele, acanhado. — Uma vez, quando fomos visitar uns parentes no Japão, eu chorei tanto no avião que meus pais pagaram um drinque para todo mundo no voo.

Agoniado, Miles mexe no fecho do cinto de segurança, e depois no colarinho da camiseta.

— É isso que você vai vestir? — perguntei quando nos encontramos na portaria mais cedo. — Eu falo que a gente vai se aventurar e você decide usar calça cáqui e uma camisa polo listrada?

— Qual o problema da calça cáqui? — Ele franze o cenho para as roupas. — Combinam com tudo. E eu gosto dessa camisa!

A verdade é que Miles não está feio (mesmo que pareça prestes a jogar uma partida de golfe). Combina com a primeira classe. Ele também não ficou feio quando usou minha camiseta de *Veronica Mars*, mas isso é completamente irrelevante para a missão de hoje.

Estico as pernas quando uma família de quatro pessoas passa aos tropeços pelo corredor com um bebê se esgoelando.

— Espera. É de montanhas-russas?

Se viver intensamente em um único dia é nossa saída, então a Disney foi a única coisa em que consegui pensar. Ontem, falei para Miles que ele precisava de uma ideia melhor: algo no meio do caminho entre Genebra e uma matéria avançada. Não é uma lista de metas propriamente dita. Está mais para uma lista de *coisas que a gente pode fazer, já que a gente pode fazer tudo o que quiser porque não existe consequência nenhuma*, mesmo que o título não soe tão bem. Uma lista do dane-se, se me permite.

É exatamente o que precisávamos: nada de faculdade, nada de bibliotecas, nada de física. Sem pensar na misteriosa dra. Devereux, a professora que todo mundo decidiu nos convencer de que não existe. Hoje vou deixar tudo isso para trás em Seattle.

— Por mais estranho que pareça, fico tranquilo com montanhas-russas — diz Miles. — É viajar em uma caixa gigante de metal no céu que me deixa ansioso.

— E agora é o momento em que eu listo um monte de fatos científicos que servem para manter esse troço no ar.

— Eu entendo como funciona. Mas mesmo assim... às vezes nosso cérebro não segue muito a lógica, né?

O negócio é o seguinte: acho que o medo de Miles não é tão intenso quanto ele diz, já que não tem nada a ver com a pessoa que estou começando a conhecer. Mas então o motor começa a rugir. Com os olhos fechados, dentes cerrados e todo encolhido, ele treme no assento quando a aeronave começa a taxiar.

Sinto algo no coração, porque, por mais frustrante que Miles possa ser, não quero vê-lo sofrer.

— Você... quer segurar a minha mão? — pergunto, incerta quanto ao que mais posso oferecer.

Falei de brincadeira. Para tentar distraí-lo.

Com o rosto completamente sério, Miles responde:

— Talvez.

E, logo que o avião decola, posiciono a mão com a palma para cima no descanso de braço entre nós. Bem devagarinho, ele entrelaça os dedos nos meus. A princípio, o contato é tímido e oscilante, mas quando a aeronave atinge um bolsão de ar, Miles agarra minha mão. Seu toque é quente, e as unhas, curtas e limpas. Se eu olhar para baixo, consigo ver a tensão em seus dedos, a forma como sua pele fica esticada sobre as juntas.

— Tá tudo bem — digo, tentando acalmá-lo o máximo possível enquanto ele prende minha circulação. — Estamos bem. Em segurança.

Estamos de mãos dadas. Eu só ofereci apoio, um consolo, mas isso não muda o fato de que nunca fiquei de mãos dadas com alguém que não fosse da minha família até agora, mesmo que esse alguém esteja vestido como um pai suburbano que assaltou uma loja cafona de roupas durante uma promoção do dia dos trabalhadores.

Nunca parei para pensar de verdade no conceito de dar as mãos, mas me dou conta de que é bom, principalmente quando a mão dele relaxa na minha conforme o avião vai subindo. Seus olhos continuam fechados e o peito dele sobe e desce seguindo o ritmo de sua respiração.

E, por algum motivo, quando ele solta minha mão no meio do céu de Oregon com um suave "valeu", quem perde o fôlego sou eu.

DIA DEZESSEIS
~~HHH HHH HHH~~ I
Capítulo vinte e um

— BARRETT? — CHAMA MILES ALGUNS METROS ATRÁS de mim, com as coleiras enroladas. São 15h26, seu celular está tocando e ele deixa o aparelho cair ao tentar dispensar a ligação. — Dá para me dar uma mãozinha aqui?

Um dos cachorros esticou a coleira até o limite e está só me encarando, sem romper o contato visual. Dois filhotinhos estão brigando, um está fazendo xixi enquanto o outro se aproxima para cheirar.

— Olha, eu até ajudaria se eu pudesse — grito em resposta, afastando minha própria matilha de uma mulher com um buldogue francês cem por cento desinteressado.

Pensando bem, adotar o máximo de cachorros que o abrigo permitiu talvez não tenha sido a mais brilhante das ideias. De início, iam nos deixar levar apenas um (ou dois, se fossem apegados). Mas, no fim das contas, saímos de lá com impressionantes quinze: três labradores, duas misturas de pit bull, quatro misturas de chihuahua, um samoiedo gigante e lindo, e vários que são um completo mistério.

É incrível o que uma bolada de dinheiro é capaz de conseguir. Dissemos que havíamos acabado de ganhar uma herança. Que queríamos dar a melhor vida que pudéssemos para esses cachorros, uma vida repleta de petiscos, carinhos e afagos atrás das orelhas.

E, por hoje, é isso mesmo que faremos.

— Quem é meu bebezinho? E minha nenenzinha? — Os cães parecem amar quando Miles fala com eles, porque param o que estão fazendo e o encaram, alguns até inclinam a cabeça para o lado. — Isso mesmo, vocês todos.

Alcanço o celular e me ajoelho para pegar o aparelho.

— Max — digo, lendo o contato que tanto liga pela primeira vez. — É seu irmão que te liga todo dia?

— Não é nada. É só para perguntar se eu posso levar ele em um lugar.

— Ah.

Se for isso mesmo, é estranho que Miles nunca toque no assunto, mas decido não forçar a barra. Os dois não são muito próximos, talvez seja só isso.

Chegamos à parte do parque em que é permitido soltar os cães da coleira, e, sério, é maravilhoso ver essas criaturas correrem livres. Meus cachorros aproveitam a oportunidade para cercar Miles, se abaixam sobre as patas da frente e ficam implorando para que ele brinque.

— Por que eles fazem isso com você? — pergunto.

Não que eu vá correr direto para minha matilha com os braços abertos e gritando *deixa a mamãe amar vocêêêêês!*

— Não faço ideia — responde ele, com aquela risada calorosa e levemente alta demais.

Um labrador preto chamado Otis e uma bolinha de pelo chamada Falafel sentam e balançam os rabos, à espera de petiscos. Estão fascinados, sob algum feitiço que apenas Miles é capaz de lançar. Ele enfia a mão na mochila e diz para os bichos esperarem enquanto procura algo para cada um.

— Me recuso a acreditar que você não se cobriu de pasta de amendoim antes de sair.

Estendo os mesmos petiscos, tentando atraí-los para mim. Mas não adianta.

Ele puxa o colarinho e dá uma fungada.

— Ou talvez só gostem do meu Primavera Irlandesa.

Ah. Então é esse o nome do perfume. Quem sabe agora minha obsessão pare. Vou comprar meu próprio frasco de Primavera Irlandesa e aí vou poder sentir o cheiro de Miles sempre que eu quiser sem parecer uma maníaca.

Se bem que, por outro lado, a ideia de sentir o cheiro dele sempre que eu quiser é basicamente a definição de maníaca.

Tento assoviar para os cachorros, jogar algumas bolas de tênis e até mesmo me jogar na lama para brincar, mas nada funciona. Só querem saber de Miles.

— Que palhaçada — digo, fingindo reclamar, o que só faz ele rir ainda mais.

Os cães o amam tanto que, depois de um tempo, ele perde o equilíbrio. Miles de joelhos em cima da grama lamacenta, Otis, Falafel, Bear e Neo lambendo seu rosto enquanto ele tenta fazer carinho em todo mundo ao mesmo tempo... uma cena que eu nunca pensei que veria, mas que é meio arrebatadora.

Ver essa versão de Miles não é nem de perto suficiente, mesmo que faça meu coração errar a batida e revirar no peito.

Estico a mão, fingindo que vou ajudá-lo, mas então deixo um rastro de terra em sua bochecha. Seu rosto fica todo corado e os olhos reluzem com um desejo de vingança.

— Ah, quer jogar sujo, então? — diz ele, antes de agarrar minhas pernas e me arrastar de volta para a lama.

DIA DEZESSETE
||||‌ ||||‌ ||||‌ ||
Capítulo vinte e dois

ONZE DA NOITE EM PONTO E MILES E EU SOMOS OS únicos no prédio do teatro. Todos sabem que esse lugar costumava ser o departamento feminino de educação física, completo com vestiário, ginásio e piscina. Hoje a piscina está passando por uma manutenção para que o filtro seja trocado, o que descobri durante a orientação dos calouros. E, mais importante de tudo: está vazia.

A luz difusa banha tudo em um tom sépia enquanto carregamos uma dúzia de sacos pesados pelo corredor, repleto de retratos de elenco e fotos de apresentações. O cheiro de cloro, suor e décadas de aspirantes a atores interpretando *O inverno de nossa desesperança* é estranho e, em grande parte, desagradável.

— Que absurdo — Miles fica dizendo e dando uma risada que ecoa pelo recinto sem janelas. E é por isso que é fantástico. — Não acredito que criar uma piscina de bolinhas gigante está na sua lista.

— Não é exatamente a piscina de bolinhas. É mais a parte de fazer coisa errada depois do expediente. — Penso de novo na história de Jocelyn, de quando patinaram na sororidade. — Você devia é agradecer por eu não ter feito nenhuma piada envolvendo sacos e bolas. Porque, vai por mim, eu queria.

— Mentira. Quando eu abri o primeiro saco, você falou: pensei que as bolas do seu saco seriam maiores.

— E aí você respondeu: "foi isso o que Deus me deu!".

Sua boca se contorce em um sorrisinho enquanto ele meneia a cabeça, mas não dá para negar que o Miles dos dias um até sessenta e cinco não teria me agradado nem um pouco. Amo o fato de que ele está abraçando o absurdo. Faz quase uma semana que não vamos à biblioteca, e se ele está agoniado para abrir um livro, não deixa transparecer.

Depois de tirarmos todos os sacos de um caminhão lá nos fundos (pagamos uma fortuna para alugar as bolas de um parquinho), estou toda suada e cansada. Minha camiseta fica grudando nas costas e os botões do jeans marcam minha barriga. Mas vale a pena quando nos posicionamos um em cada ponta da piscina e começamos a esvaziar os sacos. Sinto a adrenalina percorrendo minhas veias enquanto as bolas caem em ondas vermelhas, amarelas, verdes e azuis.

Assim que esvaziamos tudo, Miles se aproxima da beirada e alonga os braços, como se estivesse se preparando para mergulhar em uma piscina de verdade. Chuto os sapatos para longe dos pés; não sei direito qual é o equipamento certo para pular em bolinhas.

— Vamos pular juntos? — pergunta ele, estendendo a mão.

Olho para a piscina por alguns instantes antes de encará-lo. De alguma forma, a iluminação misteriosa faz com que suas feições assumam traços suaves, um brilho dourado. Ele não devia ser tão... bom, *atraente*. Ninguém devia sob essas circunstâncias. Seus olhos reluzem, e a estática deixa seu cabelo arrepiado. E aquelas orelhinhas de abano até que são bonitinhas.

É uma observação preocupante, quase tanto quanto a minha vontade de cheirar um frasco de Primavera Irlandesa.

Me obrigo a ser racional, algo que o frio na minha barriga parece determinado a ignorar. Miles é a única pessoa presa no tempo comigo. O único que entende o que estou passando. Se algum dia eu conseguir ir para minha aula de psicologia quinta-feira, tenho certeza de que vou aprender que esses sentimentos são naturais. Miles é meu amigo e nada mais. É apenas a proximidade me fazendo acreditar que há alguma outra coisa.

Assinto e seguro a mão dele enquanto penso no fato de que é a segunda vez que ficamos de mãos dadas, mas dar as mãos não significa nada. Não é romântico. É o *Miles*, pelo amor de Deus! O cara que provavelmente só se apaixonaria por um livro.

Estamos presos em uma fantasia, então nada disso pode ser real.

Queria não ficar sem ar quando ele acaricia meu indicador com o polegar... gentilmente. Delicadamente. Sou obrigada a me perguntar se é sem querer, porque ele está encarando a piscina com uma expressão pensativa. *Estou feliz que a gente fez isso*, é o que o carinho parece dizer, então retribuo o gesto. *Eu também*, penso, roçando meu dedo do meio nas juntas da mão de Miles.

— Barrett? — pergunta ele.

Deve ser a adrenalina que o faz dizer meu nome devagar. Ele me encara e os músculos de sua mandíbula pulsam. Não sei o que há nas entrelinhas dessa pergunta.

Aqui, na borda dessa gigante piscina de bolinhas, a sensação é de que estamos à beira de algum precipício, só não sei do quê. Mesmo que não seja nada grandioso e metafórico, com certeza parece que é.

— Se ficar, o bicho pega, se correr, o bicho come — digo, e é uma bênção que eu tenha apenas um segundo para refletir sobre a forma como ele aperta minha mão antes de nossos pés saírem do chão.

Romper a superfície não tem nada a ver com mergulhar em uma piscina de verdade. Não chega a doer, mas dá para *sentir* meus pés, pernas e quadril esmurrando as bolinhas, o plástico cedendo e abrindo espaço para a gente.

Talvez seja porque não sabemos saltar direito ou porque um pulou logo depois do outro, mas nossos corpos acabam emaranhados: um dos meus braços vai para trás das costas de Miles e minha perna direita entrelaça com a sua esquerda. Ele não diz nada, não comenta se estou suada ou se sou pesada demais, só dá um suspiro seguido de uma risada incrédula. O calor dele combinado com as bolas de plástico geladas é o que basta para deixar meus sentidos completamente confusos e minha pele queimando de um jeito estranho e maravilhoso.

— É a melhor coisa que já aconteceu comigo — digo.

Estamos submersos apenas até o pescoço, mas mesmo assim, é ridículo como tentamos nos mover através das esferas multicoloridas. A noção de que realmente fizemos isso me atinge em ondas, e então não consigo parar de sorrir. Me sinto *leve*, como se nada do que fizemos antes importasse. Se o universo realmente estiver mantendo um placar, os pontos estão começando a ser marcados agora.

Miles se abaixa quando jogo uma bola nele, e depois volta com as bochechas em um tom ardente de cor-de-rosa e o cabelo todo bagunçado e arrepiado. O meu deve estar uma confusão também. Ele inclina a cabeça para trás; o rosto estampa um sorriso largo e caloroso que eu nunca vi, como se Miles estivesse iluminado por dentro. Uma *fofura*; é a única palavra que me vem à mente, e a única que parece se encaixar aqui. Ele se liberta, enfim deixa o corpo relaxar e simplesmente saborear a alegria genuína de alguma coisa.

E aquele ali — *aquele* é o sorriso de verdade.

DIA DEZOITO
|||| |||| |||| |||
Capítulo vinte e três

ANNABEL COSTA, EDITORA-CHEFE DO *WASHINGTONIANO*, devolve minha reportagem pela mesa com um vinco entre as sobrancelhas.

Sim, é meio incomum levar uma matéria já escrita para uma entrevista, mas passei a manhã inteira debruçada sobre meu notebook enquanto Miles foi para as aulas avançadas (talvez ele esteja certo e a minha contratação seja a solução para consertar minha linha do tempo).

— Obviamente a pesquisa foi muito bem-feita — diz Annabel, com um toque de decepção na voz. — E você é uma escritora talentosa. Mas sem nenhuma citação da própria dra. Okamoto ou de qualquer um dos colegas dela... infelizmente não posso fazer nada.

Meus ombros caem. Não tenho como explicar à Annabel a complicação ética de não poder usar uma citação de alguém que tecnicamente não entrevistei (nessa linha do tempo). Fiz o melhor que pude remendando informações de outros artigos e reportagens. Foi incrível desenferrujar minhas habilidades. Parece que já faz uma eternidade que escrevi meu último texto no *Nav*, o perfil de uma amada professora de inglês prestes a se aposentar. Mas, no fim das contas, sei que Annabel está certa. A matéria não funciona só com a minha voz.

O resto da entrevista é bem mais ou menos, principalmente porque não tenho mais energia para parecer interessante. Pela primeira vez, me pergunto o que Annabel faz nos dias em que não apareço. Será que simplesmente não existo? Será que ela aproveita o tempo livre?

Essa entrevista dura mais do que as duas primeiras tentativas, mas só por causa do tempo que Annabel levou para ler meu texto, e quando ela me guia para fora do escritório, há um tumulto no meio da sala de redação.

— O sistema caiu — diz um cara em um dos computadores. — Não dá pra abrir nada do nosso servidor.

Annabel dá um suspiro que indica que isso deve acontecer sempre.

— Merda. A Christina tá aqui?

— Deixa comigo — exclama uma garota de jaqueta de couro e cabelo azul entrando apressada. A moça joga a bolsa em uma cadeira antes de se sentar ao lado dela. — Desculpa. Aquela aula de três horas de codificação não é brincadeira, e muito menos as filas na orientação.

— Graças a Deus — diz Annabel. — Não sei como a gente dá conta sem você.

Enquanto saio do prédio, fico pensando: acho que nem faz diferença conseguir ou não o emprego. É bem capaz de eu nunca ver algo meu publicado.

Estou perdida em pensamentos quando uma melodia me faz parar em frente ao estacionamento do edifício de jornalismo. Miles está atrás do volante de um reluzente caminhão rosa de sorvete que estampa A ERA DO GELO na lateral. Ele coloca um braço para fora da janela e gesticula para que eu me aproxime.

Apesar de tudo, começo a rir conforme caminho até o lado do motorista.

— Deixaram você levar isso aqui para fora do campus?

— Fiz um negócio ótimo. — Ele franze o cenho. — Você parece menos Barrettuda do que de costume. Está tudo bem?

Respiro fundo e dou um suspiro carregado.

— Minha matéria não era boa o suficiente. Eu sabia que não ia ser, e até acho que dá para tentar reescrever, mas... sei lá. Então agora parece um beco sem saída.

Ansiosa, passo a mão pelo cabelo. E nada disso está nos fazendo chegar mais perto de Devereux, quer ela exista ou não. Talvez essa mulher seja um beco sem saída também.

— Às vezes só não era a matéria certa — diz Miles.

— Pode ser — e então, querendo mudar de assunto, digo: — Acho que um sorvetinho me animaria um pouco.

Estacionamos no pátio e colocamos uma placa que diz SORVETE GRÁTIS, e assim, viramos as pessoas mais amadas do campus. Passamos horas montando casquinhas. Não somos os melhores (é mais difícil do que eu imaginava), mas as pessoas não parecem se importar quando é de graça. O caminhão é pequeno, e ficamos esbarrando um no outro e trocando pedidos de *desculpa* enquanto esperamos a fila diminuir. Alerta de *spoiler*: não diminui nunca, assim como o arrepio em minha pele sempre que pegamos sorvete ao mesmo tempo. Meu corpo está profundamente confuso e me traindo sem dó.

Meu Deus do céu, isso tem que acabar. Miles ser a única pessoa com quem converso regularmente está mesmo atordoando minha cabeça. Em nenhuma linha do tempo nós dois seríamos um casal lógico. Não importa se ele é meio atraente de um jeito bem específico em alguns momentos do dia 21 de setembro. Não importa o quão adorável ele tenha se tornado por baixo de toda aquela seriedade.

Não é real, e assim que nossas linhas do tempo se corrigirem, tenho certeza de que vamos seguir caminhos diferentes.

Pensar nisso não deveria fazer eu me sentir tão solitária assim.

— O que posso pegar para você? — pergunto pelo que deve ser o ducentésimo cliente do dia.

O de chocolate já acabou e o de morango está quase lá.

— É tudo de graça?

Ouço sua voz antes de vê-lo, certa de que minha memória está errada. Não pode ser. E então ele se aproxima, e cada terminação nervosa do meu corpo tem um curto-circuito ao mesmo tempo.

Não.

Preciso agarrar a bancada com uma mão e segurar com força a colher de sorvete com a outra. Sinto meus dedos ficando dormentes.

Cole Walker está aqui.

Cole Walker está *aqui,* no campus da Universidade de Washington, pedindo sorvete.

— Ah — diz ele, quando me vê. — Oi.

Seu olhar me paralisa, e não tenho escolha a não ser encará-lo. Ele tem uma beleza clássica, quase previsível. Cabelo loiro encaracolado que vai até a nuca, pele bronzeada pelo verão. A pele que eu beijei de jeitos que, pela forma como acariciou a minha cabeça e elogiou minha *empolgação*, ele parecia gostar.

Agora a lembrança me faz querer vomitar.

— Eu... não sabia que você ia estudar aqui.

Fico com ódio por ter gaguejado, por estar me perguntando se ele ainda me acha atraente. Se algum dia achou, ou se era tudo parte da piada também.

— Decidi me transferir de última hora. — Ele torce um cordão pendurado no pescoço. — O curso de direito daqui é melhor do que na SPU.

Sinto um embrulho no estômago. Óbvio que é melhor. Óbvio que Cole estuda aqui agora e óbvio que vou ser obrigada a passar o resto desses quatros anos o evitando (isso se eu conseguir chegar à quinta-feira).

Continuo segurando a colher. Sorvete de limão pinga no chão.

Miles deve notar que não estou bem, porque se aproxima e assume o controle.

— Não dá para segurar a fila assim. — Parece que há um tom rígido em sua voz. — Vai querer sorvete ou não?

E quando Cole pede uma casquinha sabor *cookies*, Miles o serve mais rápido do que nunca.

Dou as costas para a janela e recuo até o canto, onde ninguém consegue me ver. Era para este caminhão ser congelante (o nome é ERA DO GELO, pelo amor de Deus). Mas estou suada, tonta e mesmo depois de Cole ir embora, minha respiração não volta ao normal. *Porra. Porraporraporra.* Fecho os olhos com força e pressiono a mão no peito, desejando que meu coração desacelere. Há um nó na minha garganta, o caminhão está quente demais e é muito pequeno e...

— Barrett? — chama Miles, gentil. Minha âncora.

— Está tudo bem — respondo, rouca. Ele põe as mãos nos meus ombros, e eu queria que seu toque não fosse tão bom. — Era só alguém do ensino médio. A gente não se dava muito bem, então...

— Ah.

Ele parece sentir que há algo a mais na história, mas não força a barra.

Dou o meu melhor para respirar fundo, até que consigo. E depois de novo. São fôlegos lentos e trôpegos, mas já servem para alguma coisa. Estou bem. Ajeito a postura e tiro cachos úmidos da testa. *Eu estou bem.*

— Só que — digo, vestindo minha armadura, ansiosa para deixar o assunto para lá —, com quem eu me dava bem no ensino médio, né? — Só que Miles não ri. Depois que a fila de alunos diminui, tento de novo. — Não sabia que a definição de viver intensamente para Miles Kasher--Okamoto era servir sorvete para estranhos.

Ele dá de ombros.

— Nem tudo precisa ser pular de paraquedas. Aposto que se você perguntasse para umas cem pessoas o que elas gostariam de fazer antes de morrer, ia ficar surpresa com as respostas sem graça.

— Então tá bom. — Apoio os cotovelos na bancada e cruzo os tornozelos no pequeno espaço entre nós. *Normal.* Eu consigo deixar tudo normal de novo. — Coisas que você quer fazer antes de morrer... vai.

— Genebra, óbvio.

— Óbvio.

Perdido em pensamentos, Miles comprime os lábios.

— Quero fazer um filme, mesmo que o orçamento seja só uma coxinha. Um lixo nada original a que apenas os amigos que eu obrigar vão assistir. Só quero ter certeza de que eu consigo, sabe? — E então, uma nova expressão surge em seu rosto, algo que não tenho certeza de já ter visto antes. Meio timidez, meio curiosidade. — E... acho que eu ia gostar de fazer amor com alguém, em algum momento.

O ar no caminhão fica tão úmido que me surpreende os sorvetes que sobraram não derreterem na mesma hora.

Vou dar o meu melhor para não comentar o fato dele ter dito *fazer amor* em vez de *transar* ou *fazer sexo.* É um termo que não tem nada de clínico ou científico, e algo sobre isso parece muito anti-Miles. Eu esperaria algo como "copular" ou "praticar o coito", antes de "fazer amor".

— Você nunca...? — pergunto, e espero não passar a impressão de estar julgando, porque não estou.

Ainda mais levando em consideração a minha experiência nesse ramo e depois de ter ficado literalmente cara a cara com o sujeito dez minutos atrás.

Ele meneia a cabeça.

— Nunca fiquei com ninguém, na real. A menos que você conte a namorada que eu tive por uma semana no jardim de infância. A gente só se sentava junto na hora do lanche e dividia o suco de maçã. Ou a minha parceira de laboratório com quem eu saí por duas semanas no segundo ano, sendo que a gente não se falava na escola porque morríamos de vergonha.

Agora, sim, parece mais com o Miles.

— Não precisa estar namorando para fazer amor. — O que Cole e eu fizemos com certeza não foi amor. Foram dois corpos se roçando até um deles dar um longo gemido e o outro ficar insatisfeito em mais de uma maneira. — Mesmo repetindo esse dia tantas vezes você nunca ficou com vontade de apenas transar com alguém?

Um dia ainda vou aprender a não falar cada pensamento que atravessa meu cérebro. Mas esse dia não é hoje.

— Para isso precisaria. Hum... De alguém que quisesse transar comigo — responde Miles, começando a ficar da cor do sorvete de morango com creme.

Semicerro os olhos.

— Você não é feio.

— Podem fazer fila, gatinhas — diz ele, com as mãos em concha ao redor da boca e fingindo gritar em direção ao pátio. — Tem um cara completamente mais ou menos aqui, hein! É só aparecer e pegar!

— Beleza, já que você está implorando, aí vai: você é mais do que mais ou menos.

O vermelho intenso em suas bochechas indica que não estava e o elogio surpreende tanto a ele quanto a mim.

— Tenho certeza absoluta de que todo mundo que tirava sarro de mim na infância por causa das minhas orelhas discordaria. Me chamavam de Dumbo. Criatividade nota zero.

— Fala sério! Um bando de merdinhas e ainda por cima eram preguiçosos. Eu adoro as suas orelhas. Quero dizer... — Volto atrás, já arrependida da minha escolha de palavras. — Sinto uma afeição completamente normal pelas suas orelhas.

Ele estende a mão para tocá-las, como se quisesse garantir que são delas mesmo que estou falando.

— Não precisa ficar falando assim. Mas obrigado.

— Talvez a gente devesse aproveitar a oportunidade para pegar todos os otários que riram de você. — Pontuo as palavras com alguns golpes da colher de sorvete. — Que tal se a gente fizer uma turnê da vingança?

Tenho outro vislumbre de Cole. Até agora, eu nunca tinha pensado em me vingar, mas... se eu realmente quisesse pegá-lo, essa seria a oportunidade perfeita, uma chance livre de consequências.

— Não. Nada de vingança — diz ele. — Além do mais, acho que valentões normalmente só tentam compensar as próprias inseguranças.

— E lá vem você com a sua lógica de novo. Você não pode deixar essa mágoa se tornar um rancor terrível como todo mundo faz.

— Ah, vai por mim, não foi fácil chegar até aqui. Agora é sua vez. Coisas que você quer fazer antes de morrer.

— Ver as pirâmides, testemunhar um *flash mob*, quem sabe ganhar um Pulitzer, se der tempo — respondo o mais rápido possível.

— Testemunhar um *flash mob*? E por que não fazer parte de um *flash mob*?

— Não danço bem o bastante — digo, sem pestanejar, por que é algo de que tenho muita certeza. — E não quero ter que me comprometer com todos os ensaios. O que eu quero é andar por aí e de repente ficar completamente admirada quando um *flash mob* começar bem na minha frente. Tem algo nessas coisas que parece... sei lá, mágico. — Já entrei em um buraco sem fim no Youtube, e quase sempre acabo emocionada. Não sei o que me deixa assim; o elemento surpresa e a sincronia me pegam muito. — Beleza. Agora de volta ao assunto muito mais interessante: te tirar da seca.

Minha impressão é de que essas palavras soam tão secas quanto uma estrada de terra. Por que eu continuo falando disso é um dos muitos mistérios do universo.

Ele me dá um olhar longo e sofrido.

— Você não tem jeito mesmo. Eu ia fazer o quê? Chegar em alguém e simplesmente dizer "oi, sou um viajante do tempo, quer dormir comigo"?

— Olha, não é a pior cantada que eu já ouvi. Acho que fica um pouquinho acima de — faço minha voz mais cafona e chego mais perto — "me diz aí, gatinha, doeu quando você caiu do céu?".

É só uma piada, mas estou perto o bastante de Miles para ver seu peito subindo e descendo e a ponta de seus cílios. Pigarreio e recuo. Ainda assim, esse desconforto é mil vezes melhor do que pensar em Cole e no campus que agora temos que compartilhar.

Tiro o avental e abro a porta traseira do caminhão.

— Segura aqui, por favor.

Tomada pela adrenalina, dou uma olhada pelo pátio e miro no alvo: *achei*. Um cara usando um blazer de veludo com um meio sorriso sereno no rosto.

— Oi! — digo, com a voz esganiçada e me coloco em seu caminho. — Tenho uma proposta pra você. — Ele para e gesticula para os fones que não vi quando o escolhi. — Oi — repito, quando o sujeito tira os fones, com a voz um pouco mais firme dessa vez. — Sou uma viajante no tempo. Quer dormir comigo?

Ele coloca os fones de volta.

— Tenho que ir para a aula de sociologia.

Quando retorno para o caminhão, Miles está agachado de tanto rir.

— Não acredito que você está rindo — digo, enquanto subo. — Meu ego está ferido. Não, pior do que ferido. Meu ego foi mutilado.

— Vai, fala de novo como é fácil achar alguém pra transar — diz Miles, entre uma risada e outra e segurando a barriga. — Você acabou de... é isso mesmo, você só chega e pede?

— Eu esperava uma resposta bem diferente!

— E se ele dissesse sim?

— Então eu obviamente teria arrastado ele até o meu dormitório e feito um belo trabalho. — Faço uma careta quando Miles para de gargalhar, porque em nenhuma linha do tempo eu faria uma coisa dessas. — Não, sei lá. Acho que ainda não cheguei no nível de dormir com qualquer estranho.

Ele assente sabiamente.

— Nem eu. E acho que nunca vou ser assim. Talvez eu esteja romantizando demais, ou então seja o amante de filmes de época que habita em mim, mas sempre tive a esperança de que se, ou quando, acontecesse, fosse... especial. Que eu estivesse apaixonado, e que parecesse *certo*.

— Eu tive... meio que uma experiência oposta. — Paro e, agoniada, mexo em uma das hastes dos óculos me perguntando o quanto estou disposta a compartilhar. Decido que não muito. Essa amizade ainda é nova. Frágil. — Eu meio que queria que rolasse de uma vez, sabe? Para descobrir se era tudo aquilo mesmo.

E com toda a certeza do mundo não foi. Não houve preliminares suficientes nos lençóis superbrancos do hotel e eu ainda diminuí as luzes porque não queria um holofote na minha barriga ou nas minhas coxas.

— Primeira vez? — perguntou ele com a boca no meu pescoço e apalpando meus seios. Meu corpo estremeceu ao responder que sim. Houve um farfalhar de tecidos quando ele tirou a calça e veio para cima de mim. Não foi necessariamente ruim, mas também não foi bom. Quando perguntou se eu tinha gozado, só respondi "uhummm", porque ele já tinha sido generoso demais comigo. Depois, Cole dormiu. Eu não sentia nada por ele, não de verdade, mas mesmo assim tinha esperança de que sentiria *mais*. Parte de mim até esperava que ele acordasse no meio da noite e me procurasse de novo, só para que eu me sentisse desejada por mais tempo.

Às vezes, eu queria poder recomeçar. Apagar aquela experiência que eu estava tão desesperada para ter e substituí-la por algo significativo.

O rosto de Miles fica vermelho de novo.

— Mas foi tudo o que você pensava mesmo?

— Bem que eu queria. Odeio te decepcionar, mas, sendo bem sincera, não foi nada demais. E bem rapidinho.

— Ah.

— Olha, lá vêm eles de novo! — digo, quando mais alunos avançam em nossa direção.

Nunca pensei que eu fosse ficar tão empolgada para mergulhar as mãos em potes de laticínios congelados.

Capítulo vinte e quatro

DEPOIS DE ME LIMPAR DO SORVETE E DO SUOR E DE pensar demais em tudo o que falei hoje, Miles envia uma mensagem perguntando se quero jantar. Por algum motivo, ainda não estou de saco cheio dele, e é uma opção melhor do que ficar no quarto imaginando formas de evitar Cole.

Recém-saída do banho e com os cachos amassados, apareço na porta dele. CONTINUE A NADAR — E A ESTUDAR, diz o quadro de aviso inspirado em *Procurando Nemo*.

— Estou tentando — murmuro.

Quando Miles aparece, está vestindo uma camisa de botão e uma calça bonita. Eu uso uma camiseta listrada e meu jeans favorito, porque se existe alguma vantagem em ficar presa no tempo é que vou poder usá-los sempre. Ele acabou de tomar banho também; há gotas de água grudadas em seu colarinho.

— É melhor eu trocar de roupa? — pergunto, mexendo na barra da minha camiseta. — A gente vai a um lugar chique?

— Não, não — responde, e abre mais a porta para que eu veja o interior do quarto. — A gente vai ficar por aqui mesmo.

Ele reorganizou a mobília; afastou uma das mesas da parede para usá-la como mesa de jantar. No meio, há dois pratos, uma caçarola e duas velas compridas idênticas. Dá para ver algumas embalagens de comida para viagem vazando da lixeira reciclável mais próxima. As luzes estão bem fraquinhas e o que parece o instrumental de alguma playlist com músicas de Britney Spears toca de uma caixinha de som sobre a outra mesa.

De repente, sou obrigada a me segurar na parede para evitar que meus joelhos cedam, porque os dois acabaram de ficar tão molengos quanto o restante do sorvete de hoje.

Com toda a certeza o Olmsted nunca esteve tão lindo.

— Sei que não é sexta-feira, mas você falou que queria ir em um Hillel, e eu achei que, bom, se não temos como ir... então talvez pudéssemos fazer o nosso próximo Shabbat. Só para a gente. Em uma quarta, mas...

Só para a gente. É uma frase simples, mas dita de uma forma tão encantadora.

— Miles. — Não consigo lembrar da última vez que alguém sem ser da minha família fez algo legal por mim (e é bem possível que o motivo seja porque nunca aconteceu). Meu coração não sabe como processar uma coisa dessas. E, além do mais, só conversei sobre isso com Miles uma vez, sabe? E já faz um tempinho. Mas, mesmo assim, ele lembrou. — *Miles.* É...

— Exagerei? Não dá pra correr o risco de acender as velas por causa do detector de fumaça, mas eu, hum... fiz isso aqui. Pensei que talvez desse para colar com fita ou sei lá. — Ele mostra um par de chamas feitas com cartolina alaranjada e dourada. — Eu queria comprar velas de mentirinha, mas não achei aqui por perto. Acho que eu devia ter me esforçado mais, ou talvez tentado desarmar o alarme de fumaça... — E lá estão os trejeitos ansiosos de novo. Ele fica mexendo os recortes de chama na palma da mão. — Ou quem sabe...

Eu o interrompo colocando a mão em seu braço. Sua pele está quente sob o tecido suave da camisa.

— É perfeito. Obrigada. Muito obrigada. — Não há palavras para descrever como estou me sentindo, então só espero que ele saiba. — Shabbat shalom.

— Shabbat shalom — repete Miles, soltando o ar.

Vamos até a mesa, onde uma tigela de salada verde nos espera junto com pratos do macarrão mais requintado que já vi.

— Quer fazer as honras? — pergunta ele, apontando para as velas.

Seguro uma vela apagada na outra e começo a oração. A voz de Miles se junta à minha enquanto recitamos a prece da qual eu nem sabia que lembrava. *Barukh ata Adonai Eloheinu, Melekh ha'olam, asher kid'shanu b'mitzvotav v'tzivanu l'hadlik ner shel Shabbat.*

Seu corpo está quente ao meu lado, e se eu chegar mais perto, é bem capaz de seu aroma me deixar inútil pelo resto da noite. Sei que Primavera Irlandesa é um aroma muito comum. Nada neste mundo explica como Miles consegue fazer com que um cheiro tão banal seja atraente.

Depois, com dois pedaços de fita, fixamos as chamas às velas. Parte de mim questiona se o que estamos fazendo é blasfêmia, mas uma parte mais forte tem certeza de que não há nada de errado. Muito do judaísmo se baseia em fazer o possível com o que se tem, e eu sempre amei o fato de que há muitas formas de celebrar.

Essa é a nossa.

— Acho que é exatamente assim que você faz em casa — digo, e toco o fogo falso.

— Igualzinho. — Ele enfia o garfo na salada que aparenta ser mais cara do que qualquer outra salada que eu já vi. A comida é incrível, mas eu ficaria comovida ainda que estivéssemos comendo os hambúrgueres do refeitório. — Sinto saudade. Sei que eu vejo a minha mãe quase todo dia, mas é diferente.

— O que vocês faziam quando você era criança? — pergunto. — Vocês comemoravam Natal e Páscoa também?

— Sim. Mas essas datas nunca tiveram significado religioso pra minha mãe. O Natal começou a ser celebrado como um feriado secular faz poucas décadas no Japão. O dia de ano novo, Shōgatsu, é nosso feriado mais importante. Minha mãe se dedica muito: a gente faz uma faxina pesada em casa, colocamos decorações e bebemos amazake, um saquê bem docinho que quase não tem álcool. E, se estivermos com meus avós no Texas, o que quase sempre é o caso, a vovó faz ozoni, uma sopa de mochi que é uma das minhas coisas favoritas no mundo. — Ele fica com uma expressão toda sonhadora. — Sempre me senti muito conectado com essa tradição, e com os feriados judaicos também.

— Adorei. — Enrolo um pouco de macarrão na ponta do garfo enquanto imagino Miles babando pela sopa da avó. — Gosto que você tenha esses dois lados.

Ele assente.

— Não sou meio japonês e meio judeu. Sou os dois: japonês e judeu. — Ele come um pouco. — E você?

— A gente tinha o costume de ir à sinagoga quando eu era mais nova, mas depois do meu bat mitzvah, começamos a frequentar cada vez menos. Ainda celebramos o Chanuca, que normalmente é nossa chance de uma dar para a outra o presente mais ridículo que encontrarmos.

— Mesmo sem conhecer a sua mãe, esse costume parece combinar cem por cento com vocês duas.

O comentário desencadeia uma sensação estranha e trêmula no meu estômago.

— E a gente faz Pessach com a família da minha mãe. Sempre foi meu feriado favorito. Nada é mais gostoso do que um ovo bem cozido depois de esperar uma eternidade para comer.

— Ou uma erva amarga — acrescenta Miles. — Nossa, eu daria *tudo* pelo maror que é servido no meio do seder.

— Nossa, verdade. E o seu pai... ele dá aula de história judaica?

Ele assente.

— Quando eu era criança, a gente focava bastante na origem dos feriados. Ele ficava questionando meu irmão e eu sobre história e tradições específicas. Sempre foi importante para ele que a gente soubesse o *porquê* de estarmos comendo pão sem fermento ou de nos reclinarmos na mesa do seder. — E então Miles dá uma risadinha incrédula. — Acho que é a primeira vez que tenho esse tipo de conversa com alguém que não seja da família.

— Eu também — comento. E é legal me conectar assim com ele. — Tinha bastante judeus na sua escola?

— Quase nenhum. Acho que só, tipo, uns oito. E eu era o único judeu asiático, o que sempre fazia as pessoas ficarem meio desconfiadas quando descobriam da minha origem judaica. Deve ter sido a mesma coisa na sua escola, né?

— Aham. Eu esperava conhecer alguns aqui.

Por baixo da mesa, ele encosta o pé no meu.

— Acho que nós dois conhecemos.

Miles Kasher-Okamoto: no fim das contas, uma pessoa não tão ruim assim. Uma semana atrás, um jantar desse teria sido incômodo, esquisito. Desconfortável. Mas agora, apesar de tudo o que aconteceu antes, talvez seja uma das melhores quartas-feiras que já tive.

— Fazer amizades duradouras é outra coisa na minha lista. — Bato meus cílios. — Miles, não quero colocar a carroça na frente dos bois, mas acho que a gente tá se *conectando*.

Ele revira os olhos, mas a forma como os músculos de sua mandíbula suavizam e dão o indício de um sorriso não me passa despercebida. Não é um sorrisão como aquele da piscina de bolinhas, no entanto, é mais do que normalmente recebo, e, quer saber? Vale a comemoração.

Depois que terminamos de comer, ele não me deixa ajudar a limpar porque, bom, não faz diferença. Outra vantagem.

— Obrigada — digo enquanto Miles abre o primeiro botão da camisa. — Por tudo isso. Não só por hoje.

Por me ajudar a me sentir menos sozinha, mesmo que nenhum de nós saiba o que está rolando.

— Sou obrigado a admitir que você tinha razão. Está sendo bem mais divertido do que pensei que seria.

— E a gente nem roubou um banco ainda.

Quando ele tenta arrumar um amassado no colarinho, tenho que lutar contra o impulso de esticar o braço sobre a mesa e arrumar eu mesma. Dá para ver um pedacinho minúsculo da pele por baixo do tecido, e fico me perguntando se, caso eu o tocasse bem ali, ela seria macia ou áspera. Mas só hipoteticamente.

— Seria negligência minha não te agradecer também. — Ele fica sério, e tenho a impressão de que até se aproximou alguns centímetros. Afasto o olhar do colarinho e o encaro nos olhos, mas acho que é ainda pior. Seus olhos estão fixos em mim, cheios de doçura, gratidão e algo que não consigo nomear. — É possível que eu tenha sido... meio cabeça-dura.

Estendo o polegar e o indicador.

— Só um pouquinho.

Mas o fato dele ter dito isso... Eu notei a mudança. Miles está menos rígido, e os tiques nervosos não são mais tão frequentes. Ele continua preso à sua concha, mas de vez em quando esquece que vive com este peso nas costas. Como se, talvez, ele estivesse precisando disso tanto quanto eu. Ou até mais.

Seus sapatos encontram os meus de novo. É um gesto inocente, mas que me agrada até demais. Desconfio de que ele acha que meu pé é a perna da mesa. Por algum motivo ridículo, penso no que Miles falou esta tarde, sobre querer fazer amor com alguém. Meu primeiro instinto foi implicar com ele, mas não dá para negar que havia certa ternura naquelas palavras.

Isso é algo que eu jamais admitiria para ele: talvez eu também queira fazer amor com alguém, algum dia.

Dessa vez, quando ele dá um meio sorriso para mim, é diferente. Agora, Miles me olha de um jeito que parece carregado de expectativa. Sinto o coração na garganta, pulsando em um ritmo estranho, e dá medo imaginar a forma como devo estar encarando ele.

— Acho melhor eu ir — digo rápido, quatro palavras que não fazem sentido a menos que eu considere o redemoinho de sentimentos na minha cabeça.

— Ah... tá bom.

Ele franze o cenho, mas não questiona. Me espera pegar as chaves e a bolsa, e então me acompanha até a porta como um bom anfitrião.

— Estou cansada — digo, só para dar alguma explicação. Mas que não explica nada. — Servir aquilo tudo de sorvete acabou comigo.

— Devia ser um esporte olímpico.

— E o Ankit deve chegar daqui a pouco — digo, porque, realmente, tudo o que eu precisava era inventar outra desculpa esfarrapada.

— Entendi.

Luto contra uma pontada momentânea de arrependimento enquanto abro a porta e dou uma olhada pelo corredor movimentado depois do jantar, com todos se arrumando para festas ou outras aventuras universitárias. De repente, não sei o que fazer com as mãos. O que é que se faz com as mãos? Deixo só penduradas assim? Parece errado, então tiro uma migalha imaginária da manga listrada da minha camiseta, depois levo-a até o topo da porta, só que sou baixinha demais e acabo só agarrando o ar de um jeito bem esquisito. *Pelo amor de Deus, toma jeito, mulher.*

Não quero que ele pense que quero ir embora, mas Miles já deve me conhecer bem o bastante a essa altura para saber minhas manias também. Ah, mas como é esquisita e imprevisível essa tal de Barrett!

— Boa noite... então — digo.

— Boa noite, Barrett — diz ele, com palavras tão suaves quanto a luz das estrelas.

E, pela primeira vez, percebo que estou desejando que o dia de hoje não acabasse.

DIA DEZENOVE

||||‍ ||||‍ |||‍ ||||
Capítulo vinte e cinco

TODO MUNDO CHAMA A FONTE DRUMHELLER, QUE FICA no centro do campus, de Lagoa do Calouro por causa de um trote de décadas atrás que começou a tradição em que os veteranos jogam os novos alunos na água. Minha mãe jura de pé junto que viu o ocorrido em uma noite em que voltava para casa depois de um show, mas eu nunca acreditei.

Espero do outro lado da fonte, fora do prédio de ciências da computação. Com o cabelo azul reluzente, é difícil não perceber Christina. Naturalmente, seu olhar passa direto por mim.

— Você é a Christina? — pergunto, pulando do banco e me apressando para acompanhar seu ritmo.

Essa abençoada falou ontem sobre a aula de codificação que dura três horas, então levei só cinco segundos para encontrar as informações on-line. Com as sobrancelhas azuis franzidas, ela assente.

— Você manja de computador, né?

Me esforço para não fazer uma careta. Estou parecendo minha avó Ruth pedindo ajuda para instalar o Skype no computador pré-histórico dela.

Mas Christina não hesita, só para de andar e semicerra os olhos.

— Quem te contou?

— Eu, hum... ouvi pelo campus — respondo. — Preciso de ajuda. Com um problema de computador. Com uma pesquisa na internet, para ser mais específica.

Ela finalmente fica mais tranquila e parece até satisfeita por sua genialidade ser de conhecimento público.

— O que você está tentando encontrar? Eu não faço nada, tipo, ilegal.

Por um instante, me pergunto qual a diferença entre algo ilegal e algo *super*ilegal.

— Você consegue achar uma coisa que foi apagada de um site?

— Talvez. Eu ia para o prédio da orientação, mas posso ser persuadida.

Verdade. Ela tinha mencionado algo sobre esperar na fila. Já que agora são 14h30 e eu a vi no *Washingtoniano* às 16h30, deve ter sido uma fila infernal mesmo.

— Por cem dólares?

Christina sorri.

— Por que você não dá uma passadinha no meu escritório...

— Barrett — digo. — Obrigada.

Sigo-a até Odegaar, mais conhecida como a biblioteca mais feia do campus. Ela vai até um cantinho no segundo andar com tanta familiaridade que imagino que esse deve ser seu lugar de sempre.

Pego uma velha cadeira de madeira enquanto Christina tira não apenas um, mas dois notebooks da bolsa e se estica para baixo da mesa atrás de uma tomada.

— O que você está procurando? Ou quem?

— Quem. — Essa é nossa única pista, e não quero deixar pedra sobre pedra. — Uma professora que dava aula de física aqui. Ella ou Eloise Devereux. Deve ter uns sessenta anos, mais ou menos.

Enquanto ela se conecta, consigo ver seu nome de usuário e meu mundo vira de cabeça para baixo.

Christina Dearborn, de Lincoln, Nebraska. A garota que deveria ser minha colega de quarto.

— Aconteceu alguma coisa?

Será que ela consegue perceber meu coração todo descompassado?

— Não, eu... — Meneio a cabeça e rio da piada cósmica que essa situação se tornou. — Acho que éramos para ser colegas de quarto, não é?

Sua expressão muda completamente.

— Ai, meu Deus. *Barrett*. Isso! Bem que eu achei o seu nome familiar, e não deve ter muitas Barretts no campus. Foi um erro. Eu estou no segundo ano, e o Olmsted é um dormitório de calouros. Então me mudaram pro Cleary de última hora — explica ela. — Tomara que a sua nova colega de quarto tenha pelo menos metade do meu charme.

— Ah, ela é ótima.

— Que bom. Acho que era o destino a gente se encontrar de um jeito ou de outro. Engraçado como o universo funciona. — Depois, ela se concentra no notebook. — Tá. É Eloise Devereux, não é? Vamos tentar escrever de alguns jeitos diferentes. — Ela digita alguma coisa e assobia baixinho. — Você estava falando sério mesmo. Que difícil encontrar essa mulher.

Ficamos em silêncio por alguns minutos, exceto pelo som de Christina digitando e murmurando "humm" baixinho.

— Consegui achar essa página salva em cachê — diz ela, virando o notebook para que eu consiga ver a tela melhor. — Essa aqui é a sua Devereux?

Professora Ella Devereux recebe o Prêmio Estelar anual da Fundação Outro Lugar, diz o topo da página.

A matéria está no *Outro Lugar*. O site dos pais de Lucie.

Na foto, uma mulher pequena com cabelo castanho grisalho cumprimenta o casal Lamont. Há uma Lucie versão criança vestida a caráter no canto da imagem encarando diretamente a câmera. A criança parece irritada por não ser o centro das atenções.

Ai, meu Deus.

Fico sem ar. Eu sabia que tinha coisa aí. Ninguém simplesmente desaparece nos dias de hoje. Não sem uma explicação.

— Você é *mágica*, obrigada — digo, depois que Christina imprime a página.

Entrego-lhe um monte de notas de vinte que saquei no caixa eletrônico do campus mais cedo. Christina Dearborn, a garota que deveria ser minha colega de quarto, salvou minha vida. Talvez até literalmente.

— Imagina, colega — diz ela, com uma piscadela. — Fica à vontade para falar dos meus serviços por aí. Grana extra sempre é uma boa.

Prometo que vou recomendar ela e, caso a gente consiga sair daqui em algum momento, quero fazer valer minha promessa. Mas, por enquanto, envio uma mensagem para Miles, que acaba de perguntar se eu tenho alguma ideia para hoje que não envolva vingança ou assalto a banco.

> Seguindo uma pista. Te chamo dps.

E não dá para negar, que depois de ontem, passar um tempinho longe de Miles talvez seja uma boa ideia. Porque o simples nome dele na minha tela me leva à noite passada e aquele momento tenso antes de eu dar no pé.

São três e quinze quando volto ao número 908 do Olmsted, me preparando psicologicamente para me humilhar.

— Espero que você ainda goste de café gelado de avelã — digo ao entrar no quarto e oferecer o copo a ela.

Lucie está à mesa, tentando se entender com uma extensão.

— Hum, obrigada?

Fecho a porta atrás de mim e coloco o café na mesa dela. Não fui uma santa propriamente dita durante os últimos dias enquanto seguia a lista do dane-se com Miles, mas também não me esforcei para puni-la.

— Lucie. Eu sei que você não tá nada empolgada por morar comigo. Mas preciso te perguntar uma coisa.

Talvez a seriedade na minha voz a convença de que é importante, ou talvez seja mera curiosidade, porque ela fecha o notebook e se vira para me encarar.

— Lembra disso? — Pego o papel na minha bolsa e o desdobro. — Mais especificamente da mulher nessa foto?

Ela se aproxima para analisar a imagem.

— Meus pais faziam um monte dessas coisas aí antes de passar a tarefa pra um dos funcionários deles. Eu sempre morria de tédio.

— Então você não faz ideia de quem ela é?

— Não. — Sinto um aperto no coração. — Mas meu pai deve saber. Ele nunca esquece nomes.

— Sei que parece ridículo, mas eu preciso muito falar com o seu pai. E não posso explicar o porquê.

Acho difícil dar certo, mas de jeito nenhum vou conseguir entrar em contato com ele sem a ajuda de Lucie.

Ela dá uma risada alta e abre o notebook de volta.

— Por que? Para se juntar ao bando de gente que se mata pra conseguir um estágio no *Outro Lugar*?

— Credo, não — digo, enojada demais. Insultar seus pais não é o melhor jeito de cair nas graças dela. — Olha, eu até leio o site, e tem várias matérias que eu gosto. Mas não estou atrás de um estágio.

Depois disso, Lucie fica mais tranquila.

— Se você me ajudar eu... eu lavo as suas roupas por uma semana.

É uma promessa vazia, mas ela não precisa saber.

— Eu dou conta da minha própria roupa, valeu.

Paro e respiro fundo. Há outra alternativa. Algo que eu nunca achei que fosse usar.

— Lembra da última reportagem que escrevemos juntas? — pergunto.

Não faz tanto tempo assim. Foi no começo do último ano; era uma retrospectiva para o aniversário de cinquenta anos da escola em que vários de nós trabalharam. Lucie se atrapalhou na citação de algum ex-aluno, que acabou ligando para o colégio para reclamar.

Por favor, Barrett, disse ela, e se eu a encarasse com bastante ação, seria possível ter um vislumbre da antiga Lucie ali. *Se meus pais acharem que eu fiz merda não vão parar de me encher o saco.*

Então eu assumi a culpa, aceitei o olhar desapontado de nosso orientador. *Te devo uma*, disse ela. Deixei para lá, e só voltei a pensar sobre isso depois.

Chegou a hora de pagar o que me deve e, pela expressão tomando conta de seu rosto, dá para ver que ela já entendeu tudo.

— Acho que minhas aulas de hoje já acabaram... — Sua voz falha. — Só que eu teria que ir junto com você.

Dou meu sorriso mais angelical.

— Tenho um tempinho agora.

☾☾☾

— Não vai mesmo me contar por que essa professora é tão importante para você? — pergunta Lucie quando o Uber nos deixa na frente do *Outro Lugar*, um arranha-céu no centro de Bellevue.

Lá no topo fica uma placa com a logo da empresa.

— É para uma reportagem. Para o *Washingtoniano*. — Mentir é mais fácil agora. A resposta parece satisfazê-la, pelo menos. — Você fez a entrevista?

— Ah... não. Não exatamente. Na real ainda não tenho certeza se vou trabalhar lá nesse trimestre.

— Pera aí, como é que é? — Não faz sentido. — Você era a editora-chefe do *Nav* e não vai escrever para o jornal da faculdade?

Lucie fica quieta por um instante enquanto brinca com a ponta do rabo de cavalo ruivo.

— Jornalismo... sempre foi coisa dos meus pais, não minha — diz ela, por fim.

— Achei que você ia se formar em jornalismo também.

Penso em Lucie chorando nas escadas e percebo como sei pouco sobre ela.

— Acho que nós duas temos segredos — diz ela antes de tocar o interfone na entrada do prédio.

Outro Lugar é uma mistura intensa de reportagens caça-cliques e jornalismo sério. Os escritórios ficam em Seattle e em Nova York, e o casal Lamont vive viajando de um lugar para o outro. Falei sério quando comentei que não quero estagiar aqui. Quando me vejo como uma jornalista profissional, imagino um escritório que não tenha seu próprio bufê de cereais ou quadra de raquetebol. Eu encontraria meus entrevistados no local onde eles se sentissem mais confortáveis, e depois trabalharia em uma cafeteria, onde ficaria escrevendo até os baristas me mandarem embora. E eu estaria tão submersa no texto que nem perceberia que estavam prestes a fechar.

— A sala do meu pai fica no décimo segundo andar — diz Lucie, me guiando em direção ao caos: cores brilhantes, luzes mais brilhantes ainda, pessoas correndo de uma mesa para outra e tem até um cara andando de patinete. — Minha mãe foi direto pra Nova York de Santa Cruz.

Nada naquela algazarra parece impactá-la, nem mesmo quando alguns dos funcionários param o que estão fazendo e ficam em silêncio, como se Lucie tivesse alguma autoridade. Ela caminha com um tipo indiferente de confiança.

O elevador é todo de vidro e moderno, uma janela com vista para o lago Washington ocupa uma parede inteira do décimo segundo andar. O escritório fica no fim do corredor.

— Lucinha? — O pai dela sai da cadeira quando ela bate na porta. — Eu ia te ligar agorinha mesmo! Que surpresa.

Porque são quatro da tarde. É essa a ligação que ela atende todo dia.

É ele que a faz chorar na escadaria: Pete Lamont, magnata da imprensa do século XXI, milionário, que sempre figura nas listas de pessoas mais influentes do jornalismo. Eu já o havia visto em alguns eventos da escola, mas nunca fui à casa de Lucie durante nossa curta amizade, então é a primeira vez que o encontro assim tão de perto. Ele tem um bigode e aqueles mesmos olhos azuis como o mar por trás dos óculos de armação grossa. De jeans e com uma camisa de botões por cima de uma camiseta que diz PIQUENIQUE DA OUTRO LUGAR, 2007, ele está vestido mais casualmente do que eu achei que um magnata da imprensa se vestiria.

— Uma surpresa boa, eu espero — diz ela, e quando ele sorri, consigo entender como foi que encantou centenas de investidores e outras pessoas importantes no decorrer dos anos.

Seus dentes praticamente cintilam.

— O que a traz aqui? Mudou de ideia sobre aquele estágio?

— Não exatamente.

Seu pai resmunga.

— Sabe quanta gente morreria por uma oportunidade dessas?

— Talvez eu não tenha um instinto assassino — responde Lucie, baixinho e com as bochechas coradas. Dá para perceber que é o tipo de conversa que ninguém quer ter com um dos pais na frente de uma ex-amiga/ atual nêmesis. Ela pigarreia e ajeita a postura. — Pai. Essa é a Barrett Bloom, lá da Islan., ela também estava no jornal.

Não sei bem o que esse sujeito ouviu a meu respeito ao longo dos anos, mas sua postura é puramente profissional ao estender a mão.

— O que posso fazer por você, Barrett Bloom da Island? Senta, fica à vontade.

Lucie e eu ocupamos as duas cadeiras à frente da mesa.

— Estou fazendo umas pesquisas para uma matéria sobre os professores importantes na história da UW — digo, enquanto desdobro a reportagem que tiro da mochila. — Encontrei isso aqui na internet, mas não achei nenhuma informação a respeito dela. O que é bem bizarro na... o senhor sabe, na era da internet.

Mais uma vez, pareço um idoso usando o computador pela primeira vez. Eu não deveria ter o direito de falar sobre tecnologia.

Ele pega o papel e seus olhos se iluminam ao reconhecer o texto.

— Eu lembro disso. Dra. Devereux... essa aí não tinha medo de nada. Vivia chamando atenção.

— É o que todo mundo diz. Ou melhor, pelo menos foi o que as duas pessoas que aceitaram falar comigo sobre ela disseram.

— Se me lembro bem, ela fez alguns inimigos no departamento. A matéria que ela lecionava causou certa controvérsia. Você não conseguiu achar mais nada na internet? — Ele se vira para o notebook para, eu imagino, fazer uma pesquisa rápida. Um vinco aparece entre suas sobrancelhas. — Hum. Tenho certeza de que a gente tinha algumas matérias sobre ela, fazemos para todos os nossos Estelares. São pessoas proeminentes das artes e das ciências que escolhemos honrar todo ano.

— O senhor sabe o que pode ter acontecido com ela?

Seu comportamento alegre oscila.

— Infelizmente, não, Barrett Bloom. Mas bem que eu queria. — Será que repetir o primeiro e o último nome é um truque para se lembrar do nome das pessoas durante uma conversa? — Não nos falamos desde que... bom, provavelmente desde que essa matéria foi ao ar. Por outro lado, nossa fundação faz questão de ver como andam todos os nossos Estelares ao longo dos anos, então posso perguntar por aí para você. E com certeza vou falar com nossos técnicos a respeito dessas reportagens.

Meu coração se aperta. Provavelmente, ele não vai conseguir me dar um retorno até o fim do dia, e amanhã não vai restar nenhuma lembrança dessa conversa.

— Seria ótimo — digo, tentando soar animada. — Obrigada.

O sr. Lamont se vira para Lucie.

— Tudo certo com as aulas até agora?

— Parecem tranquilas — responde ela. E então, com as mãos entrelaçadas na barra do suéter, acrescenta: — Mas... tenho uma audição amanhã para aquele grupo de que eu te falei.

Com isso, seu pai franze o cenho.

— O grupo de dança? Já falamos sobre isso. Nada de atividades extracurriculares não acadêmicas no primeiro ano. Nada que te distraia dos estudos. Quem sabe a gente volte a conversar depois que você decidir no que quer se formar.

— Jornalismo — diz ela, categoricamente.

Ele a encara com um sorrisinho tenso.

— E o que mais seria?

— Muita gente estuda dança. E depois têm carreiras bem-sucedidas em vários campos diferentes.

De repente, uma lembrança vem à tona: dois anos atrás, Lucie fez uma apresentação na assembleia de artes de Island em que dançou uma coreografia autoral. Já não estávamos nos falando naquela época, mas eu fiquei impressionada mesmo assim. E lembro de ouvi-la mencionar aulas de dança quando éramos amigas no ensino fundamental, mas, por muito tempo, sempre a associei apenas com jornalismo.

Na real ainda não tenho certeza se vou trabalhar lá nesse trimestre. Jornalismo... sempre foi coisa dos meus pais, não minha

Sr. Lamont vira aqueles olhos azuis perspicazes para mim.

— No que você vai se formar, Barrett Bloom?

— Jornalismo — responder me faz querer morrer. Estou com os dentes cerrados, e consigo ver Lucie apenas de soslaio. Eu devia ter mentido.

— Eu sei que consigo dar conta junto com o resto das aulas.

Ela está menor agora, com os ombros curvados para dentro da cadeira.

— Lucie. A resposta é não. — E então, ele volta a vestir a máscara de CEO. — Foi um prazer conhecer você, Barrett Bloom. Boa sorte com a reportagem.

ʊʊʊ

— Sinto muito — digo na viagem de volta para casa. — Pelo lance com o seu pai. Espero que...

— Está tudo bem. — Lucie encara as unhas e descasca o esmalte preto.

— Não precisa ser assim. Sei que a gente não... não sei o que a gente é. Mas juro que a última coisa que eu quero é te julgar.

Ela parece pensar sobre o assunto, mas não tira os olhos das mãos.

— É só que... eu já tinha tudo ensaiado para a audição. Você não deve lembrar da minha apresentação no segundo ano...

— Lembro, sim — digo, e fico surpresa comigo mesma.

— Ah. — Ela com certeza não esperava essa resposta. — Bom... eu dei uma atualizada, tá mais complexa agora. Mas foi daquilo que eu parti. Talvez seja besteira ter passado tanto tempo aprimorando uma coreografia só, mas não é fácil saber quando a gente *conclui* alguma coisa, entende?

— Já me senti assim com algumas matérias antes.

— Acho que eu nunca me senti assim. Não com o jornalismo, pelo menos. — Ela dá um meio sorriso irônico. — Já sei o que você vai dizer. Ai, coitada da riquinha, né?

Meneio a cabeça, ainda tentando absorver tudo. Não apenas o fato de Lucie estar triste, mas o fato de compartilhar este sentimento *comigo*.

— Você não gosta de escrever? Ou de editar?

— Não é que eu não goste. Mas é que tem uma diferença entre gostar de alguma coisa e querer passar o resto da vida nela. E eu sei que seria muito difícil. Que eu teria que me esforçar de um jeito que não seria necessário se eu só fizesse o que eles querem, sabe. Mas acontece que eu *quero* me esforçar. — Seu rosto assume uma feição mais sonhadora e seus olhos são tomados por um novo fervor. — Esse grupo de dança moderna... eles são *maravilhosos*, *avant-garde*, e sempre usam uns figurinos meio perturbadores que eu adoro, sabe? Tipo... olha aqui. — Ela pega o celular e abre o navegador até encontrar a imagem desejada. Dançarinos vestidos de verde-escuro com longas caudas de dragão e o cabelo torcido em penteados elaborados. — Começaram no ano passado na UW. Mesmo que meus pais não me deixem estudar dança, pensei que ensaiar com eles poderia ser um jeito de eu não ficar enferrujada. Eu arranjaria um emprego de meio período e tentaria pagar a mensalidade. E depois quem sabe... quem sabe eu consiga estudar o que realmente quero.

Tento conectar isso com o que sei sobre Lucie. Com todas as vezes que ela batia o pé seguindo o ritmo da música que estivesse tocando na sala de redação, ou quando colocava AirPods e tamborilava os dedos na mesa enquanto editava uma matéria. Lucie Lamont, uma dançarina moderna.

— Teria que ser um trabalho de meio período com um salário bom para cacete, hein — digo, e ela chega a se encolher.

— Vou fazer umas entrevistas em alguns restaurantes amanhã.

— Ah. Que bom.

Tento imaginar Lucie trabalhando no bufê livre de massas, dizendo que não posso levar nenhum prato para fora do refeitório. Vivendo o dia de hoje dezenove vezes, desolada de novo e de novo e de novo, sem a mínima noção de que já passou por isso antes. Dezenove vezes, e eu nunca me dei conta.

— Meu pais sempre acharam que eu ia seguir os passos deles e assumir o comando da *Outro Lugar* algum dia. — Ela olha pela janela enquanto pegamos o desvio que leva à UW. — Juro, pensei que fosse ser diferente na faculdade. Sou grata por tudo o que os dois fazem e por trabalharem tanto. Mas eles querem que eu seja o clone perfeito deles, e às vezes é meio... sufocante.

— E os seus amigos?

Uma risada zombeteira.

— Meus amigos? Os que foram pra universidade estadual e me esqueceram ou os que me pediram pra mexer os pauzinhos e arranjar estágio para eles na *Outro Lugar* e pararam de responder minhas mensagens quando eu disse que não?

No ensino médio, Lucie vivia cercada de gente. Parecia sempre feliz. Enquanto isso, a coisa mais próxima que tive de uma amizade foi quando entrevistei uma garota sobre o clube de robótica, convidei-a para dar uma volta e ela perguntou "para uma reportagem?" e eu menti que sim.

Talvez Lucie e eu tenhamos mais em comum do que pensei.

— Nem sei por que estou te contando tudo isso.

— Porque sou uma ótima ouvinte que nunca julga ou faz piadinhas inapropriadas? — comento.

Ela ignora a brincadeira e continua:

— A princípio, achei que eu poderia fazer as duas faculdades ao mesmo tempo e que eles ficariam de boa com isso. Mas daí acabou virando só uma matéria optativa e, no fim das contas, uma *única aula extracurricular*, mas nem assim eles deixaram. Não importa quantas vezes eu garanta que dou conta, que eu consigo, meus pais não querem eu faça nada que vá me distrair do que *eles* querem.

— É péssimo da parte deles — digo, com toda a sinceridade. — Sinto muito.

Ela assente e então fica em silêncio por um instante.

— Barrett. Eu tentei impedir, sabe? Ano passado.

Todo o meu corpo fica tenso.

— Você... o quê?

— Depois do baile — explica Lucie, e o embrulho no meu estômago toma conta. — Cole e o resto daqueles escrotos. Falei para ele parar de ser um filha da puta.

— Eu... — Fico simplesmente ali, sentada, com a boca entreaberta e incapaz de acreditar no que estou ouvindo. Metade do meu corpo está aqui, mas a outra metade está de volta à Island, vendo as flores na minha mesa e sentindo o nó na garganta. — Por quê? — É tudo o que consigo dizer.

— Sei que não fui a melhor pessoa do mundo com você depois daquela reportagem. E o Blaine acabou sendo... bom, meio babaca. O Cole não foi muito melhor. Eu odiava ir na casa dos dois porque ele vivia me olhando e o Blaine só dizia que eu estava imaginando coisa.

— Sinto muito — digo automaticamente.

Mesmo com um embrulho no estômago, não importa como eu me sinta a respeito de Lucie; ela não merecia isso.

— Mas eu podia ter me esforçado mais. Sinto muito também. Sinto muito pelo que aconteceu. Não era para ter sido assim, não mesmo.

— Não fomos a melhor versão de nós mesmas no ensino médio — digo, por fim.

Ela me encara e eu vejo um suave lampejo de compreensão em seus olhos.

— Não. Não fomos.

No começo do dia, Lucie era apenas alguém útil. Mas agora que estou tentando compreendê-la, percebo que tudo o que pensei que sabia a seu respeito era superficial. Aqueles bagels e balões que eu achei que fossem consertar nossa relação... não tinham significado nenhum.

Ainda não sei ao certo como curar nossas feridas, a mágoa que o ensino médio causou em nós e que causamos uma na outra. Não é algo que dê para resolver com uma única conversa. Leva tempo.

A única coisa que não temos.

— Preciso ir na livraria — diz Lucie quando o Uber para no Olmsted. — Mas vou a uma festa de fraternidade hoje à noite. Quer vir também?

— Já tenho compromisso — digo, e me sinto só um pouquinho culpada. Anos atrás, eu estaria disposta a matar por um convite desses.

— A gente se vê, então.

— Eu sei onde você mora. — Era para parecer uma piada, mas, vindo de mim, parece que estou prestes a cortar seu corpo em pedacinhos e oferecer um banquete para os esquilos do campus. — Mas não de um jeito assustador.

O pior de tudo é que, por mais terrível que Lucie tenha sido comigo no passado, parte de mim acredita que ainda podemos ser amigas algum dia. Não tenho certeza de quando, e não sei como essa amizade seria, mas se existe uma coisa que sou capaz de reconhecer é solidão.

E me dói o coração o fato de que, não importa quanto tenhamos progredido, tudo vai ser apagado amanhã.

DIA VINTE E UM

~~НН~~ ~~НН~~ ~~НН~~ ~~НН~~ I

Capítulo vinte e seis

— ESSA AQUI IA FICAR BONITINHA EM VOCÊ — DIGO, virando uma página e apontando para a foto de um cara com uma cebola tatuada no sovaco. Estamos sentados em um sofá de couro maltrapilho de um estúdio de tatuagem em Capitol Hill. — Ou quem sabe... um Art Garfunkel enorme. Bem no meio do peito. — Simon & Garfunkel, não. *Só* Garfunkel. Algo caótico para caramba e que, para ser sincera, merece meu respeito. — Você acha que consegue sustentar uma tatuagem dessas?

Miles me dá aquele olhar típico de *você me deixa exausto*.

— O que eu acho é que vou me arrepender demais.

Na semana passada, tivemos, do jeito que deu, os melhores dias de nossa vida (pelo menos de acordo com os limitados recursos disponíveis para dois calouros de dezoito anos de idade). Ontem, na tentativa de reunir o melhor da experiência universitária em único dia, juntamos o maior número de pessoas que conseguimos no pátio e tentamos quebrar o recorde mundial de passes de frisbee; e foi por pouco que não conseguimos. Bati de cabeça em uma árvore quando tentei aprender *slackline*. Fomos ao centro, andamos na roda-gigante por horas e experimentamos cada degustação do mercado público. Compramos um Porsche de um vendedor muito desconfiado, e Miles me ensinou a dirigir no câmbio manual e nenhum de nós assassinou o outro.

Faz três semanas que estou presa (Miles muito mais), e sou obrigada a admitir que toda essa empolgação está começando a ficar meio exaustiva. Não importa o que façamos, eu sempre acordo com a voz de Lucie. Sempre recebo uma mensagem da minha mãe às 7h30 e aquele skatista sempre atropela o grupo de dançarinos de swing às 15h50. De novo e de novo e de novo.

— Acho que a gente se decidiu — digo depois de uns vinte minutos enquanto levo a pasta até o balcão.

Ultimamente, comecei a sentir que entramos no automático com essa história de viver intensamente. Não vou mentir: parte de mim espera que a gente acorde amanhã muito aliviada e com tatuagens deploráveis.

— Consigo atender os dois agora — diz a artista. — É tatuagem de casal?

Eu a encaro com minha expressão de cachorrinho sem dono enquanto sinto meu estômago fazendo algo esquisito que não sei o que é. Uma agitação nervosa, como se talvez o Luxo de Ovo tenha sido uma má escolha hoje de manhã.

— Aham. E nossa confiança é tão grande que queremos deixar o outro escolher o desenho.

— Nossa, que romântico — diz ela em um tom nada empolgado, como se eu tivesse acabado de contar que vamos almoçar algum resto de comida que achamos na calçada lá fora.

Miles aponta para um *flash* na pasta que não consigo ver.

— Vai ser esse aqui para ela — diz ele, e então avança algumas páginas. — Com isso aqui em cima.

— E eu fiz meu próprio desenho para ele. Se não tiver problema.

Entrego um pedaço de papel. Eu não sou nada talentosa. Mal posso esperar.

A tatuadora, uma mulher com cabelo roxo curtinho e braços cobertos por tatuagens, se apresenta como Gemini e nos guia para uma salinha privada. Me ofereço para ir primeiro, já que Miles está meio pálido.

— A sua vai ser no antebraço — diz ele, sentado a alguns metros da cadeira em que vou ser tatuada. — Porque dizem que dói menos, e eu sou uma *ótima pessoa*.

— E a sua vai ser em um lugar muito secreto e bem especial.

Mas estou aliviada por ele não ter escolhido algum espaço em que eu teria que mostrar os pneuzinhos das minhas costas ou a circunferência da minha barriga. Mas esse alívio logo vira preocupação. E se ele escolheu meu antebraço porque prefere não olhar para outras partes do meu corpo?

Gemini prepara a área, esfrega álcool e depois passa a gilete.

— Não olha — diz Miles.

Há mais satisfação em seu rosto agora. Um brilho nos olhos. De uma vez só, todos os sentimentos daquela noite no quarto dele voltam e fazem minhas bochechas ficarem quentes. Foi sem querer que seu pé tocou o meu. E aquele momento em que seu olhar se demorou em mim (e quando o meu se demorou nele) não significou nada.

Ainda bem que, quando a máquina começa a funcionar, todos esses sentimentos são banidos para os confins da minha mente. A dor não é tão latente quanto eu tinha imaginado, mas ainda faço uma careta enquanto Gemini trabalha.

— Prontinho — diz ela cerca de uma hora depois.

Olho para baixo e caio na risada.

É um palitinho de muçarela antropomorfizado, o que só fica evidente pelo pratinho de marinara ao lado. O aperitivo tem braços, pernas, pontinhos que representam os olhos e está usando uma capa.

A questão é que, mesmo com o molho, não se parece em nada com um palitinho de muçarela.

Está mais para um pênis que combate o crime.

— Fã de palitinhos de muçarela? — pergunta a tatuadora.

— A maior fã do mundo — digo, balançando a cabeça enquanto olho para Miles, que, pelo visto, não poderia estar mais empolgado.

— Ficou perfeita em você — diz ele, o que não é o mesmo de *você está perfeita* ou *eu ficaria perfeito com você*, mas mesmo assim. *Ain.*

Enquanto a tatuadora limpa, não consigo parar de encarar a tinta fresca. Mesmo que desapareça amanhã, mesmo que seja a última coisa que eu teria escolhido, há algo de poético nesse desenho. Foi feito para ser permanente, mas olha a gente aqui, fazendo tatuagens justamente porque serão temporárias.

— Onde é que a gente vai riscar essa aqui? — pergunta Gemini, pronta para Miles.

Me viro e dou um tapinha no meu cóccix, logo acima do cinto.

Miles resmunga.

— Eu devia ter imaginado — diz ele, meio que resmungando, mas, para minha surpresa, não reclama no caminho até a cadeira. — Você só queria me ver sem camisa de novo — comenta de forma inexpressiva enquanto tira a camisa e a coloca no assento ao meu lado.

É algo tão inesperado, vindo de quem vem, que sou obrigada a segurar uma risadinha.

Tento não olhar para seu tronco. E consigo, mas então Gemini ajusta a cadeira e ele se ajeita de barriga para baixo, o que me dá uma visão completa de suas costas. Dos ombros largos que ficam escondidos debaixo da camisa de flanela, da longa coluna que faz uma leve curva para cima antes de desaparecer para dentro dos jeans. É uma paisagem macia de músculos e pele bronzeada de sol. E... mas que porra? Não devia ser mais *difícil* do que ver o tronco.

São só costas. O cóccix, ainda por cima. Uma parte do corpo completamente não sensual e nada sexual...

... só que então me lembro do que Miles falou sobre *fazer amor* com alguém, algo que eu com certeza preciso parar de pensar a respeito, assim como o fato de que ele talvez ficasse nessa posição durante a hora do vamos ver.

Preciso controlar meus hormônios.

Gemini começa a trabalhar no decalque enquanto eu contemplo a possibilidade de tatuar SE ACALMA, PORRA na testa, e quando ela segura o espelho para que Miles possa dar uma olhada, porque eu estou tonta demais para esperar até o fim, ele fica de boca aberta.

— Você mandou escrever "propriedade de Barrett Bloom" na minha bunda?

— Tecnicamente, é no cóccix — digo. — Mas sim. Coloquei mesmo. Amou? A fonte é linda, e as pétalas de rosa ficaram... — Beijo os dedos.

— Se a gente acordar na quinta-feira, espero que você esteja pronta para pagar as minhas sessões de laser pra remover esse negócio, junto com toda a terapia que eu vou precisar para me recuperar dessa experiência traumática.

Gemini liga a máquina. Essa tatuadora abençoada continua não prestando atenção na nossa conversa. De vez em quando, Miles começa a respirar rápido e os músculos de suas costas ficam tensos. Fico aliviada quando seu celular toca no bolso de sua jaqueta, que está no encosto da minha cadeira.

— É o seu irmão. De novo — digo, pegando o aparelho, mesmo que ele já saiba. — Vai mesmo continuar ignorando o coitado?

— Já atendi dezenas de vezes — diz Miles entre dentes enquanto Gemini passa as agulhas.

— E mesmo assim não me contou praticamente nenhum detalhe dessa ligação. — O telefone continua vibrando em minhas mãos. — E se for a resposta para...

Com os olhos sérios, Miles levanta a cabeça.

— Quer saber mesmo por que ele está ligando? — Não há raiva em sua voz, mas uma dureza com a qual não estou acostumada. Ele gesticula para que eu me aproxime e segure o telefone em sua orelha. — Alô. — Dá para ouvir seu irmão sobre o zumbido da máquina de Gemini. — Eu... eu sei. Não, não esqueci... é. Beleza. Consigo chegar aí em uma hora.

Pego o celular de volta e Miles vira a cabeça para encarar a tatuadora.

— Me desculpa, mas temos que vazar.

— Tem certeza? — pergunta ela. — Porque tem só metade de uma flor e PROPRIEDADE DE BAR.

Se ele não parecesse tão distraído agora, eu riria.

— Para onde a gente vai? — pergunto.

Ele faz uma careta enquanto Gemini coloca um curativo em em seu cóccix.

— Vamos buscar meu irmão na reabilitação.

Capítulo vinte e sete

MAX KASHER-OKAMOTO NÃO É NADA COMO EU ESPERAva, mas, já que Miles não falou praticamente nada sobre ele, talvez eu devesse ter me preparado para qualquer coisa.

Max tem pelo menos 1,80 e impõe toda essa altura com uma confiança que chega a ser quase egocêntrica. Nada de abaixar os ombros ou ficar corcunda, apenas imponência. Ele usa brincos nas orelhas e há uma tatuagem atrás de cada, uma espiral de tinta preta que não consigo identificar direito. Com jeans escuros, uma jaqueta puída também jeans e tênis vintage, Max parece que poderia ser o quinto membro dos Ramones. Se Miles, de vez em quando e sob ângulos bem específicos, chega a ser quase atraente, Max é sem dúvida um gostoso.

Max e Miles. Seria adorável se a situação não fosse tão séria.

— A Thousand Miles — diz Max, de braços abertos, e certo, o apelido inspirado naquela música de *As branquelas* com certeza é fofo. — Que bom que você resolveu aparecer.

Miles o abraça.

— Foi mal. A gente estava meio... ocupado.

— É brincadeira. Que bom que você veio. Sério. — Max sai do abraço e ergue uma sobrancelha para mim. — E oi pra você também, estranha gatinha.

Não sei quem fica mais corado, eu ou Miles.

— Essa é a Barrett — diz ele. — Barrett, Max. Ela é uma amiga da faculdade.

No caminho até aqui, Miles explicou com uma voz calma e tranquila que hoje é o último dia do tratamento de seu irmão. Não quis ser enxerida e também não sabia o que perguntar. *Reabilitação* podia significar uma centena de coisas diferentes.

Mas cá estamos, em frente à ala de recuperação para dependentes químicos do hospital de Ballar.

— Barrett. É um prazer te conhecer. — Max passa a mão pelo cabelo que vai até quase os ombros. — Estou cheio de fome. Ando sonhando com hambúrgueres da Zippy, para vocês verem a saudade que eu senti. Será que dá para a gente passar lá no caminho para casa?

Casa.

— Aham.

Max cutuca o irmão com o cotovelo.

— E a sua namorada pode vir também.

Os lóbulos das orelhas de Miles ficam vermelhas.

— A gente... a gente não...

Max começa a rir.

— Não consegui me segurar — diz ele, com uma gargalhada rouca que me faz pensar se essa brincadeira toda é porque não sou uma namorada digna ou porque ele sabe de toda a experiência de Miles com garotas.

Deixo Max pegar o assento do carona ao lado do irmão, e ele coça o rosto quando ouve a estação de rádio tocando os maiores hits dos anos 1990, 1980 e atuais.

— É isso aqui que vocês estavam ouvindo?

— O carro é alugado — responde Miles, com os olhos firmes na estrada.

De repente, ele voltou a ser aquele cara rígido e sério de quando o conheci.

Max tamborila os dedos no painel enquanto mexe no rádio até perceber que não há como conectar seu celular. É impossível não perceber as diferenças entre os dois. Ambos são inquietos, não sossegam o facho por um segundo sequer, mas a postura de Max é menos tensa. Ele parece ficar confortável imediatamente, enquanto Miles nunca relaxa. Em um intervalo de dez minutos, seu rosto passou umas cem expressões a mais do que o de seu irmão mais novo faz diariamente.

— Nunca fui na Zippy — comento, tentando dar uma animada no clima.

Max se vira no assento para me encarar.

— Você vai adorar. Eles têm um molho especial que é a melhor coisa que eu já comi. Vendiam garrafas dele, mas nunca sobrava nada no estoque.

Zippy é uma hamburgueria à moda antiga com mesas cobertas por toalhas xadrez vermelhas e um jukebox no canto. Depois de fazermos o pedido e nos sentarmos, Miles começa a relaxar e seus ombros param de tocar as orelhas. Mas, ainda assim, durante o tempo que passamos aqui, não consigo parar de pensar no motivo de os pais deles não terem vindo.

— Lembra quando a gente tentou construir uma réplica do Space Needle com batata frita? — pergunta Max, gesticulando com o milk-shake de chocolate. — Foi bem aqui. Nessa mesa.

À minha frente, Miles se permite abrir um sorriso, uma rachadura bem-vinda em seu exterior.

— A gente dizia que precisava ir ao banheiro e voltava com mais um copinho de molho para colar as batatas. A mamãe e o papai ficaram putos.

— Achei que eles nunca mais fossem deixar a gente comer batata frita. Tomo um pouco do meu milk-shake de morango.

— Não consigo imaginar o Miles fazendo algo assim.

— Esse carinha? O Miles era pura encrenca antigamente.

Max dá uma cutucada no ombro do irmão, e Miles quase reluz com a atenção.

E é ali, naquele momento, que vejo um fragmento do que a relação dos dois talvez tenha sido no passado. Um garoto que idolatrava o irmão.

A comida chega, e é cem por cento verdade, o molho especial é uma mistura perfeita de doce e picante, tão gostoso que tenho vontade de mergulhar nele. Só que Max não está comendo ainda. Em **vez disso**, fica me encarando com o cenho meio franzido.

— Que é? — pergunto, preocupada que tenha molho especial no meu rosto.

— Nada. — Sua boca se curva em um sorriso. — Só estou tentando entender como foi que isso aqui rolou.

Ele move o dedo indicador entre nós dois, agora bancando o irmão mais velho vergonha-alheia da cabeça aos pés.

Miles ficou tão vermelho que seria capaz de incinerar o próprio hambúrguer.

— Como eu disse, a gente não...

— Epa, epa, epa, não precisa colocar a carroça na frente dos bois. Eu quis dizer essa *amizade* — diz Max, e dá uma piscadela exagerada para mim.

— A gente faz física junto, e moramos no mesmo dormitório — explico.

— A aula da mamãe?

Miles assente. E então, um olhar de preocupação genuína passa pelo rosto de Max.

— Você acha que... vai ser de boa lá em casa com eles?

— Espero que sim. — Miles dá uma mordida delicada no hambúrguer.

— Eles vão ficar felizes por você ter voltado. Sério.

— Tão felizes que nem se deram ao trabalho de me buscar.

— É difícil para eles. Você sabe.

Max fica quieto por um instante, brincando distraído com a embalagem do canudo.

— Sei.

Miles estica a mão por cima da mesa e encosta no braço do irmão.

— Estou muito feliz por você estar aqui... muito orgulhoso.

Meu coração dilata tanto que já nem sei mais como é possível que continue dentro do meu peito.

— Significa muito. Não foi fácil, e eu só... valeu. — Então, Max pigarreia e me dirige um sorriso arteiro. — Quem quer mais batata?

Quando terminamos de comer, Miles nos leva até sua casa, uma residência azul-escura no estilo Tudor em uma rua pitoresca de West Seattle.

Sigo-o para dentro, cautelosa. A casa é duas vezes maior que a minha e ainda mais espaçosa por dentro, com chão de taco polido e janelas enormes que permitem a entrada de luz natural. A decoração reflete graciosamente os dois lados da família, com uma bela pintura japonesa em seda em uma parede e, logo ao lado, uma placa de prata que diz TIKKUN OLAM em hebreu com a ilustração de uma árvore da vida.

Miles olha à frente para um retrato da família que deve ter sido tirado há uns cinco anos. É uma daquelas fotos que sempre achei meio cafonas, em que todos vestem a mesma coisa (nesse caso, jeans e camisas de botão). Foi tirada em Alki Beach, e o cabelo da dra. Okamoto, esvoaçante ao vento, está maior, indo até depois dos ombros. Ela está de mãos dadas com o marido. Miles, na versão esquisitinha pré-adolescente, com orelhas grandes demais para o resto do corpo, olha com adoração para o irmão, que encara a enseada de Puget. De algum jeito, não é nenhum pouco cafona.

Max, na cozinha, abre a geladeira e pega uma lata de Sprite. Quando me oferece uma, meneio a cabeça.

— Por quanto você ficou... — paro, incerta de como abordar o assunto.

— Na reabilitação? Não tem problema, pode falar. — Ele abre o refrigerante e se encosta na ilha de mármore. — Noventa dias. Perdi todo o verão de Seattle. E, caramba, perdi todas as piadas da mamãe sobre física e a comida do papai. — E então, Miles chega. — E os filmes ultrapassados que o Miles tanto ama, se bem que agora é o colega de quarto dele que vai ter que se virar com isso.

— Você deve ter ficado arrasado — responde Miles, sério.

Max toca o peito.

— Demais.

Miles olha ao redor da cozinha e alonga os braços. Há uma ligeira oscilação em sua voz quando diz:

— Então... é isso.

Percebo que ele está nervoso com a ideia de deixar Max sozinho, e não consigo nem imaginar como deve ser ter que decidir se vai buscá-lo amanhã de novo.

A decisão que ele anda tomando por quase três meses.

— O papai já está vindo — diz Max. — Acabou de mandar mensagem. Já quero ir deitar, então pode ir se quiser. Não precisa bancar a babá.

— Certeza?

Max faz um gesto de "deixa para lá".

— A gente vai jantar em família no fim de semana, né?

— Com certeza. — Miles voltou com os tiques nervosos e está mexendo na gola da camisa de flanela xadrez. É um milagre suas roupas não serem todas amassadas.

— Ei, Miles to Go Before I Sleep. Vai ficar tudo bem.

Agora Miles dá uma risada.

— Acho que com essa música não ficou tão bom. Muito comprido.

— Não ficou, né? Tentei algo novo. Me interessei muito por poesia nesse meio-tempo.

— Continua tentando, Velocidade MÁXIMA.

Max dá o maior sorriso até o momento. Os apelidos estão acabando comigo.

— Se divirtam. Não façam nada que eu não faria. — Ele olha para mim. — Fiquei com uma dúvida até agora... é um pau tatuado no seu braço?

— É — respondo.

E, ao mesmo tempo, Miles exclama:

— Não.

— Demais. — E então, antes de fechar a porta. — Ah, e caso a gente não se veja amanhã... feliz aniversário.

ꕤꕤꕤ

Depois de apenas cinco minutos em silêncio no carro alugado, Miles encosta.

— Desculpa, só preciso de um momento — diz ele, enquanto nos leva para uma rua menos movimentada e desliga o motor em frente a um rododendro com folhagens para todo lado. É visível que ele estava segurando as emoções desde que chegamos ao hospital.

Não dá para saber ao certo como será quando (se) a represa estourar.

— Desculpa — digo, em parte para preencher o silêncio, mas também porque a culpa é minha por pressioná-lo a atender o telefone.

— Não tem nada pelo que se desculpar — diz ele ao volante, com os ombros rígidos como sempre.

Se eu estendesse a mão e o tocasse, seu corpo ficaria firme como um tijolo.

— O Max é... dependente químico?

Devagar, Miles assente enquanto passa a ponta de um dedo para a frente e para trás ao longo de um fio solto na costura do volante. Estou prestes a dizer que, se ele não quiser, não precisamos conversar sobre isso, mas então ele engole em seco antes de abrir a boca de novo.

— A gente era bem próximo na infância. Eu era obcecado por ele, queria usar as mesmas roupas, fazer as mesmas coisas. Ele sempre me levava para sair junto com os amigos. Eu nunca fui o irmãozinho irritante. Max era o centro das atenções, a personificação de "quanto mais, melhor". Não importava quanta gente estivesse por perto, nunca era demais, e todo mundo ficava meio apaixonado por ele.

— Dá para imaginar — digo.

Miles toca na cicatriz em formato de lua crescente logo abaixo do olho esquerdo.

— Isso aqui aconteceu quando éramos crianças. Descemos aquela colina enorme de trenó, então bati com tudo em uma árvore e uns galhos me arranharam. Max se sentiu tão mal que levou o café da manhã na cama para mim durante três semanas. Ele também... não tinha as melhores notas, mas quando se dedicava a algo, simplesmente ia *até o fim*. Quando tinha treze anos, decidiu que queria aprender japonês sozinho antes de irmos visitar a família da mamãe no verão. Durante seis meses antes da viagem, ele mergulhou de cabeça nisso, e quando conversou com nossos avós, tios e tias, todos comentaram como seu japonês era maravilhoso.

"Eu tava na sétima série quando ele começou a usar. — Miles dá um suspiro longo e trêmulo, como se a memória causasse dor física. E talvez cause mesmo. — Acho que demorou um ano para nossos pais descobrirem. De cara, eu não entendia nada. A gente tinha participado de todos os programas antidroga na escola, e eu não sabia nem como as pessoas tinham *acesso* às drogas. Parecia coisa de outro mundo. — Ele me olha pela primeira vez desde que começou a falar, e há tanta mágoa por trás de seus olhos que é difícil acreditar que não tenha transbordado até agora. Imagina ter que carregar isso nas costas todo dia. — Essa foi a terceira vez dele na reabilitação. Ele sempre volta a usar, e eu quero muito que seja diferente, quero tanto que... que esse desejo parece uma parte do meu corpo. Me ofereci para ir buscar ele porque meus pais estão trabalhando e por acaso era o primeiro dia de aula e eu só... queria facilitar para todo mundo, eu acho.

Todo mundo menos para ele mesmo.

Ele voltou a cutucar o volante.

— Miles. Eu sinto muito.

Sinto muito parece leve demais para essa situação. Minha garganta está seca, estou sentindo um aperto no peito, só queria conseguir oferecer algo melhor do que *sinto muito*. Volto a pensar naquele retrato da família na praia. Será que naquela época já tinha começado ou foi depois?

— Já atendi pelo menos umas doze vezes, mas acho que já fazia quase um mês. Eu o amo. De verdade. E quero mais do que tudo que ele melhore. Sempre que não dou carona, me odeio um pouquinho. Fico me perguntando para quem ele liga, se é para um dos amigos de antes e se vai se entregar aos velhos hábitos.

— Para com isso — digo, gentil, mas com firmeza também. — Não tem como você fazer isso setenta e sei lá quantas vezes.

Miles não consegue evitar e me corrige.

— Setenta e nove já. — Qualquer indício de superioridade desaparece. — E sempre fico de coração partido. Quando eu vou. Quando não vou. Sempre que meu celular toca. Sempre que eu ignoro. Sempre que eu atendo. Toda vez... é um pedacinho do meu coração que se parte. — Sua voz falha e, quando ele volta a falar, é um sussurro. — Até me surpreende que ainda tenha alguma parte sobrando.

Meu Deus do céu. Minha vontade é enrolar esse garoto em papel celofane, e depois enrolar o celofane em um lençol para que seu coração nunca mais se parta.

Sempre fico de coração partido. Quatro palavras que nunca imaginei Miles Kasher-Okamoto dizendo. Sério, é surreal passar ~~um único dia~~ semanas com alguém e ainda assim mal conhecê-lo.

— Tem sim — digo, e me viro para encará-lo de verdade. Preciso que ele saiba que isso é importante para mim, que significa muito ele se abrir. Que vou cuidar de seu coração. — Se não sobrasse mais nada, você não estaria aqui. Ou já teria me abandonado há muito tempo.

Miles deixa um sorrisinho escapar, um daqueles sutis, mas que deve ser um bom sinal.

— Não. Eu... fico feliz que você esteja aqui. Às vezes, me pego pensando que... se eu nunca sair da cela, nunca vou precisar saber se ele voltou a usar. Ele vai estar sempre bem.

— Não vou fingir que sei como é, porque não sei. Mas quero que você saiba que sinto muito mesmo. E caso queira conversar mais sobre isso, ou menos, ou então deixar para lá... sou toda ouvidos.

— Valeu. — Um instante de silêncio, e tenho a impressão de que ele vai dizer que não quer mais tocar no assunto. Que é melhor deixarmos para lá. Mas então: — Quero me sentir bem com ele. Não quero agir todo esquisito, tenso, ou como se ele fosse frágil. Posso não ter demonstrado muito bem hoje. Mas é que eu não queria que você me visse daquele jeito.

Ele desvia os olhos quando diz isso, e a timidez em sua voz parece, de algum jeito, familiar e desconhecida ao mesmo tempo.

— Não vou te julgar — exclamo, com gentileza.

Sua mão está bem ali. No console entre nós, e não consigo evitar. Talvez sejam todos os anos que passei desejando que alguém me reconfortasse, mas, de qualquer jeito, sinto vontade de esticar o braço e acariciar seus dedos.

Ele inclina um pouco a cabeça para olhar para baixo, como se quisesse confirmar que o que está acontecendo está realmente acontecendo: minha mão em volta da dele, meu polegar acariciando seu indicador para cima e para baixo.

Não é a mesma coisa de quando demos as mãos no voo para a Disney ou de quando pulamos na piscina de bolinhas. É diferente; algo novo, delicado e apavorante.

— Você se cobra demais — digo enquanto corro os dedos ao longo dos dele, pelos nós, até as juntas e depois de volta. Minha mão já deveria estar acostumada com a dele a esta altura, mas o contato me causa um arrepio na espinha mesmo assim. — Isso não é coisa dos seus pais, é?

Bem devagarinho, Miles vira a mão e, meio desajeitado, passa os dedos pelos meus.

— Se for, ninguém lá em casa fala a respeito. — Ele não está mais olhando para nossas mãos, provavelmente porque nem deve estar pensando direito no que estão fazendo. — Mas depois de tudo o que rolou com o Max... eu não queria ser motivo de preocupação. Sei que nem todo mundo começa a faculdade já sabendo o que quer fazer, mas eu sempre amei física. Minha mãe nunca me forçou a nada. Nossos pais queriam que a gente fosse feliz e saudável mais do que qualquer outra coisa. Mas sei que ela amava o meu gosto pela física. Então não fiz nada no ensino médio que pudesse colocar meu futuro em risco. Não passei muito tempo com amigos e não fui a festas. Não entrei em clube nenhum, a não ser o de cinema, em que fiquei pouco tempo. Fiz o vestibular quatro vezes, e a última foi só por diversão. Meus pais nem estabeleceram a hora de voltar para casa, porque nunca foi necessário. Eu só... estudava. Muito. Sempre quis ir pra UW, porque isso deixaria meus pais felizes e eu não ficaria muito longe do Max. Quando passei, foi como se um fardo enorme saísse das minhas costas.

Agora é meu coração que está se partindo. A versão de Miles de poucos meses atrás, do garoto que tinha se escondido e se silenciado dentro de si mesmo... estava sofrendo de maneiras que eu jamais imaginaria.

— Sei que sou meio esquisito com as pessoas. Que eu devo parecer um babaca condescendente à primeira vista. E talvez seja porque passei tanto tempo sozinho que não me acostumei a pensar em mais ninguém.

— Eu com certeza nunca pensei que você fosse condescendente nem babaca — digo, com o rosto o mais sério possível. Penso em Miles sugerindo que saíssemos por aí para explorar, em quando ele apareceu com aquele caminhão de sorvete, em nosso Shabbat improvisado. — E é mentira que você não pensa em mais ninguém. Você é... você é um bom amigo, Miles.

Pelo jeito que o canto de sua boca se move para cima, dá para perceber que ele está gostando do que está ouvindo.

— Você meio que é a primeira pessoa com quem saio em um bom tempo.

— E você quase fez uma tatuagem para provar.

Ele dá um apertão supergentil na minha mão antes de se afastar e eu, por mais estranho que pareça, fico tonta.

— Minha mãe é do mesmo jeito — digo, tentando não sentir saudade do calor de seus dedos conectados aos meus. — Ela sempre falou "não estou nem aí se você estudar algo que não vai dar em nada, contanto que não fique grávida". Mas também acho que ela é feliz com a vida que tem, mesmo que tenha sido meio difícil por um tempo. — Balanço a cabeça. Como foi que deixei tudo isso escapulir? — Desculpa, o assunto aqui não sou eu.

— Que nada, eu gosto. — Seus olhos, profundos, vívidos e cheios de coragem de um jeito que eu jamais imaginaria, voltam a me encarar. — Eu... quero te conhecer melhor também.

Com essas palavras, parece que ele envolveu meu coração nas mãos.

Antes que eu consiga entender o que está acontecendo, Miles estica a mão direita para mim, e, honestamente, não tenho certeza se consigo lidar com isso de novo. Não tão rápido. Mas ele não demora. Apenas roça a ponta dos dedos ao longo do meu pulso e mapeia um arco entre duas sardas antes de soltar a mão de novo. Um gesto que indica que ele me entende, tenho certeza de que deve ser só isso, mas que incendeia todas as minhas terminações nervosas e faz meu estômago revirar, baixinho.

— Jornalismo, cultura pop do início dos anos 2000 e quase nunca pensar antes de falar. É basicamente isso. — Qualquer outra resposta para *quero te conhecer melhor também* fica presa na minha garganta. Não estou pronta para contar toda a minha história, e ninguém nunca ter perguntado antes é só parte do motivo. Apesar de Miles ter me dado espaço para falar, não quero invadir o momento. Ele está digerindo o que aconteceu com o irmão. O medo de passar por tudo isso de novo. A esperança de que desta vez seja diferente.

— Preciso perguntar — continuo, porque é tudo o que consigo pensar agora. — Por que você nunca me contou que amanhã é seu aniversário?

Com meu questionamento, Miles dá uma risada sincera. E não para mais.

— Meu aniversário... é amanhã. — Ele dá um jeito de dizer enquanto tenta abafar as gargalhadas com os ombros. — 22 de setembro.

— Não acredito que você não falou nada!

— Olha, para dizer a verdade, eu esqueci.

E então começo a rir também, porque se essa não é a maior piada cósmica, não sei o que é.

DIA VINTE E DOIS
̶H̶H̶ ̶H̶H̶ ̶H̶H̶ ̶H̶H̶ II
Capítulo vinte e oito

NA MANHÃ SEGUINTE, NÃO É A VOZ DE LUCIE QUE IN-
terrompe meu sono, mas uma pressão quente ao longo do meu antebraço.
Acordo de repente, lembrando do zumbido da agulha da tatuagem e da
dor e do inchaço que Gemini avisou que eu sentiria pelos próximos dias.

Quando abro os olhos, não há Lucie. Não há Paige.

Puta merda puta merda puta *merda*. Só pode significar uma coisa.

Aconteceu.

Uma onda cintilante e completamente inacreditável de alívio percorre
minhas veias. Nunca fiquei tão feliz por sentir dor. Sorrio no travesseiro
e quase caio no choro de tanta alegria. Chegamos na quinta-feira. Talvez
tenhamos tatuagens terríveis, mas *conseguimos*.

Vou usar essa tatuagem como uma medalha de honra, um lembrete
de que atravessei o inferno e voltei mais forte do que nunca. Vou rir das
piadas que as pessoas fizerem — porra, eu mesma vou fazer piadas para
caramba. Vou aprender a amar essa tatuagem ridícula porque eu viajei pela
porra do *tempo*, e agora estou do outro lado.

Vou correr até o quarto de Miles no fim do corredor e nós vamos sair
para comemorar o aniversário dele. Ou talvez a gente só vá para a aula
porque é assim que Miles gostaria de passar o aniversário. Finalmente vou
poder assistir à aula de psicologia da quinta-feira. Sim, não fui a nenhuma
aula ontem, mas era apenas o primeiro dia, e mesmo que a dra. Okamoto

e o gostoso do Grant não me considerem a melhor das alunas, já sei tudo de cor a esta altura. Recuperar o conteúdo não vai ser problema.

Rolo para o lado, ergo o antebraço em direção ao rosto e...

Não há nada ali.

O pânico toma conta enquanto passo os dedos pelo braço. A pele está quente, mas é só pele. Sem tinta. Nenhum palitinho de muçarela que parece um pênis, nenhuma capa. Nada de vermelhidão. Até seguro o braço em frente à janela para ver na luz natural, e todos os pelos que Gemini raspou voltaram.

Mesmo assim, a dor continua aqui, pulsando sob a superfície, um lembrete de algo que fiz ontem.

Um dia que não existe.

Alguém bate à porta, ouço o barulho de uma chave na fechadura e então ali está Lucie, e Paige, me encarando.

— Só pode ser um erro — diz Lucie, e agora é bem capaz de eu começar a chorar por um motivo completamente diferente.

Não tenho energia para bancar a simpática com ela, de novo não, mesmo sabendo que é possível, então a deixo andar de um lado para outro e reclamar dos pratos de macarrão antes de fingir que voltei a dormir. Eu não devia me sentir tão devastada agora, mas o sentimento é como uma âncora de dez toneladas que me mantém presa a esse quarto. É um alívio quando uma hora depois, ainda deprimida na cama, recebo uma mensagem de Miles.

> **Ontem foi... bem intenso. Preciso de um pouco de espaço, pode ser? Acho que não estou no clima de tacar o foda-se hoje.**

> **Sim, sem problemas**
> **Tira o tempo de que precisar.**

Respondo, enquanto afasto um lampejo de preocupação.

Quero perguntar se o lugar do PROPRIEDADE DE está dolorido e se ele está sentindo o que eu estou sentindo. Se acordou na mesma hora que eu e se tem alguma teoria. Mas dá para esperar.

Além do mais... algo mudou entre nós ontem. Sim, demos as mãos em um Toyota Prius 2013 alugado, um momento que minha cabeça ficou revivendo sem parar antes de eu cair no sono na noite passada. Mas ele também se abriu para mim, me permitiu ver uma parte de sua vida pessoal, uma história que não havia compartilhado com muitas pessoas. E talvez eu tenha começado a entendê-lo de verdade. Ambos passamos um bom tempo sozinhos, nos isolando nessas prisões que nós mesmos criamos. Nunca imaginei que teríamos algo assim em comum, mas acho que nós dois andamos ansiando por conexão humana mais do que gostaríamos de admitir. Pela primeira vez, realmente parece que somos parceiros.

Só que de um jeito estranho... bom, não estou com *saudade*, porque isso não faz sentido. Passamos as últimas duas semanas praticamente inseparáveis. É provável que minha saudade seja de ter alguém com quem implicar. Alguém que sacia o lado combativo da minha personalidade, o lado que eu sempre temi que fosse toda a minha personalidade.

Mamãe:

> Como vos amo? Eu e a Joss desejamos TODA A SORTE DO MUNDO para você hoje!

A mensagem não me frustra como nos últimos dias. Em vez disso, me revigora. Nunca passamos tanto tempo assim sem nos ver, quer dizer, *eu* nunca passei, já que ela continua vivendo em sua linha do tempo como tem que ser.

Engulo alguns comprimidos de Tylenol para a dor no braço e chamo um Uber. Quando chego à Tinta & Papel, a dor diminuiu ao ponto de eu quase esquecer que estava doendo.

E lá está ela, de jeans, camiseta estampada com a silhueta de Seattle e aquele abraço com cheiro de rosas.

— Não me diga que já está com saudade de casa — fala minha mãe, e o déjà-vu faz minha cabeça girar.

— Doente de tanta saudade. Os médicos falaram que não tenho muito tempo de vida.

— Barrett. A mais amada. O tesouro dos tesouros. Faz só alguns dias. Nem você é capaz de ser tão apegada assim à sua velha e querida mãe.

— Dezenove dias — digo.

Ela se movimenta por trás do balcão sem prestar muita atenção.

— Quê? Enfim, agora que você tá aqui... olha o que chegou ontem.

Ela mostra um pacote de cartões de visita, aqueles da nova gráfica de Seattle.

— Dezenove dias, mãe — repito, sem aumentar o tom de voz.

— É uma referência de alguma coisa? — Franze os lábios e um vinco aparece entre suas sobrancelhas enquanto ela tenta pensar. — Vai ter que me dar uma pista.

— Não é referência de nada. Faz dezenove dias que eu não te vejo. — Com as pernas trêmulas, me sento atrás da bancada. Talvez eu esteja testando outra teoria, ou talvez só esteja ávida para interagir com alguém que não seja Miles, já que meu coração e meu cérebro ficam completamente misturados na presença dele. Seja lá o que for, vou contar a verdade de novo.

— E se eu te dissesse que estou presa no tempo? E que já repeti esse dia 22 vezes?

Minha mãe me encara e então dá um sorriso.

— É para sua aula de psicologia? Algum tipo de experimento?

— Não, é sério. É real.

— Tá bom, então. Se você realmente é uma viajante do tempo, será que a gente devia jogar na loteria?

— Até podemos, mas não vai importar amanhã. — Assinto em direção à porta. — Fecha a loja.

Ela dá uma risada.

— Quê?

— O que você sempre quis fazer mas nunca teve tempo? Algo que dê para a gente fazer hoje. Rápido, a primeira coisa que vier a cabeça.

— Que absurdo, Barrett. Eu...

— Mãe. Por favor. Só me fala.

Seus olhos estão semicerrados, e a boca, contorcida para um lado. É sua expressão pensativa. Dá para ver que ela só está entrando na brincadeira, que não acredita em mim de verdade e, sendo sincera, eu também não acreditaria. Ela só deve estar achando que é mais um dos nossos jogos.

— Pode parecer bobagem, mas eu sempre quis subir o Space Needle. Sei que é bem coisa de turista, mas parece algo que a gente devia fazer, né?

Talvez não faça diferença que ela não acredite em mim ou que não consiga fingir muito bem. Talvez só importe que ela está aqui.

— Então vamos — digo e minha mãe pega as chaves. — Vamos ser turistas.

ʊʊʊ

Olhamos para uma minúscula Seattle pelo chão de vidro do Space Needle. Os prédios, carros e árvores parecem de brinquedo.

— Não acredito que a gente demorou tanto pra vir aqui — diz minha mãe. Ao nosso redor, turistas apontam e ficam boquiabertos olhando a cidade lá embaixo, aproveitando o clima ameno do início da primavera antes da melancolia do inverno chegar. — Era quase um distintivo de honra. Você sabe como a Jocelyn gosta de provocar a gente por causa disso.

— Ela gosta mesmo.

À menção de Jocelyn, sinto um aperto no coração. Se eu não conseguir nos levar para o amanhã, pelo menos posso oferecer à minha mãe o hoje.

Ela se levanta e caminhamos até o mirante.

— Então, se você está presa no tempo, deve ter algo que você precisa consertar para sair dessa, né

— Já tentei. O que você faria?

— Humm. Boas ações? Tentar consertar erros?

Ela me dá um olhar esperançoso e faço que não.

— Tentei tudo isso.

— E assuntos inacabados?

Paro com a mão sobre o vidro. Óbvio, a única coisa que me vem à cabeça é aquilo em que tento não pensar.

Tantos meses já se passaram e ainda não tenho certeza de como contar sobre o que aconteceu no baile. Sobre tudo o que veio antes. Não deveria parecer tão arriscado, já que ela vai esquecer tudo amanhã, mas o problema é como colocar o que aconteceu em palavras. *Oi, mãe, eu sofri um bullying casual de quase todo mundo na escola que culminou em um pesadelo sexual em que eu ainda não consigo pensar sem começar a suar frio.*

Se o baile realmente é meu assunto inacabado, não faço ideia de como terminá-lo.

— Nada em que eu consiga pensar — digo, por fim.

Ela envolve meu ombro com um braço.

— Talvez você só precisasse passar um tempo com sua querida mãe.

— Isso parece resolver quase tudo.

Não posso arruinar este momento, por mais agridoce que seja. Porque se eu contar, mesmo se (*quando*) todos nós acordarmos na quarta-feira de novo e ela esquecer, *eu* vou lembrar. Vou ter falado em voz alta, dado um nome a tudo o que me destruiu. Vou ter confessado aquilo que sempre me apavorou (que ninguém nunca me quis de verdade), e será impossível voltar atrás.

— O que você acha? Será que a gente devia ir no Smith Tower depois? — pergunta ela.

Forço um sorriso e digo que sim.

DIA VINTE E TRÊS

ℋℋ ℋℋ ℋℋ ℋℋ ///

Capítulo vinte e nove

— ENCARE COMO UM PRESENTE DE ANIVERSÁRIO ATRAsado — digo quando paro na frente do Olmsted com outro carro alugado no dia seguinte. Um veículo manual, só porque eu sei como usar. Há uma camiseta cheia de glitter dobrada no banco do passageiro que diz ANIVERSARIANTE DO DIA. — Ou, tecnicamente, um presente adiantado, eu acho.

— Por favor, não me diz que eu tenho que vestir isso aí.

Gentilmente, ele empurra a camiseta para o lado antes de se sentar.

— Hum... só se você quiser ser maneiro que nem eu. — Me viro para encará-lo e mostrar minha camiseta com a frase AMIGA QUERIDA DO ANIVERSARIANTE DO DIA e um pouquinho mais de glitter e tinta. Miles revira os olhos. Três semanas atrás, ele provavelmente teria grunhido, então vou dizer que progredimos pelo menos um pouco. — E olha, um carro manual!

— Muito bem.

— Estou com a impressão de que você está aqui. — Levo a mão na altura da minha cintura. — E preciso que você esteja pelo menos aqui. — Levo a mão até minha cabeça.

Miles dá um longo suspiro sofrido e veste a camiseta por cima de sua blusa enquanto eu aumento o volume da minha playlist do início dos anos 2000 antes de acelerar para fora do estacionamento do campus.

Sinceramente, acho que só precisamos dar o fora de Seattle. West Seattle não é longe o bastante, e talvez o destino que eu tenho em mente também não seja, mas a mudança de cenário deve servir para *alguma coisa*, mesmo que apenas para dar um descanso ao nosso cérebro. Eu precisava de uma missão.

Não ligo para minha voz enquanto canto em voz alta e, mesmo cantando muito, muito mais baixinho, eu meio que amo essa versão dele. A janela aberta, a brisa suave, o ombro descansando na porta... há certa tranquilidade em Miles que eu nunca percebi antes. Talvez porque ele nunca tenha se permitido ser assim.

— Você não vai me contar para onde a gente está indo, não é? Mas acho que é para o Canadá, já que você pediu para eu trazer o passaporte.

É o Canadá mesmo, e eu me atrapalho um pouco na estrada quando as placas mudam de milhas para quilômetros, enquanto Miles faz uma minipalestra sobre como o mundo inteiro deveria usar o sistema métrico.

— Que lugar é esse? — pergunta ele, eu paro em frente a um museu em Vancouver e abaixo o vidro para pegar o ticket do estacionamento. Então, ele respira fundo quando vê o anúncio cobrindo metade do prédio. — Você me trouxe em uma exposição de figurinos de época?

— Eles têm as luvas originais que Jane Bennet usou no *Orgulho e preconceito* de 2005 — digo, estacionando. — Eu sei, eu sei, não é o seu favorito, mas também tem vários figurinos do *Mulherzinhas* original e algumas louças de *Downton Abbey*...

Paro de falar, em parte porque não lembro o que mais vamos encontrar lá dentro, mas também porque a expressão no rosto de Miles me fez esquecer tudo o que eu estava prestes a dizer. Seus olhos estão presos no museu, e quando ele os vira para mim, percebo sua mandíbula se esforçando para sustentar o sorriso. Pela primeira vez, ele parece estar sem palavras.

— Barrett — diz ele após uma longa pausa, e depois me mostra aquele sorriso perigoso. Ele faz o assento do carro derreter abaixo de mim. Jesus, isso é poderoso. Não é à toa que ele nunca o mostra. O presidente talvez tenha que intervir.

— Isto é incrível. Obrigado. Muito obrigado.

☉☉☉

Miles no museu é como uma criança em uma loja de doces. Não, é como uma criança com seu próprio cartão de crédito sem limite em uma loja de doces que também vende filhotinhos de cachorro, videogames e produtos licenciados do Baby Yoda.

Pela maior parte do tempo, fico feliz só de ver ele observando tudo. Porque aqui vai uma coisa que notei em Miles: quando se apaixona por alguma coisa, ele se joga de cabeça, seja a ciência, os filmes de época e até mesmo os palitinhos de muçarela. Ele me disse que seu irmão era assim, e não sei se já percebeu que é assim também.

É impossível não admirar, e eu me sinto sortuda para caramba de ser a pessoa que tem a chance de ver o que o deixa empolgado.

Depois que terminamos de babar pelos vestidos e chapéus e aventais e botas e sombrinhas, passamos o resto do dia explorando a cidade. Comemos variadas delícias no mercado público e depois perambulamos pelo aquário de Vancouver. Perco a noção de tempo e de espaço pela primeira vez desde que tudo começou. Aqui, consigo respirar.

— Tem uma coisa que eu queria conversar com você — digo horas depois. Estamos sobre uma toalha de piquenique no Stanley Park, cercados de vegetação com a baía se estendendo à nossa frente. São quase sete da noite e o parque está cheio de famílias, casais, corredores e ciclistas. Puxo as mangas da minha blusa para cima e passo a mão no lugar da tatuagem. Tatuagem que tive por menos de um dia, da dor que durou por mais tempo. — As tatuagens que fizemos. A minha sumiu, mas ontem eu não acordei do mesmo jeito. Foi a dor no braço que me acordou, mas não tinha nada lá.

— Ainda dói? — Ele levanta a mão, e a deixa pairar sobre meu braço e então ergue as sobrancelhas, como se estivesse perguntando se pode me tocar. Como se tocar meu antebraço fosse mais íntimo do que nossas mãos dadas no carro. Aproximo meu braço, concedendo permissão.

— Só um pouquinho. Que tristeza. Era tão linda a tatuagem. Um dos melhores trabalhos da Gemini.

Com a leveza de uma pena, ele traceja meu antebraço com a ponta dos dedos e eu não sinto vontade de fazer piadinhas. Respiro fundo de um jeito que eu não esperava, e se Miles percebe, não dá nenhum indício. Quase faz cosquinha o seu jeito de me tocar. Tenho que lutar contra o impulso de fechar os olhos com força. Este leve contato está massacrando meus sentidos como um minúsculo, porém significante, terremoto.

— Uma dor fantasma, será? Não consigo ver sentido em nenhuma outra explicação.

— Você também sente?

Ele faz que sim.

— Não acontecia, mas agora que estamos aqui faz um tempinho, talvez nossa cabeça esteja nos pregando peças. Minha memória já começava a ficar confusa quando você ficou presa. — Seus dedos talvez estejam tracejando o desenho de Gemini ou então desenhando algo completamente novo. Seja lá o que for, não quero que ele pare. — Às vezes fico muito cansado também. Se fico acordado até tarde no dia anterior, acordo mais cansado de manhã. É difícil acompanhar e às vezes não confio na minha própria cabeça, mas juro que tem acontecido de vez em quando.

— Você acha que... sei lá, a gente devia se preocupar?

Rio frente ao absurdo desta pergunta, como se essa situação toda já não fosse preocupante o bastante.

— Sei lá — responde Miles, em um tom suave, e quando tira os dedos do meu antebraço, minha pele continua a formigar. É criminoso o quanto eu desejava que o toque continuasse. Ou que ele me pedisse para tracejar o lugar e sua tatuagem incompleta. — Não é que esteja perdendo as esperanças. Tenho que acreditar que alguma coisa vai funcionar. O tempo não devia parar assim. Não é natural. O universo deveria *querer* se consertar.

— Um homem muito sábio uma vez me disse para não humanizar o universo.

— Todo mundo sabe que até mesmo homens muito sábios erram às vezes.

— Assim não dá — digo, e cutuco seu pé com o meu. Tirei os sapatos e os deixei na grama ao meu lado, então minhas meias que não combinam, a da DESGRAÇA e uma azul simples, estão à mostra. — Você tem que ter todas as respostas.

Ficamos em silêncio de novo, mas não há incômodo algum. O sol está se pondo, e se eu fosse alguém diferente, esse seria o tipo de encontro que eu gostaria de ter. Algo casual e tranquilo, para aproveitar o cenário e a companhia do outro em nosso próprio mundinho.

— Você pode me contar mais sobre você e o Max? Algo de quando eram crianças?

O cantinho de sua boca se curva para cima. O glitter da camiseta de ANIVERSARIANTE DO DIA começou a se espalhar até a sua calça.

— Ah, você gosta é das histórias vergonhosas, não é? Treinando para todos os perfis que você vai escrever um dia?

— Talvez — respondo, e pode até ser verdade, mas também quero saber só por curiosidade.

Ele se ajeita sobre a toalha e estica as pernas. Ainda é o Miles de sempre, então sua postura é excelente, mas está mais relaxado do que nos últimos dias.

— Uma vez meus pais me deram um daqueles kits de cultivo de cristais de Chanuca. Depois de eu montar tudo, Max esperou que eu fosse dormir para trocar os cristaizinhos minúsculos por uns enormes que ele tinha comprado e, por uns minutos, acreditei que eu era o cientista mais brilhante de todos os tempos. — Ele riu e balançou a cabeça. — Fiquei arrasado quando descobri que não era verdade.

— Por favor, me diz que você tem fotos.

— Com certeza — responde ele, e procura em seu celular.

Há um tumulto no gramado, e então percebo algo estranho acontecendo. Quase todo mundo no parque está vestindo camiseta vermelha.

De repente, começa a tocar música de uma caixa de som gigante sobre um banco, e todas as pessoas de vermelho (pelo menos vinte e quatro) saem saltitando e assumem posição.

— Ai, meu Deus — digo quando eles começam a dançar. Não acredito que isso está acontecendo. — É um *flash mob*.

Reconheço a canção logo de cara: *Run Away With Me,* da Carly Rae Jepsen. Os dançarinos começam aos poucos, com movimentos controlados. Braços, pernas e quadris em rotações lentas. Então eles se separam e permitem que os passos fiquem maiores, mais barulhentos, pulando pela grama, para lá e para cá, com as mãos para o alto.

É um milhão de vezes melhor do que qualquer vídeo a que eu já tenha assistido.

— Você sabia? — pergunto a Miles, que fica nervoso quando um trio de dançarinos rola no chão em frente à nossa toalha de piquenique.

— Foi você que me trouxe aqui. Como é que eu ia saber? — Ele me encara com atenção, e faço o melhor possível para esconder o rosto. — Você está... chorando?

Enxugo uma lágrima.

— Olha como eles são sincronizados! É maravilhoso!

Acho que ele está rindo, mas ao pressionar o ombro contra o meu, fica óbvio que é uma risada apreciativa. Uma risada que diz: *você é estranha, mas eu até que gosto*.

No fim, os artistas tiram as camisetas e as regatas por baixo soletram o nome da música. A plateia explode em aplausos.

— Acho que é a melhor coisa que já me aconteceu — digo, ainda aplaudindo.

— Foi tão mágico quanto você achou que seria?

— Até melhor. Não foi planejado mesmo? — pergunto, mas é óbvio que não.

Ele não sabia que estávamos vindo para cá.

Miles assente e uma brisa bagunça parte do seu cabelo escuro.

— Foi só uma coincidência perfeita. — E então, muda de posição e enterra as mãos no tecido da toalha. Fiapos soltos de qualquer tecido devia ter medo dele. — Eu... hum... queria te dar uma coisa.

Ele mexe na mochila. Parece ansioso, como se estivesse reunindo coragem para este momento. Assim que vejo o que é, meu coração começa a acelerar, meus pulmões se apertam e... não consigo respirar.

Miles está segurando uma única rosa amarela.

Meu mundo inteiro desmorona e, de repente, estou de volta ao ensino médio. Abrindo meu armário, sentando na sala de aula e me sentindo a porra de uma otária, jogando todas aquelas flores no lixo, as flores cujo único objetivo eram me deixar péssima comigo mesma. Desejando desesperadamente que a escola acabasse.

Levo a mão ao peito, como se, caso eu aperte com força suficiente, vou ser capaz de manter tudo lá dentro.

Não. Aqui não. Agora não. Por favor.

— Queria agradecer pelo dia de hoje — continua Miles. — Procurei um presente na lojinha do museu, mas quase tudo pareceu bobo porque nada duraria até amanhã. Mas vi que tinha flores no mercado público e me dei conta de que tem uma metáfora aí, já que elas também não vão durar, e na minha cabeça era quase poético. Então eu comprei enquanto você esperava na fila das empanadas... — Ele para com o falatório quando vê meu rosto e arregala os olhos. — E... *ah*. Ah, não. Você não gosta de rosas? Eu devia ter imaginado. Foi uma péssima ideia, vou só...

— Não não não — digo rápido, passando a mão pelo rosto para impedir que ele veja qualquer emoção que eu não consiga mais esconder. — Você não... não fez nada de errado.

— Tá bom. — Com as pétalas um pouco amassadas devido ao tempo que passou na mochila, a rosa cai na toalha. E então, Miles volta a me encarar. — Puta merda. Você ficou mal mesmo, não é?

Pressiono os lábios, apavorada com o que pode acontecer se eu não fizer isso. Só que, ainda assim, pode ser pior, porque não consigo respirar direito e meus pulmões estão gritando e quanto mais tento acalmar meu corpo, mais ele protesta.

Não.

Não posso.

Por favor.

Suspiro e fecho os olhos com força, como se eu pudesse desaparecer caso Miles não consiga me ver.

— Eu não... não quero que você me veja assim — consigo dizer, com os olhos ainda fechados. *Merdaaaaa*. — As pessoas... devem estar me encarando.

Dá para ouvir Miles se aproximando e colocando a mão nas minhas costas.

— Não estão, não — diz ele, gentil. — Não tem ninguém olhando.

Minha respiração, pesada e rápida, fica cada vez mais acelerada. Meu peito está pegando fogo e minha garganta parece estar se fechando, mas talvez... talvez não seja tão ruim assim. Porque aí eu não teria que contar o motivo.

O mundo escapa do meu alcance mais uma vez, e já não estou mais em um parque, sobre uma toalha de piquenique enquanto Miles faz carinho nas minhas costas. Estou no quarto do hotel, pedindo para que Cole desligue as luzes. A cama é grande demais para nós dois, mil coisas acontecem ao mesmo tempo. Abro meu armário da escola na segunda-feira.

— Você vai superar isso — diz Miles, de algum lugar. — Quer tentar respirar comigo?

Assinto e me forço a voltar para o presente enquanto ouço a respiração de Miles. Faço meu melhor para acompanhá-lo, mas meus suspiros saem altos e trêmulos demais.

— Você consegue.

E tudo o que eu mais quero é provar para ele (e para mim mesma) que consigo mesmo.

Inspira. Expira. Ele segue lentamente, esperando que eu o alcance.

— É isso. Você tá indo bem.

Deixo uma risada tensa escapulir. Nunca pensei que respirar fosse algo em que me saía bem, até de repente, não conseguir mais.

Inspira.

Expira.

Não sei ao certo quanto tempo se passou até minha respiração voltar ao normal e eu finalmente ser capaz de abrir os olhos. Em algum momento, agarrei a manga de sua camisa. Espero não ter segurado com força demais.

— Obrigada — digo, rouca, enquanto o solto. Meus olhos estão marejados, mas estou *aqui*, no Stanley Park. Com Miles. — Como... como você sabia o que fazer?

Ele fica meio acanhado.

— Eu... hum, pesquisei. Aquele dia no caminhão de sorvete. Parecia que você ia ter um ataque de pânico, então quando voltei para o quarto dei uma pesquisada. Queria saber o que fazer caso acontecesse de novo.

Deu uma pesquisada.

Óbvio que deu, e agora me sinto imensamente grata.

— Não precisa me contar o que está rolando — diz ele, com gentileza. Como este garoto consegue ser tão gentil em momentos em que me sinto frágil como vidro? — Só se você quiser.

Pressiono uma mão na testa e afasto algumas mechas de cabelo ensopadas de suor.

— Eu... eu não sei. É uma tolice. Sério.

— Olha, tenho a impressão de que não é. — Sua mão, de novo em minhas costas, é hipnótica, e alivia um pouco da tensão persistente. — Não importa o que você esteja passando, se tem a ver com a cela ou se é algo completamente diferente... sou um bom ouvinte, ou pelo menos acho que sou.

Deixo sua fala pairando entre nós por um instante. Ele não está me forçando a falar, mas não tenho como negar que já pensei se é isso que preciso fazer para conseguir seguir em frente. Para me tornar alguém diferente da garota que fui no ensino médio, e talvez até a pessoa que eu achei que fosse ser na faculdade. Ou, no mínimo, alguém entre uma e outra.

Quero te conhecer melhor também, disse ele outro dia, e talvez eu esteja com vontade de contar tudo.

Porque talvez eu não precise de um empurrão. Talvez tudo que eu precise seja um tapinha gentil. Um contato leve como uma pena. Um bom ouvinte.

Trêmula, respiro algumas vezes. Parece impossível contar o que não contei nem para minha própria mãe, e ainda assim, apesar de todos os motivos para fazer o contrário, as palavras começam a sair.

— Eu contei sobre o escândalo do time de tênis e de como a escola meio que se virou contra mim. Não apenas Lucie, foi todo mundo, ou pelo menos foi o que pareceu. Acho que sempre fui o patinho feio, mas ficou pior depois do que rolou. — Olho para a toalha com estampa de morango enquanto me pergunto quanto devo contar. Só que, pensando bem, ele não escondeu nada de mim. Respiro fundo de novo e continuo. — Tudo o que eu podia fazer era fingir que não me importava. Me tornar ainda mais forte. Então foi exatamente o que eu fiz nos três anos seguintes.

Arrisco uma olhada para Miles. Ele está tenso, como se quisesse dizer alguma coisa. Mas consegue perceber que ainda não terminei.

— No último ano, as coisas começaram a melhorar. Eu ficava na minha, não tinha mais ninguém sussurrando sobre mim nos corredores ou me evitando. A maioria já tinha se formado, mas como eu me acostumei a ficar isolada, foi o que continuei fazendo. Só que aí... fui convidada para o baile.

Espero que as palavras sequem na minha garganta, mas não acontece. Cerro o punho sobre a toalha e me ancoro no presente.

— Lembra daquele cara que apareceu no caminhão de sorvete? Aquele que eu te falei que era da escola? Foi ele que me convidou — digo, e um músculo na mandíbula de Miles treme. Tento dar uma aliviada no clima. — É tipo a cena de todo filme adolescente quando o cara maneiro convida a garota desastrada de óculos para o baile, e aí de repente ela tira os óculos e é linda.

— Eu gosto dos seus óculos. Ficam bem em você — diz ele, e meu rosto cora com o elogio (mesmo que não seja exatamente um elogio, já que Miles não falou que gosta dos meus olhos, do meu cabelo ou da minha boca).

— Lembra quando eu falei que minha primeira vez foi, hum... curta? Miles cora também e afasta os olhos dos meus.

— Foi na noite do baile?

Assinto, agarrando a toalha ainda mais.

— Eu nunca tinha feito nada e aí rolou tudo ao mesmo tempo. E eu queria que rolasse. Ele era um gato, foi um fofo e pode ter certeza de que prestou mais atenção em mim naquela noite do que qualquer outra pessoa em anos. Parte de mim... bom, eu achei que se não aceitasse, se não aproveitasse a oportunidade com ele, talvez nunca mais tivesse a chance. Talvez ninguém mais fosse me querer.

Digo a última parte baixinho, e mesmo que doa, não paro. De repente, quero tirar tudo isso da minha cabeça, botar tudo pra fora. É uma *necessidade*.

Por quatro meses fiquei com isso entalado, e acho que não consigo mais carregar este peso sozinha.

— Na semana seguinte, meu armário na escola ficou lotado de flores. O Cole... era irmão de alguém que fazia parte do time de tênis, um cara que perdeu a bolsa para a faculdade e eu nem fazia ideia. Aí virou a coisa mais engraçada do mundo, falaram que ele tinha *deflorado* a Barrett Bloom. Ele e os amigos até criaram uma hashtag: BloomDesabrochou. Ainda não sei direito o porquê, talvez o Cole quisesse arruinar minha vida porque me culpava pelo que tinha acontecido com o irmão dele. Ou talvez só quisessem me transformar em mais uma piada, e foi o que fizeram. — Minha respiração está oscilando de novo, e não consigo mais encarar Miles. — Deixavam uma rosa na minha mesa todo dia, e todo mundo que sabia o que significava ria ou balançava a cabeça, como se tivesse pena de mim, mas ninguém falava nada. E quem não sabia provavelmente achava que eu tinha algum admirador secreto. Eles simplesmente... não podiam me deixar sair do ensino médio sem me fazer lembrar de quem eu era.

Relaxo a mão que estava apertando a toalha e ergo o olhar para encará-lo. Sua mandíbula está tensa e seus olhos escuros cintilam com algo que nunca vi antes.

— Que bando de filhos da puta — diz ele, com mais veneno na voz do que a mais venenosa das flores. — Barrett... eu sinto muito. De verdade.

— Nunca contei a ninguém. — Minhas palavras saem agudas. Desconhecidas. Não passo de uma perdedora no meio do Stanley Park em um dia que nem existe. — Eu só... fiquei com medo do que isso significaria se eu finalmente falasse em voz alta.

Miles pisca algumas vezes para mim, como se não entendesse o que estou falando.

— E por que *você* tem medo? Você não fez nada de errado. Isso só quer dizer que na sua escolha tinha um bando de fracassados patéticos. — Agora, além de revolta, há empatia em seu olhar. Eu não esperava que a revolta de Miles me fizesse sentir tão valorizada. — Eu não... não consigo acreditar que fizeram uma coisa dessas com você. Uma noite que era para ser especial, que...

— Eu não queria que fosse especial — interrompo-o, porque nunca pensei que Cole fosse mexer tanto com a minha cabeça. — Não era isso que eu queria. Acho que eu só queria que rolasse de uma vez, saber como era.

E queria me sentir desejada pelo menos uma vez. A pressão de suas mãos e boca, o peso dele em cima de mim... às vezes é impossível separar esse momento do que aconteceu depois, mas, por alguns minutos, eu me senti, sim, desejada.

Só não foi o suficiente.

— E tudo o que você fez foi me trazer uma flor. Um gesto adorável. Olha como eu sou ruim da cabeça: não posso nem ganhar uma flor de presente?

— Não é questão de ser ruim da cabeça. Eu entendo. Me desculpa. Se eu soubesse, não teria...

Interrompo-o.

— Não quero não poder receber flores de alguém. Quer dizer, eu gosto de flores, ou gostava antes. E gosto do meu sobrenome. — Contar tudo não é tão terrível quanto eu imaginei que seria. Me sinto... em paz. Não consigo acreditar que não o conhecia três semanas atrás e agora ele sabe todos os meus segredos, tudo o que nunca contei para ninguém antes. — E é isso aí. A minha história traumática. Talvez eu devesse ter esperado. Talvez eu devesse ter feito o mesmo que você.

— A culpa não é sua — diz Miles, enfaticamente. — Você não fez nada. Esses filhos da puta é que deviam ter se comportado que nem gente.

As palavras são proferidas com uma severidade que ele nunca havia demonstrado. Miles assim, tão bravo por algo que aconteceu comigo... é quase *sexy*.

Tento afastar esse pensamento, mas só consigo deixá-lo mais intenso, o que faz meu coração bater mais rápido e me deixa com um embrulho no estômago. Uma centelha de desejo.

— Nunca contei essa história para ninguém — digo. — Nem para minha mãe.

— Obrigado. — Seus olhos me encaram com intensidade, e sinto uma vontade enorme de pedir um abraço, um desejo que, com a pouca força que ainda tenho, mando para longe. — Obrigado por me contar.

— A gente não precisa continuar falando sobre isso — digo.

— Se você prefere assim.

Assinto, incapaz de explicar como uma situação que deveria ter sido complicada demais não foi, e isso é algo que também não estou pronta para compreender.

— Devia ter uma sirene ou uma luz para avisar quando a gente está com a pessoa certa — digo, tentando melhorar o clima.

— Ou então uma pessoa que aparece e fica agitando uma bandeira.

— Isso! Será que é pedir demais?

Miles ri.

— Posso te contar uma coisa?

— Essa pergunta parece quase uma ameaça.

— Juro que não é. — Ele leva um momento para se recompor, e então: — Quando fiquei preso no tempo, antes de você ficar também, a gente interagiu. Bastante, como você sabe. E... bom, comecei a falar um monte de coisas pra ver como você ia reagir. Eu fazia um comentário sobre a sua camiseta, sobre física ou então perguntava sobre as suas aulas. Quase sempre algo superficial, mas mesmo assim... quando eu dizia algo diferente *você* dizia algo diferente também, eu me sentia menos sozinho. — Ele me oferece um meio sorriso acanhado. — Você era a pessoa mais interessante do campus.

— A única meio ruim da cabeça, no caso.

— Não. Você parecia alguém em quem eu devia prestar atenção.

Eu mal consigo formular uma resposta. Conforme Miles continua, cada palavra vai corroendo o metal que tomou conta do meu coração.

— Sério, acho que eu nunca ri tanto quanto nas últimas semanas. Mesmo que eu tenha me esforçado para não ir com a sua cara no início. — Ele toca ambos os lados da boca e deixa uma constelação de glitter para trás. — Vou acabar ficando com rugas precoces aqui, e a culpa vai ser toda sua.

Sem nem pensar, levo a mão até seu rosto e coloco os dedos perto de sua boca enquanto Miles deixa as dele caírem. Tracejo as linhas imaginárias do seu rosto. Ele até que é bonitinho, e é uma pena que eu tenha demorado tanto para perceber como é bom observá-lo. Ou, pelo menos, para reconhecer isso.

— Ahh, você ficaria uma fofura com umas ruguinhas na boca — digo.

— Um senhorzinho de respeito.

Ele prende a respiração, e aquele pensamento preocupante que tive alguns instantes atrás já não é mais um *quase*. A forma como ele fica ofegante envia ondas elétricas para partes do meu corpo que ainda não estão em alerta.

— E que tal cabelo grisalho? — pergunta Miles.

Movo a mão até seu cabelo e passo os dedos pelas mechas escuras. É um cabelo bonito e grosso, não exatamente macio, mas também não muito seco. Há alguns pontinhos de glitter espalhados pelos fios, e imagino que eu esteja toda brilhando também. Ele está de olhos fechados. Será que é um movimento involuntário?

— Ficaria bom.

Miles coloca as mãos no meu joelho, e só então percebo como o espaço entre a gente desapareceu. Talvez tenhamos passado todo esse tempo nos aproximando enquanto o calor e o cheiro dele enebriavam meu cérebro.

— Barrett — diz ele, em um suspiro, quando acaricio sua orelha com o dedão. Ele pronuncia meu nome como se fosse algo delicado. Um roçar de seda. A penugem de um dente-de-leão. — Queria dizer que... você não precisa transformar tudo em piada. Pode soar estranho, já que acabei de dizer como você é engraçada. Mas não precisa ser assim o tempo inteiro. Não tem problema só... viver esses sentimentos ruins um pouquinho mais.

Nossos lábios estão a um fôlego de distância, e já parei de negar. Minha camiseta diz AMIGA QUERIDA DO ANIVERSARIANTE DO DIA e ele é o aniversariante do dia e a gente está preso no tempo, mas dispostos a nos desprender de velhos hábitos e tem uma coisa que eu quero antes que o dia termine.

— Já fiz muito disso — digo, e me aproximo ainda mais, a ponto de pressionar minha coxa na dele. — Quero sentir algo bom.

Um lampejo sombrio e determinado atravessa o rosto de Miles, e minha vontade é escupi-lo em pedra. Ele me quer do mesmo jeito que eu o quero, tenho certeza. Este garoto que eu achava tão rígido me mostrou diversas vezes como é capaz de mudar. Ele é gentil, único, fofo para cacete, e acho que nem percebe.

Estou me inclinando para a frente, pronta para dar o salto derradeiro entre algo seguro e uma realidade apavorante, quando acontece.

Um vislumbre atrás de meus olhos.

Miles e eu, no quarto de uma casa que não conheço muito bem. Há barulho demais, gente demais. Está escuro. Vago. Sua boca na minha, minhas mãos em seu cabelo.

— Barrett — diz Miles à minha frente de novo, mas não há mais aquela ternura em sua voz. Agora ele está se afastando de mim, recuando.
— Espera aí.

Já fizemos isso antes.

Capítulo trinta

O VISLUMBRE (NÃO É DE FATO UMA LEMBRANÇA) VEM com uma dor de cabeça tão forte que preciso me abaixar, pressionar as têmporas e tirar os óculos enquanto xingo baixinho.

— Barrett? O que está rolando? Você está bem?

— Sim — consigo responder. Me levanto rápido demais e cambaleio para trás, o que me faz chutar uma garrafa de vinho da família ao nosso lado. — Me desculpa. Desculpa!

Miles e eu. Miles e eu nos *beijando*, em algum lugar que não me lembro onde é. Tento me agarrar à não lembrança à procura de detalhes, de um jeito que traga sentido a tudo isso, mas é um lampejo escorregadio, que não se deixa segurar.

Meu coração bate forte dentro do peito. O que quer que eu tenha visto, não aconteceu com essa versão de mim. Disso eu tenho certeza, assim como tenho certeza de que em algum lugar por aí, em uma linha do tempo paralela essa ou de alguma forma que minha insignificante mente humana não é capaz de compreender, Barrett Bloom beijou Miles Kasher-Okamoto.

— A gente já se beijou, não é? — pergunto. — Em uma das suas linhas do tempo, antes de eu acabar presa aqui com você. A gente... se *beijou*.

Com a boca levemente aberta, as feições de Miles são tomadas pelo choque.

— Como foi que você...

— Não sei. Não faço ideia do que está rolando nessa merda, só sei que eu *vi* acontecendo na minha cabeça, mesmo que eu não tenha nenhuma lembrança. — A dor de cabeça fica mais intensa. — Então se você puder, sabe, me contar se a gente já se beijou ou não ajudaria bastante.

Agora ele parece um bichinho capturado em uma armadilha.

— Já — responde Miles, baixinho, com as mãos impotentes sobre o colo. — A gente se beijou. Desculpa. Desculpa, Barrett. Eu devia ter contado. Eu devia...

Aperto a cabeça quando sinto outro golpe de dor.

— Me conta. — Volto a me sentar enquanto a família ao nosso lado me encara com um olhar assassino, limpa o vinho derramado e leva a toalha de piquenique para longe da área molhada. Me esforço ao máximo para não fazer nenhum movimento repentino, já que isso parece piorar a dor de cabeça. — Me conta exatamente o que aconteceu.

Miles demora uns minutos para responder, como se estivesse escolhendo as palavras com cuidado.

— Foi em uma das noites em que você não jogou spray de pimenta em mim — diz ele. Se for uma tentativa de deixar a situação menos séria, não me faz rir. — Estávamos na Zeta Kappa. Meio que... flertamos um pouco. E dançamos também.

— Eu dancei com você?

— Dançou com várias pessoas.

Dou um grunhido.

— Ah, que ótimo. Beijei todas elas também? Eu estava bêbada?

— Não sei — responde ele, sério. — Você se divertia, mas acho que não estava bebendo. Nunca pensei que você tivesse... toda essa história. Do que aconteceu no ensino médio. Porque você conversava com todo mundo, fazia as pessoas rirem.

Ah, sim. Na única vez que sou o centro das atenções, é em um universo paralelo. Quem já não passou por isso, não é mesmo?

— A gente começou a conversar. Você... você disse que tinha gostado da minha calça. Agora, pensando bem, deve ter sido sarcasmo.

Quero dizer que não foi, como é que eu vou saber? Não conheço aquela pessoa que dançou, riu e beijou um estranho.

— Foi tipo... — Aperto as mãos, tentando ilustrar o que quero dizer. — Só um beijinho? Ou a gente se pegou de verdade?

O rosto de Miles exibe dor.

— Algo entre essas duas coisas.

— E foi só uma vez? Só essa interação na festa? — Quando ele assente, disparo mais perguntas. — Quando foi? Em que momento na sua linha do tempo?

— Acho que depois de um mês.

Faço alguns cálculos mentais. Quer dizer que aconteceu cerca de um mês e meio atrás para Miles. A gente está preso aqui há três semanas, e ele ficou de bico calado até agora.

A pessoa que eu achei que merecia meu pior segredo, escondendo algo assim.

— O que foi tudo isso, então? — pergunto. — Queria bancar o fofo só para me comer?

Ele parece horrorizado.

— *Não* — responde com firmeza. — Não que você não seja... quer dizer... você é... — Todo atrapalhado, Miles coloca uma mão sobre um dos olhos. — *Merda*.

Eu o conheço bem o bastante para saber que ele jamais faria algo assim, mas não consigo me segurar.

— Olha, funcionou. Eu caí igual a um patinho, Miles. A gente estava quase se beijando, então você com certeza fez alguma coisa certa. Parabéns.

— Barrett... — Miles passa a mão pelo cabelo. Pelas mechas que acabei de tocar. Sua boca, a boca que eu queria beijar, está contorcida para um dos lados, como se tentasse deixar apenas as palavras certas saírem. Ele pigarreia e vem para a frente. — Agorinha mesmo a gente falava de como queríamos que fosse especial. Esse lance de ficar com alguém. E não foi, não foi tudo *isso*, a gente só se beijou, mas também não foi...

E então, como se percebesse que acabou se metendo em um buraco mais fundo ainda, ele para de falar.

— Não foi *especial*? É para eu me sentir melhor agora? — Agarro a bolsa e me levanto. Não consigo ficar nem mais um segundo sentada toda comportada nesse parque. — Você devia ser treinador de futebol do ensino fundamental, você sabe mesmo como animar alguém.

E então, me viro e caminho entre famílias, casais e dançarinos do *flash mob* brindando pela ótima apresentação. E foi ótima mesmo. Se eu não estivesse tão chateada, iria parar para dizer como amei.

— Tipo... eu achei que tinha sido especial na época — diz Miles, trotando para acompanhar meu ritmo com a mochila no ombro e a toalha se arrastando pelo chão. — Até romântico. Você parecia tão legal e tão... sei lá. Inalcançável, talvez. Mas eu não te conhecia. Agora que conheço... bom, as coisas são diferentes.

Inalcançável. Com certeza ninguém nunca usou essa palavra para me descrever. Tento me enxergar através dos olhos dele, mas não tenho mais nenhum vislumbre. A pessoa que eu fui naquela noite parece total e irremediavelmente perdida.

É a mais esquisita das traições. Não estou com raiva dele, estou com raiva porque ele sentiu algo por essa pessoa em uma situação que, pela lógica, não aconteceu comigo. Talvez haja até um pouco de ciúme, mesmo que, em algum lugar nas profundezas da minha rede neural, eu esteja conectada com essa outra Barrett.

— Se é o seu jeito de pedir um repeteco, que trabalho de merda, hein — digo quando chegamos a uma trilha de cascalho e desviamos de um ciclista. — Então você ia me beijar e fingir que era a primeira vez?

— Não — responde ofegante e com as bochechas coradas. — Eu não teria ido adiante sem te contar primeiro. Eu queria contar, mas aconteceu tudo indo rápido demais.

Rápido demais. Estamos presos há semanas. Meses.

— Mas você esperou tanto, Miles! Até o último segundo, literalmente. Não somos só duas pessoas aleatórias que ficaram presas no tempo juntas. Somos *amigos* e... — *Pensei que a gente estava se tornando algo a mais? Eu queria apertar minha boca na sua e deitar com você naquela toalha de piquenique com estampa de morango e...* Decido não terminar a sentença. — Por que está me contando só agora?

— Eu não queria te deixar desconfortável. Agora eu percebo que foi uma péssima ideia. Pensei que você não ia confiar em mim. Ou pior, que ia achar que eu inventei para tentar te convencer a fazer algo que você não queria. Para me aproximar de você, principalmente porque a gente não se deu bem logo de cara. — Miles suspira. Não estou acostumada a ver ele afobado assim, tão ciente de seu erro. — Me desculpa. Eu devia ter contado. Estraguei tudo.

Quando não digo nada, ele continua:

— Foi difícil no começo. O fato de você não lembrar de nada. Eu era o único com essas lembranças, e você... você não precisava carregar nada. Não tinha vivido um momento com alguém que obviamente era bom demais pra você, um momento que acabou sendo... é, bom demais pra ser verdade.

Alguém obviamente bom demais pra você. Não posso me concentrar nisso, mas mesmo assim sinto que esta parte atinge meu coração em um ponto que ainda não havia sido destruído pela confissão de Miles.

— Quer que eu fique com pena de você? — pergunto. — Você guardou segredo por semanas, e quer que eu tenha compaixão porque viveu um ótimo momento com alguma outra eu?

Miles aperta a toalha com um pouco mais de firmeza debaixo do braço.

— Eu estou estragando tudo. Eu juro, Barrett. Não é tão ruim assim. Eu só... só quero consertar as coisas.

— Beleza. Não foi comigo, então eu não devia ficar brava. — Viro à esquerda na placa que indica o estacionamento. — Só vamos embora.

Ele nem discute. A princípio, pensamos que não faria sentido voltar, já que iríamos acordar no Olmsted hoje amanhã de qualquer jeito. Íamos passar a noite inteira em outra cidade, outro país. Um dia perfeito, agora completamente despedaçado.

Parte de mim pode até ter desejado beijá-lo para que eu me sentisse melhor. Me sentisse *desejada*. Mas que bom que não rolou. Eu não devia ter confiado meus segredos a esse cara, e agora sei que não posso fazer o mesmo com meu coração.

Ele se oferece para dirigir, talvez como uma penitência, e estou cansada demais para discutir. É uma viagem lenta e silenciosa. Paramos em um posto de gasolina em Bellingham, onde decido entrar e comprar todas as garrafas de energético que vejo nas prateleiras.

Mesmo que custe a minha vida, essa noite eu não durmo.

— Já passou da meia-noite — diz Miles, quando volto para o carro e fecho a porta com força.

— Obrigada, senhor relógio.

Ele gesticula para as garrafas que estou segurando.

— Já tentei. Não vai funcionar, se é o que você está pensando.

O cinto de segurança fica apertado demais em volta da minha barriga, mas nem me dou ao trabalho de me importar ou de ajustá-lo. E também há o glitter que não desgruda das minhas mãos, não importa o quanto eu esfregue.

— Bom, você parece mesmo ser um especialista nas coisas que eu penso. — Viro meia garrafa da bebida doce demais. — E eu tentei também. Com sorte o universo vai perceber como estou determinada dessa vez.

Um instante de silêncio.

— Eu nunca sei o que você está pensando — diz ele baixinho, ligando o veículo. — Tantas quartas-feiras e você ainda é um mistério pra mim. E talvez eu seja um idiota por isso, mas tudo o que eu quero é continuar tentando te desvendar.

Não faço ideia de como responder.

Depois de tudo, continuo pensando o mesmo. Realmente gostei de conhecer Miles e, de certa forma, ele é a pessoa que eu pensei que fosse. Mas, ao mesmo tempo, ele é alguém completamente diferente. Acabei gostando muito desse Miles diferente, e é por isso que dói tanto. Achei que ele seria a pessoa que manteria os pedaços da minha história em segurança, mas talvez ninguém seja capaz de fazer isso. Esses pedaços não podem ser restaurados.

Pegamos a rodovia, um trecho escuro da I-5 que serpenteia pelas montanhas envoltas em névoa.

— Tem que ter um jeito de eu consertar as coisas — diz Miles, desacelerando em uma curva fechada. — Quer que eu use uma camiseta dessas todo dia? Eu uso. Quer que eu organize minha própria marcha de Salvem os Geomiídeos? Eu organizo.

— Ô tampa do caralho — murmuro, e tento abrir outra garrafa.

— Aqui, deixa que eu...

Ele tira uma das mãos do volante e a estica para me ajudar.

No meio desse vai e vem, a tampa voa para longe e cai energético em nós dois.

— *Merda* — digo baixinho, enquanto Miles pega no volante de novo.

Duas luzes brilhantes atravessam minha visão, me cegando por um instante.

— Mas que merd... — diz Miles, inclinando-se para enxugar o energético de seu rosto.

À frente, um caminhão semirreboque saiu da pista e agora vem direto. Em *nossa*. Direção.

— Porra porra porra! — grito.

O energético já ficou para lá. Agarro o assento com mais força do que eu achei que era capaz.

Miles buzina.

À esquerda, há uma colina íngreme coberta por plantas perenes.

À direita, um canteiro pedregoso e um riacho.

Minha vida passou diante dos meus olhos. Sempre achei que seria algo organizado, em ordem cronológica; um momento em que eu lembraria da infância e da adolescência com muito carinho, uma reflexão serena.

Agora que está acontecendo, não há tempo para nada disso, só fico aflita pela minha mãe. E então, só consigo pensar que a última coisa que fiz foi discutir com alguém por uma garrafa de energético.

— Segura firme!

Miles vira o volante para a esquerda, mas é tarde demais.

O caminhão vem em nossa direção, uma imensidão branca contra a estrada quase preta. *A gente vai morrer*, penso. O medo é como uma substância quente e pegajosa na minha garganta.

Não estou pronta.

Buzinas gritam, pneus guincham, e não posso fazer nada além de fechar os olhos e torcer para que não seja o fim.

A última coisa que registro quando metal esmaga metal e chuva de vidro cai sobre nós é a mão de Miles procurando a minha e segurando firme.

DIAS VINTE E QUATRO E VINTE E CINCO

|||| |||| |||| |||| ||||

Capítulo trinta e um

— ... SÓ PODE SER... UM ERRO.

As palavras vêm de longe. Ou talvez debaixo da água. É difícil dizer porque estou em uma nuvem.

Um tipo estranho e elástico de nuvem que, sério, é divertido, porque não é tão fofa quanto eu achei que uma nuvem seria. Mas talvez seja o que eu mereça por viver uma vida medíocre: uma nuvenzinha triste em algum canto solitário do céu.

Fico à deriva.

Em algum canto da minha bruma de inconsciência lembro que judeus não acreditam na vida após a morte. Seja lá o que isso for, seja lá onde eu esteja... talvez ainda não haja palavras para descrever esse lugar.

Mais sons abafados, mas não importa. Nada importa aqui no Mundo das Nuvens.

Rolo para o lado, tentando encontrar uma posição mais confortável nessa minha nuvem. Quando me reposiciono, uma dor aguda dispara na lateral do meu corpo, do ombro até o punho e do joelho até o calcanhar.

Com a outra mão, acaricio ~~a nuvem~~ o colchão debaixo de mim e devagar, um pouquinho de cada vez, começo a me dar conta.

— ... conversar ali no corredor. — Alguém diz, e então o som da porta se fechando e de algo caindo no chão é suficiente para chacoalhar o cérebro dentro do meu crânio.

Não morri.

Não, estou de volta nesse dormitório dos infernos e meu corpo está *ferrado*.

Empurro os braços com cuidado para não fazer nada que possa causar ainda mais dor. Lembranças dessa noite noite passada voltam, fragmentos que começam com Miles e eu discutindo no Stanley Park e terminam com o caminhão rachando o para-brisa de nosso carro alugado.

Nós *morremos*.

E mesmo assim, estamos vivos.

É como a dor da tatuagem de nem sei mais quantos dias atrás, só que multiplicada por mil. É como se meu corpo inteiro tivesse passado por um triturador de madeira e depois servido de comida para uma alcateia de lobos. Fecho os olhos com força, com medo de olhar para baixo e, quando olho, há um longo hematoma que lembra o formato da Califórnia e vai do meu joelho até o quadril. Achei que fosse impossível a aparência ser pior do que o que estou sentindo... mas é.

Um arrepio que vai até a profundeza dos ossos atravessa o meu corpo. O alívio deveria ser maior, mas estou presa no terror daqueles momentos antes do caminhão nos atingir. Em alguma outra linha do tempo, será que as autoridades me desenterraram dos escombros e ligaram para minha mãe identificar o corpo? O que será que teriam dito? Será que ela teria acreditado? Será que ela saberia, lá no fundo, que havia um motivo para a filha estar em uma rodovia entre Vancouver e Seattle tarde da noite de uma quarta-feira?

Nossa linha do tempo recomeça em algum ponto antes das seis da manhã, e ainda assim o acidente aconteceu por volta da meia-noite. E depois, foi só... um grande nada.

Acordei aqui de novo, sendo que podia facilmente nunca mais ter aberto os olhos.

Engulo em seco, sofrendo pela versão da minha mãe que perdeu a filha. É um pensamento terrível demais para manter na cabeça. Me situo novamente: deito na cama abaixo de mim, mexo os dedos das mãos e dos pés e sinto meu coração batendo no peito.

Tum-*tum*. Tum-*tum*. Tum-*tum*.
Viva.

Em meio a um pânico sonolento, me estico para pegar não o celular, mas o Tylenol na gaveta de cima da mesa, engulo alguns e rezo para que façam efeito rápido. Não costumava ser assim, o ontem não sangrava para o hoje em um borrão nebuloso e digno dos piores pesadelos. Um milhão de teorias correm pela minha mente. Exageramos em nossa estada. Forçamos demais os limites do tempo-espaço. Cometemos um erro, e o universo quer que a gente pague.

Não humanize o universo, diz alguém na minha cabeça, e não tenho energia nem para mandar o Miles falso calar a boca.

Miles.

Pego o celular e há uma mensagem esperando por mim.

> **Desculpa por ontem. De novo. Vou pedir desculpa todo dia enquanto estivermos presos, caso ajude. E se não ajudar, bom, vou pedir mesmo assim, pelo menos até você dizer que tô te irritando.**

> **Por favor, Barrett. Diz que eu tô te irritando.**

Ô Deus, por que essas palavras mexem tanto com o meu coração? Cada mensagem que escrevo parece completamente absurda.

> **A gente morreu ontem?**

> **A gente tá no inferno?**

> **Será que isso aqui é em algum tipo de vida após a morte distorcida e estamos condenados a repetir esse dia até algum ser superior e poderoso ficar de saco cheio da nossa cara? É essa a nossa tortura eterna?**

O impulso de continuar em silêncio é forte demais, mas, por fim, acabo escrevendo:

> Beleza. Vc tá me irritando.

Depois, desligo o telefone, afundo de novo na cama e fico olhando o teto enquanto tracejo o meu hematoma no formato da Califórnia com o dedo.

A traição de Miles dói tanto hoje quanto ~~hoje~~ ontem. Não expressamos totalmente nossos sentimentos no parque, mas nossos desejos, sim. Estávamos prestes a nos beijar, e saber que já fizemos isso no passado (presente?) me desconcertou. Não sei se posso confiar nele. Criamos uma conexão durante essas semanas. Eu me abri tantas vezes (ontem, inclusive, mostrei o meu lado mais sombrio) e ele nunca foi honesto comigo.

Eu não queria te deixar desconfortável.
Devia ter contado.
Bom demais pra ser verdade.

Como se um elogio fosse melhorar as coisas de uma hora para outra. Papo furado.

Quer sigamos em frente ou não, não vou cometer o mesmo erro da noite anterior. O erro que uma outra Barrett cometeu tantos anos atrás.

Quando as portas se abrem de novo, Lucie entra e eu já espero um discurso de como arruinei sua vida. Em vez disso, ela paralisa quando me vê.

— Barrett? — Há algo parecido com empatia em sua voz. — Você está bem?

— Não percebi que eu não sabia esconder minha agonia — respondo, tentando fazer uma piada, mas ela finge nem ouvir. — Eu... hum... sofri um acidente de carro ontem.

Não é exatamente mentira. *E talvez eu tenha morrido. E talvez nada disso seja real.*

— Não é melhor ir ao hospital? — Seus olhos se arregalam ao ver o hematoma na minha perna, que eu me apresso para esconder com as cobertas. — Posso ir com você, se precisar...

— Não! — digo rápido. — Quer dizer... eu fui ontem. Fizeram um check-up, falaram que está tudo certo e me deram uns analgésicos.

A expressão em seu rosto continua desconfiada, mas Lucie deixa o assunto para lá.

— Então — diz ela, gesticulando para o quarto. — Você e eu, hein?

— Alguém no serviço de residência tem um senso de humor bem obscuro.

— Sério. — Com certo esforço, ela pula para sua cama que mais parece um tijolo e coloca uma mecha rebelde de volta no rabo de cavalo. — Esse quarto é quase do mesmo tamanho que o almoxarifado do jornal lá na Island.

Isso é novidade. Ela não está naquela vibe *quero falar com o gerente*. Está sentada como se nem ligasse para o fato de que somos colegas de quarto. Não resignada, mas aceitando a situação.

Lembro da Lucie que chorou na escadaria. A Lucie que estourou um dos meus balões quando fechou a porta com força. A Lucie que me levou ao *Outro Lugar* e falou toda sonhadora sobre o grupo de dança moderna.

Não tenho certeza do que achar dessa versão dela.

— Você ia dividir quarto com outra pessoa? — pergunto, me esforçando ao máximo para ser amigável.

Me apoio sobre os cotovelos e luto contra uma careta quando uma pontada de dor atinge meu braço esquerdo.

Lucie assente.

— Eu me inscrevi para um quarto individual. A maioria dos meus amigos foi para a WSU — explica ela, sem fazer contato visual comigo. Os amigos que a esqueceram, pelo que fiquei sabendo no outro dia. Os amigos que tentaram usá-la para conseguir um estágio. — E você?

— O e-mail dizia que eu ia ficar com uma tal de Christina Dearborn. — Dou de ombros. Não sinto ódio pela coincidência de Christina ter encontrado a reportagem que me levou ao ponto em que Lucie e eu começamos a nos entender. — Pelo visto, o destino se meteu.

Lucie abre a bolsa de marca.

— E eu sei que vou fazer novos amigos — diz ela para as roupas, eletrônicos e produtos caros de cabelo, como se estivesse tentando convencer a si mesma. — É só... demais, eu acho.

— Sei bem como é — digo baixinho. — Olha só. Sei que você acabou de chegar, mas eu preciso tomar café da manhã porque senão vou ficar ainda mais insuportável do que já sou. Quer ir lá embaixo pegar alguma coisa pra comer?

— Você não tem aula?

— Só de tarde — minto.

Lucie considera por alguns minutos enquanto brinca com as pontas do rabo de cavalo do jeito que já percebi que faz quando está ansiosa.

— Talvez não seja uma ideia tão ruim — concorda ela.

ඊඊඊ

Lucie cutuca o prato com o garfo.

— E o que exatamente é o Luxo de Ovo? Uma omelete? Um burrito?

— Essa é a beleza do Luxo de Ovo — respondo. — São os dois e nenhum ao mesmo tempo.

— Meio suspeito, mas beleza. — Lucie mastiga, pensativa. — Isso aqui é alecrim? Ou tomilho, talvez? Enfim, é maravilhoso.

Normalmente é mesmo. Só que, mesmo assim, não estou com fome.

Lucie Lamont e eu comendo o Luxo de Ovo do Olmsted juntas é estranho demais para colocar em palavras. Perguntamos sobre o verão uma da outra, e descubro que Lucie passou as férias fazendo um estágio não remunerado na empresa dos pais. Digo que basicamente só ajudei minha mãe na loja, e não comento sobre todas as vezes que fiquei encarando o teto e relembrando o que aconteceu no baile e a repercussão. De vez em quando, sinto um aperto no coração, pois sei da ligação que vai receber daqui a pouco.

Eu poderia contar. Avisá-la.

Mas imagine só: *Oi, seu pai vai ligar mais tarde e te fazer chorar, tá?* Pois é, melhor não. Ainda mais quando nossa relação já é tão estranha.

— Você devia mesmo comer alguma coisa — diz ela. Antes de sairmos do quarto, Lucie vestiu suas roupas do primeiro dia: o suéter preto de gola alta e a saia jeans, mas deixou o rabo de cavalo. — Você vai se sentir melhor.

Encaro minha comida. Sei que ela está certa, mas com certeza meu estômago vai se revoltar se eu fizer qualquer coisa além de construir uma escultura abstrata de ovo nesse prato. Sempre que me mexo na cadeira, o hematoma me recompensa com uma explosão de dor. Meu corpo está destruído. Minha mente está destruída. Minha relação com Miles... praticamente destruída, mesmo que eu não saiba toda a extensão do prejuízo.

Chega a ser quase engraçado: sem nem planejar, estou vivendo meus sentimentos ruins, como Miles sugeriu.

E é aí que tenho uma ideia.

Miles e eu nunca usamos nosso conhecimento do dia 21 de setembro para o mau. Nos apegamos a coisas positivas, filhotinhos de cachorro, sorvete e Disneylândia. Mas e se a chave para consertar essa bagunça, o único caminho que não tentamos, for aquilo que falei brincando alguns dias atrás?

Vingança.

A perversidade desse raciocínio me preenche com mais esperança do que senti o dia inteiro. Uma esperança astuta e malévola. Talvez seja por isso que estou presa aqui, para ir atrás de todo mundo que transformou minha vida em um inferno. E se esse for meu assunto inacabado? Minha passagem para fora dessa cela?

— Sabe o que faria eu me sentir melhor de verdade? — pergunto, e deixo a possibilidade espiralar dentro de mim. — Ir atrás do Cole Walker.

Lucie paralisa com o garfo a caminho da boca e os gélidos olhos azuis iluminados por confusão.

— Quê?

Merda. Tarde demais, percebo que ainda não conversamos sobre o baile. Ela não sabe que eu sei que ela tentou me defender. Mais uma vez, meu cérebro está três passos atrás da boca.

— Por, hum... causa do que rolou no ano passado — explico. — Você não gosta muito dele, né?

Por alguns instantes, Lucie fica apenas me encarando. E então, percebo ela se fechando, franzindo o cenho e voltando a prestar atenção no prato à sua frente.

— Eu quero mais é que esses dois se explodam — diz ela, e dá uma facada nos ovos. — Mas não vale a pena gastar energia com eles.

E então, se apressa para terminar o café da manhã.

ʊʊʊ

Depois que Lucie vai para a aula, dou uma investigada.

As redes sociais de Cole são privadas, mas no dia do sorvete ele estava usando a carteira de estudante em um cordão alaranjado ao redor do pescoço. Reconheço aquele cordão — foi o que Paige nos deu durante a mudança, quando explicou que cada dormitório tinha uma cor diferente. Enfiei o que ganhei em algum lugar da minha mala porque esse tipo de coisa não combina comigo, mas depois de uma rápida pesquisa, descubro que laranja é a cor do Brimmer Hall, na fronteira sul da UW.

Passo algumas horas acampada na entrada do Brimmer, fingindo que leio um livro sobre *As patricinhas de Beverly Hills* que minha mãe me deu de aniversário no ano passado ignorando como toda a lateral esquerda do meu corpo grita ao passar muitas horas sentada na mesma posição. Até que ele aparece, saindo do elevador, bronzeado, com o cabelo úmido e o cordão ao redor do pescoço. E então, eu o sigo.

O dia inteiro.

Na manhã seguinte, conquisto a simpatia de Lucie de novo, estranhamente grata por meus hematomas não terem sumido. Mais uma vez, vamos ao refeitório comer Luxos de Ovo e agora chego de mansinho com a história de Cole.

— Queria conversar com você sobre uma coisa — digo entre as poucas mordidas no café da manhã que consigo dar. — Passei o verão inteiro querendo falar disso, na real.

Lucie ergue uma sobrancelha para mim, supercuriosa.

— Beleza...

— Sei o que você fez no fim do ano passado. Que você falou para Cole Walker e os amigos dele me deixarem em paz. — Esse nome sempre vai deixar um gosto amargo na minha boca, mas não abaixo a cabeça. — E... eu queria te agradecer.

— Não foi porque eu queria atenção por fazer a coisa certa ou algo assim — diz Lucie, quase na defensiva. — Foi porque foi uma merda mesmo.

— Si-significa muito pra mim. De verdade.

Aos poucos, parecendo um pouco mais tranquila, ela assente e espero que consiga perceber que estou sendo sincera.

Você... está bem? Com o que rolou?

— Quer saber se eu fiquei com algum prejuízo psicológico duradouro? Só o tempo dirá. — Quando ela fica boquiaberta, tento rir para disfarçar. Eu... estou superando.

E talvez eu esteja mesmo. Contar para Miles ajudou, pelo menos por alguns minutos, o que é algo irritante de perceber agora que ele é a última pessoa em quem quero pensar no momento. Recebi outra de suas mensagens hoje de manhã, um desesperado:

> será que dá pra gente conversar, por favor?

Que não respondi. Ele teve centenas de chances de contar, e em cada uma delas me disse apenas meias verdades. Passamos dias discutindo nossas celas anteriores e Miles nunca nem considerou que eu merecia saber sobre aquele beijo.

Ainda assim, o fato é que eu me abri para ele e não foi tão ruim. Nem morri.

Quer dizer, morrer eu morri, mas acho que essas duas coisas não têm muito a ver uma com a outra.

Não tem problema viver esses sentimentos ruins um pouquinho mais. O pior é que ele estava certo. Mascarei o passado com piadas e uma autoconfiança fajuta. Convenci a mim mesma de que estava bem, de que ficar sozinha não era tão ruim. Passei todos aqueles anos achando que minha armadura era impenetrável, quando, por dentro, sou tão macia e pegajosa quanto o interior de um palitinho de muçarela recém-saído da fritadeira. O mais importante dos últimos anos foi garantir que ninguém arranhasse essa armadura, que ninguém olhasse para dentro.

E é cansativo para caralho.

— Me desculpa — diz Lucie, mexendo, agoniada, na ponta do rabo de cavalo. — Pela maneira como agi. Eu fui péssima com você no ensino médio.

— Eu também não facilitei muito para você.

— Você não estava *errada*. Tudo o que rolou com o Blaine parece que foi há uns cem anos. E ele era... bom, meio babaca, para ser sincera. Mas, naquela época, ele era meu primeiro amor, meu primeiro tudo, e eu te culpei pelo fim do namoro. O que é errado, porque você não fazia parte do relacionamento. Não tem como a culpa ter sido sua.

O aperto no meu peito se alivia um pouco.

— Obrigada. Por dizer isso.

Lucie assente levemente.

— Além do mais, tenho quase certeza de que o Blaine ficou comigo por causa da minha família. — Agora que ela começou a se abrir, o desabafo parece vir com mais facilidade. Como se ela estivesse com muita coisa entalada, só esperando a oportunidade de contar para alguém. — Ele sempre perguntava se meus pais iam estar em casa quando ia para lá, e parecia que ele queria que estivessem, o oposto de como eu achava que devia ser. E de vez em quando ele "esquecia" a carteira. Eu não me importava de pagar a conta, só que aí começou a acontecer só nos nossos encontros mais caros.

— Meu Deus! — Eu sabia que os irmãos Walker eram dois lixos, mas não tanto assim. — Eu não fazia ideia.

— O mais ridículo — Lucie para de falar quando deixa escapulir uma risada discreta e suas bochechas ficam vermelhas — é que eu nem tenho certeza se sinto atração por homens. Eu amava ser a caloura que namorava um formando, mas tudo o que a gente fazia juntos... sempre nos cuidamos, e nunca rolou nada ruim, mas eu também não aproveitava muito, não. — Ela volta a encarar o Luxo de Ovo e dá umas garfadas enquanto eu absorvo tudo isso. — Sei lá. Nem acredito que estou contando essas coisas. Só achei que talvez fosse algo que eu poderia entender e explorar na faculdade.

— E pode — digo com firmeza, **na** esperança de que haja uma Lucie por aí explorando tudo o que ela quer. — Obrigada... por confiar em mim.

Ela assente antes de ficar em silêncio por um instante. Será que está pensando na dança também? Em todas as formas que espera ser transformada pela universidade? Nas últimas semanas, tive acesso a várias partes de uma garota que eu pensava que tinha tudo. Mas agora consigo perceber que ela pode estar prestes a despedaçar, mas toda quarta-feira Lucie aguenta firme, a não ser por aqueles poucos minutos na escadaria.

Ela não é a pessoa rígida e nervosinha que eu achei que fosse. Há uma coragem gentil a seu respeito, uma vulnerabilidade, uma faceta que ela precisa se sentir confortável para revelar.

Eu devia ter imaginado... é possível que eu seja assim também.

— Não precisa ser que nem no ensino médio — digo. — A gente pode... ser diferente.

— Como?

Empurro meu prato vazio para a lateral da mesa, me inclino à frente e abaixo a cabeça de forma conspiratória.

— Pra começar, a gente não precisa deixar esses caras que nem o Cole e o Blaine se safarem com o que fizeram pra nós.

Quando termino de explicar o plano, ela já topou. Nada de perigoso, eu garanto. Só um pouquinho de diversão.

Ontem descobri que a primeira aula de Cole, às onze da manhã, é Europa dos Séculos XIX e XX. O que nos dá tempo suficiente para invadir a sala na surdina e colar um recadinho amigável no projetor.

TEM ALGUÉM DE OLHO EM VOCÊ, COLE WALKER.

Com a adrenalina pulsando em minhas veias, esperamos do lado de fora da sala de aula do Smith Hall, um dos belos prédios de tijolo aparente que ancoram o pátio. *Sim.* É isso. Parece certo.

— Como você sabia que ele faz essa aula? — sussurra Lucie.

Eu estava preparada para esta pergunta, e pratiquei a resposta no espelho ontem até soar como verdade.

— Ele é parceiro de quarto do meu primo. — Gesticulo entre nós duas. — O pessoal lá do serviço de residência tem um senso de humor interessante.

Lucie ainda parece meio desconfiada, mas não questiona.

O professor liga o projetor e há suspiros e risadas desconfortáveis na sala de aula. Os alunos olham para lá e para cá, procurando por Cole Walker e pela pessoa que está de olho nele.

— Cole Walker? — pergunta o professor.

Da segunda fileira, ele levanta a mão com uma expressão... convencida?

— Bem aqui, senhor.

— Alguma ideia do que se trata isso? — Cole nega. — Humm. Deve ser algum tipo de trote do primeiro dia. Mesmo assim, talvez seja interessante você falar com a segurança do campus mais tarde.

Cole ignora o conselho e volta a se concentrar no notebook.

Me encolho diante da porta aberta enquanto tento acalmar meu coração ansioso. Estar diante dele dois dias seguidos me deixa com um nó no estômago e me faz relembrar de tudo. Porque agora estou pensando em suas mãos em mim, em seus risos naquela segunda-feira depois do baile, em como transformou o que fizemos em algo banal. Algo de mau gosto.

Lucie, por outro lado, está morrendo de rir e tapa a boca com a manga do suéter, como se tivéssemos nos safado de algo muito pior do que uma vaga ameaça colada em um projetor.

— Isso foi *insano* — diz ela. — Não acredito que a gente acabou de fazer uma coisa dessas!

— Pois é — comento, nem um pouco empolgada. — Nem eu.

Ela ajeita a bolsa no ombro.

— Acho que chega de espionagem por hoje. Mas a gente se vê lá no Olmsted mais tarde?

Para Lucie pode até já ter sido demais, mas eu estou apenas começando. Quando ela vai para o grupo de estudos de calouros, corro até a Casa dos Parças, onde colei outro bilhete no embrulho do hambúrguer que ele sempre pede.

Com os hematomas doendo e a cabeça atordoada por causa do Tylenol que não foi forte o bastante, espero a alguns metros de distância da mesa que ele compartilha com alguns amigos.

APROVEITE O ALMOÇO, CW.

Ele franze o cenho quando lê o recado e então dá uma risada.

— Tem alguma lunática de merda me perseguindo ou algo assim — diz, jogando o bilhete no meio da mesa.

— Ex-namorada? — pergunta um dos amigos.

— Deve ser.

Outro garoto, alguém que vagamente reconheço do ensino médio, diz:

— Você tem que parar de partir corações por aí, cara.

Todos riem.

Pelo visto, nem me vingar eu consigo direito.

Passo o resto da tarde planejando meu *grande finale*, e assim que Lucie vai para a Zeta Kappa, percorro o caminho até o pátio onde será exibido *Feitiço do tempo*. Um filme que, pelo que descobri ontem quando eles e os amigos conversaram alto demais em cima de uma toalha estampada com a logo da UW, Cole adora de verdade.

E aí vai algo que a pessoa cuidando do projetor adora de verdade: um bolo de dinheiro.

Estou atrás de uma cerejeira quando as palavras COLE WALKER: 0/10 NA CAMA, NÃO RECOMENDO aparecem na tela, a fonte branquíssima no fundo preto, toda a multidão explode em gargalhadas. Essa ele não vai ter como ignorar.

Em uma toalha de piquenique alguns metros à frente, seus amigos o cutucam e gritam.

— Você irritou mesmo alguém — diz um deles, e Cole finge esconder o rosto antes de rir junto.

Minha mensagem desaparece, substituída pelos créditos de abertura do filme e uma musiquinha animada até demais.

Agarro a árvore com tanta força que fico chocada por não quebrar um galho. A raiva fervilha dentro de mim e me preenche até transbordar. Ah, mas não vai ficar assim, não.

Marcho até onde ele está sentado e posiciono os pés na toalha de poliéster. Vejo quando seu rosto processa o susto.

— ... Barrett? O que você...

— Preciso falar com você.

— Estou meio ocupado — diz ele enquanto Bill Murray relata as condições do tempo.

— É importante — digo, e deve ter algo no timbre da minha voz que o convence a levantar.

Mantenho uns bons três metros de distância entre nós enquanto Cole me segue até o outro lado do pátio, em direção à Praça Vermelha. Não estou nem um pouco empolgada com a ideia de compartilhar tanto espaço físico com esse cara.

Abraço meu suéter e seus olhos se arregalam conforme percorrem minhas mãos.

— Puta merda. Você tá grav...

— Não. — Respirações profundas. *Não há consequências.* Não consigo encará-lo nos olhos, ainda mais agora que não consigo parar de pensar na forma como ele ficou em cima de mim. Então, em vez disso, foco no lóbulo de sua orelha esquerda. — Preciso falar com você. Sobre o que aconteceu. Depois... depois do baile.

— Você ainda não superou essa história?

Ele dobra os braços sobre o peito, e não faz sentido para mim como essa posição o faz parecer bem maior. Estou fazendo a mesma coisa, e mesmo assim me sinto minúscula.

É quase engraçado o jeito que Cole e Lucie de algumas semanas atrás desdenharam do que eu disse porque o ensino médio acabou *há tanto tempo*. Pensei que eu também não via a hora de deixar tudo aquilo para trás, mas o trauma está tão cravado na minha memória que é impossível seguir em frente.

A dor persistente do acidente se mistura à eletricidade do meu cérebro, e é uma sensação tão intensa que começo a ficar meio trêmula. Minhas mãos estão apertadas na lateral do corpo, e minha respiração, irregular. Essa pode ser minha única chance. O único momento em que vou ter a coragem de confrontá-lo enquanto tudo dentro de mim grita para que eu saia correndo.

— Você obviamente ainda não tinha superado aquela reportagem — vocifero. — Fez eu me sentir um lixo.

— Era meio que o objetivo depois do que você fez com o meu irmão. — Ainda não o encaro nos olhos. O queixo afiado. O trio de sardas da bochecha direita. O sentimento de superioridade e o sangue frio de me convidar para o baile, ser gentil a noite inteira e me levar para o quarto de hotel. Uma audácia que nunca experimentei. — É você que está me sacaneando o dia inteiro?

Assinto, incapaz de articular com precisão o quanto me frustra sua total falta de reação. Ele está quase sorrindo, agora que me identificou como culpada. Que percebeu que não sou uma ameaça de verdade.

Na tela, o rádio-relógio marca seis da manhã. Sonny e Cher. *Tudo bem, tá na hora de levantar, não esqueçam os chinelos, tá frio aqui hoje!*

— Você foi todo fofo comigo no início. — Minha voz sai sussurrada. *E fazia tanto tempo que ninguém era fofo comigo.* Engulo esses sentimentos e me obrigo a vestir a armadura de novo. Não vou chorar na frente desse cara. — Você planejou tudo com os seus amigos? Fizeram um *brainstorm* com várias táticas de sedução? Ou deduziu que eu era tão patética que ia deitar na cama com você só porque você falou comigo?

Seu rosto se endurece.

— Eu não diria que a gente fez exatamente um *brainstorm*...

Mas o jeito como sua voz vai diminuindo já serve para responder minha pergunta e fazer com que eu me sinta ainda pior.

Ainda assim, me obrigo a continuar.

— Espero que a hashtag e todas aquelas flores tenham feito seu irmão recuperar a bolsa de estudos. Tomara que tenham consertado a autoestima ou seja lá o que você acha que roubei dele.

— Olha — diz Cole, esticando o pescoço para ver a tela —, não quero ser um otário, mas é que meus amigos estão me esperando e eu gosto mesmo desse filme.

É então que entendo que eu poderia ir lá na frente de toda essa gente gritar que sim, estou grávida e que o filho é dele. Eu poderia arruinar a quarta-feira de Cole de mil maneiras diferentes, fazer coisas ainda piores, e nada mudaria o que aconteceu em maio.

Tudo o que quero dizer fica entalado na minha garganta. *Seu merdinha patético do caralho me fez achar que eu não valia nada que eu era insignificante como pode em que universo isso é normal você chegou a ficar mal chegou a se arrepender eu achei que você fosse fofo uma pessoa decente desgraçado desgraçado desgraçado* <u>*desgraçado.*</u>

Mas tudo o que sai dos meus lábios é:

— Beleza.

— Mas ó. — Ele se interrompe, como se estivesse avaliando o que dizer a seguir. — Você não foi nada mal, se essa é sua preocupação. Você estava... bem empolgadinha. Foi *divertido*. — Seus lábios se curvam para cima. — Eu dificilmente diria que foi um zero de dez.

Ah, sim, com certeza era minha performance sexual que me tirava o sono à noite.

— Que bom que arruinar a minha vida não foi tão sofrido para você. Ele praticamente revira os olhos.

— Ninguém arruinou a sua vida. A escola já estava quase terminando, e você tá aqui na faculdade, não está? — Como se houvesse apenas um jeito de arruinar a vida de alguém. — No mínimo, consideraria um favor. Agora não vai ficar toda atrapalhada com o próximo cara, seja lá quem esse sujeito de sorte acabe sendo.

Mas, bem quando ele me dá as costas, sinto outra explosão de adrenalina. Não posso deixar para lá. Não posso deixar que simplesmente vá embora, cem por cento satisfeito com o tipo de pessoa que é.

Coragem. É agora, droga.

— Você... você fez eu me odiar de verdade — digo, e quando Cole me encara de novo, finalmente ergo os olhos para os dele e permito que o vazio de sua expressão me incendeie ainda mais. Posiciono os pés com firmeza, como se o chão pudesse ser tirado de baixo de mim a qualquer segundo. — Todas as flores. Meu sobrenome que você transformou em piada. Foi a minha primeira vez, e você sabe, porque eu te contei, e aí você foi lá e fez aquela hashtag inteligentíssima. — Falei para Miles que eu não sentia nada, que não tinha me importado da minha primeira vez não ter sido especial. Mas eu estava errada, errada, errada. Nunca dependeu de mim... sempre desse cara aqui. Eu nunca estive no controle. — Então vai lá, se diverte bastante na faculdade. Eu vou ser uma nota de rodapé, uma piadinha do ensino médio, que você vai usar para dar umas risadas com seus *parças* quando tiver uns quarenta anos e sem saber por que nunca conseguiu ter relacionamentos duradouros com alguém. Eu, por outro lado, vou ficar com essa lembrança pelo resto da vida. Pelo resto da porra da minha *vida*, porque você *tirou isso de mim*.

Estou ofegante, engasgada, sentindo um aperto no peito, e também calor e com a visão embaçada nos cantos. Dói fisicamente extravasar tudo isso — e ainda assim, embora seja exatamente o que eu queria dizer, não me sinto melhor na mesma hora.

Então continuo.

— *E* — digo. Pensando bem, essa era com certeza a parte menos importante, e é provável que ele nem se importe, mas agora que já cheguei tão longe, vou aproveitar a oportunidade para atingir seu ego. — E eu nem gozei.

Com um braço preguiçosamente formando um triangulo atrás da cabeça, ele me analisa de cima a baixo. Por um momento, tenho a impressão de que ele talvez se desculpe. De que esse merdinha vai *rastejar*, se jogar no chão, bater os joelhos no piso e implorar pelo meu perdão.

Mas, na realidade, ele se vira e não diz nada.

DIA VINTE E SEIS

~~HH HH HH HH HH~~ I

Capítulo trinta e dois

LUCIE LAMONT ME ENCARA NO NOSSO QUARTO DO DORmitório, certa de que a faculdade cometeu um erro.

De novo.

Óbvio que ainda está com raiva de mim. Óbvio que não lembra do que aconteceu ontem.

Assim que ela sai, grito uma torrente de xingamentos no travesseiro e o dou socos nele até que tenha se transformado em uma panqueca azul achatada. Meu lado esquerdo continua dolorido, Jocelyn nunca vai pedir minha mãe em casamento e eu não vou conseguir entrar no *Washingtoniano*. Lucie e eu podemos nos reconciliar por um breve período caso eu esteja disposta a me esforçar de novo, mas nunca seremos *amigas*.

E o baile.

Se Cole era a principal ponta solta da minha vida, então agora a linha está apenas mais longe e mais emaranhada do que antes do meu confronto. Se ele fosse mesmo meu assunto inacabado, como minha mãe sugeriu, então hoje deveria ser dia 22 de setembro. Falei exatamente o que eu queria, mas não estou livre e não me sinto nem um pouco melhor. Inclusive, me sinto pior.

O que estava pensando? Que Cole de repente questionaria a própria moral só porque escrevi um bilhetinho bobo? Que ele se esforçaria para virar uma pessoa melhor? Acima de tudo, eu esperava que o aperto que sinto no peito desde maio aliviasse.

E a única pessoa com quem eu achei que podia contar, a pessoa com quem, apesar de tudo, estou desesperada para conversar, mora apenas dois andares abaixo de mim, mas parece mais distante do que nunca.

Tentamos fazer boas ações e continuamos aqui.

Tentamos corrigir nossos erros e continuamos aqui.

Vivemos intensamente, eu encarei meus demônios, droga, a gente *morreu* e *continua aqui.*

Talvez eu precise gritar de novo.

Meu celular acende.

> Como vos amo? Eu e a Joss desejamos TODA A SORTE DO MUNDO pra você hoje!

Nem a mensagem da minha mãe me conforta. Estou profunda e completamente perdida. Sem ideia de como seguir adiante. Minha única certeza é de que nada do que eu faço tem impacto algum.

E se nada importa...

Então eu tenho mais é que mostrar os dois dedos do meio para o universo.

ʊʊʊ

Chego no meio da aula de física. Todas as cabeças se viram para a frente enquanto eu entro desfilando com minha capa improvisada se arrastando atrás de mim. O dia hoje parecia perfeito para uma capa, que fiz com seis camisetas amarradas juntas.

— Desculpa, estou interrompendo alguma coisa? — pergunto, e quando a sala é tomada por risadas nervosas, sinto uma pontada de culpa pela dra. Okamoto, que não merece nada disso.

Que nunca fez nada de errado além de ter uma linha do tempo que se move em um ritmo mais lento, algo do qual nem mesmo uma cientista brilhante como ela está ciente.

Miles está em um assento no corredor algumas fileiras acima, novamente com aquela camisa xadrez vermelha. É a primeira vez que o vejo desde que quase nos beijamos, e ele tem a pachorra de parecer... bom, não tenho certeza. De todas as expressões de Miles que classifiquei e reclassifiquei nas últimas semanas, esta talvez seja a mais difícil de analisar. Seu rosto está quase em branco, mas não exatamente. Há algo em seus olhos, algo vasto, sombrio e desconcertante. Ele está ou com vergonha de mim ou...

— Com pena.

É isso.

Então simplesmente não vou olhar para ele, porque aí meu coração não fica todo descompassado dentro do peito.

Com os braços cruzados sobre o blazer cor de tangerina, a dra. Okamoto espreita em minha direção.

— Se você está matriculada nessa matéria, saiba que não vou tolerar nenhuma interrupção. Caso tenha um motivo plausível para o atraso, então por favor, entre fazendo o máximo de silêncio possível.

Me sento e faço toda uma cena afofando a capa. Da forma mais incomum que consigo, abro o zíper da mochila e pego o lápis gigante que comprei na lojinha da Avenida Universitária; foi por isso que cheguei uma hora atrasada. Quando a dra. Okamoto está prestes a apresentar o cronograma, levanto a mão.

— Pois não?

Seguro o lápis no alto e o agito para a frente e para trás.

— Alguém tem um apontador?

Mais risadas.

— Talvez eu não tenha explicado direito — diz a dra. Okamoto. — É crucial que os alunos também venham *preparados* para a minha aula.

— E isso não é estar preparada, por acaso? — pergunto. — É capaz de alguém achar que estou preparada *até demais*.

Ela pisca para mim, obviamente incapaz de compreender o motivo de um aluno fazer algo assim no primeiro dia da faculdade.

— Por favor, pare de desperdiçar nosso tempo.

Seu tom exasperado me faz ficar em silêncio pelo resto da aula.

Depois, Miles me alcança no lado de fora.

— Que isso? — sibila ele, de cenho franzido.

Dois dias atrás, três dias atrás, quem se importa quanto tempo faz, eu queria me apertar contra ele. Não sou imune ao seu cheiro, ao seu olhar e nem às suas adoráveis orelhinhas de abano, mas finjo que sou.

— Não ficou sabendo? Nada importa! — cantarolo enquanto bato com o lápis gigante na minha cabeça. — A gente podia roubar um banco, tacar fogo nessa universidade inteira ou cometer a *porra* de um assassinato e ninguém nem desconfiaria! — Conforme os alunos passam, começo a falar mais alto. — Estão ouvindo? Façam o que vocês quiserem hoje! Não existem consequências!

Algumas pessoas erguem as sobrancelhas para mim e balançam a cabeça. Faço uma pose dramática com a capa quando tiram uma foto.

Miles passa a mão pelo cabelo que acabei de despentear com meu lápis.

— Você vai se sentir ridícula para caramba se amanhã for quinta-feira.

Me inclino para a frente e lhe dou um tapinha no ombro. Não deixo minha mão se demorar ali. Não posso ficar muito tempo perto de Miles. Não confio em mim mesma.

— Miles, Miles, Miles. Você não entende? Nunca *vai* ser amanhã. *Esse* é o nosso amanhã. E o dia seguinte. E o próximo. E... ah, você é bem espertinho, já deve ter sacado. — Faço um floreio com a capa enquanto ele simplesmente me encara com olhos arregalados e queixo caído. — Agora, se você não se importa. Tenho mais estragos para fazer.

ʊʊʊ

Nas horas seguintes, sou como um tornado. Rodopio pelo campus, viro lixeiras e invado salas de aulas com frases bizarras.

— O prédio está pegando fogo, é melhor correr! — grito para uma classe de química antes de acionar o alarme de incêndio.

— A faculdade acabou de declarar falência. Todas as aulas foram canceladas! — digo para uma turma de literatura intermediária antes de desaparecer com um movimento de capa.

Não estou apenas vivendo meus sentimentos ruins... eu me tornei eles.

À tarde, sou obrigada a voltar para o Olmsted porque rasguei a capa. Estou na cama refazendo o nó quando Lucie entra com os olhos inchados e esfregando o rosto. Quatro da tarde.

— Fiquei sabendo que tem alguém correndo pelo campus vestindo uma capa e... mas que porra é essa? — Ela me encara boquiaberta. — Era você?

— Culpada. — Amarro uma camiseta vintage do No Doubt com estampa da Neptune High.

— Você adora mesmo afastar as pessoas, não é? — questiona Lucie. Se eu não pensar no que aconteceu entre nós duas ontem, essas palavras não vão me machucar. — Beleza, então. Bom, eu vou dar o fora daqui o quanto antes.

— Boa sorte! — respondo, toda simpática. — Tenho certeza de que a gente está presa aqui pra sempre.

Pelo jeito que ela me encara parece que a estou assustando, e talvez eu esteja mesmo. Talvez até eu esteja um pouco assustada.

Causo o máximo de estrago que consigo antes de deixar a capa para trás e me vestir toda de preto para uma missão noturna. São dez da noite, ou seja, escuro o bastante para que eu invada o prédio de jornalismo sem que ninguém perceba. Todos estão imersos nas atividades da primeira noite, como se, depois de tantas semanas, essas coisas ainda importassem.

As lâmpadas esparsas lançam uma misteriosa luz esverdeada nos corredores. Tenho sorte de o jornal sair apenas segunda e quarta, porque senão a sala de redação provavelmente estaria cheia de gente no turno da noite. Mas é só até aí que minha sorte vai, porque a porta está trancada.

Dou um grunhido de frustração ao girar a maçaneta. Depois, tento jogar todo meu peso contra a porta, mas não adianta. Olho para o vidro e respiro fundo enquanto me preparo psicologicamente.

Antes que eu possa mudar de ideia, dou uma cotovelada no vidro com toda a força do meu corpo.

— Merda merda merda! — digo ofegante enquanto cacos se espalham ao meu redor.

Com a respiração irregular e trêmula, espero alguns instantes só para o caso de ter ativado algum alarme. Quando nada acontece, desprendo o braço e *ai, meu Deus*. Tem sangue. Não muito, mas o bastante para escorrer pelo cotovelo e antebraço e me deixar tonta por um segundo.

Amanhã vou estar bem, talvez só um pouquinho dolorida, mas ainda dói para cacete e é tanto vidro e e e...

Não importa, não importa. Sou o pesadelo invencível em forma de garota.

Puxo o braço de volta pelo buraco que fiz tentando evitar as pontas mais afiadas enquanto tento agarrar a fechadura com os dedos.

Quando consigo entrar, expiro com força e desabo contra a porta segurando o braço ferido no peito. Deixo o sangue desaparecer em minha camiseta preta. Droga, que insanidade, e eu devo estar delirando porque de repente começo a rir. Nada é engraçado. Tudo é engraçado.

Com certeza estou perdendo a cabeça.

Aos poucos, vou recobrando meus sentidos. Quando consigo respirar direito de novo, deixo a sala de redação me preencher com a sensação de calmaria de que tanto preciso. Todos dizem que os jornais estão morrendo, e é verdade. Faz anos que jornais pequenos andam fechando as portas pelo país inteiro. Mesmo assim, continuo nostálgica. Em casa, recebemos o *Seattle Times* todo dia, e é algo que sempre me deixa animada, principalmente as edições de domingo com as longas colunas de artes e culinária. As assinaturas que mantenho on-line são ótimas, mas nada se compara à sensação das notícias na mão, da tinta cinzenta que se gruda nas pontas dos dedos ou da emoção de uma revista chegar todo mês pelo correio.

Passo as mãos pelas paredes, pelas frases permanentes que não fazem sentido, mas que certamente eram hilárias quando foram escritas. Então nunca vou ter a chance de trabalhar aqui, é? Pois que se dane. Vou deixar minha própria marca.

Pego uma caneta de uma mesa próxima, tiro a tampa e encontro um espaço na parede logo acima de onde alguém escreveu *não quero colocar isso aí na boca, mas por você eu coloco, sim* com letras minúsculas. E... olha a ironia: não consigo pensar em nada para escrever. Talvez *Barrett Bloom passou por aqui*, mas isso só me faz lembrar de PROPRIEDADE DE BARRETT BLOOM, a tatuagem feita pela metade e há muito desaparecida de Miles. E pensar em Miles é uma má ideia, não importa o quanto eu deseje que as coisas voltem a ser como eram antes.

Perceber isso me deixa tão assustada que nem sei mais o que fazer.

Desvio desse pensamento, atravesso a sala de redação, passo pelo escritório de Annabel e entro em uma pequena salinha escura. Há uma placa que diz ARQUIVO na porta. Dessa vez, destrancada.

— Ai, meu Deus — suspiro enquanto ligo a única lâmpada.

Há uma cópia de cada edição do *Washingtoniano*, de décadas atrás até a semana passada, guardadas em armários rotulados empilhados do chão ao teto.

Aquela reportagem que Christina Dearborn encontrou no *Outro Lugar* era de 2005. Abro uma gaveta e começo com janeiro daquele ano. Uma matéria sobre um novo dormitório sendo construído, uma crítica de *Hitch – conselheiro amoroso*. Também não encontro nada em fevereiro e março. Mas em abril, bem ali na primeira página...

CORRERIA NO TRIMESTRE DA PRIMAVERA: SITE DE MATRÍCULAS CAI DEVIDO AO ALTO INTERESSE EM AULA SOBRE VIAGEM NO TEMPO.

Agarro o jornal com força; as palavras nadam no papel. *Ela existe*. Não apenas existe, como era *adorada*.

Em 2007, a encontro de novo em uma reportagem sobre pessoas que queriam pôr um fim naquela aula porque achavam que ela não ensinava ciência de verdade. Pais furiosos a chamavam de charlatona, de fraude. Manipuladora. "Ela realmente não bate bem das ideias, se é que você me entende", relatou um dos pais.

Avançando alguns anos, descubro que ela foi afastada, e bem quando estou puxando um jornal de novembro, um post-it amarelo neon me encara.

Removido dos arquivos virtuais do W
a pedido de E. Devereux.
Para mais informações:

E. Devereux.
Grand Ave, N. 17
Astoria, OR

ಲಲಲ

Subo as escadas até o sétimo andar porque agora sou #fitness e não tenho medo de exercício. Quase isso. Há uma energia frenética em minhas veias conforme avanço pelo corredor e passo pelo quadro de avisos que diz CONTINUE A NADAR — E A APRENDER! Paro na mesma hora porque eu jurava que era ESTUDAR e não APRENDER. Ou será que sempre foi APRENDER e minha mente que distorceu porque a rima ficaria muito melhor? Mas, pensando bem, só o analisei com atenção na noite que joguei spray de pimenta em Miles, o que pode muito bem ter acontecido em 1998. Minha memória está pregando peças em mim do mesmo jeito que acontecia com Miles logo que fiquei presa aqui.

Precisar vê-lo pessoalmente me deixa nervosa. O que é superbizarro, porque ele tem sido minha única companhia nas últimas semanas do dia. Mesmo assim, olha ele aqui: um anseio pulsante bem no centro do meu coração.

Por favor, que ele esteja acordado, penso enquanto bato à porta. Seu colega de quarto, se me lembro bem, deve ter ido para a festa com a namorada depois de terem usado o quarto para transar. *Por favor, que ele não esteja por aí em alguma festa ou encontrando seu amor verdadeiro e enfim escapando desse caos maldito.*

Demora uma eternidade e meia, mas finalmente, *finalmente*, ele abre a porta. Ver seu rosto me traz um alívio instantâneo. Aquele cabelo bagunçado e os olhos cansados são como um bálsamo para toda a anarquia dos últimos três dias. Odeio que seja tão bom vê-lo, que minha maior vontade agora seja desmoronar bem aqui em seus braços. Quase esqueço do beijo que não me lembro.

— Barrett? — Miles passa a mão pelo cabelo e abre mais a porta. — Tá fazendo o que aqui?

Ele está sem camisa.

Miles Kasher-Okamoto está sem camisa na minha frente e, subitamente, parece que nunca vi um ser humano antes.

— Você está sem camisa — deixo escapulir como a jornalista observadora que sou.

Ele olha para baixo, como tivesse acabado de perceber.

— Ah, me dá um segundinho. — A porta se fecha, ouço-o andando de um lado para outro e, alguns momentos depois, ele a abre de novo. — Foi mal. Eu estava indo dormir. Está tudo bem?

Balanço o jornal na frente de seu rosto.

— Achei essas matérias sobre a dra. Devereux nos arquivos do *Washingtoniano*. Miles, ela existe de *verdade*. E mora em Oregon. A gente podia ir atrás dela.

Ele não parece absorver nenhuma das minhas palavras.

— Puta merda. — Ele tapa a boca com uma mão e aponta para mim. — Seu braço. Você... está sangrando.

Sua voz assumiu um tom completamente afável. Se estava com raiva pelo que fiz na aula de sua mãe... agora parece não estar mais.

Olho para minha pele destroçada.

— Não importa — digo. — O que é mais um machucadinho para quem já foi atropelada por um caminhão? Amanhã vou estar novinha em folha.

— A gente devia desinfetar só para garantir. — *Só para garantir*. As últimas semanas foram um dilúvio de *só para garantir*. Hoje é o único dia que eu tenho certeza de que não quero repetir. Ele gesticula para que eu me sente, e estou cansada demais para fazer qualquer outra coisa, então estendo o braço. A dra. Devereux pode esperar até amanhã, porque sempre há um amanhã. E já decorei o endereço. — Meus pais me deram um mini kit de primeiros socorros para deixar aqui no dormitório. Eu tinha achado exagero, mas agora estou feliz pelo presente.

Ele pega a caixa do armário enquanto afundo na cadeira. Depois, segura um pacote de lencinhos esterilizados, como se estivesse pedindo permissão. Assinto e uso o outro braço para tirar os cachos bagunçados do meu rosto. Estou meio preocupada com minha aparência, mas Miles nunca fez nenhum comentário a respeito.

De pé ao lado, ele segura meu braço levemente com o dedão de uma mão enquanto aproxima o lenço com a outra. O lencinho treme um pouco antes de encostar na minha pele e a ardência faz com que eu me encolha.

— Desculpa — diz ele, recuando.

— Tá tudo bem. Só vai.

Ele se inclina gentilmente enquanto esfrega o machucado para a frente e para trás, tão concentrado que nem um furacão seria capaz de distraí-lo. Não consigo explicar, mas essa ternura me deixa com um pouco de vontade de chorar. Aquela pessoa tempestuosa que eu fui na sala de redação e pelo campus... é uma estranha para mim agora. Tudo aquilo hoje e ontem foi barulhento demais. Meu cérebro não parava de zumbir, zumbir, zumbir. Mas aqui... é quieto. Pacífico. Um oásis no meio do caos que minha vida se tornou.

Pensei que eu estava exausta. Que não tinha mais esperanças. Mas aqui neste quarto, de repente me sinto acordadíssima.

Miles é constante, e não apenas porque está preso aqui comigo. Sua mera presença já me puxou de volta à órbita. Mesmo depois de tudo o que aconteceu... confio nele, sim. Não apenas para enfaixar minhas feridas, mas com meus segredos. Meus medos.

E o mais assustador de tudo isso é que, lá no fundo, eu entendo seus motivos para ter mantido o beijo em segredo. E sei que sou capaz de perdoá-lo.

Com dedos ágeis, ele enfia o lenço de volta na embalagem antes de jogá-lo no lixo, desembrulha um curativo e, com muito carinho, coloca-o no meu braço. Cola as bordas bem direitinho. Observo suas mãos e vejo como está sendo cuidadoso comigo. Assim de perto, dá para sentir o calor emanando de seu corpo e ouvir o ritmo constante de sua respiração. Dá para contar cada um dos fios de seus cílios pretos como corvos. Tudo isso me deixa meio tonta.

— Tudo bem? — pergunta ele, piscando para mim.

Atordoada, não consigo fazer nada além de assentir.

Bem até demais, é o que quero dizer.

— Obrigada. Não precisava.

— Eu me sentiria um lixo se você acordasse com uma infecção amanhã. — Ele se reclina na cama, em uma posição que não devia ser tão atraente assim. — Está... tudo bem com a gente?

Engulo em seco. Será? Quero que esteja.

— Acho que sim.

— Que bom.

— Que bom — repito, e me pergunto quantas vezes duas palavras podem ser proferidas durante uma conversa.

Ele mexe com a barra do edredom azul-marinho.

— Andei preocupado com você. Desde que a gente, hum... morreu.

Miles diz a última palavra muito baixinho, como se isso fosse capaz de apagá-la de nossa memória compartilhada.

— Demorei muito para entender de manhã. Achei que a gente tivesse escapado.

— Eu também, por um momento. Mas aí...

— A realidade chegou.

— E a dona realidade sabe bem como ser uma desgraçada.

— Estou feliz que você não morreu — digo.

Há um indício de sorriso no canto de sua boca.

— Acho que é a coisa mais gentil que você já me disse.

Cutuco-o com meu braço ileso e então chego mais perto, me levanto e o abraço. É um gesto que surpreende a nós dois. Miles hesita por meio segundo e a cama o impede de cair para trás. Ele fica firme. Nós dois ficamos. Meu Jesus *Cristinho*... ele é quente, perfeito, maciço. As mãos estão pousadas na minha cintura, e eu me sinto *segura* de um jeito que nem sabia que era possível. Tenho que lutar contra o ímpeto de agarrar seu cabelo e me contento com um puxão gentil em seu colarinho.

Mesmo assim, algo acontece em sua garganta. Ele emite o mais suave e angelical dos grunhidos. Nas profundezas mais depravadas da minha mente, fico pensando em quais outros sons eu conseguiria arrancar dele.

Inalo seu aroma amadeirado e asseado. Uma pitada de suor. Estou com o rosto apoiado no pescoço dele. O coração bate bem acima do meu.

Como senti saudades.

— Desculpa — diz Miles, com a voz levemente abafada pelo meu cabelo. — Por não ter te contado. Por ter esperado até o último momento possível. Como você deve ter percebido nessas últimas semanas tendo apenas eu como companhia, não sou o melhor amigo do mundo.

Me afasto e o encaro. Aos poucos, nos separamos. É um processo esquisito em que reposicionamos braços e pernas e ajeitamos nossas roupas enquanto ele olha para o teto, e eu, para o chão. Parece íntimo, estar aqui tão tarde da noite, mesmo que Miles mal tenha tido tempo de deixar o quarto com a sua cara.

    Lembro de sua mão buscando a minha no carro quando chovia vidro sobre nós. De a apertar com firmeza.

    Como se, caso estivéssemos mesmo indo dessa para uma melhor, ele quisesse que fôssemos juntos.

    — Eu te perdoo — digo. — Obrigada. Por dizer tudo aquilo.

    Depois de tudo, Miles continua sendo tão gentil. Rígido e reservado a princípio, mas, bem no interior, é calmo e cuidadoso. Engraçado também, e na maior parte das vezes sem querer. Ele nem precisa se esforçar muito para me tirar do buraco em que me enfiei. Eu, tão decidida a escapar, e Miles, por outro lado, inescapável.

    — Tem certeza? — pergunta, e aquele sorriso volta, não do que eu mais gosto, mas é quase. — Porque eu ia te dar isso aqui.

    Ele pega algo de um saquinho de papel na mesa e estende um cookie de chocolate com flor de sal tão grande quanto seu rosto. Começo a sorrir como uma bobona.

    — Obscenos. Esses cookies são obscenos. — E então, porque estou aprendendo a não deixar as coisas para lá, porque quero ser genuína também, exatamente aquilo que estou descobrindo que não vai me matar, eu digo: — Sim. — Não quero deixar dúvidas. — Admito que você estava em uma situação incomum e desconfortável, e ainda não sou muito fã da forma como você lidou com tudo, mas consigo entender os seus motivos. E... acho que te conhecer não foi tão ruim assim. Quero que a gente seja... amigos.

    Amigos. Uma palavra pequena, uma coisinha apavorada. Não é que Miles e eu não sejamos amigos, disso já não tenho mais dúvidas. Não se transforma uma piscina de natação em uma piscina de bolinhas com alguém que não seja seu amigo, mesmo que essas duas pessoas sejam as únicas presas no tempo.

    A questão é que não tenho certeza se quero ser apenas *amiga* de Miles. Não devia ser romântico ele querer segurar minha mão quando estávamos prestes a morrer. Mas, mesmo assim, de repente é a única coisa em que consigo pensar, e é algo tão bonito, que agora eu realmente acho que vou cair no choro.

Miles parece se acender aos poucos, como se estivesse lutando contra aqueles sentimentos enquanto raios de sol atravessam seu rosto.

— É uma honra ser seu amigo, Barrett Bloom — diz ele, e parte o cookie monstruoso ao meio, de uma forma que faz um arrepio doce e elétrico subir pela minha espinha.

Não sei o que fazer, então tento ignorar o turbilhão de sentimentos e decido seguir com uma piada. É o meu jeitinho.

— Já te falei da taxa de adesão, né? — pergunto.

— Tenho dez mil na conta. Pode ficar com tudo, mas só se prometer não comprar cachorros ou sorvete.

E então começamos a rir, e as coisas voltam ao normal, mas é um tipo carregado de normal, um normal capaz de pegar fogo e queimar a Zeta Kappa. O pior de tudo é que agora estou imaginando como seria se realmente tivéssemos nos beijado, do jeito que fizemos na linha do tempo de Miles, mas não na minha. O momento que compartilhamos no Stanley Park antes daquele vislumbre. Quero outra chance, mas, apesar de toda a minha marra, não tenho experiência alguma. Não sei como nos levar àquela situação novamente.

Mesmo assim, nada me impede de imaginar como ele me beijaria. Porque sei exatamente como eu o beijaria: com intensidade o bastante para bagunçar seu cabelo e descobrir o que deixaria aquele grunhido que sai do fundo de garganta mais profundo. Devagarinho, só para ver se o torturaria. Eu o beijaria contra uma parede e na horizontal em uma cama de dormitório e...

— O que você andou fazendo nos últimos dias? — pergunto, desesperada para pensar em qualquer outra coisa que não sejam as imagens na minha cabeça.

Miles pula para o colchão de novo enquanto eu me sento de volta na cadeira e apoio os pés na armação da cama.

— Fiquei um pouco na fossa, não vou negar. E depois passei um tempinho na biblioteca. — Ele dá um meio sorriso tímido. — Mas de algum jeito, parecia errado sem você lá.

— Quem mais faria piada com os nomes estranhos dos cientistas que nem eu?

— Julian Schwinger não é um nome estranho... ok, ok, é meio esquisitinho mesmo.

Quando Miles me faz a mesma pergunta, conto de como me aproximei de Lucie.

— E eu, hum... confrontei ele. O cara do caminhão de sorvete. O que... fez aquelas coisas depois do baile.

Ele cerra os dentes.

— E como... foi?

— Péssimo. Só me senti pior ainda — digo, tentando esquecer de como Cole simplesmente se virou e foi embora. — Sei que tenho que deixar para lá. Mas vai levar tempo.

— Você não *tem que* fazer nada — diz Miles, com a voz mais suave. — Tem o direito de se sentir como quiser pelo tempo que quiser.

— Eu... você tem razão. Obrigada. — Encaro o curativo feito com tanta delicadeza. — Desculpa pelo que fiz na aula da sua mãe. — Não quero deixar pedra sobre pedra. — Foi muita falta de noção.

— A gente vai falar da capa?

— Eu estava passando por um momento delicado, certo? Mas quando a gente foi até Vancouver... foi um aniversário legal, né? Antes de tudo o que rolou.

— Meu melhor quase aniversário de dezenove anos.

— Que bom. — O jornal do outro lado da mesa me chama a atenção. É o motivo pelo qual vim aqui. Mas tenho muito tempo para contar tudo a respeito da dra. Devereux. Por enquanto, quero fingir que nada daquilo existe. — Miles? — chamo, e fico com ódio de como minha voz sai. Aguda e incerta, nada a ver com a voz maneira e dona de si que quero ter. As palavras na minha cabeça fazem tanto sentido para mim quanto equações de física. $\Delta B/\Delta M = ???2$ — O que você acha de assistir a *Orgulho e preconceito*?

Ele dá um sorriso.

— O com o Colin Firth ou com o Macfadyen?

— Você decide — respondo.

Eu não deveria ficar tão empolgada quando ele escolhe a versão de 2005, coloca o notebook em cima de alguns livros didáticos e vira a tela para nós. Nos ajeitamos juntos na cama, com um sorrisinho aqui e outro ali enquanto esticamos as pernas. Quando seu joelho toca no meu, tenho certeza de que não vou conseguir focar no filme.

A força de todo o desejo que vibra dentro do meu corpo é inebriante demais. Querer ser desejada é terrível, algo que já me levou a diversos caminhos questionáveis. E mesmo assim, nunca paro de *querer*.

Mesmo que falte poucas horas para o amanhã, não quero me sentir solitária esta noite, então me contento com um desejo que sei que posso satisfazer: ficar perto de alguém que fez com que eu me sentisse confortável em sair da minha armadura.

Por bem ou por mal, Miles se tornou essa pessoa.

DIA VINTE E SETE
~~HHT HHT HHT HHT HHT~~ II
Capítulo trinta e três

A PEQUENA CIDADE COSTEIRA DE ASTORIA, NO ESTADO de Oregon (população: pouco menos de dez mil habitantes), parece ter saído de um conto de fadas. É um lugar onde o oceano Pacífico polvilha o ar com sal e pitorescas casas coloridas pontilham as encostas. Devíamos ter levado três, mas demoramos quatro horas e meia para chegar, e o principal motivo é que bebi rápido demais o café que paramos para comprar antes de sair e, como resultado, precisei fazer xixi em dois banheiros de posto com níveis variados de limpeza.

Meu cérebro começou a bancar o safadinho com Miles. Enquanto ele bebia seu café em um ritmo mais lento e sensato do que eu, me imaginei tirando a espuma em seu lábio superior com um beijo em vez de dizer *está sujo ali em cima*. Me imaginei inclinando e sussurrando em seu ouvido para que pegasse a próxima saída, onde estacionaríamos em uma floresta isolada. Lá, pularia para seu colo, passaria minhas mãos por seu cabelo de novo, levaria minha boca ao seu pescoço e inalaria seu aroma.

Imaginei como ele, o cientista tímido que quer repetir tudo para garantir os mesmos resultados da primeira vez, reagiria.

O problema, agora que nos reconciliamos, é que cada centímetro de seu corpo se tornou atraente de um jeito que parece quase impossível para mim. Os nós dos dedos. Cotovelos. O pescoço. É bem inconveniente e, ao mesmo tempo, alarmante, ainda mais agora que não faço ideia se ele ainda sente alguma coisa por mim depois de tudo pelo que passamos.

Então, quando paramos em frente à pequena casa amarela e ele puxa o freio de mão, sinto uma faísca na barriga que não chega a ser cem por cento desagradável. Se já cheguei no ponto de achar sexy ver ele fazendo algo tão simples quanto puxar um freio, então não tenho mais jeito.

A casa parece um pouco deslocada neste quarteirão de casas vitorianas. Há painéis de energia solar no telhado e a cerca é cheia de pontinhos neon, o que a faz parecer uma galáxia. O gramado está um pouco alto, mas, repleto de plantas e flores que me lembram o jardim do terraço na UW, não parece descuidado. Há gnomos de argila por toda parte e, conforme nos aproximamos, percebo que alguns seguram tubos de ensaio, outros, lupas, e um tem até um telescópio apontado para o céu.

Há uma mulher branca mais velha sentada na varanda que veste jeans puídos, uma túnica de lavanda com um jornal no colo.

Com cautela, chegamos mais perto. Além de um punhado de perguntas que imaginamos durante a viagem, mas sem planejar nada muito específico.

— Doutora Devereux? — chama Miles.

Estamos nos limites da propriedade, onde uma calçada de seixos se conecta à calçada. Tomamos cuidado para não invadir.

— Pois não? — responde ela, sem tirar os olhos de sua cópia do *Astoria Bee*.

Uma brisa suave atinge seu cabelo grisalho, preso em um coque meio bagunçado.

— Meu nome é Miles e essa é minha amiga Barrett. Somos alunos da Universidade de Washington.

Agora, a senhora nos encara com cortantes olhos azuis.

— Foi a Amy que mandou vocês virem? — pergunta ela, e agora consigo notar o sotaque britânico. — Podem dizer que não vou mais dar aquela matéria. Não piso mais naquele lugar.

Sinto um arrepio na nuca e abraço meu cardigã com mais força ainda ao redor do machucado e da pele dilacerada de ~~hoje~~ ontem. Pensei que alguém tivesse forçado a barra para afastá-la da UW. Nos meus sonhos mais insanos, pensei até que ela poderia ter viajado no tempo para dar o fora daqui.

Nunca tinha me passado pela cabeça que talvez fosse a própria dra. Devereux quem não quisesse ser encontrada até achar aquele bilhete nos arquivos do *Washingtoniano*.

— Não, não. — Arrisco alguns passos para a frente. Pelo menos doze anéis de ouro, prata, bronze e estanho adornam seus dedos. — Encontramos algumas matérias sobre a senhora e viemos aqui por conta própria. Somos calouros. Hoje é o primeiro dia do trimestre.

— Bom... mais ou menos — acrescenta Miles, e trocamos um olhar que intensifica o arrepio e faz com que o calafrio deslize pelas minhas costas.

Uma das sobrancelhas pálidas da dra. Devereux se ergue ainda mais. Isso obviamente chamou sua atenção.

— Mais ou menos?

— Pra quase todo mundo, é o primeiro dia — explico, com um nervosismo saudável na voz. — Mas faz um tempinho que estamos aqui.

Ela fica em silêncio por um instante, dobra o jornal e mexe no anel grande de opala. Estou certa de que essa mulher vai gritar para que a gente saia de sua propriedade e nunca mais volte.

Só que ela diz:

— Vou fazer um chazinho agora. Querem me fazer companhia?

ʊʊʊ

O interior da casa parece a mistura de antiquário com ferro-velho, e digo isso com toda a gentileza do mundo. Mal há espaço para andar; o corredor e a sala de estar são cobertos de pinturas em molduras ornamentadas, engenhocas metálicas que não faço a mínima ideia do que são e pelo menos uns doze relógios velhos que não param de fazer barulho. Cadeiras de assento estofado, armários imponentes e um divã no mais belo tom de roxo. É visível que a casa não é capaz de acomodar tanta mobília assim, a maioria usada para guardar bugigangas. Dois gatos, um todo preto e outro todo branco, abrem caminho pelo caos como se conseguissem andar por ali de olhos fechados. E devem conseguir mesmo.

— Os vizinhos fazem uma reclamação na prefeitura a cada poucos meses — diz a dra. Devereux, e deixa o jornal em cima de uma mesa repleta de canecas vintage. — Tenho que segurar a língua pra não falar: "Tão achando o lado de fora ruim, é? Esperem para ver como é por dentro."

— Eu achei incrível.

Não estou puxando o saco dela. Sério, essa casa é incrível para cacete.

Enquanto entrávamos, Miles colocou a mão na minha mão e, sério, foi incrível para cacete também.

A dra. Devereux fica visivelmente comovida pelo elogio.

— Acho que acabei me tornando meio que uma colecionadora com o passar dos anos. Tem sido uma maneira divertida de me ocupar.

Quando a chaleira apita no fogão, ela serve o chá em três canecas que não combinam entre si. Todos os móveis parecem puídos e delicados demais para servirem de assento, então fico grata quando ela gesticula para duas poltronas de veludo em frente a um sofá vitoriano coberto de livros, que ela empurra para abrir espaço.

— Aquela é a Ada Lovelace e aquele é o Schrödinger — diz a professora, apontando para os gatos. O preto, Schrödinger, pula na cadeira ao meu lado. — Vai ter que desculpá-los. São gatos raros, do tipo que ama gente e não recebem muitas visitas.

Miles, como o encantador de animais que é, faz carinho debaixo do pescoço de Ada Lovelace, que ronrona, agradecida. Ele descobriu exatamente o que me deixa derretidinha e agora está decidido a me provocar o máximo possível.

— Então. — A dra. Devereux cruza as pernas e mexe em um dos anéis. — Vocês dois são alunos de física?

— Eu sou — responde Miles. Nossas cadeiras ficam apontadas na diagonal uma da outra, e quando a barra de sua calça roça na minha, ele não puxa o pé. — Ainda não oficializei que vou me formar em física, mas esse é o plano.

— E eu estudo jornalismo.

— É um belo trabalho o dos jornalistas — diz a dra. Devereux. — Da maioria, pelo menos. — Ela mexe no chá com uma colher em formato de mão-

zinha, e então seus olhos, brilhantes, azuis e inquisitivos, encontram os meus.
— Tenho que admitir que fiquei surpresa por vocês terem me encontrado.

— Você nem acreditaria se a gente contasse como foi difícil — comento. — Pensei que talvez você tivesse viajado no tempo de verdade. — Um sorrisinho discreto se espalha por seus lábios enquanto ela bate a colher na xícara. Mal consigo acreditar no fato de que estamos aqui com ela em carne e osso, com ela que parecia ter desaparecido da face da terra. — Ouvimos falar da sua matéria e achamos que... que talvez você pudesse nos ajudar com nosso... dilema.

— Ah. E podem me explicar um pouquinho melhor o que é esse dilema?

Meu coração acelera no peito. Foi para isso que viemos aqui. É sinistro demais que essa senhora tenha lecionado uma matéria sobre viagem no tempo na UW e nós tenhamos acabado presos em nosso primeiro dia lá. E ela sabe como é ser chamada de impostora, de mentirosa. Se existe alguém capaz de nos ajudar (ou de, no mínimo, nos ouvir sem julgamento), esse alguém é ela. Tenho certeza.

— Estamos presos, vivendo esse dia há semanas — digo baixinho enquanto permito que o calor do calcanhar de Miles me encoraje. — Bom... algumas semanas no meu caso. Mas muito mais tempo no caso dele. Não importa o que a gente faça, acordamos no mesmo lugar e no mesmo dia, 21 de setembro.

— Tentamos arrumar a linha do tempo de várias formas. — Miles toma um golinho do chá. — Refizemos nossos passos, praticamos boas ações, vivemos intensamente. E isso depois de horas e mais horas de muita pesquisa que não deu em nada.

— Resumindo, a gente tá desesperado — digo, com uma risada esquisita.

Todos os relógios batem às três da tarde ao mesmo tempo, o que me assusta tanto que derramo chá escaldante nas mãos. Ou melhor, não ao mesmo tempo. Alguns ficam para trás e criam uma cacofonia de badaladas. Há até mesmo um relógio cuco que se esforça para aparecer e cujo pássaro emite uma tosse triste.

— Peço desculpas — diz a dra. Devereux, que ficou quieta até agora. — Alguns precisam de conserto. — Com mãos trêmulas, coloca o chá na mesa à frente. Schrödinger fareja a bebida antes de torcer o focinho. Quando volta a deixar as mãos sobre o colo, elas continuam tremendo.

— E vocês juram que não estão me pregando uma peça?

— De jeito nenhum — responde Miles.

Depois de vários instantes de silêncio, a dra. Devereux dá um longo suspiro misturado com uma risada.

— Não consigo acreditar. O que não quer dizer que não acredito em vocês, porque acredito, sim — acrescenta ela rápido.

— Mas você estudava esse assunto — digo. — Dava aula sobre isso.

— Sim, mas era tudo teórico.

Miles endireita a postura, e então percebo que ele estava sentado de um jeito muito mais relaxado do que o habitual. Como se não estivesse mais lutando contra o próprio corpo.

— Quais são as suas teorias, então? O que você ensinava?

A professora aperta os lábios, como se estivesse decidindo o que quer compartilhar conosco. Então ela se levanta e resmunga para si mesma enquanto caminha por seu museu particular até parar em frente a uma mesa de tampo dobrável. Preocupada, encaro Miles e ele me dá o mais esperançoso dos olhares em troca.

— Tenho duas teorias — responde a dra. Devereux, remexendo na mesa. — A segunda quase me fez virar motivo de piada quando escrevi um artigo a respeito na faculdade. — Por fim, puxa um grosso maço de papel da gaveta e o ergue com um movimento vitorioso do braço. — Mas vamos começar daqui. Já ouviram falar da Interpretação de Muitos Mundos da mecânica quântica?

Faço que não enquanto Miles assente. Três semanas atrás, eu o teria provocado por causa disso. Mas agora isso só me cativa mais ainda. Meu coração é inundado com o que parece ser orgulho, é óbvio que Miles já ouviu falar dessa teoria. E se não tivesse, com certeza absoluta estaria fazendo anotações.

— Em resumo — a dra. Devereux continua —, significa que muitos mundos existem no mesmo tempo e espaço que o nosso. Paralelamente. É algo que sempre me fascinou. Que me tirava o sono e fazia meu cérebro enlouquecer com a infinidade de possibilidades. Em algum lugar por aí talvez haja uma versão de mim que vestiu uma blusa vermelha e não azul trinta anos atrás, e então toda a trajetória de sua vida foi alterada. Uma versão que decidiu aprender piano em vez de violino na infância. Uma versão que prefere café, e não chá.

Olho para o líquido na minha xícara. É tão parecido com o que Miles explicou dias atrás com os palitinhos de muçarela que chega a ser assustador.

— Foi a IMM que despertou meu interesse pela viagem no tempo, o que é impossível de analisar sem levar universos paralelos em consideração. A IMM permite que a possibilidade de viajar no tempo seja examinada sem toda a intromissão dos paradoxos temporais.

— Toda aquela coisa estilo *De volta para o futuro* — comento.

— Sem ir muito fundo, sim. Não dá para estragar uma linha do tempo porque existe um número infinito de universos paralelos, e, portanto, qualquer mudança causada pela viagem do tempo simplesmente criaria um universo novo. Ficar *preso* no tempo, por outro lado, é excepcionalmente fascinante. Seguindo os conceitos da IMM, vocês estão criando um novo universo a cada vez que acordam.

"Minha teoria defendia que existem pontos de conexão entre universos paralelos, lugares onde seria possível transmitir informações de um para outro. Se você imaginar um universo como uma esfera, esses pontos de conexão são os espaços onde os universos e, logo, nossas vidas paralelas, chegam mais perto de se tocarem, mas não se encostam de verdade. Acontece que, em raras circunstâncias, porque boa parte do universo é imprevisível, elas se tocam, *sim*. E é aí que seria possível transferir informações."

— Informações tipo... pessoas? — pergunto, com dificuldade de visualizar o conceito. Na minha cabeça, imagino duas latas conectadas por um pedaço de barbante que crianças usam para passar mensagens entre si.

Duvido que a dra. Devereux esteja imaginando a mesma coisa.

Ela ri com a minha pergunta.

— Não exatamente. Eu estava tentando expandir a pesquisa de outro cientista, e nosso enfoque era em um único íon. — *Ah, sim.* — Mas se conseguíssemos enviar informações, não vejo por que, na teoria, não consigamos futuramente desenvolver o equipamento para transmitir ainda mais.

Miles franze o cenho enquanto tenta decifrar a explicação.

— Esses pontos de conexão... É assim que podemos voltar para casa?

Casa. A palavra soa deliciosamente distante. Será que, com meu tornozelo tão perto, ele percebe minha tremedeira?

— Mas preciso repetir: tudo isso é teórico. Ninguém foi capaz de testar. Posso dizer que, sim, o que me parece mais lógico é que encontrar um jeito de atravessar esse ponto de conexão conduziria vocês para fora desse universo. Mas onde vocês acabariam? Será que chegariam no universo "certo", naquele que era para vocês terem continuado antes de ficarem presos? Será que encontrariam outras versões de vocês mesmos e correriam o risco de causar uma rachadura no continuum do espaço-tempo...? — Ela para de falar e nos dá um sorriso melancólico. — Isso eu não tenho como responder. Também lamento, mas não faço ideia de onde esses pontos ficam.

Resmungo e seguro a cabeça com as mãos.

— Então basicamente não temos saída.

— Não foi isso o que eu disse. — A dra. Devereux volta para o sofá e os gatos se aconchegam a seu lado. — É só... complicado.

Apesar de saber que as regras do universo não são nada como eu sempre imaginei que fossem, toda essa teoria virou minha cabeça pelo avesso. Todas as outras Barretts por aí que nunca vão saber que Miles ama filmes de época. Todos os Miles que nunca vão dar as mãos à Barrett Bloom.

É meio desolador.

— Você tem alguma ideia do porquê a gente fica voltando para o mesmo dia? — pergunta Miles. — Porque a gente não apenas continua seguindo a vida nessa realidade paralela?

— Minha melhor hipótese é de que algo não está funcionando direito. O universo não é infalível. Tem alguma coisa fazendo com que vocês continuem presos neste dia, repetindo esta quarta-feira em vez de seguirem em frente. Quase como... como um gato pisando num teclado e sem querer apertando o zero sem parar.

Tento visualizar algum felino celestial sentado em um computador espacial, pressionando 00000000000 e arruinando nossa vida.

— Mas por que a gente? — pergunto.

— Na verdade, isso se encaixa perfeitamente na minha próxima teoria — responde a dra. Devereux. — Não nos concentrávamos muito nessa nas aulas pela simples razão de ser um pouco mais... mágica. No caso, de alguma forma, vocês se desviaram do caminho certo e o tempo se meteu para ajustar suas trajetórias.

Olho para Miles e ergo as sobrancelhas.

— E você me mandando não humanizar o universo.

A provocação me garante um sorrisinho astuto. E talvez seja coisa da minha cabeça, mas o tênis dele parece estar pressionando o meu com mais força, o que não deveria me deixar nem de longe tão atordoada assim.

— O tempo é uma coisa esquisita e traiçoeira — continua a professora. — Até mesmo quando está agindo normalmente, seja lá o que nosso conceito de "normalidade" signifique. Quantas vezes estamos fazendo algo que amamos e juramos de pé junto que se passou só um minuto quando na verdade já se passaram horas? Ou o contrário, quando precisamos fazer algo insuportável? O tempo também é capaz de brincar com nossas memórias, ainda mais quando não age como deveria. Chamem de destino ou de acidente, mas seja lá o que for, pegou vocês de jeito. — Ela abre um sorriso. — Perdoem minha escolha de palavras.

— Com certeza é capaz de brincar com nossas memórias — repito. Isso explicaria aquele lampejo no parque e a dor que às vezes não vai embora. Toco o lugar onde Miles enfaixou meu braço ontem. — Isso a gente percebeu.

Ele assente.

— No começo, nada do que acontecia no dia anterior nos afetava. Agora, se eu cortar o dedo no papel, por exemplo, vou sentir quando acordar.

Saber que Miles está sofrendo há muito mais tempo do que eu, me faz querer envolvê-lo no maior cobertor de lã que eu conseguir encontrar.

— Supondo que uma das suas teorias esteja certa. A mais científica das duas — digo, com um olhar de soslaio para Miles, que ergue o cantinho da boca de um jeito tão adorável que chega a ser ridículo. O fato de eu ser capaz de controlar meus hormônios para fazer uma pergunta minimamente articulada à professora é uma façanha notável. — E supondo que a gente encontre esse ponto de conexão. O que faríamos?

Ela tamborila alguns dedos no queixo e o movimento faz com que os anéis reflitam a luz do sol.

— Gravidade — diz a dra. Devereux, por fim. — Se eu soubesse a localização do ponto de conexão, iria para onde a força gravitacional é mais forte.

— Que seria o mais perto possível do centro da Terra — explica Miles, mas com humildade.

— Vocês sempre recomeçam no mesmo horário, não é? Pelo menos até onde sabem. — Assentimos, e ela continua. — Nesse caso, eu tentaria estar nesse ponto de conexão na hora em que o ciclo for recomeçar.

Meu cérebro se esforça para absorver as informações.

— Só que esse ponto de conexão pode ficar em qualquer lugar.

— Deve ser um local onde vocês dois já estiveram, mas sim. No fundo do Grand Canyon ou no closet do quarto de uma criancinha, onde ela tem certeza de que há um monstro escondido. Ou em um milhão de lugares entre um e outro.

O fardo dessa resposta preenche o espaço entre nós. Miles, com os dois gatos no colo, tenta bebericar o chá. Nunca chegamos tão perto de desvendar este mistério, mas, ainda assim, me sinto mais distante do que antes. Mesmo com todo o seu conhecimento, a dra. Devereux nunca colocou nenhuma dessas teorias à prova. Encontrar um ponto de conexão, isso se a solução for essa mesma, parece tão fácil quanto encontrar uma semente de dente-de-leão em uma tempestade de neve.

A professora se levanta para pegar mais chá.

Há outra coisa em que ando pensando, e talvez eu não tenha outra oportunidade de perguntar.

— Posso perguntar por que a senhora saiu da UW? — questiono, cem por cento ciente de que qualquer jornalista decente começaria comendo pelas beiradas.

Mas acho que já passamos dessa fase.

Ela para a caminho da cozinha. Se eu não tivesse passado a última meia hora analisando-a, talvez não percebesse que ela mudou de postura.

— Minhas aulas não eram muito... respeitadas — explica a professora, à procura da palavra certa. — Os pais achavam que era um desperdício de dinheiro, e eu até entendo... o preço da mensalidade é um crime hoje em dia. E podem acreditar quando eu digo que não faziam questão de esconder o quanto queriam me afastar de lá.

— E aí você se apagou completamente da internet — digo, de coração partido.

— Fiquei cansada de ouvir as pessoas dizendo que eu era uma fraude. Que eu tinha ficado louca. Não dava para me concentrar na minha pesquisa com todas essas vozes na cabeça. Mas já faz muito tempo, e sinto saudades de lecionar. Quando me demiti, pensei que nunca fosse querer voltar, e agora, pouco mais de uma década depois... bom, eu me questiono às vezes. Parte de mim tem medo de que não me aceitem de volta, mas... não sei.

— Sinto muito — digo, com sinceridade. — Sinto muito que você tenha passado por isso.

Quando me encara, seus olhos se suavizam, e agora sua voz soa melancólica.

— Tive muito tempo para processar o que aconteceu, mas obrigada.

— Eu subornaria alguém para sair da lista de espera daquela aula — comenta Miles, e por Deus, amo que ele diga isso, não apenas porque é a cara dele, mas porque faz os olhos dela brilharem ainda mais.

Ada Lovelace pula no sofá e a dra. Devereux passa a mão pelo corpo da gata.

— Queria poder ajudar mais — afirma a professora. — Mas tenho uma reunião do conselho municipal hoje à noite. É dia de defender minha "monstruosidade" pela centésima vez. — Ela gesticula para mostrar que está falando da casa. — Podem ter certeza de que às vezes *parece* que estou presa no tempo também. — Rimos juntos, mas baixinho. — Estão convidados, mas não tenho certeza se vai ser muito empolgante.

— Você já nos ajudou bastante. — Me levanto. — Obrigada. De verdade.

— Por favor, não hesitem em me procurar a qualquer momento. — Ela rabisca o número de telefone em um pedaço de papel. — Memorizem isso aqui para o caso de precisarem me ligar. Embora possa muito bem ser uma versão diferente de mim. *Extraordinário*.

O adjetivo nos segue porta a fora.

Capítulo trinta e quatro

NÃO DAMOS UM PIO AO VOLTAR PARA O CARRO. É MINHA vez de dirigir, mas fico prestando atenção tanto na estrada à frente quanto no rosto de Miles. Ele franze as sobrancelhas enquanto mexe, agoniado, em um fio solto no assento do veículo.

Quero saber no que ele está pensando, quero que se abra para mim como já fez antes. No entanto, Miles não diz nada, então mantenho o bico fechado também.

Ele não pode perder as esperanças. Sim, ele está preso aqui há muito mais tempo do que eu, e se alguém tem o direito de se sentir assim, esse alguém é Miles. Mas se ele não acha que há uma saída, então... bom, então também não sei como me sentir.

Porque a questão vai muito além da minha vontade de beijá-lo até perder os sentidos. O que eu quero é conhecê-lo de *verdade*, quero ser a pessoa com quem ele conversa quando não sabe ao certo se é capaz de conversar.

Estamos atravessando a fronteira do estado de Washington quando avisto algo familiar.

— A gente devia ir à praia — digo, de repente, apontando para a placa.

LONG BEACH: 15 MILHAS.

A chuva assola o para-brisa.

— Nesse clima?

— Quando eu era criança sempre ia lá com a minha mãe. Quem sabe é uma boa para a gente dar uma espairecida. Respirar um pouco de ar fresco.

Miles pode ter se jogado às traças, mas me recuso a acreditar que estamos condenados. Não dá para nós dois sermos pessimistas, e não temos planos para o restante do dia. Temos é um monte de nada para fazer, uma imensidão vazia à frente que pode ser tanto uma oportunidade quanto uma maldição.

— Tá bom — diz Miles e, antes que ele mude de ideia, pego a saída.

Debaixo do mais nublado dos céus, passamos por algumas lojinhas de suvenir até chegar no estacionamento de um hotel, então deixo o carro ali na esperança de que esse passeio nos dê uma chance de descontrair. Reúno toda a minha confiança jornalística quando peço o melhor quarto para a atendente na recepção.

Começo a rir ao entrar em uma suíte no décimo primeiro andar. O espaço inteiro está coberto por pétalas de rosa: o chão, a cômoda, o corredor que leva ao banheiro. Provavelmente a banheira também. E há a cama coberta por pétalas com a cabeceira de ferro fundido e lençóis escarlates. Uma única cama neste quarto que eu pensei que teria duas.

— Pelo visto o melhor quarto era a suíte de lua de mel — digo, tentando levantar os ânimos e diminuir um pouco da tensão no recinto.

No fim das contas, minha única ferramenta para diminuir a tensão é um par de tesouras infantis. Quebradas, ainda por cima.

Miles deixa a mochila cair e inspeciona o ninho de amor.

— Será que é melhor pedirmos um quarto diferente?

— Que nada. A gente nem vai ter tempo de dormir.

As bochechas de Miles ficam coradas na hora. Parece até que eu sugeri que ele fosse para a cama comigo.

Ah. Meio que foi o que fiz mesmo.

— Quero dizer — digo, sentindo meu rosto ruborizando também —, não vamos ficar muito tempo aqui. O quarto é só para o caso de a gente ficar cansado e não querer dirigir de volta. Se bem que, nem faz muito sentido pegar a estrada de novo, né...

Queria que ele me interrompesse, que me impedisse de ficar divagando assim, mas não. Miles continua distante durante o início da noite enquanto exploramos o calçadão, compramos balinhas de caramelo salgado e comemos fritura. Não importa quantas piadas eu faça, ele continua perdido nos próprios pensamentos.

Depois do jantar, vamos caminhar pela praia escura. A chuva parou e há uma serenidade assombrosa nessa noite iluminada e cheia de vento. Os únicos sons são do céu, das ondas e de algumas pessoas desafiando umas às outras a entrarem no mar. O vento joga o cabelo ao redor de nosso rosto, e é provável que meu casaquinho leve não me aqueça o bastante.

Chega a ser cruel o quanto Miles fica bonito assim, contra o crepúsculo, com o cabelo bagunçado e os olhos combinando com o céu. É o tipo de imagem que me faz querer ser uma artista, mesmo que apenas por esta noite. É isso o que eu devia ter feito esse tempo todo... é tão óbvio agora. Aprendido a pintar só para ser capaz de capturar este momento.

É mais fácil ficar pensando no passado do que em nosso futuro.

— Que mentira — digo, apontando para a placa que diz PRAIA MAIS COMPRIDA DO MUNDO. — Lembro de pesquisar no google na primeira vez que vim aqui e de ficar extremamente decepcionada. Mas mesmo assim olha eu aqui.

Miles oferece apenas um sorrisinho singelo. Se houver alguma forma de ajudá-lo a passar por isso do mesmo jeito que ele me ajudou, tenho que tentar. Não estamos sozinhos e, independentemente de ter sido intencional ou apenas por acidente, há uma conexão aqui. Um ponto onde duas coisas não deveriam se tocar, mas se tocaram mesmo assim.

— Tá bom, chega desses sorrisos tristes — digo, com gentileza. Paro de andar e aperto a jaqueta fina ainda mais ao meu redor. — Me conta o que tá rolando nesse seu cérebro impressionante.

— Tudo — responde ele, por fim, e se dá ao direito de proferir uma risada autodepreciativa.

— Ah, é só isso? — Faço uma careta. — Foi mal. Vou parar com as piadinhas. Estou pensando em tudo também. — Abro os braços em direção ao oceano. — Talvez a gente tenha sorte e encontre um ponto de conexão bem aqui. Ou então o universo vai decidir que aprendemos algo e que estamos prontos para seguir em frente.

De algum jeito, dizer essas coisas em voz alta faz com que ambas pareçam igualmente improváveis.

— Ou quaisquer outras inúmeras possibilidades — comenta Miles. — Mas o que está me pegando nem é a dra. Devereux.

— Sou uma boa ouvinte também — digo, lembrando do quanto ele me ajudou a me abrir. — Quando saio da defensiva.

Com as mãos no bolso da jaqueta estofada, Miles cutuca a areia com um dos Adidas verde-escuros. Suas roupas são bem mais apropriadas para o clima do que as minhas, mas não ligo para o frio. Eu ligaria muito menos se pudesse me aconchegar nele e deitar minha cabeça em seu ombro, mas já estou divagando.

— Parece que estou dividido entre dois extremos — Miles começa a dizer, mais para a areia do que para mim. — Às vezes não consigo parar de pensar no que vamos fazer se a gente nunca sair dessa. E às vezes... me sinto sortudo para cacete.

Fico chocada, tanto pela profanidade, já que ele não tem o costume de falar palavrão como eu, quanto pela escolha de palavras. *Sortudo*. Um termo que eu jamais usaria para descrever nossa situação.

Antes que eu possa dizer qualquer coisa, ele continua:

— Por muito tempo, eu achei que não sabia como me divertir. Sei que deve parecer ridículo. Tenho dezoito anos, moro em uma cidade grande com todo conforto possível. E ainda assim... acho que eu tinha tanto medo de acabar que nem o Max e queria tanto ser o filho perfeito que me fechei para todas essas oportunidades. Me obriguei a ser *tão* cuidadoso que devo ter perdido todas essas experiências "normais" da adolescência. — Seu olhar sincero e profundo encontra o meu e remove a dor que sinto no peito. — Tentei provar que seria o oposto de uma única maneira: sendo estudioso, alguém que recusava qualquer chance de *viver* a vida porque sempre haveria um risco e eu não podia se dar ao luxo de arriscar nada. Esses dias extras... às vezes pareciam um jeito do universo me dizer para relaxar um pouco nessa merda.

Humanizando o universo, sinto vontade de falar, mas não falo.

— Você relaxou — digo, baixinho, e estendo a mão para roçar a manga de sua jaqueta. É o mais breve dos toques, e então volto a abraçar minha própria jaqueta. — Ficou mais tranquilo.

Miles assente de leve, como se fosse incapaz de dizer o quanto se acalmou nessa merda. Depois, olha para o lugar que acabei de tocar e passa a ponta de um dedo ali.

— A ideia de abrir mão do controle, de não saber o que vai acontecer... é assustadora. É parte do que me faz amar a ciência. Tudo precisa ser repetido umas mil vezes antes de chegar a uma resposta. — Ele dá alguns passos em direção ao oceano. — Eu tinha muita esperança de que na faculdade seria diferente. Mas mesmo com a liberdade que eu tenho, às vezes me sinto mais isolado do que antes. Você acreditou quando falei que tinha passado dois meses na biblioteca. E foi só quando você ficou presa também que eu percebi como queria dar o fora. Não só da cela, mas dessa prisão que eu mesmo criei. — Miles fica em silêncio, me encara de novo e eu não desvio os olhos de seus traços adoráveis. — Sabe quando a gente falou de viver intensamente? Eu não conseguia nem pensar no que fazer.

— Nossas definições de viver intensamente não precisam ser iguais.

— Mas esse é o ponto. Nem sei se eu tenho uma definição. Sério, eu nem sabia que era capaz de me divertir daquele jeito. Adotar cinquenta cachorros? Criar uma piscina de bolinhas ilegal? Fazer uma tatuagem pela metade? Parecem coisas que nenhuma versão de mim faria.

— Mas você fez — digo. — E eu morri de inveja do quanto aqueles cachorros te adoraram.

Com isso, os músculos de sua mandíbula relaxam um pouquinho e ele me dá um sorrisinho. Nunca quero perder a capacidade de fazê-lo sorrir. Mesmo que seja sutil.

— De um jeito estranho, essa bagunça mudou a percepção que tenho de mim mesmo. Me fez perceber que não preciso ser aquela pessoa reservada e cautelosa de antes. Que não tem problema correr riscos, porque o perigo pode render algo incrível. E talvez você diga que estou sendo melodramático, mas por mim, beleza. Eu aguento.

Ele dá um tapinha no peito e ergue as sobrancelhas para mim de uma forma que faz meus joelhos tremerem. Um desafio.

Balanço a cabeça.

— Não é melodramático. — Minha voz está tão baixinha que poderia facilmente ser engolida pelo oceano. — Já me senti assim.

— Sério? — Miles se inclina para a frente. Há poucos centímetros entre nós. Toda a esperança depositada nessa única palavra me diz que posso ser vulnerável com ele. Que ele vai entender qualquer coisa que eu decida contar.

— Construí na minha cabeça essa ideia de que a faculdade mudaria minha vida — digo, observando quando uma lufada de vento derruba o chapéu da cabeça de alguém a uns dez metros de distância. — E antes mesmo de eu ficar presa, estava tudo dando tão errado que fiquei com medo desse lugar acabar não fazendo nem diferença, que eu continuaria sendo a mesma de sempre. A pessoa que usa sarcasmo e indiferença como armadura.

Porque se eu fingir que não me importo, se não me abrir para os outros, não preciso me machucar. Não preciso mostrar as cicatrizes que já tenho.

Ou admitir que lá no fundo sou frágil e me importo *até demais*.

— Eu sei que foi só o primeiro dia e que eu estava no campus há menos de uma semana — digo. — Mas agora estamos presos de verdade e se torna cada vez mais difícil entender como alguém seria capaz de sair daqui sendo uma pessoa completamente diferente. Me sinto a mesmíssima pessoa de sempre, e às vezes fico cansada para cacete dela.

Há um olhar estranho no rosto de Miles enquanto ele absorve o que falei.

— Barrett, você *está* diferente. Você não é mais a pessoa que me falou que não ia mais fazer física e que aquela era a última vez que nossos caminhos se cruzariam. Você... nem sei ao certo se tenho os termos certos para te descrever, e eu... — Ele perde o fio da meada e suas palavras desaparecem pela noite.

Não sei ao certo como dizer o quanto é reconfortante ouvir isso.

— Você me apavorava no começo — diz Miles, e eu dou uma risada, apesar de sentir um quentinho engraçado no coração. — Sei que, tecnicamente, nos conhecemos pela primeira vez em dois dias diferentes, mas na primeira vez que te conheci, na sala de aula, eu fui um santo. Você precisa acreditar em mim. Levou um tempo para desenvolver aquele nível de babaquice que você viu.

— Acho que você nunca me contou como eu era naquele primeiro dia.

Ele passa a mão pelo cabelo bagunçado antes de colocá-la de volta no bolso e dá um sorrisinho.

— Você entrou na sala que nem um furacão. Como se tivesse escalado uma montanha para chegar lá.

— É um belo jeito de dizer que eu estava toda suada.

Miles ri e dá um empurrãozinho no meu ombro que faz uma corrente elétrica, capaz de iluminar uma pequena vila, percorrer meu braço. Se eu ainda tinha dúvidas de que ele sentia alguma coisa por mim, há algo nesse empurrão que confirma tudo. Seu braço permanece conectado ao meu por um instante a mais do que seria necessário, e mesmo com todas essas camadas de roupa entre nós, sinto o toque nos meus dedos do pé.

— Foi uma metáfora. Pelo menos a maior parte. Você inspecionou a sala como se quisesse escolher o assento certo, mesmo que houvesse uns cem lugares vazios. Usava óculos bem bonitos e o cabelo todo bagunçado. Eu não conseguia parar de te olhar. Você estava vestindo uma camiseta da Britney Spears e nem era de zoação, o que eu achei foda. Pensei em falar que também gostava da Britney para que nossa amizade começasse assim. Mas eu era tímido demais.

Tudo isso me faz sentir um choque elétrico ainda mais fatal.

— E aí você pediu a senha do Wi-Fi — continua ele. A expressão em seu rosto é de pura alegria, e talvez seja a coisa mais fofa que já vi na vida. — E juro que eu te passei naquela primeira vez. Fiquei feliz por você ter falado comigo primeiro, porque eu não fazia ideia de como te abordar. Mas, nossa, só Deus sabe o quanto eu quis dizer alguma coisa no momento em que você entrou. — Suas bochechas ficam coradas. — Foi ridículo o quanto eu fiquei orgulhoso só de te passar uma senha. Mesmo que estivesse escrita no quadro. Você parecia... areia demais para o meu caminhãozinho.

— Até parece.

É mais fácil duvidar do que acreditar, ainda que meu coração acelere e eu lute contra um sorriso. A Barrett do primeiro dia com certeza morreria. A Barrett do dia 27 talvez esteja quase lá.

— É sério — diz Miles.

Suas palavras no Stanley Park me voltam à cabeça. *Você era a pessoa mais interessante do campus.* Mais do que tudo, queria conseguir lembrar dessas primeiras vezes que nos conhecemos.

— Passei a vida inteira sem deixar ninguém se aproximar. E, no fim das contas, ainda não sei como me comportar em um... um relacionamento. — Ele fica ainda mais vermelho e então vira o rosto para encarar a água. — Não que o que a gente tenha seja um relacionamento. Quero dizer, pelo menos não *daquele* jeito. É só... uma conexão. Entre duas pessoas. Meu Deus do céu. Viu só? — Ele resmunga e passa a mão pelo cabelo de novo. — Eu sou um desastre.

— Olha, de um desastre ambulante para outro: eu diria que você está até se saindo bem.

Começou a chover de novo, uma garoa leve que faz a maior parte dos banhistas correr de volta para a calçada. Há areia subindo pelos meus calcanhares e pontilhando meus joelhos, mas essa é a última coisa com que me importo agora.

— Para mim, a pior parte é saber de algo que vai acontecer no fim dessa semana e que nunca vou conseguir ver — digo. — A namorada da minha mãe vai pedir ela em casamento amanhã. E como o amanhã nunca chega...

— Barrett. Sinto muito — diz Miles, colocando a mão na manga da minha jaqueta, e eu sei que ele está sendo sincero.

Dou de ombros de um jeito sofrido e o encaro.

— É assim a vida em uma cela infinita.

— E se você convencesse ela a pedir sua mãe em casamento hoje? Quero dizer, não *hoje* hoje, mas o hoje de amanhã. Eu... posso ajudar, se você quiser.

— Óbvio que eu quero. — Uma frase tão simples, mas que talvez esconda muito mais nas entrelinhas. *Óbvio que eu quero.* — Sabe... acho que vale a pena tentar, e eu estou quase com raiva por não ter pensado nisso antes. Obrigada.

Caminhamos em um silêncio confortável por mais um tempinho, parando de vez em quando para admirar as conchas brancas e cor-de-rosa enterradas na areia. A chuva fica mais intensa e Miles me oferece o casaco, mas recuso. O frio é refrescante; fazia séculos que minha mente não ficava tão límpida. E isso me permite admitir algo assustador a mim mesma: o que sinto por Miles Kasher-Okamoto, quer estejamos discutindo, fazendo piadas ou procurando em silêncio por conchinhas na praia (que não é a mais longa do mundo).

Esse *loop* temporal se tornou um treinamento para "seguir em frente mesmo com medo", uma frase estampada em um dos cartões que minha mãe vende. Para ter a coragem de manter a esperança mesmo quando tudo parece perdido. E Miles... Miles não me faz sentir que tudo está perdido. Na verdade, ele faz eu me sentir bem comigo mesma de um jeito que ninguém nunca fez. Não sei ao certo o que existe entre nós, mas quero mergulhar de cabeça, segurando o medo com força contra o peito para não esquecer de como tudo começou e ao mesmo tempo permitindo que algo maior abra meu coração.

Com Miles, sinto que não tem problema sentirmos medo juntos, e há algo de adorável nisso.

Não importa o motivo pelo qual o universo nos escolheu, Miles e eu encontramos um ao outro neste estranho eco do mundo. E isso significa alguma coisa.

— Talvez a questão nem seja que a faculdade devesse mudar a gente. — Examino o que acho que é uma perfeita bolacha-do-mar, mas quando a viro percebo que é apenas um fragmento. — Talvez nosso destino seja continuar sendo o que sempre fomos.

— É um jeito meio cruel de encarar a situação.

Balanço a cabeça, porque não estou conseguindo me expressar direito.

— Talvez as pessoas não estivessem erradas quando disseram que a faculdade ia ser essa experiência maravilhosa que mudaria nossa vida. Porque já passei por quase trinta primeiros dias até agora, e sempre que a gente estava junto foi maravilhoso.

É preciso uma tonelada (no sistema métrico mesmo) de coragem para dizer isso, então fico chocada quando Miles desdenha.

— Que foi? — pergunto. A chuva, que ficou ainda mais forte, pinga em minhas bochechas e embaça meus óculos, mas nenhum de nós se move. — Tentei te elogiar, cara. E talvez pagar de *profundona*. Me deixa aproveitar o momento.

— Não é possível que você acredite mesmo no que disse. Que eu... que eu seria o motivo de algo ser maravilhoso.

Sem me encarar, ele se atrapalha com a última palavra.

— Miles, será que a gente precisa ter uma conversinha sobre autoestima? — Paro de caminhar, na esperança de que assim ele vire a cabeça em minha direção. Quando vira, a incerteza em seu rosto me parte o coração. Miles não acredita mesmo em mim. O que me deixa com vontade de abrir meu próprio jornal só para encher páginas com tudo o que gosto a seu respeito e com fotos espontâneas dele. Fotos que mostrem principalmente suas orelhas, seus olhos e a curva de sua mandíbula. — Certo, quando a gente se conheceu, você era meio chato. Mas todo mundo tem zonas de conforto, e algumas são mais confortáveis do que outras. Mais difíceis de deixar para trás. Você tem suas paixões e um jeito só seu de fazer as coisas, mas também é tão... tão *aberto*. Quer absorver cada pedacinho de novidade que puder, categorizar, analisar e depois idealizar um plano para fazer tudo de novo. E, acima de tudo, tenho a impressão de que você *quer* aproveitar as coisas. É por isso que é maravilhoso. Porque eu consigo ver tudo através dos seus olhos.

E *essa*. *Essa* é a reação que eu esperava, mas vê-la estampada no rosto de Miles é ainda melhor do que imaginei. A princípio, como sempre, ele tenta evitar o sorriso. Mas é forte demais, até mesmo para os músculos treinados de sua mandíbula. Seus olhos cintilam e o sorriso vai se abrindo cada vez mais até ser capaz de iluminar essa praia inteira.

Já não vou mais preencher todas as páginas de um jornal. Vou é começar um conglomerado de comunicação só para declarar o esplendor imperturbável e o charme silencioso de Miles Kasher-Okamoto. Vamos entrevistar os maiores cientistas do mundo e vincular anúncios para cada futuro filme de época. Vamos ter todo um site dedicado ao seu sorriso.

E isso faz com que *eu* me sinta sortuda por, como Miles disse antes, ter a oportunidade de conhecer todas as partes escondidas dele.

— Obrigado — diz ele, daquele jeitinho sincero e característico de sempre. Acho que nunca no mundo um "obrigado" foi dito com mais sinceridade do que neste momento. — Por um tempo, lá no começo, você era tão intimidante. Mesmo que eu já tivesse te encontrado dezenas de vezes, ainda não sabia direito o que falar. — Ele se aproxima mais. — E nada seria capaz de me preparar para te conhecer de verdade.

— É impossível que eu ainda te deixe intimidado.

Ele balança a cabeça e levanta a manga da jaqueta para enxugar as gotas de chuva nos meus óculos.

— Não de um jeito ruim. De um jeito empolgante, porque eu nunca sei o que você vai falar ou fazer. Você é desafiadora, frustrante e fascinante, tudo ao mesmo tempo. E é hilária de um jeito único que sempre me deixa em alerta. Te fazer rir é que nem ganhar na loteria. Quando você ri de alguma coisa que eu falei, mesmo que esteja rindo *de* mim... não tem nada igual.

Fascinante. É minha nova palavra favorita. Passei anos fingindo que era o extremo oposto de insegura. Que não era solitária.

E durante todo esse tempo, eu era fascinante também.

— Você é engraçado — insisto, porque tenho a impressão de que seja algo que Miles nunca imaginou que seria.

Seu braço toca no meu e fica ali. Seus dedos envolvem minha mão gelada enquanto meu coração bate descompassado no peito. Quero dar outro adjetivo a ele: *corajoso*. Ele é tão corajoso que me faz querer ser corajosa também. Com o dedão, traceio círculos nos nós de seus dedos e na sua palma. Com a mão tremendo, mas sem soltar a minha, ele fecha os olhos por um instante.

— Quando você fala do ensino médio. Eu só... fico mal por todo mundo que nunca conseguiu apreciar esse seu lado. É uma pena.

— Miles, para. — Preciso de mais do que nossos dedos entrelaçados. Jogo meus braços ao seu redor, puxo-o para perto e inalo o aroma do Primavera Irlandesa e de algo que é puramente *ele,* um cheiro intrínseco a Miles do qual nunca me canso. Ele me fornece um calor maciço quando me abraça tão apertado que a impressão é de que vou sair flutuando caso ele me solte. Agora me permito tocar o cabelo na base de seu pescoço e, com gentileza, passo meus dedos por ali. Deve ser para o nosso bem que não estamos mantendo contato visual, porque meu coração simplesmente não aguentaria. — Vou chorar.

Miles ri, e sinto suas cordas vocais em minha garganta.

— É sério. Se eu acordasse mil vezes no mesmo dia, cada um seria diferente por sua causa. Todos impactariam minha vida. Por sua causa.

Ele fala isso com a boca a um fôlego de distância da minha pele e, quando solto o ar, a ponta fria de seu nariz encontra meu ponto de pulso. Ele para ali. E então, com toda a calma, traça uma linha ao longo do meu pescoço.

Ah.

Mais para cima, mais para cima, mais para cima até eu ter certeza de que vou desmaiar a qualquer segundo. E é a melhor coisa que já senti. Estou prendendo a respiração, preocupada que, caso eu me mova uma fração de centímetro sequer, ele pare.

Mas não para.

Sua boca, quente e desejosa, se move por minha mandíbula. Mas em vez de encontrar meus lábios, Miles vai em direção à minha orelha direita. Há uma respiração quente e urgente, que pode ser tanto dele quanto minha ou de nós dois, e então sinto sua língua varrer uma gota de chuva. E outra. *Jesus do céu.*

Estremeço devido ao vento, à sensação de Miles assim tão perto, com a boca escondida logo atrás da minha orelha.

— Ainda vai chorar? — pergunta ele, com a voz rouca.

Tudo o que precisei fazer foi começar a mexer a cabeça, e o movimento leva minha boca diretamente até a dele.

Isso.

É um beijo desesperado, carente, e não sei bem quem tomou a iniciativa, só sei que nada nunca me pareceu tão *certo*. Semanas e semanas de lembranças se derramaram neste beijo; longas noites, manhãs nascentes e viagens de carro que nunca nos levaram de volta para onde começamos. Brigas, tréguas e teorias. Perco minhas mãos em seu cabelo enquanto ele envolve minha cintura com os braços e me puxa para mais perto. Me ancorando.

Abro meus lábios e contorço minha língua com a de Miles. Ele é calor, doçura e esperança, e amo o jeito que suspira contra minha boca e emite esses murmúrios fracos que deixam meus braços e pernas dormentes.

Arrasto minhas mãos ao longo de seus braços, descendo pelas costas.

— Por que essa porra dessa jaqueta tem que ser tão estofada? — digo baixinho, e ele ri enquanto abre o zíper o mais rápido possível.

E... agora sim, peito, cintura e quadril pressionam meu corpo. Me desejando. Passo os polegares pela fivela de seu cinto. Descubro que ele sente cócegas quando meus dedos roçam sua cintura.

Miles leva as mãos até meu rosto e então até meu cabelo molhado e emaranhado.

— *Barrett* — diz ele, com um suspiro.

E o destino dessa frase, seja lá qual for, se perde no gemido que ele deixa escapulir quando, com a boca, mapeio o contorno de sua mandíbula, de todos os músculos que costumavam impedi-lo de sorrir. Seu pescoço. Ele me agarra com mais força, leva uma mão até minhas costas, por baixo da jaqueta, enquanto sinto o gosto da chuva salgada em sua pele. Miles, pelo visto, gosta de ser beijado em praticamente todos os lugares.

Há tanto dele em que quero colocar as mãos. Que quero ver. Mas, por enquanto, no escuro, me contento apenas com o toque. Com o *tato*.

— Melhor do que a primeira vez? — pergunto quando nos separamos e nossas respirações se sincronizam.

Rápido. Devagar. Rápido. Rápido. Devagar. Seu cabelo está uma confusão, e seus olhos, semicerrados.

— Nem se compara.

Ele me puxa para mais perto, como se fosse capaz de me proteger do vento e da chuva, e então tem uma ideia melhor: me aperta contra seu peito e tenta fechar a jaqueta ao redor de nós dois. Estou prestes a dizer que tenho certeza de que sou grande demais e que provavelmente só vai acabar ficando esquisito pra todo mundo, mas, por milagre, dá certo. Acho que nunca me senti tão aconchegada quanto agora, abrigada aqui dentro.

Passo as mãos ao longo de seu peito e ombros. É quase uma necessidade me certificar de que ele é real. Consigo sentir seu coração acelerado em minha bochecha.

— Meu Deus! Como eu gosto de você — digo. — Cada detalhe e nenhum segundo desse momento parece real.

Mesmo no escuro, é possível ver seu sorriso de um milhão de watts.

— Tomara que seja real mesmo. Porque eu meio que estou muito na sua, caso ainda não tenha percebido. Faz semanas que estou mais do que caidinho por você, e provavelmente fiz um péssimo trabalho demonstrando, e...

Puxo sua boca para a minha de novo.

Não sei ao certo quanto tempo passamos lá fora, empacotados dentro de sua jaqueta com as estrelas e o oceano fazendo a noite parecer infinita. Dois solitários com o mundo inteiro ao alcance das mãos.

Capítulo trinta e cinco

QUANDO A CHUVA SE TRANSFORMA EM TEMPORAL, DEcidimos voltar para o hotel. Mãos ansiosas e ardentes se atrapalham com o cartão chave até que enfim abrimos o quarto e ele me pressiona na porta em um beijo com gosto de oceano.

— Ai, meu Deus, as pétalas de rosas — digo. — Juro que não foi um golpe para te trazer para a suíte de lua de mel.

— Acho que eu não ia me importar se fosse.

Tiro sua jaqueta e, quando nos beijamos de novo, é ainda mais frenético. Línguas, dentes e mãos gulosas. Nos atrapalhamos para tirar os suéteres e os sapatos. Cada momento que meus lábios passam longe dos dele parece um desperdício. É só quando a parte de trás das minhas pernas se choca na cama que me dou conta: estamos sozinhos em um quarto de hotel, não precisamos dar satisfação a ninguém e não temos hora para voltar para casa. É um sentimento arrebatador e inebriante.

— Meu Deus, como você é linda — diz Miles, com os olhos fixos nos meus e as mãos perdidas no meu cabelo. — Posso falar isso? Porque eu meio que não consigo acreditar que isso está acontecendo.

— Pode — respondo, com uma risada, mesmo que o elogio me deixe tonta.

Arrasto-o para a cama comigo, para cima de mim, enquanto passo as mãos por suas costas, debaixo de sua camisa e, então, arranco-a. Alguns instantes depois, minha blusa se une a ela no chão. Pele quente, respiração entrecortada e... *ai, meu Deus*, não existe uma parte desse garoto de que eu não goste. Ele gentilmente tira meus óculos e os coloca na mesinha de cabeceira ao nosso lado. Sua boca viaja por meu pescoço, incendiando o mesmo caminho que percorreu na praia, só que agora de trás para a frente. Na praia, foi expectativa. Agora é agonia.

— Adoro suas orelhas — sussurro. Ele emite um som baixo e irregular quando beijo uma e depois a outra, gentilmente chupando o lóbulo e descobrindo que é algo de que ele gosta para caramba. — Só achei que você precisava saber.

Depois, pressiono os lábios na cicatriz crescente debaixo de seu olho esquerdo e, ao longo de minhas costelas, ele traceja o hematoma que não deveria existir.

— Dói? — pergunta Miles.

— Não mais.

Encontro uma mancha avermelhada parecida em seu abdome, um lembrete da noite que quase nos destruiu. Isso me faz beijá-lo com mais intensidade.

Quando empurro meu quadril contra o dele e Miles empurra de volta, vejo estrelas. Não lembro de já ter desejado algo tanto quanto o desejo agora, e eu simplesmente amo isso. Me agito contra seu corpo, à procura de um ritmo, e ele geme bem na minha orelha antes de mordê-la. E eu amo isso também.

— Sei que a gente tá em um quarto de hotel, mas... não precisamos fazer nada que você não queira — diz ele, ofegante, com palavras que colidem umas com as outras. — Ou... o que *você* quer?

Penso na pergunta. Não é que eu queira apagar meu passado como eu talvez teria feito antes. A questão é que eu o quero, definitivamente, de todas as formas que puder ter. E mesmo que esse dia nunca pare de se repetir, a noite de hoje parece tingida com um anseio elétrico e precioso.

Não quero me segurar.

— Você. Tudo.

Uma pausa. Seu coração batendo forte. E então uma lufada de ar quando ele expira e diz:

— Eu também.

— Você quer fazer amor comigo — digo com uma cadência provocante na voz, me lembrando de como ele falou lá no nosso caminhão de sorvete.

Tento não me prender na palavra *amor*, mas ainda assim ela passa por meus lábios sem nem pestanejar.

Ele fica todo vermelho.

— Sim. Eu quero.

Mudamos de posição para que Miles possa desabotoar a calça e rezo para conseguir tirar a minha sem ter que puxar muito. É quando me livro do jeans e me reposiciono em cima dele que a realidade me toma de assalto: estou quase nua com um garoto que é muito mais magro do que eu.

Então paro abruptamente, encaro meus peitos um pouco grandes demais para este sutiã e minha barriga que ultrapassa o elástico da calcinha. Minhas coxas provavelmente equivalem a uma coxa e meia dele. Não sei o que ele vê quando me olha e, neste momento, não saber é assustador.

— Eu... — começo a falar, incerta de como prosseguir. — Não sei se eu sou o que você esperava. Sei que... que eu sou grande. Só que não quero que você fique pensando apenas nisso. Quero dizer... estou piorando tudo. Agora sim você vai ficar pensando nisso.

Com os olhos cheios de uma emoção que não consigo nomear, mas que, por mais chocante que seja, se parece com o que quer que esteja florescendo no meu coração, Miles simplesmente me encara.

— Você é *perfeita* — diz ele, passando as mãos pelos meus braços, ombros e segurando meu queixo. — Tão linda, Barrett... cada parte de você. Passei pelo menos uns doze dias me segurando para não falar isso. Você é mil vezes melhor do que tudo o que eu esperava.

Chega a ser criminoso o jeito como esse garoto é capaz de me desmontar. Eu o beijo de novo e de novo, com mais força e mais intensidade até ter certeza de que ele saiba o quanto essas palavras significam para mim.

Com Miles, quero ficar com a luz acesa.

E então, sua boca viaja até meus seios e ele se esforça para abrir o fecho até que estendo a mão para trás e o ajudo. Ele trata cada parte do meu corpo com curiosidade e cuidado. Dá beijos suaves e delicados até eu indicar que estou gostando, e então se demora. Me sinto bem menos aflita para tirar a calcinha, ainda mais quando sua mão começa a contornar entre minhas pernas.

— *Ah* — diz ele, quando me toca. Por algum motivo, o mais sútil movimento da ponta de um de seus dedos entorpece meu mundo inteiro. Fecho os olhos ao sentir meu coração querer sair pela boca. — Você gosta?

— É bom... tão bom. — E então fico mais ousada e movo seu dedo um pouco mais para cima. — Mas... assim é ainda melhor.

Um suspiro trôpego. Um novo ritmo.

— Aqui? Assim?

— É.

Depois de pedir permissão, sua boca se junta ao dedo, e eu simplesmente saio deste plano terrestre. Acho que suspiro seu nome uma centena de vezes; me deleito enquanto agarro seu cabelo. *Miles. Ai, meu Deus. Não para.* Lá dentro de mim, algo brilhante e reluzente cresce, faísca e queima... até que, de repente, explode.

Retorno à terra com Miles beijando minhas coxas. Ele se interrompe por um momento e, surpreso, dá uma risada.

— Não acredito que...

Sua voz some aos poucos.

— Que eu estava com tanto tesão em você?

Isso só o faz rir ainda mais, mas agora percebo que ele se satisfez também. Sou dominada pela necessidade de tocá-lo e me ajeito para poder estender a mão até sua cueca.

— *Jesus* — ele deixa escapulir e deita a cabeça no travesseiro. Agarro-o através da cueca e movo a mão mais rápido. Com mais força. É um privilégio assistir a Miles sentindo tanto prazer, ver ele abandonar toda a lógica e simplesmente *sentir*. De olhos fechados. Com a respiração trêmula. E *meu Deus*, aquele gemido. — *Barrett*. Isso é maravilhoso, mas se você não parar eu não duro nem mais cinco segundos.

Sorrindo como se tivesse recebido o melhor dos elogios, tiro a mão.

— É vergonhoso — diz ele —, mas meus pais me deram uma caixa enorme de camisinhas quando eu me formei no ensino médio. Só para garantir.

— Acho que no momento não precisamos de uma caixa gigante.

Um sorrisinho safado.

— Tem uma na minha carteira.

Miles se levanta em um pulo para pegá-la e me dá um beijo demorado e profundo quando volta à cama.

Na primeira vez, eu estava preocupada demais em me sentir desejada. Preenchendo um vazio dentro de mim, procurando validação. Dessa vez, o que importa é ele em cima e embaixo de mim. O que importa é o jeito como beija meu pescoço, sussurra meu nome e passa o dedo ao longo da minha bochecha.

Não me sinto apenas desejada.

Me sinto adorada.

ଓଓଓ

São duas da manhã, e só temos mais algumas horas antes de sermos puxados de volta para Seattle.

Com os lençóis amontoados em volta de nossas cinturas, estamos sentados na cama. Visto apenas uma camiseta e Miles não usa nada, o que, sou obrigada a admitir, é um visual excelente. Se o departamento de física algum dia fizer um daqueles calendários tipo o dos bombeiros, ele deveria ser o cara de setembro.

— O que você vai fazer quinta-feira? — pergunto, com a cabeça deitada em seu ombro.

Meu cabelo, agora seco, continua uma bagunça e, embora eu tenha certeza de que está fazendo cócegas em Miles, ele nem se mexe.

— Acho que vou para a palestra dos calouros. E tenho aula de matemática todo dia. E você?

— Vou prestar muita atenção na minha aula de psicologia. Tipo, tanta atenção que vou deixar todo mundo incomodado. Quero que a professora fique *apavorada* com a minha dedicação.

Ele sorri.

— Acho que você vai deixar o povo apavorado de qualquer jeito.

— Sabe, você raramente sorri de verdade. Acho que levou mais de duas semanas para eu ver um sorriso seu. A primeira vez foi no dia que a gente fez a piscina de bolinhas.

— É disso que você está falando?

Ele arreganha os dentes, como se estivesse rosnando.

— Exatamente!

Me inclino para a frente e o beijo de novo.

De vez em quando sou tomada de assalto pela possibilidade de que a gente talvez nunca saia dessa. De que vamos viver uma vida inteira de quartas-feiras. Será que envelheceríamos? Que perderíamos nossas memórias? Que ficaríamos de saco cheio um do outro, mas nunca conseguiríamos escapar?

Todas as possibilidades me assustam.

Seus dedos brincam na minha nuca enquanto enrolam uma mecha de cabelo, de onde desenterra uma pétala de rosa.

— Se a gente escapar — diz ele —, quero te levar em um encontro de verdade. Um encontro que não seja em 21 de setembro. Um encontro no inverno, ou no verão.

— A gente faria o quê?

— Algo tão normal que chegaria a ser trágico. Tipo ir a um jogo de beisebol. Ou jantar e depois pegar um cineminha.

É absurdo o quanto a ideia parece adorável.

— Jantar e depois pegar um cineminha — repito, e essa fantasia me dá um aperto no coração. — Não vejo a hora.

Eu te amo, quase chego a dizer umas seis vezes, mas sempre que essas três palavras pairam na ponta da minha língua, eu as engulo de volta.

— Não pensei que eu fosse capaz de gostar tanto assim de alguém — é o que digo. — Ou talvez a questão seja que eu não sabia que alguém era capaz de gostar tanto assim de *mim*. Mas isso se você... sabe como é. Gostar de mim.

Ele me dá aquele meu sorriso favorito de um milhão de watts.

— Barrett. Já passei uns mil quilômetros, inúmeros mundos e centenas de galáxias da fase de só gostar.

— Não sei se dá para medir afeto em quilômetros — digo.

E ele, corajoso que só, tenta me mostrar que dá, sim.

☾☾☾

— Mudei de ideia — digo mais tarde, quando o céu lá fora já estampa o mais escuro dos pretos e Miles mal consegue manter os olhos abertos. — Quero acordar do seu lado. É isso o que eu quero na quinta-feira.

— Então a gente fica acordado.

— Não vai funcionar — respondo.

Minha voz falha. É injusto para caralho, isso sim. Injusto que eu só possa ter o que quero dentro desse cenário específico.

Ele afasta os cachos do meu rosto e coloca a cabeça debaixo do meu queixo.

— Talvez não — diz Miles. — Mas sonhar não custa nada.

DIA VINTE E OITO

~~HH HH HH HH HH~~ III

Capítulo trinta e seis

AINDA CONSIGO SENTIR O CHEIRO DO OCEANO NO AR, das pétalas de rosa e do aroma Primavera Irlandesa de Miles como se o tivesse esfregado na minha pele. Ainda ouço seus sussurros sinceros e saboreio seus suspiros tímidos e doces. Meu nome, pronunciado com nervosismo. O calor de seu corpo perto do meu e nossa promessa de um encontro de verdade.

Estou cem por cento entregue, e é ter certeza disso que aquece a gélida verdade de outro 21 de setembro.

Acordar de volta no Olmsted Hall não devia me deixar tão desolada assim, mas deixa. Eu havia preparado várias piadas para uma possível quinta-feira. Ia dizer que talvez tivesse alguma coisa a ver com orgasmos, e que precisávamos chegar lá juntos para fazer nossa linha do tempo voltar a funcionar. Miles resmungaria, mas no fundo ia amar a brincadeira.

Deveria ser assustador deixar alguém cuidar de um coração que eu achava ser feito de aço, mas agora a única coisa que parece assustadora é não ter a chance de passar um fim de semana com Miles. Um outubro. Um inverno.

Lucie veio e se foi, e mal consigo lembrar de quando perturbamos Cole ou de quando nos aproximamos depois dela me levar até o *Outro Lugar*. Será que faz cinco ou dez dias? Dois ou vinte? Meu cérebro está um caos, não passa de um calendário enevoado que começa e termina na mesma página.

A única coisa que parece capaz de fazer é reproduzir a noite passada sem parar, e não me importo nenhum pouco com isso.

Uma batida na porta me assusta e, tonta, me sento.

— Estou sem roupa — grito, deduzindo que seja Lucie ou Paige.

Quando ninguém entra, visto meu suéter de tricô por cima da camiseta da UW e abro uma fresta.

O jeito como o rosto de Miles se ilumina, seus olhos brilham e um vermelhinho sutil aparece em suas bochechas faz a tontura valer a pena.

O jeito como seu rosto se ilumina para *mim*.

— Bom dia — diz ele com uma voz rouca e sonolenta que é quentinha o bastante para me fazer querer voltar direto para a cama.

Em resposta, agarro sua camiseta, puxo-o para dentro e, na pressa para envolver a boca dele com a minha, bato a panturrilha na mala de Lucie. Tento derramar tudo o que senti em Long Beach nesse beijo.

Suas mãos vão para meu cabelo matinal bagunçado, e as minhas se esticam para baixo de sua camiseta. E, apesar de seu hálito estar com gosto de menta e o meu, com toda a certeza, não, ele obviamente não se importa, visto que geme no meu ouvido e nos vira para que possa me pressionar contra a porta. Essa nova autoconfiança de Miles... está me deixando um pouco obcecada.

— Por mais que eu queira que a gente continue — diz ele, soltando um grunhido baixo contra meu pescoço —, temos um pedido de casamento para fazer acontecer.

— Verdade. É melhor a gente ir.

Nenhum de nós se move.

— Ou. — continuo — escuta só.

— Humm?

— E se... — digo, passando os dedos pelas suas costas e o fazendo se arrepiar contra mim. — quando dermos o fora daqui, ficarmos muito decepcionados com nós mesmos por não termos aproveitado um dia imaginário inteiro... com isso.

— Você até que tem uns ótimos argumentos. — Ele dá um beijo na minha clavícula. — Não tenho nada a declarar. Sem objeções.

Então é exatamente o que fazemos.

DIA VINTE E NOVE

|||| |||| |||| |||| |||| ||||

Capítulo trinta e sete

CONVENCER JOCELYN A FAZER O PEDIDO DE CASAMENTO hoje é tão fácil que chega a ser chocante.

Não tão fácil: montar um mapa feito de cartões comemorativos com pontos turísticos tridimensionais.

— Não parecia tão complicado assim na minha cabeça — diz Jocelyn.

Estamos ajoelhadas no chão da minha sala de estar com cola, fitas adesivas e tesouras espalhadas ao nosso redor. Analisamos a Torre Eiffel mais para lá do que para cá feita de cartões de "muito obrigado" e a Golden Gate Bridge bamba feita de cartões de mazel-tov.

— Acho que está quase lá. — Miles semicerra os olhos e inclina a cabeça. Se ele virar muito para a esquerda, vai acabar expondo o chupão em formato de coração que deixei em seu pescoço ontem. O único que continuava ali de manhã. — Se a gente colocar mais uns cartões desse lado, talvez dê para manter a integridade estrutural da Torre Eiffel.

Juro por Deus, só Miles mesmo para fazer as palavras *integridade estrutural* soarem sexy.

Quando aparecemos no escritório de advocacia de Jocelyn Bellevue falando que nos conhecemos na orientação para os calouros e nos demos bem logo de cara, algo na urgência da minha voz deve tê-la convencido a concordar com o plano.

— Ser espontânea é tão romântico — falei no escritório, meio com a impressão de estar defendendo meu próprio caso. — E tem alguma coisa de especial no dia de hoje. 21 de setembro.

Jocelyn recostou-se na cadeira enquanto tamborilava as unhas vermelhas no queixo.

— Que nem aquela música do Earth, Wind & Fire! Eu amo mesmo essa música, e a Mollie também... E uma ajudinha com o que tenho em mente não seria nada mal.

No caminho de volta para minha casa, quando passamos pela Island High School e eu me virei no banco do passageiro para mostrá-la a Miles, ele pegou minha mão e a segurou firme.

Jocelyn manteve o pedido de casamento em segredo, mas faz semanas que está organizando tudo. O plano é recriar suas viagens favoritas com cartões comemorativos, incluindo até uma pequena versão da Tinta & Papel feita de... bom, tinta e papel.

— No começo, eu queria que você participasse — diz Jocelyn assim que consertamos a Torre Eiffel e passamos a trabalhar no que eu acho que deve ser a livraria Powell's Books de Portland. — Mas com a faculdade...

— O primeiro dia é tranquilo — comento. — Os professores basicamente só apresentam o cronograma. E falam que não devemos plagiar.

— E querem que os alunos provem que leram os textos — diz Miles, com um sorrisinho no canto da boca.

Miles e eu continuamos trocando olhares que deixam minhas bochechas coradas e, de vez em quando, Jocelyn ergue as sobrancelhas para mim. Finjo não perceber, mesmo sabendo que meu rosto está ficando vermelho, mas não me importo.

O horário comercial já está quase acabando quando, com as mãos grudentas de cola e cheias de recortes de papel, finalmente terminamos. Jocelyn já nos agradeceu umas cem vezes. A sala de estar foi transformada em um museu em miniatura do relacionamento das duas. Ela merece, depois de tantas noites sem dormir, de ser mãe solo e de dar o seu melhor para termos uma vida que, por anos a fio, não passava de um sonho.

A princípio, Jocelyn quer acender velas pelo recinto, mas percebemos que, com tanto papel que usamos, pode ser que haja um risco de incêndio.

Então improvisamos: colocamos alguns lenços estrategicamente por cima das lâmpadas para criar um clima mais romântico.

— Obrigado por me deixar fazer parte disso — diz Miles quando nos posicionamos na escadaria, onde minha mãe não vai conseguir nos ver.

— Que bom que você está aqui. — Dou uma piscadela para ele. — Para demonstrar sua gratidão, será que você pode dizer *integridade estrutural* mais algumas vezes?

— Onde é que estava toda essa empolgação quando eu falei sobre relatividade? — pergunta ele, fingindo morder meu ombro enquanto eu tento não rir.

Quando minha mãe chega, estou pronta para gravar um vídeo que vai desaparecer amanhã, mas que sei que ela vai querer assistir pelo menos umas vinte vezes esta noite.

— Oi? — chama ela, e meu coração começa a acelerar. — Joss? — E então seus olhos pousam na cena na sala de estar e ela fica paralisada. Sua bolsa cai no chão com um baque abafado. — Ai... ai, meu Deus.

Jocelyn vem da cozinha, radiante em um macacão dourado brilhante.

— Mollie.

Sua voz treme de um jeito que nunca ouvi antes e que deixa meus joelhos fracos.

Miles encaixa o braço ao redor da minha cintura e me ancora no planeta Terra como se já estivesse acostumado a fazer isso há muito mais tempo do que apenas um dia. E talvez esteja mesmo.

Como se soubesse o que está prestes a acontecer, mas não conseguisse acreditar direito no que está vendo, minha mãe coloca a mão na garganta.

— Ai — diz de novo com a voz suave e maravilhada.

— Os últimos dois anos foram inacreditáveis — diz Jocelyn. — Como você pode ver, tentei reproduzir alguns dos nossos melhores momentos. Só não consegui pensar em um jeito de recriar aquela vez que você, sem querer, invocou um bando de pombos de Nova York porque deu borda de pizza pra *um* deles comer.

— Você tem que admitir que alguns eram bem fofinhos. Aqueles que não pareciam demoníacos.

Jocelyn ri.

— Mas ficar com você é muito mais do que as viagens que fizemos ou as histórias doidas que contamos aos nossos amigos. Às vezes, a minha parte favorita é simplesmente ficar sentada com você no sofá assistindo a um filme ou quando preparamos o café da manhã. Porque, quando estamos juntas, todo dia parece uma aventura.

— Eu sinto o mesmo.

A voz de minha mãe soa um pouco mais alta do que um sussurro.

Miles me aperta com mais força e eu encosto a bochecha em seu ombro. *É agora*. O momento que eu pensei que o universo tinha roubado.

Jocelyn se ajoelha e tira uma caixinha de veludo do bolso do macacão. Minha mãe dá um suspiro alto antes de se ajoelhar também.

— Sim — diz ela, empolgada, o que faz Jocelyn arregalar os olhos.

— Eu nem pedi ainda! Você super-roubou o meu momento.

Minha mãe tenta se recompor.

— Desculpa. Desculpa. Como é? Vou fazer um showzinho fingindo que estou pensando no que responder.

— Mollie Rose Bloom. Aceita se casar comigo?

Eu não sabia que essas palavras me deixariam com vontade de chorar, mas agora que foram ditas, é óbvio que meus olhos estão prestes a transbordar. A mão de Miles aquece meu ombro e tudo neste momento é bom demais. Agora tenho noção de que eu nunca poderia perder esse momento.

De repente, parece muita gentileza do universo eu poder vivê-lo hoje. Não consigo imaginar o pedido acontecendo em 22 de setembro. Não consigo imaginar nada além *disso*, minha mãe e sua noiva se abraçando em nossa sala de estar enquanto uns doze monumentos construídos com cartões comemorativos desmoronam ao redor das duas.

E então, não consigo mais continuar escondida.

— Barrett! — Minha mãe se levanta e me puxa para um abraço. O anel brilha em sua mão. — Você estava aqui esse tempo todo?

— Eu recebi uma ajudinha — diz Jocelyn. — Eles arrasaram.

Mamãe assente na direção de Miles.

— E temos um convidado especial também?

— Miles — diz ele e estende a mão de um jeito todo formal e típico dele. — Eu e a Barrett somos...

Mas, quando sua voz hesita, não fica um clima estranho. *Eu e a Barrett somos...* por algum motivo, parece certo.

Enquanto se cumprimentam, minha mãe ergue a sobrancelha para mim. Só dou de ombros, mas não consigo evitar um sorriso. E tenho a impressão de que vai ser assim pelo restante da noite.

Jocelyn sugere que a gente saia, mas não quero compartilhar eles com ninguém. Hoje não. Todas as pessoas de que preciso estão aqui nessa sala. Então pedimos comida até demais, discutimos por causa de jogos de tabuleiro e minha mãe e Miles se conectam por meio de filmes. Há algo tão familiar nisso tudo, nos dois, imagine só, discutindo cinema do fim dos anos 1990. Depois de um tempo, estamos todos de barriga cheia, felizes e espalhados pelos sofás. Parece tudo tão *certo* que dói ter que deixar esta noite no passado.

Quando Jocelyn cochila por volta da meia-noite, mamãe dá um tapinha no meu braço e me chama para a cozinha.

— Foi tudo tão bom — diz ela, colocando alguns pratos na pia. — Não sei nem o que dizer.

Abraço-a por trás, descanso o queixo em seu ombro e inalo aquele reconfortante perfume floral.

— Você é a melhor. Fico muito feliz por você e eu amo a Jocelyn — digo. — Mas se você não me deixar escolher meu próprio vestido de dama de honra eu vou fazer uma apresentação de slide com fotos daquele verão em que você resolveu usar aqueles coques Maria Chiquinha para passar durante o meu brinde.

— Ah, e quem te disse que você vai ser minha dama de honra? — brinca ela antes de se virar. Tento não pensar em quando, e se, esse casamento vai acontecer. Lentamente, mamãe ergue uma sobrancelha.

— Eu fiquei meio desconfiada quando o Miles apareceu. Mas o jeito que vocês se olham...

— E eu achando que a gente foi discreto.

— Não. Nem um pouquinho.

Olho em direção à sala de estar, onde Miles está arrumando os guardanapos descartados e as embalagens de comida com cuidado para não acordar Jocelyn.

— Ele é... — Agora é minha vez de ficar muda, porque não sei ao certo se é possível resumir Miles em uma única palavra. — Incrivelmente doce. Surpreendente. Fascinante.

— Que bom — diz ela. — São coisas maravilhosas de ser. — E então, tira algumas mechas de cabelo da frente do meu rosto. — Barrett. A mais amada. Tesouro dos tesouros. Você sabe que eu te amo mais do que tudo no mundo, não sabe?

— Sei. E morro de vergonha.

Ela hesita e franze as sobrancelhas antes de falar de novo:

— Não quero pesar o clima em uma noite dessa, mas as coisas devem mudar um pouco. Não só por causa da Jocelyn, e também nada muito drástico, mas vão mudar um pouquinho.

— Eu sei — digo baixinho.

— A gente ainda vai ter os finais de semana, qualquer fim de semana que você quiser. Os feriados. E a Noite de Judy Greer Dando o Sangue na Tela.

— A menos que Hollywood perceba como anda errando e finalmente escale a Judy Greer como protagonista — digo.

Mas há um tom solene na voz de minha mãe e, por mais perfeita que esta noite esteja sendo, de repente me lembro do que estou escondendo dela. De tudo o que não contei, das coisas que ainda procuro coragem para admitir a mim mesma.

Mas não posso, de jeito nenhum, falar sobre isso agora.

Escuto um arrastar de pés na sala de estar e então:

— Vamos pedir mais bolo! — diz Jocelyn. — Juro que ainda estou acordada. Não sou velha. Ainda consigo curtir.

Minha mãe não consegue esconder o sorriso.

— Estamos sendo convocadas.

— É melhor não deixar sua noiva chateada.

E o jeito que ela se ilumina vale mais do que mil amanhãs.

ᴗᴗᴗ

O céu está totalmente escuro quando, sonolentos, bobinhos e sem conseguir parar de sorrir, chegamos ao campus.

— Boa noite — diz ele no elevador entre beijos lentos e preguiçosos.

— Bom dia — digo, antes de Miles sair no sétimo andar e eu seguir para o nono.

Não parecia certo privar minha mãe de sua primeira noite com a noiva. Mesmo que elas não lembrem, o que deixa um gosto ainda mais amargo na minha boca agora que voltamos ao Olmsted.

Quando destranco a porta, fico chocada ao encontrar Lucie tirando a maquiagem em frente ao espelho. São três da manhã; nunca pensei que ela estaria aqui, acordada a essa hora. O que significa que nunca a vi voltar da festa.

— Como foi? — pergunto, enquanto fazemos uma coreografia complexa para que eu consiga passar por ela.

Esta manhã com Lucie ficou em algum ponto no meio de nosso espectro de amigas-inimigas, então não teria motivo para exagerar na hostilidade.

— Até que boa. Um cara derramou cerveja em mim. Acabei de deixar umas roupas na lavanderia. — Ela passa um chumaço de algodão nos olhos. — Por algum motivo, não consegui fazer nenhuma das máquinas do nono andar funcionar. Achei superestranho, mas... — Apontando com o queixo, Lucie indica algo em cima da minha cama. — Achei aquilo ali na lavanderia. Do oitavo andar. Eu podia jurar de pé junto que você tinha um par igualzinho e, por alguma razão, pensei... — Ela balança a cabeça e franze as sobrancelhas. — Deve ser besteira, mas lembrei de você e da sua mãe usando essas meias combinando lá na sua casa no começo do ensino médio. Se bem que mais de uma pessoa pode ter essa meia ridícula. Mas era só um pé, então...

Por mim, Lucie pode muito bem continuar divagando... não me importo. Só consigo focar na única meia azul-clara em cima da cama.

MESTRE DA DESGRAÇA.

Caraca.

Com as mãos tremendo, pego-a e passo o dedão pelo remendo desgastado no calcanhar. Pela costura desfiada na tendinha de circo abaixo das letras. Abro o guarda-roupa onde o outro pé espera na gaveta em que o guardei depois de lavar roupa há tantos ontem atrás.

— Ah, então era sua mesmo, no fim das contas. Que esquisito.

Todo esse tempo perdida e acabou na secadora de outro andar.

De repente, as peças do quebra-cabeça finalmente se encaixam e tudo começa a fazer sentido.

A meia perdida. As roupas perdidas de Ankit.

O cartaz que vivia mudando no andar de Miles.

A dor persistente quando acordamos.

— Ai, meu Deus — digo baixinho, segurando o par de meias com força.

Lucie para de passar hidratante no rosto.

— Credo, Barrett. São só meias.

O motivo para termos ficado presos, a razão de sempre acordarmos no mesmo lugar. Aquele lugar onde, se pudermos acreditar na dra. Devereux, universos paralelos não deviam, mas se encontram. O ponto de conexão.

É o Olmsted.

DIA TRINTA
||||| ||||| ||||| ||||| ||||| |||||
Capítulo trinta e oito

— SÓ PODE SER UM ERRO — DIZ LUCIE, COM TODA A sua indignação de 21 de setembro.

— Não — digo, com calma. — Acho que não é, não. Com licença.

Jogo os lençóis para trás, saio da cama já pegando algumas coisas antes de fechar a porta e deixar Lucie e Paige só encarando.

Na lavanderia do oitavo andar, abro todas as secadoras até encontrá-la: minha meia perdida, uma inocente coisinha azul. Como se estivesse esperando por mim.

Me visto aqui mesmo, puxando as meias para cima como se fossem armaduras de batalha, fecho o zíper do meu jeans favorito e desamasso um vinco na minha camiseta da Britney. Amarro o cabelo para trás, me preparando para travar uma guerra contra o dormitório que quer acabar comigo desde o começo.

Vamos para casa. Precisamos ir. Miles e eu não podemos ter uma relação nesse vácuo. Temos que seguir em frente. E não quero carregar o fardo de ser a única que se lembra do pedido de casamento, mesmo que em alguma outra dimensão, alguma outra Barrett ainda esteja celebrando com a mãe e Jocelyn enquanto dá ideias para a festa. Quero dar o felizes para sempre a elas em cada linha do tempo possível.

Como sempre, a mensagem de mamãe chega às 7h30. Bem na hora, apesar do sinal horrível no Olmsted.

> **Como vos amo? Eu e a Joss desejamos** TODA A SORTE DO MUNDO **para você hoje!**

Obrigada, digito. Vou precisar.

ʊʊʊ

— É extraordinário — diz a dra. Devereux na tela. Atrás dela, Ada Lovelace pula em uma cômoda antiga e balança a cauda para a frente e para trás. — Vocês me visitaram e eu dei conselhos?

Acabamos de explicar nosso dilema (de novo). São 7h50, e fomos os primeiros a chegar na biblioteca de física. Casualmente, Miles põe uma mão atrás do encosto da minha cadeira. Casuais... é isso que nossos toques se tornaram. *Quero ficar mais perto de você*, é o que esse significa.

— Número 17 na Grand Avenue — digo.

A dra. Devereux arregala os olhos e se inclina em direção à tela, como se isso fosse refrescar sua memória.

— Faz anos que ninguém me visita.

— Você falou de uma teoria sobre pontos de conexão — diz Miles. — Lugares onde universos paralelos podem transmitir informações uns para os outros, onde se tocam só um pouquinho, mesmo que não devessem.

Ela assente com a boca meio aberta enquanto enfia uma mecha de cabelo cinza no coque desleixado. Se não estava acreditando em nós, agora acredita.

— É isso mesmo.

— A gente pensou — continua Miles — que, mesmo que parecesse improvável, se encontrássemos um desses pontos de conexão, talvez conseguíssemos voltar para casa.

— E talvez a gente saiba onde fica. — Não acredito que estamos tendo essa conversa. Que há uma possibilidade de estarmos tão perto assim. — Ou, pelo menos, mais ou menos onde fica. Então o que estamos nos perguntando... é o que exatamente temos que fazer pra sair da cela.

A professora pisca para nós

Encontraram? Vocês sabem que a chance deve ser de um em um trilhão, né? — Ada Lovelace mia, feliz com o som da voz da professora, que gesticula para que a gata pule em seu colo. — Vocês têm que entender que isso tudo é teórico. Eu poderia mandá-los fazer qualquer coisa, tipo ficar em um ponto específico e repetir três vezes uma frase diretamente para uma brisa que venha do noroeste em uma noite de lua cheia. Mas eu não teria como saber o que vai acontecer depois. Talvez não aconteça nada.

— A gente já lidou com muitas coisas assim nos últimos meses — diz Miles. — Você falou sobre ir para um lugar onde a força gravitacional seja mais forte.

— Parece mesmo algo que eu diria. — Ela estende os dedos, pensando em tudo isso. — Se eu estivesse nessa situação, então sim, talvez eu tentasse chegar o mais perto possível do centro da Terra na hora que o *loop* fosse se repetir. Se vocês realmente encontraram um ponto de conexão, a força gravitacional talvez seja substancial o bastante para levá-los de volta para a órbita certa.

— Tipo... um porão? — pergunto.

— Pode ser — responde ela. — Também há uma chance de que não tenha nada a ver com isso, o que eu também devo ter falado. Talvez vocês tenham cometido algum erro e o universo está tentando colocá-los no caminho certo. Nesse caso, não faria diferença se vocês repetissem a frase só duas vezes para uma brisa vinda do sul em uma noite sem lua. Se o universo achar que vocês estão prontos, então...

— Então a gente iria para casa.

A voz de Miles está estranhamente monótona.

— Só pra ter certeza — digo. — Não existe nenhuma frase mágica, né?

Ela ri.

— Bem que eu queria que existisse.

Suas palavras, ardentes e elétricas, percorrem minhas veias como esperança. Mal consigo sossegar na cadeira. Uma das minhas pernas vai para cima e para baixo enquanto meu coração martela em meu peito. Mesmo que seja tudo teórico, nunca chegamos tão perto assim. Parece mais *certo* do que qualquer outra coisa até agora.

A mão de Miles sai do encosto da cadeira e ele fica apenas assentindo enquanto encara a biblioteca. Desde hoje de manhã, quando bati em sua porta com a minha teoria sobre o Olmsted, ele parece diferente. Distante. Sim, sorriu e me abraçou apertado, beijou o topo da minha cabeça de um jeitinho que poderia facilmente me deixar obcecada, mas é que eu esperava vê-lo feliz da vida, mesmo não sabendo como ele expressaria um sentimento assim. Este parece mais o Miles de semanas atrás, o garoto cuja definição de viver intensamente era ficar aqui nesta mesa. O velho Miles.

Cutuco seu ombro.

— Está aqui com a gente?

Ele pisca e parece voltar a si mesmo.

— Estou sim. Aham, desculpa. Acho que só estou meio cansado.

— Ouvi falar que as noites de quinta-feira são ótimas para dormir — digo, e o sorriso que Miles dá não chega nem perto de alcançar seus olhos.

O gato preto da dra. Devereux aparece na tela, ataca a cauda de Ada Lovelace e a atrai para uma lutinha de brincadeira.

— Schrödinger, como você chegou aqui? Pensei que estivesse no banheiro! — A professora faz um som de reprovação. — Tenho que cuidar deles. Às vezes esses dois exageram. Mas se vocês conseguirem... me contem, viu? Mesmo que tenham que explicar tudo de novo.

— Com certeza — garanto. — Obrigada. Por tudo.

Ela nos dá as costas e ouvimos antes da tela ficar escura:

— Boa sorte... ah, Ada, as cortinas não!

Miles e eu ficamos quietos por alguns instantes. Estou convencida de que ouço o barulho de um relógio em algum lugar da biblioteca. O barulho vai ficando cada vez mais alto até que percebo que é meu próprio coração.

— Se ela estiver certa — digo, devagar. — Temos que viver o dia de hoje pela última vez. Ter certeza de que vamos estar preparados para o amanhã.

— Você quer fazer isso hoje à noite?

— O melhor momento é o agora — digo, ecoando o que ele falou quando começamos a pesquisar aqui mesmo nesta mesa.

Se Miles, com aquele cérebro gigante que tem, lembra, não dá nenhum sinal. Uma preocupação se instala em meu estômago, mas deixo para lá. Ele falou que está cansado. É só isso.

— Ainda dá tempo de chegar na aula de física — digo, depois de verificar o horário no meu notebook.

Ele me dá um sorrisinho preguiçoso.

— Você leu os textos?

Resmungo e tapo a boca com a mão.

— Você me dá um resumo no caminho. Ou quem sabe a gente finalmente podia apostar na loteria.

Agora ele dá uma risadinha discreta.

— A gente devia tentar fazer as coisas do jeito mais "certo" possível. Ser as melhores versões de nós mesmos etc. e tal.

E, pelo resto do dia, é exatamente o que fazemos. Vamos para a aula de física, inglês (eu), matemática e cinema (ele), e levanto a mão em todas elas. Banco a boazinha com Lucie e Miles busca o irmão no hospital e, inclusive, me envia uma foto dos dois na lanchonete com milkshakes em mãos. Quando vou devolver os pratos de macarrão ao refeitório, dou o meu olhar mais culpado para a moça que os lava e peço desculpa umas dez vezes antes de entregá-los. Às quatro da tarde, encaro o prédio de jornalismo antes de tomar uma decisão de última hora.

Nunca me saí bem nessa entrevista, e não quero correr o risco de estragar tudo por me dar mal de novo. Não tenho certeza de que serei a melhor versão de mim mesma lá dentro. Decido que entrar no *Washingtoniano* no segundo ano da faculdade não seria a pior coisa do mundo, e talvez eu fique tão emocionada por chegar à quinta-feira que não vai parecer que há algo faltando. Então, em vez de ir para a sala de redação, monto acampamento na Casa dos Parças com alguns palitinhos de muçarela e fico de olho no relógio. Esperando, esperando, esperando.

— Pronto? — pergunto para Miles às seis e meia da manhã.

Estamos sentados no sofá da área comum do nono andar, aconchegados sob o cobertor de Miles. Até tentamos assistir a um filme, mas estávamos um pouco nervosos demais para prestar atenção.

— Devo estar — responde ele, e dá um bocejo. — Foi mal, juro que estou acordado.

— Eu te entendo. — Enterro o rosto em seu ombro, e sua mão me puxa para mais perto. Com firmeza. Ele dá um beijo no topo da minha cabeça e eu saboreio este momento de segurança. Assim que voltarmos para casa, tudo voltará ao normal. — Estou nervosa também.

Exceto pela respiração constante de Miles e o leve rangido quando seus tênis batem no chão, descemos a escadaria em silêncio. Começar pelo saguão, pelo primeiro andar, pareceu o mais correto. Entrelaço meus dedos nos dele e aperto sua mão para lembrá-lo de que não está sozinho.

O saguão, com alunos já saindo para as primeiras aulas, não está tão vazio quanto o esperado. O primeiro elevador vem e vai sem que nenhum de nós faça menção de entrar.

— A gente pega o próximo — digo, com a voz trêmula devido ao nervosismo que arrepia minha espinha.

Mas não pegamos o próximo.

Ficamos li parados por dez minutos antes de finalmente entrarmos, e as portas se fecharem em um clique retumbante.

Vamos mesmo fazer isso.

Abaixo dos botões numerados há três letras em que nunca prestei muita atenção. Pensando bem, nunca passei muito tempo avaliando o funcionamento interno de um elevador, mas aqui estamos nós. Paredes de metal, um apoio de metal que envolve toda a estrutura e quinze andares de quartos. E então três letras que se referem ao saguão, à garagem e ao porão.

Ergo a sobrancelha de forma dramática para Miles e aperto o último botão.

Achei que a descida seria lenta, vacilante. Talvez até cinematográfica.

Mas, na realidade, é quase como todas as outras viagens de elevador que já fiz nesse prédio.

Miles está ao meu lado, com a mão nas minhas costas. De algum jeito, ele ainda tem cheiro de mar. Sua boca se conecta à lateral do meu pescoço por apenas um instante, e a sensação é como uma surpreendente injeção de calidez nesta gelada caixa de metal. Ao levantar a cabeça, porém, ele não me encara nos olhos.

Percebo que é um grande momento para Miles. Um cientista pondo uma teoria à prova, uma hipótese de repercussões cósmicas que talvez enfim leve a uma conclusão. Faz sentido que ele esteja mais do que um pouco nervoso.

Pelo menos eu espero que seja só isso.

Para baixo, para baixo e para baixo. A descida parece levar uma hora. Na verdade, não deve demorar nem dez segundos.

Respiramos fundo. Estou pronta para o que quer que haja do outro lado dessas portas (lava incandescente, um vórtex giratório da desgraça, nadica de nada). A gente dá conta.

Já fiz tantas coisas que nunca achei que fosse capaz.

Fecho os olhos com força. Quando os abro, vem a decepção.

É... um porão.

Nenhum poço de fogo, nenhuma máquina do tempo. Apenas um depósito com canos e máquinas que não sei nomear. É cinzento, escuro e mortalmente silencioso. Há um frio inegável no ar, embora o recinto devesse estar quente com tanto maquinário. Uma decepção repentina forma um nó na minha garganta.

Até Miles dar uma risadinha.

— Tem outro porão para baixo — diz ele, apontando alguns metros adiante. Óbvio que tem. — A gente precisa pegar outro elevador.

A porta se abre instantaneamente, o que, por algum motivo, parece errado. A sensação é de que devíamos ter que esperar. Este elevador é menor. Mais velho. Provavelmente usado apenas por funcionários da manutenção e por jovens tentando fugir de celas do tempo.

Lá dentro há apenas dois botões: P e SP.

— Parte dois — digo, e me inclino para a frente para apertar o SP. Sem hesitar desta vez.

Assim que o elevador começa a descer, Miles deixa um suspiro agudo escapulir. Ele está pálido feito um fantasma. Quando roço seu pulso com a ponta dos meus dedos, sua pele está gelada.

— Miles? Está tudo bem?

— Eu... não sei.

— Fala comigo — digo, com gentileza. Não quero que ele se sinta assim. Miles, o cientista incerto. O garoto que me tirou da minha zona de conforto enquanto eu o tirava da dele. — A gente está junto nessa.

Ele assente e parece reunir toda a coragem que tem para dizer:

— Barrett... não quero sair daqui. — Com o coração pulando da garganta, Miles engole em seco mais uma vez. — Acho que eu quero ficar.

E então, ele estende a mão e puxa o freio de emergência.

Capítulo trinta e nove

O ELEVADOR CAMBALEIA COM UM SOM METÁLICO GRItante e o chão sob meus pés treme antes de pararmos. Não faço ideia de onde estamos, só sei que em algum lugar nas profundezas escuras do Olmsted Hall. A única lâmpada tremula acima de nós.

Vejo aquela luz atravessar o rosto de Miles enquanto tento processar o que acabou de acontecer.

— Eu não posso. — Ele recua até a parede e seus ombros se curvam para baixo, na postura mais desleixada que já o vi assumir até hoje, conforme sua respiração vai ficando cada vez mais ofegante. Depois, tapa o rosto com a mão para evitar contato visual. — Desculpa. Desculpa mesmo. Não quero te decepcionar, eu só...

As palavras reverberam pelas paredes de metal e ecoam no espaço minúsculo entre nós. *Não posso. Me desculpa... desculpa... desculpa.* Eu as escuto, mas nada faz sentido.

— Você só pode estar de brincadeira — digo, mordo o interior da bochecha para evitar que minha voz soe grosseira. Quero entender, quero ser gentil, mas *cacete*, talvez eu esteja com *raiva*. — Depois desse tempo todo você não quer sair daqui? Não quer ir para *casa*?

Porque é isso mesmo. Apesar de vivermos aqui, de sermos Barrett Bloom e Miles Kasher-Okamoto, este não é o nosso lar. Nosso pedaço do universo oscilou e se deformou, e precisamos voltar ao curso certo.

Não pertencemos a esse lugar, e talvez seja isso o que o Olmsted tem tentado nos contar.

— Eu... não sei o que eu quero. Mas o que eu sei é que não quero que você se machuque de novo. — Ele passa os dedos pelo ponto no meu braço onde quebrei a janela de vidro do *Washingtoniano*. Onde colocou o curativo e quase me fez chorar. Miles afunda no chão, mas o elevador é tão pequeno que não consegue esticar as pernas inteiras. — Não quero ir embora. E não sei direito como explicar.

— Você pode tentar? — Me abaixo também, e puxo as meias que, por algum motivo, pensei que fossem tornar o dia de hoje mais fácil.

Coloco a mão em seu joelho e espero sua respiração estabilizar.

— Ou talvez a gente não precise tentar agora — diz ele. — Talvez a gente possa esperar.

— Já esperamos o suficiente. — Bato na parede com alguns nós dos dedos. — Nem sabemos o que vai rolar quando chegarmos no outro porão. Como a dra. Devereux falou, talvez... talvez não dê em nada.

É só quando as palavras saem da minha boca que percebo como o *nada* seria devastador.

— Não é só isso. — Ele passa a mão pelo cabelo até deixar os fios devidamente bagunçados. Os trejeitos ansiosos estão com força total agora. — A gente não sabe o que vai acontecer amanhã e *ponto final*. É tudo um grande ponto de interrogação.

— Sabemos algumas coisas. Eu vou para a aula de filosofia, você vai para o seu seminário de calouros e depois vai me contar tudo o que se faz em um seminário de calouros, e aí a gente vai ver o que o Olmsted serve de almoço na quinta-feira.

— Mas isso tudo dá para prever de olhos fechados. O Max, por outro lado... ainda é cedo demais.

Seu medo, mesmo secreto, ocupa com pesar o espaço entre nós. Ele falou quando fomos buscar seu irmão que se nunca saísse da cela, então não haveria risco de Max ter uma recaída.

— Miles — digo, com meu coração se partindo. — Me desculpa. Eu não tinha pensado por esse lado.

Ele me oferece um sorriso triste.

— Sei que é algo que não tenho controle, e que pode haver milhares de Maxes por aí fazendo milhares de coisas diferentes. Mas... não é só o Max. — Um suspiro trêmulo. Um instante de silêncio. — Estou preocupado com *a gente*.

A frase me atinge bem no meio do peito.

Agora que encontrou as palavras, ele extravasa com os dentes cerrados.

— A gente funciona nessa cela, Barrett. Você e eu. Não quero que isso mude. Será que tudo o que a gente fez juntos vai ser apagado da nossa memória? Será que vamos começar do zero? — Miles olha para o teto do elevador, para a lâmpada tremulante. — Não estou só preocupado. Estou *apavorado*.

Em um segundo, qualquer resquício de raiva desaparece dentro mim. Miles está com *medo*. E olha ele aqui, se abrindo comigo, acreditando que vou tratá-lo com gentileza. Barrett Bloom, a garota que sempre teve os mais afiados dos espinhos.

— A gente não vai começar do zero — digo, com gentileza, mas firme, dando meu melhor para tranquilizá-lo. Porque a questão é a seguinte: eu acredito *mesmo* que não vamos. Não sei se é na ciência ou no destino que confio, mas estou tão repleta de esperança que sou capaz de explodir. Nunca tive tanta certeza assim, e não sei explicar o porquê. Não importa o que aconteça quando apertarmos aquele botão, meus sentimentos por Miles são tão constantes quanto uma maré costeira. — A gente já sofreu demais.

— Mas não tem como garantir. Mesmo com toda a minha pose de intelectual, tem uma porrada de coisas que eu não sei. — O Miles de algumas semanas atrás teria terminado esta fala com um sorrisinho malicioso, uma expressão pretensiosa, mas não há nada disso agora. — O mais bizarro, é que por mais enlouquecedor que tudo tenha sido, também foram os melhores meses da minha vida.

Seus olhos, apavorados e esperançosos ao mesmo tempo, encontram os meus. *Da minha também*, é o que meus olhos dizem para os dele.

— Se nada disso tivesse acontecido, a gente não seria nada além de duas pessoas que sentam perto um do outro na aula — diz ele. — Você teria trancado a matéria e talvez nos encontrássemos no refeitório ou de vez em quando no pátio e nossa interação não passaria de um breve momento de "ah, acho que eu te conheço", mas só.

— Mas não foi isso que aconteceu — digo. — A gente ficou preso junto. E talvez possa ter sido só uma coincidência no início, mas acabou se tornando algo a mais.

Miles balança a cabeça.

— Se não tivéssemos tido esse tempo extra... — Parece algo que anda entalado em sua garganta há um bom tempo, talvez até mais do que os últimos dias. — Assim que tudo voltar ao normal, a gente não vai mais viver aventuras. Não vamos pegar um avião para a Disney nem encher uma piscina de natação com bolinhas. — Ele aponta um dedo tímido para minha mão que descansa no meu joelho. — Você é hilária, e linda, e sexy, e ainda acho que você só me atura porque estamos presos aqui. Se voltarmos, você vai poder escolher o cara que quiser. Não vou mais ser sua única opção.

A *integridade estrutural* já me deixava toda derretida, mas não é nada comparado ao efeito que a palavra *sexy* na voz de Miles causa em mim.

— A gente não está junto porque você é a única opção. — Ouvir que ele não confia em si mesmo da mesma forma que eu confio faz meu coração doer. Passo o polegar pelos pontos altos e baixos dos nós de seus dedos. — Eu não preciso escolher. Já escolhi.

Ele aperta o polegar sobre o meu.

— Olha — diz, gesticulando para onde eu o estou tocando e relaxando um pouco os ombros. — O que existe entre nós é *bom*. Não seria a pior vida do mundo se a gente ficasse aqui. Não fazemos ideia do que vai acontecer amanhã, mas sabemos muito bem o que vai acontecer hoje. E temos um ao outro. Isso se... se você ainda me quiser depois de tudo o que eu acabei de falar.

Miles sempre foi tão calmo e controlado, sempre seguiu tanto a lógica. Nunca pensei que seria eu quem o consolaria. Que o convenceria a fazer parte de um experimento comigo.

— É óbvio que eu te quero — digo. — Faz semanas que te desejo. Mas não te quero só em setembro. Não é o suficiente. Te quero no inverno também. Na primavera e no verão. Pela porra do ano inteiro, e depois vou te querer em setembro de novo.

Tento imaginar nós dois com longos cachecóis e canecas de chocolate quente em um campo de girassóis, ou em um banco enquanto o sol brilha no céu.

Seus olhos se fecham e dá para perceber que está imaginando também. Espero que seja uma visão tão adorável quanto a minha.

— Está pensando em mim de biquíni, é? — pergunto, e lhe dou um cutucão no ombro.

Um dos lados de sua boca se curva em um sorriso quando ele coloca a mão no meu tornozelo, bem onde a meia diz MESTRE.

— Agora eu estou.

A lâmpada se apaga por um segundo a mais do que o normal antes de voltar ao padrão de antes.

— Até mesmo viver intensamente fica um porre depois de um tempo — continuo. Ele vai me entender. Tem que entender. — Às vezes a gente só quer ficar de boa, não quer ter tudo ao nosso alcance, e tá tudo bem. E às vezes tudo o que a gente quer é sair pra jantar e pegar um cineminha depois.

"É verdade, aqui nós sabemos o que esperar. O desconhecido é mais assustador. Acho que... que você só se acomodou demais. E eu sei que você mudou, e eu mudei também, mas é fácil acabar caindo de volta na nossa zona de conforto."

Miles levanta a cabeça, e por um instante fico preocupada de ter pegado pesado demais. Mas quando ele se recompõe, suas feições vão suavizando.

— Talvez você tenha razão.

— Mas também não precisamos voltar ser quem éramos no ensino médio. Talvez essa seja a questão. Talvez seja exatamente isso. E, sim, estou humanizando a porra do universo, mas quer saber? — Viro o rosto para o teto, para aquela lâmpada que fica piscando ameaçadoramente. — O que quer que exista ou não por aí... não me assusta. Já passei por coisa pior. Nós dois já passamos.

Antes da cela, eu estava concentrada em me tornar uma nova pessoa na faculdade, na chance de me reinventar. Mas ficar presa aqui me convenceu de que nunca ia rolar.

Não é que a universidade deveria me mudar. Eu é que deveria ser a agente dessa mudança, mesmo que eu literalmente não fosse capaz de seguir em frente. Mas aqui eu pude me abrir e permitir que os outros vissem a vulnerabilidade que passei anos tentando fingir que não existia. Percebi que está tudo bem não apenas precisar das pessoas, mas *querer* pessoas. Me permiti querer coisas sem sentir vergonha, me abrir para o mundo e deixar que o mundo correspondesse. Um risco que estou aprendendo que não tem problema correr.

Miles disse que eu estava diferente, e começo a concordar. A faculdade, de fato, me mudou de uma forma que eu nunca seria capaz de prever. Talvez eu nunca entre no *Washingtoniano*, vire membro de um Hillel ou faça intercâmbio. Talvez eu nunca diga algo que valha a pena imortalizar com uma caneta marcadora permanente. Mas, agora, tenho ele do meu lado, e sei que sou importante para ele assim como ele é importante para mim.

E esta é toda a certeza de que preciso.

— Miles. — Levo a mão até seu maxilar, até suas bochechas e deslizo o polegar ao longo de sua maçã do rosto. Respiro fundo mais uma vez e então crio coragem. — Eu te amo — digo, e no mesmo instante sei que fiz a coisa certa. — E prometo que vou te amar amanhã também.

Seu rosto fica sério e seus olhos são inundados por um novo tipo de carinho.

— Eu... eu também te amo, Barrett. — Ele me aperta em seu peito e consigo sentir seu coração batendo contra o meu. A noite em que nos abraçamos na praia parece ter acontecido uma eternidade atrás. Parece que sempre tive o costume de abraçá-lo assim. — Meu *Deus*, eu te amo tanto.

Eu o beijo, bem aqui no chão encardido deste elevador, com essa maldita lâmpada balançando lá em cima e fazendo metade do espaço ficar na sombra. Beijo-o como se fosse a primeira, a última e todas as vezes entre uma e outra. Beijo-o para compensar todos os dias em que, mesmo querendo, não o beijei, e ele me beija de volta com uma ternura desesperada. Será que Miles está pensando o mesmo que eu?

Suas mãos vão para o meu cabelo, puxam meu corpo contra o seu e um gemido singelo escapa pelos meus lábios. Aquele único dia que passamos na cama não foi o bastante.

Quando recuamos, estendo a mão.

— Você confia em mim?

Ele já se arriscou tanto comigo. Preciso que se arrisque só mais uma vez.

— Confio — responde Miles sem hesitar, e dá um suspiro que soa *aliviado*. Seus ombros recobram a postura e pronto, ali está ele, o garoto que eu amo. Vacilantes, mas decididos, nos levantamos.

— Eu confio em você. O que quer que aconteça... a gente dá um jeito.

— Juntos — acrescento.

— Juntos.

Miles entrelaça os dedos nos meus e levo nossas mãos unidas até o botão do elevador. Com nossos dedos emaranhados, não tenho certeza de quem aperta primeiro.

Há uma pausa de meio segundo, como se o botão precisasse de um momento para processar o comando.

E então a luz lá de cima se apaga e o elevador mergulha em direção à escuridão.

QUINTA-FEIRA, 22 DE SETEMBRO

Capítulo quarenta

EM ALGUM LUGAR, UM DESPERTADOR TOCA.

É instantaneamente familiar, mesmo que eu não o ouça desde junho. Deixei desativado durante todo o verão até poucos dias antes de me mudar, e então passei um longo tempo tocando cada uma das musiquinhas até escolher a mesma que sempre usei neste celular. Repetitiva, mas não irritante. O tipo de alarme que eu me pegava cantarolando de vez em quando e jurava de pé junto que era uma música de verdade.

E... continua tocando.

Rolo na cama e tateio a mesa de cabeceira atrás do telefone. Só que... não é a mesa de cabeceira do meu quarto em Mercer Island, o móvel de madeira com os pés curvados e as bordas ornamentadas que eu e minha mãe achamos em um antiquário e pelo qual nos apaixonamos. A superfície é mais lisa. Mais fria.

Olmsted, e de repente eu lembro de tudo. Meus dedos lerdos finalmente selecionam da soneca. Com o coração martelando no peito, abro um olho, pisco algumas vezes e espio a data na tela.

Quinta-feira.

Quinta-feira.

Vinte e dois de setembro, 7h15, 7h16 agora, já que demorei tanto para encontrar o botão da soneca.

Dou um pulo sobressaltada e, toda tonta por me sentar rápido demais, ainda não estou pronta para comemorar. Minha memória de ontem é vaga. A luz se apagou, o elevador começou a cair e depois... nada. Um branco.

Preciso de provas. Como todo cientista decente precisa provar suas hipóteses, navego pelos aplicativos de notícia, pelas redes sociais e por meus calendários.

Quinta-feira.

Quinta-feira.

Uma *quinta-feira* brilhante, belíssima, mágica e do caralho.

O despertador toca de novo e, meu Deus do céu, que som mais glorioso. Deviam fazer trilhas sonoras para o cinema com essa música. Sinfonias inteiras.

Desligo de verdade agora, aperto o aparelho no peito e não consigo evitar o sorriso quando o mais doce alívio corre por minhas veias. Por vários longos momentos, eu só *respiro*. Saboreando. Regozijando.

Funcionou.

Passamos tanto tempo aqui e a resposta estava literalmente debaixo de nós.

Depois de pegar meus óculos da mesa, vejo que a outra cama está ocupada. O cabelo ruivo de Lucie transborda por cima do travesseiro. Se ela não estivesse aqui, eu colocaria música no volume máximo, dançaria enquanto levanto da cama e abriria a janela para absorver o refrescante ar da quinta-feira.

Já são quase 7h30, e minha aula de hoje começa (já se passou tanto tempo que preciso conferir a grade) às dez em ponto, mas não aguento mais ficar na cama. Seguro uma risada quando penso que hoje finalmente é o aniversário de Miles. Será que dá tempo de encontrar alguns balões antes de sua primeira aula? Jogo os lençóis para longe, vou até o guarda-roupa e pego minha calça perfeitamente imperfeita por instinto.

E enquanto a visto, o botão acima da braguilha estoura.

Não consigo evitar: caio na gargalhada. Depois de tudo o que essa coitada passou, obviamente não aguenta mais.

Então pego um vestido envelope vintage, aquele que ainda não usei porque destaca a circunferência da minha barriga. Mas hoje é uma celebração, e quando o visto e me olho no minúsculo espelho pendurado no guarda-roupa, amo como fica. Amo como *eu* fico nele.

Deixo escapar um suspiro de satisfação, alívio ou uma mistura dos dois, e deve sair alto demais, porque Lucie se mexe.

— Desculpa — sussurro, ainda sorrindo porque, puta merda, como amo quintas-feiras. — Te acordei?

— Não, não — diz ela, e ainda não sei ao certo quem é essa versão de Lucie. — Eu já estava meio acordada.

Ela se apoia de lado e pega o celular enquanto tenho um ataque de pânico silencioso pensando que posso tê-la afastado com toda a minha estranheza de ontem de manhã. Me esforcei para recompensar no restante do dia, mas, no melhor dos casos, ela vai me tratar como qualquer uma.

— Lucie — começo a dizer, sem saber ao certo como continuar.

Essa versão de Lucie não me ajudou com a dra. Devereux ou sacaneou Cole Walker. Ainda não nos abrimos uma com a outra.

Mas conseguimos uma vez. Sei que vamos conseguir de novo.

— Sei que dividir o quarto comigo provavelmente não era o que você esperava — digo. — E sei que você vai apressar o processo para entrar na sororidade, mas...

Ela solta o celular. Boceja na dobra do braço.

— Ah... eu ainda não me decidi. Fui a uma festa de fraternidade ontem e não achei muito a minha cara. Talvez o sistema grego não seja para mim.

Com cautela, assinto.

— Não sei por que — diz Lucie, olhando para mim com o nariz franzido —, mas estou com uma sensação terrível de déjà-vu.

— Ah, é? — Faço o meu melhor para parecer apenas levemente interessada. Entendo as regras do universo tanto quanto há um mês, mas acho que deve ser possível que todas as nossas interações tenham algum eco de impacto, ela só não sabe disso. — Às vezes tenho também.

Lucie me oferece um sorriso discreto. Ainda não se acostumou com a ideia de me ter como colega de quarto. Dá para perceber. Aqui estou eu de novo, no número 908 do Olmsted tentando convencer essa garota de que não sou sua inimiga.

A diferença é que, agora, eu sei que consigo.

— Então... está pensando em entrar para algum clube? — pergunto.
— Ainda não sei.

Ela volta a mexer no telefone.

Tento parecer casual.

— Vi que tem um grupo de dança moderna no campus. Lembrei de você.

Sob o cenho franzido, seus olhos azuis encontram os meus.

— Sério.

— Lembrei de quando você fez aquela apresentação na assembleia do segundo ano, sabe? Não sei se você ainda dança, mas...

— Danço — diz ela, agora sentada na cama e passando a mão pelo cabelo liso. — Meus pais não gostam muito, mas danço, sim. Eu... não acredito que você lembra daquilo.

Tento continuar a conversa sem parecer desesperada, dou de ombros.

— Você arrasou — digo, simplesmente porque é a verdade.

Queria poder oferecer mais. E vou, porque temos mais tempo, não para reacender a amizade que tínhamos, mas para nos tornarmos algo diferente. Mesmo que demore um pouco.

Porque, por algum motivo, tenho a impressão de que Lucie Lamont e eu poderíamos nos tornar grandes amigas.

Antes de ir para o banheiro, envio uma mensagem para Miles.

> Me encontra na biblioteca daqui vinte minutos?

E então saboreio a simples alegria de salvar seu número no meu celular. Tomo um banho demorado e generoso em que celebro o rejunte, a imundície e as poças misteriosas. Esse é meu lar, afinal de contas. E talvez eu esteja começando a amar o lugar.

Até que vejo a resposta de Miles.

> Quem é?

Encaro o celular sem saber o que enviar. Será que é alguma piada? Porque não tem graça nenhuma.

Meus passos de volta para o quarto são mais rápidos e ansiosos.

— Está tudo bem? — pergunta Lucie, enquanto procura uma camiseta em seu lado do guarda-roupa.

— Aham. — Enfio os pés no par de tênis e corro para o sétimo andar sem nem lembrar dos balões de aniversário. — Oi, licença — digo quando Ankit abre a familiar porta com as ilustrações de Woody e Buzz. — Queria falar com o Miles.

— Ele acabou de sair.

Agradeço e sigo para o pátio.

Do lado de fora, o campus parece diferente e igualzinho ao mesmo tempo. A temperatura caiu pelo menos cinco graus, então há mais suéteres, jaquetas e até mesmo cachecóis. Kendall continua aqui, salvando os roedores, e a tela em que reproduziram *Feitiço do tempo* na noite passada ainda não foi retirada. Avisto até Christina, a hacker, caminhando cheia de confiança com o cabelo azul enfiado em um gorro. Quero dedicar tempo para absorver todos esses detalhes, mas tudo parece sublinhado por uma camada de pânico.

E então o vejo do outro lado, um borrão da flanela vermelha que reconheço do meu primeiro dia.

— Miles! — Corro atrás dele, sem me importar de ser vista correndo pelo pátio em um vestido que está se esforçando muito para segurar meus peitos. Levo alguns segundos para alcançá-lo, mas deve ser porque há muita gente aqui e ele não me ouviu. Só pode ser por isso. — Feliz aniversário! Eu ia comprar uns balões, mas aí vi a sua mensagem e meio que surtei, então... — paro de falar e dou uma risada esquisita.

Só que, quando ele vira (com o cabelo ainda molhado do chuveiro e exalando aquele aroma Primavera Irlandesa que me pega de jeito, como um diário de todas as minhas lembranças favoritas), suas sobrancelhas estão franzidas de confusão. Ele continua atraente, porque com aqueles olhos escuros, as orelhas de abano e o queixo erguido de maneira confiante, sempre vai ser. Só que está... diferente. Mesmo estando bem na minha frente ele parece distante.

Ele me encara enquanto espero ele me reconhecer.

O que não acontece.

— A gente se conhece? — Miles põe a mochila mais para cima dos ombros. — Como você sabe que é meu aniversário?

— Miles. — Só pode ser piada, e assim que deixarmos isso para trás vou perdoá-lo por me sacanear assim. Por fazer meu coração quase ter um curto-circuito. — Sou *eu*. A Barrett Bloom.

— Foi mal, você é alguma monitora?

Eu balanço a cabeça. Não. Não não não não não. Isso não pode estar acontecendo.

— Miles... — digo de novo, como se dizer o nome dele repetidamente fosse o suficiente para fazê-lo lembrar de todas as formas que falei "Miles" ao longo do último mês: com frustração, com medo, com amor. — Miles Kasher-Okamoto. Nós nos conhecemos há semanas. Bom, meses para você, semanas para mim. Nós... nós somos amigos. — Essa última palavra não parece certa, mas nada disso parece.

— Ah, você faz teatro? — Suas sobrancelhas se franzem ainda mais, como se Miles estivesse se esforçando ao máximo para tentar se lembrar de mim.

— Não — respondo, com a voz rouca. — Não faço.

Estava frio demais para sair do dormitório só de vestido, mas nem me importo por estar tremendo. A gente deveria brincar, rir e combinar nosso jantar com cineminha depois. Era para estarmos discutindo se foi ciência ou magia o que nos trouxe aqui, e ele deveria me contar o que se lembra depois de apertarmos o botão ontem.

Miles deveria lembrar que eu sou a garota por quem ele está apaixonado.

— É melhor eu ir para a aula — diz, e com um aceno discreto e esquisito, ele se vai.

ಲಲಲ

Não quero que pareça que eu fui correndo para a barra da saia da minha mãe quando Miles partiu meu coração.

Mas olha eu aqui. Na frente da Tinta & Papel. Porque preciso *muito* conversar com alguém.

Queria ter tido a chance de aproveitar a aula de psicologia, mas minha mente não ficava quieta e continuava tentando entender o que estava acontecendo com Miles. Minha teoria mais ridícula, que talvez seja tão ridícula quanto tudo o que aconteceu com a gente até agora, foi que causei algum tipo de impacto ao não ser entrevistada para o *Washingtoniano*, mas Miles não tem nenhuma conexão com o jornal. Eu poderia conversar com a dra. Devereux para ver se ela tem alguma hipótese. Acontece que tudo o que vivemos juntos parece tão pessoal que não consigo nem conceber a ideia de pedir ajuda para outra pessoa agora.

Preciso sentir que ainda estou no controle.

— Barrett. A mais querida. Tesouro dos tesouros — diz minha mãe de novo. A diferença é que hoje ela está do outro lado da loja, de pé em cima de uma cadeira enquanto mexe em uma luminária. Continua com o uniforme extraoficial do trabalho: jeans e uma camiseta estampada (dessa vez com a logo amarela do Luke's Diner), e há algo extremamente reconfortante nisso. — Teve um tempinho livre na faculdade?

— São as vantagens de fazer só quinze créditos — digo, e então dou um suspiro tranquilizante. — Eu... precisava conversar sobre uma coisa. Tem um tempinho?

Ela empurra a luminária de volta para o lugar e desce da cadeira.

— Aham. Posso fazer um intervalo maior de almoço.

— A gente pode caminhar um pouco? — sugiro, porque tenho a impressão de que vou precisar de mais espaço do que estas quatro paredes podem me oferecer.

Mamãe concorda sem hesitar e vira a plaquinha na porta de ABERTO para VOLTO LOGO.

O centro de Mercer Island é uma mistura de prédios residenciais, restaurantes franqueados e lojas bonitinhas como a da minha mãe. É grande o bastante para encontrar tudo de que se precisa, mas pequeno o suficiente para não acabar ficando entediante demais. Encontramos um banco no parquinho que a prefeitura abriu neste verão entre uma livraria e uma loja de aviamentos. Com as crianças na escola, a manhã de quinta-feira está silenciosa.

— Está tudo certo com as aulas?

A preocupação forma um vinco entre suas sobrancelhas. Garanto que está tudo bem com as aulas, sim. Tudo ótimo, inclusive.

— É sobre o ensino médio, na verdade. — Agoniada, fico mexendo na bainha do vestido enquanto reúno a coragem que sei que tenho. Já conversei sobre esse assunto com Miles. Com Lucie. Eu consigo contar para minha mãe. — Lembra daquela reportagem que eu fiz sobre o escândalo do time de tênis? A reação das pessoas na escola... não foi das melhores.

— As pessoas ficaram bravas com você — diz ela. Foi tudo o que revelei. — Porque o time acabou desclassificado, né?

— Sim. Mas não acabou aí. E elas não esqueceram rápido também. Elas ficaram com raiva por muito tempo. Outros alunos, professores... nem sempre eram gentis comigo. — Sou obrigada a soltar a bainha do vestido porque estes trejeitos ansiosos me lembram Miles e só consigo focar em uma mágoa por vez. Então entrelaço as mãos no colo. — O ensino médio não foi bom para mim. E ainda estou tentando digerir tudo o que aconteceu.

Minha mãe parece desconfortável enquanto absorve tudo, e não tenho como culpá-la. A filha, que ela às vezes trata mais como uma amiga, tem mantido um grande segredo.

— Barrett — diz ela em um tom suave enquanto coloca uma mão em meu joelho. — Eu sinto muito, de verdade. Não fazia ideia.

— É porque eu fiz de tudo para esconder de você mesmo — digo com a voz trêmula e olhando para minhas mãos.

Eu tinha plena certeza de que contar mudaria o equilíbrio de nossa relação, mas agora percebo que me abrir talvez tivesse feito outra coisa também.

Poderia ter me ajudado a me sentir menos sozinha.

— A gente podia ter conversado com os seus professores, ou com o diretor...

Conheço várias garotas que amariam estar no seu lugar.

— Talvez. — Não estou a fim de desenterrar esse trauma. — Mas eu não queria contar para ninguém. Porque, tirando você e a Jocelyn... eu não tinha muito para quem contar.

— Foi por isso que a Lucie parou de ir lá em casa?

Assinto. Minha mãe e Jocelyn sabiam que ela era uma editora ditatorial, mas não o motivo.

— Eu sei que é inacreditável, mas a Lucie é minha colega de quarto, acredita? E talvez seja uma coisa boa.

— Isso que é reviravolta — diz ela, permitindo-se dar uma risadinha e, por um instante, eu rio também.

E então, engulo em seco enquanto me preparo para a pior parte dessa história.

— Tem mais — digo, e ela fica tensa. — Eu contei que dormi com alguém depois do baile. — Preciso forçar a voz, mas não porque não quero contar a ela. Quem sabe um dia essas palavras parem de parecer serragem na minha garganta. Quem sabe um dia eu nem pense mais no ensino médio. — O cara, no fim das contas, era irmão de alguém que fazia parte do time. E ele meio que me transformou em piada. — Meu timbre acaba assumindo um tom agudo. — Agora já estou bem, mas as últimas semanas do último ano foram um inferno. Quer dizer, eu acho que estou bem. Mas... talvez eu não esteja, não.

Não entro em todos os detalhes. Cada frase parece mais impossível do que a anterior, e não sei se consigo revelar mais do que isso. Agora não. Hoje não.

— Porra. — Ela cerra os punhos sobre o colo. — Você escondeu tudo para eu não acabar na cadeia depois de castrar esse merdinha, não foi? Porque se algum dia eu encontrar esse moleque, Barrett, eu juro por Deus que não vou nem pensar duas vezes antes de acabar com esse filho da puta.

— Olha, eu até pagaria para ver uma coisa dessas, mas...

— Desculpa. Eu só... estou tentando assimilar tudo. Não quero me colocar no centro da situação, mas preciso saber se fiz alguma coisa que te deixou desconfortável de se abrir comigo. Porque a gente sempre... a gente sempre conversou sobre tudo, né? — Enquanto ela fala, seus olhos ficam marejados.

— Mãe, *não* — digo, séria. — Você não fez nada de errado. Eu só precisava que você soubesse. Porque tem sido terrível manter segredo.

Eu a analiso, minha linda mãe que sempre pareceu destemida. Sei que não precisava contar nada, que muita gente passa a vida inteira escondendo coisas dos pais. Mas não parecia certo ela não saber uma parte tão grande da minha história.

— Me desculpa — diz ela e, fazendo carinho com gentileza no meu cabelo, me puxa para mais perto. — Me desculpa mesmo.

É estranho... achei que contar para a pessoa que mais amo no mundo ia, de algum jeito, me livrar desse fardo, mas não é o que acontece. Estou *feliz* de ter contado, mas ainda odeio o que aconteceu. Ainda odeio pensar naquela noite, na segunda-feira na escola e em todas as semanas seguintes. Odeio que haja quarenta mil pessoas no campus da UW e ele seja uma delas. Porque, querendo ou não, vou acabar cruzando com ele por aí. Se eu aceitar isso, talvez fique com menos medo. E talvez ele finja que não me viu ou então acene de um jeito constrangedor, mas não vou reagir. Aquele imbecil patético (porque é isso que ele é), não vale o meu esforço. Ele não valia meu esforço nem mesmo quando minha linha do tempo estava parada.

A cela me mudou. Foi o que falei para Miles, e é verdade. Talvez a dra. Devereux esteja certa: o universo interveio para que eu tivesse tempo de me transformar na pessoa que eu precisava ser. Em alguém com coragem para ter essa conversa.

— Você está bem? — Ela me solta do abraço, mas mantém a mão no meu braço. — Quer conversar com alguém, ou então falar mais um pouco comigo ou...?

— Eu... eu não estou bem. — Assim que liberto esta verdade em voz alta, a sensação é de que fica mais fácil respirar. Não estive bem durante todo esse tempo, e o que estou aprendendo é que não tem problema não estar bem. — E talvez seja uma boa conversar com alguém.

Minha mãe parece compreender que, por enquanto, não quero mais tocar nesse assunto, e pergunta se quero comprar sanduíches antes de voltar para a loja. Conversamos sobre minhas aulas, sobre a papelaria, sobre Jocelyn (que, pelo que fico sabendo, vai lá em casa hoje à tarde para cozinhar algo especial, mas não quer dizer o quê). Faço o meu melhor para fingir indiferença.

Em breve, vou vê-la se casando. Nossa minúscula família se expandirá.

— Já vai voltar para o campus? — pergunta minha mãe assim que terminamos de comer.

Ela vira a placa de volta para ABERTO.

— É, acho que sim. Não posso deixar o primeiro ano acontecer sem mim.

Só que voltar significa ter que encarar Miles.

Miles, que não faz a menor ideia de quem eu sou, mesmo que eu tenha dito que o amava há poucas horas.

— Antes de você ir, então... Tenho uma coisa pra te mostrar. Eu ia esperar, mas... agora parece o momento certo.

— Eu gosto de presentes — digo, esperando que seja o bastante para me distrair do que me aguarda na universidade.

Ela desaparece no estoque e volta com um único cartão comemorativo cor de creme.

— Faz um tempinho que estou trabalhando nisso aqui com um designer — explica, subitamente parecendo nervosa.

Na frente, com a fonte brush script, está escrito: *Como vos amo? Pois me permita explicar...* E logo acima há um buquê.

— É para você — diz ela, apontando para as palavras e depois para as flores. — "Barrett", como a autora. E "Bloom", como o nascer das flores.

Meu coração se enche de felicidade e, por um momento, fico sem palavras. Mesmo que ela não tenha como saber, este presente parece uma sutil reivindicação do meu nome. Uma vitória.

— Eu amei. — Passo os dedos sobre o buquê de rosas, lírios e dálias. — Posso levar um? Para o dormitório.

Aquele lugar precisa mesmo de uma decoração.

— Por favor, leva dez. — Ela pega uma bolsa de papel e começa a embalá-los para mim. — Sei que vou bancar a mamãe aproveitadora agora, mas vem me ver de vez em quando, tá? Não precisa ser toda semana, mas vê se aparece.

— Óbvio que venho. — As palavras saem trôpegas, carregadas de sentimento. — Você sabe muito bem que eu não aguento ficar muito tempo longe.

Durante a viagem de ônibus de volta para Seattle, penso em como passei a vida inteira achando que éramos eu e minha mãe contra o mundo. O que estou me dando conta agora é de que ela não tem como me proteger de tudo. Talvez eu tenha dependido demais dela em alguns momentos e me trancado no nosso próprio mundinho enquanto havia um universo *inteiro* lá fora. Eu achava que não precisava de mais ninguém, mas estava errada. Erradíssima.

Talvez a verdade seja que cada uma nós está enfrentando suas próprias batalhas e, mesmo que ela esteja do meu lado, não pode sempre ir para a linha de frente comigo.

Tenho que aprender a batalhar sozinha.

E, agora, essa batalha começa comigo, na minha mesa no quarto 908 do Olmsted, abrindo um documento em branco do Word.

Perdida no tempo:
a professora esquecida

Escrito por Barrett Bloom

Se alguém perguntar à dra. Eloise Devereux se é possível viajar no tempo, ela vai encarar o curioso com um olhar demorado e uma sobrancelha arqueada.

— Por anos, falei para centenas de alunos que, sim, teoricamente é possível — diz ela, de sua casa em Astoria, no estado de Oregon, um lugar que transborda memórias, cores e objetos adquiridos em numerosas feiras de antiguidade ao longo dos anos. — E foi por esse exato motivo que decidi me aposentar tão cedo das salas de aula.

A professora Devereux cresceu nos arredores de Bristol, Inglaterra, e mais tarde fez doutorado em física na Oxford. Lecionou na Universidade de Washington por quase duas décadas e sua disciplina, Viagem no Tempo para Iniciantes, ostentava a maior lista de espera da história da UW. Chegou até mesmo a receber um dos prestigiosos prêmios Estelar da Fundação Outro Lugar, uma honraria dada a especialistas inovadores em seus campos de estudo.

Mas então, onze anos atrás, ela simplesmente... sumiu.

— Ela era única — diz um de seus colegas, o dr. Armando Rivera. — Uma professora de mão cheia. Ficamos todos chocados com sua saída.

A doutora contratou uma empresa de limpeza de dados para eliminar o máximo de menções digitais a seu nome. Uma tremenda empreitada, mas ela diz que o anonimato valeu a pena. Na época.

— Muita gente me chamava de fraude e até mesmo fazia abaixo-assinados para que a universidade me demitisse — explica a professora. Seu gato preto, um pequeno encrenqueiro chamado Schrödinger, pula no colo dela. — Chega uma hora que o coração já não aguenta mais tanta crítica e começamos a duvidar de nós mesmos.

O tempo e espaço longe da UW fizeram-na enxergar as coisas sob outra perspectiva, explica a doutora. Agora talvez esteja pronta para retornar ao olho do público e, quem sabe, até mesmo lecionar.

— Só o futuro é que sabe — diz ela —, mas, pela primeira vez em muito tempo, estou otimista.

SEXTA-FEIRA, 23 DE SETEMBRO

Capítulo quarenta e um

A QUINTA-FEIRA DURA APENAS VINTE E QUATRO HORAS, exatamente como deve ser, antes de abrir espaço para a sexta. Sem fanfarra, sem canhões de confete e sem revelações sobre a natureza em constante mudança do universo.

Passei tanto tempo focada na quinta, que a sexta parece um conceito alienígena. Acordo com fotos do pedido de casamento de ontem e vejo a sala repleta de cartões comemorativos espalhados por toda parte, como se um tornado tivesse passado por lá. Talvez as esculturas não tenham a mesma integridade estrutural das que Jocelyn, Miles e eu construímos juntos, mas com minha mãe e sua noiva abraçadas em frente às miniaturas, tudo parece perfeito.

E então estou de volta à Introdução à Física, segunda-quarta-sexta, e pego o lugar onde Miles se sentou no meu primeiro primeiro dia.

Até trouxe o livro didático e, inclusive, li os textos.

Miles, como a criatura cheia de manias que era é, sobe as escadas e franze o cenho quando me avista em seu assento. Ele senta ao meu lado mesmo assim, e tudo nele dispara alarmes no meu cérebro. O cabelo milimetricamente bagunçado como sempre fica de manhã, ainda mais logo depois de eu passar as mãos pelas mechas. Seus ombros, e o jeito que eu me encaixo em seu peito quando ele me envolve em seus braços. Sua garganta, e o lugarzinho onde beijei até deixar marcado.

Como é possível que ele não se lembre de nada disso?

— Sabe a senha do Wi-Fi? — pergunto, assim que Miles abre o notebook.

Ele franze o cenho.

— Você. Foi você que me parou no pátio ontem. — Alguns cliques no teclado no computador. — Está no quadro.

Mas, por algum milagre, ele não troca de assento.

Ele está usando uma camisa por cima de uma camiseta, uma azul dessa vez. Tenho que lutar contra o ímpeto de subir em seu colo e mordiscar uma de suas orelhas. É muita crueldade do universo ele não lembrar do dia que passamos indo de um quarto para outro, trocando sempre que sabíamos que nossos colegas de quarto estavam voltando, aprendendo o que gostávamos e o que gostávamos *para caramba*, contando segredos e compartilhando histórias. Falando de nossas expectativas para o futuro. Um futuro que não havia certeza de que teríamos e o qual não sei ao certo se sou capaz de suportar sozinha.

Era ele quem tinha medo de que talvez não lembrássemos um do outro, e foi ele que me esqueceu. As lembranças do mês passado são preciosas e, mesmo que algo tenha dado errado e esta seja uma versão completamente diferente de Miles, não consigo aceitar que essas memórias não estejam em algum lugar ali dentro. O vislumbre que tive quando quase nos beijamos é prova disso.

Só vou precisar refrescar a memória dele. Mexo na minha bolsa e empilho um cookie de chocolate com flor de sal, um bagel da Mabel's e uma porção fresquinha de palitinhos de muçarela na mesa ao meu lado. Sim, alguém até poderia argumentar que é cedo demais para comer palitinhos de muçarela, e para essa pessoa eu diria: você obviamente nunca experimentou a maravilha culinária que é queijo frito da Casa dos Parças.

— Trouxe uma geladeira inteira para a aula, é? — pergunta Miles.

Que bom. Consegui sua atenção.

— Já experimentou isso aqui? — Abro um copo de marinara, mergulho o palitinho no molho e tento lembrar exatamente de como ele os descreveu há tantos dias. — São crocantes, mas não tem gosto de queimado, e o queijo estica na medida certa. Derrete na boca. Não paro de comer desde que me mudei para cá.

A carranca de Miles fica mais suave por um instante.

— Que foi? — pergunto, e dou outra mordida.

— É só... um déjà-vu. — Ele volta a encarar o notebook. — Mas aproveita seus palitinhos aí, eu acho.

Quando a aula começa, aproveito a oportunidade de levantar a mão já na primeira pergunta feita pela dra. Okamoto.

— Física é o estudo da matéria, da energia e de como elas se relacionam entre si. Usada para entendermos como o universo age e prever como pode se comportar no futuro — declaro.

Ela me olha de um jeito estranho.

— Correto, mas a pergunta foi sobre a terceira lei de Newton.

Alguém na terceira fileira ergue a mão e a professora o chama.

— O que você está fazendo? — sibila Miles.

Só dou um sorriso gentil e ofereço um palitinho que, infelizmente, é recusado.

Vamos, eu o incito. *Você me conhece. As memórias devem tá aí dentro em algum lugar.*

A pessoa por quem me apaixonei não pode simplesmente ter desaparecido. E se ele não se apaixonar por mim desta vez?

No fim da aula, fico surpresa por Miles não ter saído correndo para o outro lado do auditório. Os palitinhos de muçarela foram um fiasco (que, infelizmente, já tinham perdido a crocância no caminho da Casa dos Parças para a aula), respondi o máximo possível de perguntas da dra. Okamoto e até mesmo abri o fórum /PãoGrampeadoEmÁrvores. Nada.

Enquanto se ajeita para ir embora e guarda o notebook com o adesivo de FÍSICA IMPORTA na mochila, me viro para ele de novo.

— Oi. Talvez você tenha percebido que eu estava meio estranha...

Miles se engasga com uma risada.

— Ah, *jura*? Tem certeza?

Não posso culpá-lo pela irritação em seu tom de voz. Tenho certeza de que eu faria o mesmo (e em outro universo por aí, talvez de fato faça).

— Juro que vou explicar tudo. Será que você tem como me encontrar na biblioteca de física mais tarde? Por volta de uma da tarde?

— Explica agora, ué.

— Preciso fazer uma coisa antes.

Tento permanecer positiva. Ele tem todos os motivos para desconfiar de mim.

A menos que...

A menos que nunca se lembre.

E se ele estava certo? E se a gente nunca recuperar o que tínhamos na cela?

Não posso ficar pensando nisso.

— Beleza — diz Miles, mas não para de me encarar.

Algo tremeluz em seus olhos, uma centelha de reconhecimento ou lampejo de frustração. Não sei descrever ao certo.

Seja lá o que for, desaparece em um segundo.

☾☾☾

— Você perdeu sua entrevista na quarta-feira — diz Annabel quando chego à sala de redação do *Washingtoniano*.

A janela de vidro não tem nenhum indício da minha imprudente, porém surpreendentemente bem-sucedida, invasão.

— Eu sei. Sinto muito. Aconteceu um imprevisto. — Entrego a reportagem que acabei de imprimir. — Sei que é meio inusitado aparecer com um texto já pronto, mas eu realmente acho que ficaria ótimo no jornal.

Annabel coloca os óculos com armação tartaruga.

— A professora esquecida — ela lê. — Vou dar uma olhada depois de... — Mas então seus olhos não param de ir e vir sobre as palavras, e ela se recosta na cadeira. — Na verdade, vou ler agora mesmo, se você não se importar.

— Por favor — digo, segurando um sorriso. — Fica à vontade.

Entrei em contato com a dra. Devereux ontem à tarde e passamos horas conversando. Ela lembrava da videochamada do dia anterior e, depois que expliquei o que havia acontecido com Miles, perguntei se tinha alguma teoria.

— Dê um tempo para ele — disse a professora enquanto os gatos atacavam um petisco ao fundo. — O cérebro é tão complicado quanto o universo. Talvez até mais. Os organismos de vocês passaram por coisa demais.

E então, quando perguntei se gostaria de compartilhar sua história, ela respondeu que sim.

Passei praticamente a noite inteira escrevendo, mas a fadiga de hoje é bem-vinda. Parece *merecida*. Decidi que esta vai ser a última tentativa. Se não der certo, vou lamber minhas feridas emocionais e esperar o próximo ano.

— É fascinante — diz Annabel ao finalizar a leitura, colocando as folhas no canto da mesa. — Acho que minha tia fez essa aula. Ela se formou em outra coisa, mas falava que foi a melhor aula da UW. E o jeito que você deixa o leitor se perguntando se é realmente possível viajar no tempo... fiquei arrepiada. É um perfil fascinante.

— Obrigada. É o que mais amo escrever... perfis.

— Quem sabe você não faz até uma série inteira. — Ela se reclina de volta na cadeira. — Sobre as pessoas no campus que a gente não conhece.

— Eu adoraria — digo, com medo de parecer empolgada demais com a oportunidade de fazer o estilo de jornalismo que sempre sonhei.

E o fato de ter tido a chance de escrever sobre a dra. Devereux fez com que tudo fosse mais perfeito ainda... A pessoa que queria ser esquecida e me permitiu reapresentá-la.

Percebo que não é muito diferente do que eu queria da faculdade. Uma chance de recomeçar. De me refazer.

E tenho mais quatro anos disso à frente.

— Estou me precipitando — diz Annabel. — Tenho que ver se temos espaço primeiro. Mas eu admiro esse tipo de coragem. Quero trabalhar com gente que quer estar aqui. Tem calouro que acaba sendo completamente insuportável. — Ela fica em silêncio por um instante e junta os dedos. — Então, é o seguinte. Ainda não esqueci que você faltou na entrevista sem avisar, mas tenho uma matéria sobre o orçamento do grêmio estudantil que precisa ser escrita. É o meu antigo segmento, então talvez eu seja exigente demais. Se você mandar bem, o trabalho é seu.

— Obrigada. Juro que vou dar o meu melhor.

Por um momento, a empolgação supera meu temor pela situação com Miles. Faço menção de pegar meu texto, mas ela segura o papel com o dedão e o indicador.

— E... talvez a gente tenha interesse em publicar isso aqui também. Se você concordar.

Não consigo esconder meu sorriso largo.

— Com certeza.

ʊʊʊ

— Ainda não tinha vindo aqui.

Miles olha pela biblioteca de física com toda a sua glória empoeirada e mal iluminada. Talvez esta seja a coisa mais estranha até agora: ver seu desconforto na biblioteca que tem sido uma segunda casa para ele durante os últimos meses.

— Nada aqui parece familiar? — pergunto enquanto passeio pelos corredores e pego livros de que me lembro.

Quando jogo uma cópia de *Buracos negros, Universos-bebês e outros ensaios* para ele, o exemplar quase cai no chão.

Ainda estou empolgada por causa da entrevista no *Washingtoniano*. Annabel sugeriu algumas alterações no meu texto e, contanto que eu consiga entregar o arquivo editado até o fim de semana, vão conseguir encaixá-lo na edição da próxima quarta-feira.

Barrett Bloom, repórter do *Washingtoniano*. Isso finalmente pode se tornar realidade.

Tive um tempinho extra antes de encontrar Miles aqui, então passei no ambulatório do campus e marquei um horário com um orientador para a semana que vem. Não sei o que esperar, mas parece a coisa certa também.

Tudo isso me deu a coragem de que preciso para ver se o Miles por quem me apaixonei continua ali em algum lugar.

— A gente vai fazer algum trabalho? — Ele se recosta na mesa e fica mexendo na caneta daquele jeito fofinho de sempre. — Não lembro da minha m... da dra. Okamoto passar trabalho nenhum.

— Relaxa. Eu sei que ela é sua mãe.

Termino de empilhar os livros na mesa e, tento me lembrar de todas as celas, vou até a lousa. *Biblioteca. Física básica. Tentativa de* GHC.

— Olha, não sei porque você me trouxe para cá ou o que está fazendo, mas estou ficando meio nervoso. Primeiro você chega me desejando feliz aniversário e depois aparece com palitinhos de muçarela em uma aula às oito e meia da manhã, tipo...

Sua expressão parece ficar distante.

— O que foi? — Paro no meio de *aprendi a dirigir câmbio manual*. — Sente alguma coisa por aquele queijo frito?

— Nada — responde ele, frustrado, passando a mão pelo cabelo.

Bato o giz no quadro.

— O que você fez quarta-feira?

— O que isso tem a ver?

— Só responde. — Dou uma piscadela na esperança de que ele lembre que me acha irresistível. — Por favor.

Miles dá um suspiro cansado. Se me lembro bem, esse é o suspiro que significa *só a sua presença aqui já me deixa exausto*. A maneira como isso o está irritando me faz lembrar da nossa primeira vez aqui e, apesar de aquele ter sido um dia estressante, sinto certa nostalgia, uma afeição pelo Miles que ainda se escondia em sua própria armadura.

A gente consegue.

Já passamos por coisa muito pior.

— Quarta-feira. Anteontem. Eu...

E então ele se interrompe.

— O que foi?

— Eu... não lembro.

Seus ombros se curvam de um jeito que não tem nada a ver com ele, e Miles agarra a borda da cadeira. Parece que toda essa situação está começando a assustá-lo.

— Você acreditaria se eu dissesse que a gente passou meses presos no mesmo dia? — Solto o giz e me aproximo. — E que você estava sozinho no começo, mas depois eu fiquei presa também, e a gente não se odiava, mas com certeza não nos dávamos muito bem, só que aos poucos fomos nos tornando... amigos, eu acho. E a gente voltou ontem, mas você não lembra de nada.

Ele se encolhe e contrai os músculos da mandíbula. Quatro dias atrás, no meio de nossa tarde suada e maravilhosa, eu falei que queria beijar toda a tensão acumulada ali. Em todo canto. E ele riu enquanto eu fazia exatamente isso: passava os lábios por suas bochechas, pescoço, ombros e peito e ia cada vez mais para baixo até que o riso parou completamente.

— Não, eu não acreditaria. — Agora seus olhos estão concentrados no carpete marrom sujo. — Porque é impossível.

Estico um braço e gesticulo para o campus no andar de cima.

— Então como é que eu ia saber que o seu pai também dá aula aqui no departamento de história? Ou que seu sabor favorito de sorvete é baunilha?

— É um sabor bem popular — insiste Miles. — E você pode muito bem ter pesquisado meu pai na internet?

— E se eu disser que você e seu irmão bateram em uma árvore quando estavam andando de trenó e foi assim que você ganhou essa cicatriz aí.

Toco um ponto debaixo do meu próprio olho.

— Eu não...

— Ou que você ama filmes de época e quer estudar cinema também — continuo, e, quando ele ergue os olhos para mim, encaro-o fixamente. — Ou que você tem medo de viajar de avião, mas ficou mais tranquilo quando segurou a minha mão. Ou que... que antes de você me beijar pela primeira vez você perguntou se eu ia chorar?

Minha voz falha.

Não estou mais me aproximando, no entanto, Miles, que parece ter esquecido da mesa atrás dele, continua recuando. Ele se choca na mesa com força demais e faz o velho móvel se chocar contra uma estante.

Parece acontecer em câmera lenta: minha pilha bamba de livros desmorona sobre a mesa e depois cai no chão. Juntos, vemos a cena se desenrolar. Miles tropeça nos próprios pés ao tentar pegar os livros em queda livre, mas consegue salvar apenas um enquanto o restante pousa no carpete em um emaranhado de páginas e lombadas gastas. *Breve história de quase tudo*.

Miles o coloca com gentileza na mesa antes de, perturbado, se virar para me encarar. Rosto pálido, mãos trêmulas. Não ouso dizer nada, fico apenas esperando-o falar.

— Barrett? — Seu timbre não carrega mais nenhum resquício daquela confusão. Apenas um carinho familiar que agasalha meu nome. — Deu... deu certo?

Deixo escapulir o que parece ser o primeiro fôlego completo desde que o vi no pátio ontem.

— Deu — respondo, e então ele semicerra os olhos e cai contra a mesa.

Capítulo quarenta e dois

— PRECISO SENTAR. — MILES, TODO BAMBO, TENTA SE acomodar na cadeira e eu corro para ajudá-lo. — Estou... meio tonto.

— Está tudo bem. Eu estou aqui — digo, aliviada e apavorada ao mesmo tempo. *Ele voltou.* Mais ou menos. — Estou aqui para qualquer coisa de que você precisar.

Ele assente, pressiona a cabeça contra os braços cruzados e respira fundo enquanto eu penso na melhor maneira de ajudá-lo. Pego uma garrafa de água na minha bolsa, coloco-a na mesa entre nós e então ofereço minha mão, só para o caso de ele precisar.

Meu coração encontra um ritmo calmo e constante quando Miles entrelaça os dedos nos meus e aperta firme.

— É uma tontura boa — garante ele. — Quase como... como se estivesse vivendo tudo pela primeira vez.

Ah. Puta merda. Fico chocada por Miles ainda estar consciente. Ele deve estar sentindo o mesmo que eu depois daquele vislumbre, só que vezes mil.

Óbvio que a gente precisava discutir para trazê-lo de volta.

Me sento na cadeira ao seu lado e chego alguns centímetros mais para perto, como se eu pudesse reviver tudo que está se passando por trás de suas pálpebras.

— Estou aqui — repito.

Ele ergue a cabeça. Seus olhos escuros cintilam.

— Está acontecendo com você também? — sussurra Miles.

— Já aconteceu.

E fico ali sentada, apenas ouvindo sua respiração ofegante, e vendo ele se encolher, sorrir ou colocar a outra mão sobre a mesa para se equilibrar enquanto as memórias voltam como uma enchente. Não sei ao certo quanto tempo demora... dez minutos, duas horas. Não consigo decifrar o que ele está pensando e o que está reacendendo suas lembranças, mas ficando aqui do seu lado consigo, de alguma forma, sentir. O jeito como a piscina de bolinhas se abriu para nós. O cheiro doce até demais do caminhão de sorvete, e o Shabbat improvisado que me deixou com medo do quanto eu estava começando a gostar dele. Nossas idas para o Canadá, para Oregon e tudo o mais, as viagens cuja única distância percorrida eram os dois lances de escada entre nossos quartos, mas que, às vezes, pareciam duas galáxias inteiras.

O rosto dele está corado agora.

— Long Beach? — pergunto, e Miles assente enquanto se inclina para encostar sua testa na minha.

— E... o dia depois.

Um sorriso malicioso. Um apertãozinho na minha mão.

Finalmente, parece que tudo para. Seus olhos se abrem, ele vê minha garrafa de água e toma um longo gole.

— Ai, meu Deus — diz ele com um grunhido horrorizado que, de alguma maneira, me faz ter certeza de que *este* é o Miles que eu conheço e amo. — Hoje de manhã, e ontem... desculpa ter sido tão otário.

— Por sorte, eu já estava acostumada.

Ele dá um sorrisinho e me cutuca.

— Mesmo assim. Desculpa.

— Perdoado — digo. — Mas só porque você é gatinho para caramba.

Continuamos de mãos dadas. Ele faz menção de puxar a minha para mais perto, como se estivesse perguntando se pode me abraçar.

— Posso...? — pergunta Miles baixinho, e como não posso gritar *se você não me abraçar eu sou capaz de morrer* na biblioteca, só assinto.

Ele me puxa para seu peito. Encosto a bochecha em seu peito, ouvindo seu coração pulsante e inalo o perfume que é tão único dele. De novo e de novo, eu o respiro. A sensação que Miles me causa nunca foi tão fantástica quanto agora, e sinto meu corpo inteiro relaxar contra o dele quando ele passa a mão no meu cabelo. A ponta dos dedos dele são gentis e percorrem meus cachos enquanto seu queixo descansa no topo da minha cabeça. Meu Deus, esse garoto acaba comigo. Nunca vou entender como seu abraço sempre me faz derreter.

— É ridículo — diz ele, balançando a cabeça.
— Ridículo no bom sentido?
— No melhor dos sentidos.

Inclino a cabeça para beijá-lo.

A ideia era dar só um beijinho inocente digno de uma biblioteca, mas a boca de Miles, ardente e desejosa, se abre na minha e... que se foda, não tenho como resistir. Nem quero resistir. Coloco minhas mãos em seu cabelo enquanto ele se levanta, segura minha cintura e me empurra contra a mesa. Eu o beijo com mais força, puxo-o para mais perto, mas então Miles começa a rir porque:

— Nunca pensei que eu fosse ficar com tanto tesão em uma biblioteca — diz ele.
— Você com certeza não tá lendo os livros certos então.

Ele afasta alguns fios de cabelo da minha orelha e leva a boca à minha pele.

— Obrigado. Por tudo, e... por não desistir de mim.
— Eu senti muita saudade — digo, e me arrepio quando ele se demora em um ponto abaixo da minha orelha porque, em algum momento do dia 27 ou 28, Miles se tornou bem *ligeirinho*. — Ai... e nossa, com certeza senti saudade *disso*.

Mas ele ainda é Miles, aquele cara doce e um pouquinho esquisito. E eu amo tudo isso.

— Não sei o que acabou de acontecer, ou o porquê, mas estou muito, muito feliz de ter voltado.

Estou prestes a puxá-lo para mais perto quando uma voz nos paralisa.

— Com licença.

Gladys, a bibliotecária, está do outro lado da mesa.

Com Miles meio curvado sobre mim, já estou quase em cima da mesa.

— Desculpa, Gladys — sussurro, morrendo de vergonha e alisando minha camiseta enquanto ele se afasta.

— É bom ver vocês dois fazendo alguma coisa além de discutir, para variar.

E então se vira e caminha para longe.

Ai, meu Deus.

— Ela... — digo, encarando-o sem piscar.

Miles ri.

— Acho que sim.

— Será que... o tempo inteiro?

— É bem capaz — responde ele, e se inclina à frente mais uma vez para abafar uma risada contra meu ombro.

Assim que nos recompomos e controlamos nossa libido, tentamos ao máximo entender por que diabos isso aconteceu.

— Eu estava meio incerto de ir embora — diz Miles quando volta a se sentar e pega minha mão de novo. Parece que, agora que se lembra de mim, não consegue parar de me tocar. De vez em quando, ele roça a testa com a outra mão, mas a dor de se lembrar de tantos meses ao mesmo tempo aos poucos vai esmaecendo. — Será que foi por isso que levei mais tempo pra lembrar?

— Está admitindo que pode não ter sido tudo científico?

— Talvez a ciência seja um pouco mágica. Tudo o que já foi provado cientificamente era considerado magia centenas de anos atrás. — A sutil curva de sua boca não demonstra resignação, mas concordância. — Você lembra do que aconteceu quando o elevador abriu?

— Não sei — respondo, apertando seus dedos com mais força. — E se a gente voltar lá para ver?

Só que nenhum de nós faz menção de levantar.

— Não sei se quero correr o risco — diz ele. — Acho que por mim não tem problema... não saber.

Passamos um tempinho nos atualizando dos acontecimentos do último dia e meio. Conto sobre minha mãe e sobre o horário que marquei com um orientador, e ele me conta que, no seminário dos calouros, aprendeu a como aproveitar ao máximo as bibliotecas da UW, o que faz a gente rir de novo.

— E você vai no meu jantar de aniversário com o Max e meus pais nesse fim de semana — diz Miles, com uma convicção que acho que nunca o ouvi usar antes.

— Vou?

Depois da minha pergunta, essa convicção titubeia por um instante.

— Acho que eles vão querer conhecer minha namorada, né?

Não consigo parar de sorrir. Meu Deus, eu amo o som dessas palavras.

— Sua namorada mal pode esperar.

E então ficamos em silêncio por um bom tempo. Um tipo bom de silêncio. De vez em quando o mundo é tão barulhento que senti saudades de desacelerar, de ouvir os fôlegos e as batidas do coração.

Falta pouco para o sol se pôr quando, enfim, vamos embora com nossas barrigas roncando e nos obrigando a jantar. Quando saímos da biblioteca, me dou conta de que não somos mais as pessoas que éramos quando nos encontramos aqui pela primeira vez. De alguma forma, conseguimos seguir em frente mesmo com o mundo parado.

As folhas alaranjadas que brilham sob os últimos raios de luz do sol passam a impressão de que o verão se transformou em outono da noite para o dia. É incrível a diferença que trinta dois dias são capazes de fazer. Não há tantos alunos recrutando membros para seus clubes, mas os dançarinos de swing estão a toda de novo. Há uma placa divulgando uma exposição estudantil que nunca vi antes e alguém fantasiado de Husky distribuindo rosquinhas de graça. E me dou conta de que não sei os nomes de todos os prédios que cercam o pátio.

Há um mundo inteiro aqui e mal arranhamos sua superfície.

— Você acha que vai continuar na aula de física? — pergunta Miles enquanto atravessamos a Praça Vermelha. — Sei que nunca foi a sua primeira escolha.

— Olha, acho que deve ter algumas coisinhas que eu ainda não aprendi. Então talvez. E eu tenho meio que uma quedinha por um cara da minha sala.

De repente, Miles para.

— Aquilo que você falou no elevador. Depois que eu puxei o freio. — Ele parece nervoso de novo, uma expressão que reconheço bem até demais. — Preciso saber se você estava falando sério.

Minhas palavras retornam à minha mente da forma mais lúcida possível. *Eu te amo. E prometo que vou te amar amanhã também.*

Envolvo-o com meus braços e puxo de leve seu colarinho.

— Eu te amo, Miles. Mas achei que chegar assim me declarando logo de cara seria um pouco demais.

— Sei lá — diz ele. — Se eu não estivesse tão ocupado surtando, teria parado para pensar no que eu fiz para essa garota esquisita e linda gostar tanto assim de mim.

— Me obrigou a ler livros de física. Me apresentou os palitinhos de muçarela da Casa dos Parças. Me fez tatuar um desenho que parecia um pênis vestindo uma capa.

Suas mãos se acomodam nas minhas costas e seu polegar me faz um carinho.

— Eu te amo muito, muito mesmo. Por favor, nunca pare de ser esquisita.

Por um instante, acho que se eu pudesse parar o tempo bem aqui, pararia.

Mas o mundo continua a girar. E talvez isso seja melhor ainda.

O sol se põe e tinge o céu em tons alaranjados enquanto os próximos quatro anos se estendem à nossa frente.

— Tenho só uma pergunta — digo quando voltamos a caminhar. — Quer sair comigo? Em um encontro?

— Quais são os planos?

Pego o celular e abro a página do evento que encontrei hoje mais cedo.

— Vai ter uma exibição de *Orgulho e preconceito* à noite no cinema alternativo do centro. Sei que a gente assistiu faz poucos dias, mas para ser sincera, eu só conseguia reparar na perna dele perto da minha para prestar atenção.

— Talvez eu tenha feito a mesma coisa — diz ele.

— Mas se você achar que é meio sem graça, a gente pode ver se tem algum prédio abandonado no campus e invadir, que tal? Uma ninhada de cachorrinhos pra adotar.

— O filme parece perfeito.

E é. Depois de todo esse tempo, anseio pela normalidade de segurar a mão dele no escurinho do cinema. De discutir por causa de adaptações. De dizer que a gente se vê amanhã (e ser amanhã mesmo).

— Começa daqui quarenta e cinco minutos — digo. — Se quisermos jantar antes, talvez não dê tempo.

Ele tenta conter um sorriso, com a mandíbula contraída e um dos cantos da boca virado para cima, e então me dirige aquele olhar que se tornou a minha coisa favorita no mundo. Sei que ele vai ceder a qualquer instante e que, como o cientista que é, vai precisar repetir esse experimento de novo e de novo e de novo.

— Barrett — diz Miles, assim que se rende e abre um sorrisão cintilante. —, temos todo o tempo do mundo.

Agradecimentos

ESTE LIVRO SERIA UMA PILHA DE ABSURDOS SE NÃO fossem pelos meus primeiros leitores e amigos: Carlyn Greenwald, Kelsey Rodkey, Maya Prasad, Sonia Hartl e Marisa Kanter. Eu jamais teria terminado sem vocês.

Obrigada à Jennifer Ung, pelo entusiasmo inicial, e à Nicole Ellul, por guiar este livro pelo restante do caminho até a publicação. Da Simon & Schuster Books for Young Readers, sou grata a Cassie Malmo, Morgan York, Sara Berko e Chava Wolin. Laura Eckes, obrigada por mais uma capa adorável! As editoras Karen Sherman e Marinda Valenti ajudaram muitíssimo a desvencilhar minhas linhas do tempo (e me desculpem pelos cortes caóticos!). E à minha agente, Laura Bradford, que sempre faz maravilhas nos bastidores.

Para todos que escolheram meus livros, compartilharam-nos com um amigo e postaram-nos nas redes sociais... não existem palavras capazes de descrever minha gratidão. Vocês me deram o melhor trabalho do mundo, um trabalho que valorizo muito. Obrigada, obrigada, obrigada.

E a Ivan, por me manter alimentada e amar tanto viagens no tempo quanto viagens de verdade. Sou incrivelmente feliz por viver esta aventura com você. Qual é nosso próximo destino?

Este livro foi composto na tipografia Adobe
Garamond Pro em corpo 11,5/15,3, e impresso em
papel off-white no Sistema Cameron da
Divisão Gráfica da Distribuidora Record.